NOAHS SCHEINEHEMANN

DIE SPENCER-BRÜDER ILLUSTRIERTE
SONDERAUSGABE
BUCH 2

ANA ASHLEY

Illustrated by
CARAVAGGIA

Übersetzt von
KARINA MICHEL

Für all die Charaktere, deren Persönlichkeiten so lebendig auf der Seite aufblitzen, dass wir uns wünschen, sie wären echt.

ÜBER DIESES BUCH

Wie sich herausstellt, ist die Liebe der komplizierteste Deal von allen.

Ich bin der Typ, der auf Gefühle allergisch reagiert und die Ehe als eine Erfindung für Trottel ansieht.

Doch die eine Nacht mit ihm? Unvergesslich.

Dann noch herauszufinden, dass er mein neuer Kunde ist? Unerwartet.

Am Ende so zu tun, als wäre der Funke zwischen uns keine ewige Flamme? Unmöglich.

Mein Leben ist eine Aneinanderreihung von schlechten Entscheidungen.

Dem sexy Silberfuchs eine Scheinehe vorzuschlagen, ist vielleicht die bisher schlechteste Idee meines Lebens, aber er braucht mich, und vielleicht brauche ich ihn noch mehr.

Außerdem, warum sollte ich ihn aus meinem Leben schmeißen, wenn er so gut darin aussieht?

Was als geschäftliche Abmachung anfängt, wird schnell zu etwas, das ich nicht einordnen kann. Sich zu verlieben ist definitiv nicht Teil unseres Deals.

Noahs Scheinehemann ist der zweite Band von Ana Ashleys

neuer Serie um die charmanten und viel zu attraktiven Spencer-Brüder.

Freut euch auf Romantik, Leidenschaft, Spaß und eine Menge Lacher mit einer liebevollen, aber etwas zu aufdringlichen Familie.

W...
LAS

GAS
7

1

———

NOAH

Schweiss und tagealtes Rasierwasser waren nicht die Duftkombination, die ich zum Sonntagsessen meiner Familie tragen wollte.

Ich hoffte, dass ich mich darauf verlassen konnte, dass einer meiner Brüder mein altes Schlafzimmerfenster öffnen würde, damit ich inkognito in unser Elternhaus klettern könnte. Dann würde ich duschen, wieder hinausklettern und durch die Tür schreiten. Nach der Aktion wäre ich sauber und bereit für das, was ich liebevoll die *Wöchentlichen Spencer News* nannte.

Ich liebte jedes einzelne Detail. Das Essen, die Desserts – die für mich eine eigene Kategorie darstellten –, das gemeinsame Abhängen mit meinen Brüdern außerhalb der Arbeit und die Zeit mit meinen Eltern und Avó.

Das Problem heute war, dass es gar nicht Sonntag war, was bedeutete, dass ich mit den sprichwörtlich heruntergelassenen Hosen erwischt worden war, als ich die Nachricht von einem meiner Brüder erhalten hatte.

Danach fuhr ich zu meinen Eltern, parkte an meinem üblichen Platz ein paar Häuser weiter entfernt und ging zum Eingang. Bevor ich meinen alten Schlüssel herausholen konnte, öffnete sich die Tür. „Zum Glück bist du da. Alle benehmen

1

sich total …" Lex, der jüngere meiner Zwillingsbrüder, zog eine Grimasse. „Du stinkst."

„Und du bist hässlich, aber beklage ich mich deswegen?"

„Pffft, jeder weiß, dass ich der hübscheste der Spencer Brüder bin."

Ich tat so, als würde ich ihm in den Bauch boxen. „Was würde Adam dazu sagen?"

„Dass wir so perfekt sind, dass Mom und Dad zwei von uns machen mussten."

Ich schnaubte. „Kannst du mir helfen? Ich muss mich nach oben schleichen. Tatsächlich brauche ich eine Dusche."

„Das begrüße ich. Warum bist du so verschwitzt? Bist du hierher gerannt oder so?"

Ich fuhr mir mit der Hand über mein nun weniger feuchtes Haar. „Ja, so ähnlich."

Er warf mir einen komischen Blick zu, den ich ignorierte. „Hilfst du mir jetzt, oder was?"

„Wer ist das? Ist das Noah?"

Ich ließ die Schultern sinken, als unsere Mutter aus dem Wohnzimmer kam.

„Was ist denn mit dir passiert?", fragte sie und musterte mich von Kopf bis Fuß, als wolle sie sich vergewissern, dass ich nicht ausgeraubt worden war oder so.

Ich hatte nicht gedacht, dass ich so stark roch.

„Walk of Shame, wie ich sehe", meinte Adam und gesellte sich zu uns.

„Ist das der Klang von Eifersucht, den ich in deiner holden Stimme höre?" Ich fasste mir an die Rückseite meines Ohrs.

„Da liegst du verdammt falsch, und das wirst du sehr bald auch feststellen. Aber bitte, geh erst duschen. Du stinkst nämlich."

„Danke. Ich liebe euch auch alle." Ich nahm zwei Stufen auf einmal in den zweiten Stock und ging direkt in mein altes Zimmer.

Nach der Dusche fühlten sich meine Muskeln so müde an,

wie man es von einem guten Training erwartete, und heute Morgen hatte ich sehr hart trainiert. Ich zog eine alte Jeans und ein T-Shirt an, das ich hier aufbewahrte, und machte mich auf den Weg nach unten.

Die Küche meiner Eltern war das Herzstück des Hauses, daher war es nicht verwunderlich, dass ich den ganzen Trubel von dort hörte.

„O Gott, Adam! Das sind so tolle Neuigkeiten, Schatz. Ich bin überglücklich ... vor Glück."

Ich lachte an der Tür. „Schön und wortgewandt, was, Mamã?"

Sie warf mir einen „Du steckst in der Klemme"-Blick zu und ich antwortete mit einem „Was-habe-ich-diesmal-getan?"-Achselzucken.

Ich ging direkt zu meiner Oma und schlang meine Arme um sie. „Avó, wie kommt es, dass du jede Woche jünger wirst?"

„Ganz zu schweigen davon, dass ich immer schöner werde, aber was mich wirklich von allen anderen unterscheidet, ist meine Fähigkeit, deinen Schwachsinn zu durchschauen."

Ich lachte und gab ihr einen Kuss.

„Was feiern wir heute, dass wir die *Wöchentlichen Spencer News* einen Tag vorverlegt haben?"

Mom stellte die Auflaufform in die Mitte des Tisches, aber es standen noch viele weitere Pfannen auf dem Herd, die herrlich rochen, ganz zu schweigen von dem Duft von selbst gebackenem Brot. „Setzen wir uns erst einmal alle hin."

Wir nahmen alle unsere üblichen Plätze ein, als ich bemerkte, dass Adams Freundin Victoria auch da war.

„Hey, Vicky, ich habe dich gar nicht gesehen. Trainierst du in deiner Freizeit als Ninja?" Ich zwinkerte ihr zu und ignorierte ihren genervten Blick, als sie sich neben Adam setzte.

Lex stieß mit seinem Knie gegen meins. Das war seine Art, mir zu sagen, dass ich die Klappe halten sollte.

„Warum das teure Porzellan?", flüsterte ich Lex zu.

„Keine Ahnung. Große Hochzeitsbuchung im Restaurant?"

Ich bezweifelte, dass das der Grund war. Seit Adams bester Freund River das Restaurant von Dad übernommen hatte, hatten schon einige größere Hochzeiten stattgefunden. Aber das war keine große Sache gewesen.

„Vielleicht hat Adam Vicky geschwängert."

„Du musst aufhören, sie so zu nennen. Sie mag das nicht."

Ich rollte mit den Augen. Victoria war nicht meine liebste von allen Freundinnen, die Adam je mit nach Hause gebracht hatte. Sie wirkte kalt und distanziert, eine Eigenschaft, die nicht gut zu unserer Familie passte.

Jeder mischte sich ständig in die Angelegenheiten der anderen ein. Meine Eltern hatten ihr ganzes Leben lang zusammen ein Restaurant geführt. Meine Oma lebte bei ihnen, und meine Brüder und ich leiteten zusammen eine PR- und Werbeagentur.

Victoria passte nicht ins Bild, aber da Adam seinen Arm schützend über ihre Stuhllehne legte, würde sie wohl noch eine Weile bleiben.

Als es an der Tür klingelte, stand ich als pflichtbewusster älterer Sohn auf, um sie zu öffnen.

River stand mit ein paar Champagnerflaschen auf der anderen Seite.

„Sag mir, warum ich die Vorräte des Restaurants plündern und hierher eilen musste, sodass meine Assistentin an einem geschäftigen Samstag allein ist."

„Keine Ahnung, aber wenn du hier bist, muss es wichtig sein. Ein wichtiges *Familien*ereignis." River war nicht nur Adams bester Freund und Dads Restaurantleiter. Er gehörte zur Familie.

Das Mittagessen war köstlich, wie immer. Meine Mutter hat das Kochen von Avó gelernt, die es von ihrer Mutter gelernt hatte, als sie noch als junge Frau in Portugal gelebt hatte.

Während des Essens wurden einige wissende Blicke und Lächeln zwischen meinen Eltern ausgetauscht, aber es gab keinen Hinweis darüber, was uns zusammengebracht hatte.

Ich wollte gerade danach fragen, als mein Vater aufstand und eine der Sektflaschen aus dem Kühlschrank holte.

Adam räusperte sich. „Mom, danke für das tolle Essen. Ihr fragt euch sicher alle, warum wir heute hier sind." Er sah Victoria an, die strahlte.

Wir anderen tauschten verwirrte Blicke aus, abgesehen von meiner Mutter, die mit einem riesigen Lächeln auf ihrem Sitz herumzappelte.

„Wie ihr wisst, sind Victoria und ich schon seit fast einem Jahr zusammen. Das mag zu früh erscheinen, aber wenn man den Menschen trifft, mit dem man für den Rest seines Lebens zusammen sein will, möchte man, dass dieses Leben sofort beginnt." Er blickte um den Tisch herum zu uns allen.

Lex kniff die Augen zusammen und River erstarrte neben mir.

„Heute Morgen habe ich Victoria gefragt, ob sie mich heiraten will, und sie hat *Ja* gesagt."

„Ist das nicht eine großartige Nachricht?" Mama stand auf, um Adam und Victoria zu umarmen.

Während Dad und Avó mit ihren Fragen zum großen Tag folgten, war die Spannung, die von Lex und River ausging, so spürbar, dass ich mich wie ein zerdrückter Pfannkuchen fühlte.

Lex erhob sich und umarmte Adam. „Ich freue mich so für dich, Adam. Wirklich."

Adam suchte in Lex' Gesicht nach irgendeinem Zeichen, aber er schien mit dem, was er sah, zufrieden zu sein.

„Es tut mir so leid, aber ich muss zurück ins Restaurant", erklärte River und stand auf. „Ich habe gerade die Nachricht bekommen, dass wir voll ausgelastet sind und sie alle Hände an Deck brauchen."

Adam verzog das Gesicht, während Victorias Lächeln nicht breiter hätte werden können.

Ich hatte immer den Eindruck gehabt, dass Victoria River nicht mochte. Aber warum? Das erschloss sich mir einfach nicht.

„Gratuliere, Kumpel. Ihr seid ein tolles Paar", sagte River, bevor er sich bei meiner Mutter für das Essen bedankte und ging.

Im Gedränge um Umarmungen folgte ich Lex, der versuchte, sich unbemerkt davonzuschleichen.

Ich klopfte an seine alte Zimmertür und ging hinein. Er stand am Fenster und schaute hinaus.

„Hey, alles in Ordnung?", fragte ich.

„Klar, warum nicht?"

„Es ist okay, wenn es anders ist, weißt du? Sich für Adam zu freuen, heißt nicht, dass du nicht auch deinetwegen traurig sein kannst."

Vor einem Jahr hatte Lex' Freund ihm den Laufpass gegeben, kurz nachdem er ihm einen Antrag gemacht hatte. Seitdem war Lex nur noch ein Schatten seines alten Ichs. Er hatte seine Unbeschwertheit verloren, und an manchen Tagen wirkte er so traurig und einsam, dass ich mir Sorgen machte, er würde sich nie wieder von dem Liebeskummer erholen.

„Adam verdient es, glücklich zu sein. Ich will seine Stimmung nicht trüben."

„Hey, wie wäre es, wenn wir heute Abend ausgehen? Ich bin mir sicher, ich habe gesehen, dass es bei Tanner's heute eine lange Happy Hour gibt."

„Nein. Ich gehe nachher heim. Ich muss noch ein paar Dinge erledigen."

Sanft drückte ich seine Schulter und ließ ihn in Ruhe. Auf dem Weg nach unten begegnete ich Adam und zog ihn in mein altes Zimmer.

„Kumpel, herzlichen Glückwunsch. Ich freue mich für dich und Victoria, aber hättest du Lex nicht vorwarnen können?"

Es ehrte ihn, dass er aufrichtig bedauernd dreinschaute. „Es ist alles so schnell passiert. Ich habe ihr heute Morgen einen Antrag gemacht und Victoria meinte, wir sollten es zuerst meiner Familie sagen. Als ich Lex vorhin angerufen habe, ist er nicht rangegangen und ich wollte es nicht über die Mailbox machen. Ist er … ernsthaft verärgert?"

„Er freut sich für dich, aber es ist nicht leicht für ihn, weißt du? Du bekommst das, was er vor einem Jahr wollte. Und ihr steht euch so nahe."

Er ließ sich auf mein Bett fallen. „Ich weiß. Ich werde mit ihm reden. Was ist mit dir? Du hast nicht viel gesagt."

Und da war die gefürchtete Frage.

„Ganz ehrlich, Kumpel? Ich denke, es ist noch zu früh. Du kennst sie doch kaum."

„Wie kannst du das sagen, wenn du dich noch vor einer Woche darüber beschwert hast, dass ich die letzten beiden Freitagsdrinks bei Tanner's verpasst habe, weil ich mit ihr ausgegangen bin?"

Da hatte er mich kalt erwischt. „Man verbringt Zeit mit jemandem und lernt ihn kennen. Bei wie vielen Familienessen war sie schon dabei? Immer, wenn sie mitkam, gehörte sie irgendwie … nicht dazu."

„Woher willst du wissen, wie es aussieht, wenn jemand dazugehört? Wann hast du das letzte Mal jemanden mit nach Hause gebracht, um die Familie kennenzulernen? Oh, warte, noch nie. Wenn du das nächste Mal beim Familienessen auftauchst und nicht nach einer billigen Nummer stinkst, werde ich deine Bedenken etwas ernster nehmen. Bis dahin …" Er stand auf, aber ich ergriff seinen Arm und umarmte ihn, wobei ich seine verletzenden Worte wegwischte, als wäre ich mit Teflon beschichtet.

„Ich liebe dich, kleiner Bruder, und ich bin wirklich stolz und glücklich, dass du und Victoria bereit für das große E seid, auch wenn ich es nicht verstehe. Sag einfach, was du brauchst, und ich werde dich bei jedem Schritt unterstützen. Aber lass mich vielleicht lieber nicht deinen Junggesellenabschied organisieren."

Ich entspannte mich, als er mich fest umarmte. „Danke,

Noah. Und mach dir keine Sorgen, das ist Rivers Job. Da kommt er nicht raus.“

Angesichts Rivers Gesichtsausdruck nach der Ankündigung war ich mir da nicht so sicher, aber das ging mich ja nichts an.

Vielleicht mochte River Victoria noch weniger als ich, aber ich würde ein guter, hilfsbereiter Bruder sein.

Doch zuerst musste ich mich für heute verabschieden, damit ich zu Tanner auf einen oder zehn Drinks gehen konnte.

2

LIOR

„Mein herzliches Beileid."

In den vier Wochen seit dem Tod meines Vaters hatte ich diese Worte öfter gehört, als ich zählen konnte. Nur eine Handvoll von ihnen waren wirklich aufrichtig gemeint.

„Danke." Ich fragte mich, ob sich Worte durch übermäßigen Gebrauch abnutzen konnten.

„Er war ein großartiger Mann, aus dem gleichen Holz geschnitzt wie Ihr Grandpa. Wir werden ihn vermissen."

Ich schüttelte die Hand des Mannes, legte meine andere Hand auf seine Schulter und drückte sie leicht.

Seit wann war es die Aufgabe der Hinterbliebenen, alle anderen bei einer Beerdigung zu trösten?

Eine Hand landete auf meiner Schulter. „Lior, wir müssen bald ein Treffen vereinbaren. Ihr Vater wollte auf den europäischen Markt expandieren, aber dort gibt es strengere Vorschriften. Aber keine Angst. Ich bringe Ihnen gern die Grundlagen bei."

Da war ich mir sicher, zumal jede Verzögerung bei der Expansion direkt in seine Tasche fließen würde. Nicht, dass Warren Livingston das Geld brauchen würde. Es war nur eine weitere Investition, um sein stetig wachsendes Vermögen zu vergrößern. Das hatte mir mein Vater erzählt, als er mich in den letzten Wochen seiner Krebserkrankung, die ihm das Arbeiten unmöglich gemacht hatte, auf den neuesten Stand der Dinge gebracht hatte.

„Natürlich, Mr. Livingston. Sagen Sie Ihrer Sekretärin, sie soll einen Termin mit der Sekretärin meines Vaters vereinbaren. Sie kümmert sich um die Termine meines Vaters – ähm, meine Termine."

Er klopfte mir auf den Rücken. „Ihr Verlust tut mir wirklich leid. Ihr Vater wird uns fehlen."

„Danke."

Ich warf einen Blick zur Bar und fragte mich, ob ich sie erreichen konnte, ohne anhalten zu müssen, um jemanden zu trösten, oder ohne ein weiteres Treffen in meinen Terminkalender aufnehmen zu müssen.

„Wie geht es Ihnen, Sir?" Und da waren sie. Die einzigen Worte, die aufrichtig gemeint waren.

„Ich frage mich langsam, warum ich derjenige bin, der die Kleenex-Box in der Hand hält, Charlie."

„Er war ein sehr beliebter Mann."

Ich schnaubte und erntete einen missbilligenden Blick von jemandem, an dessen Namen ich mich nur vage erinnerte. „Komisch, dass alle denken, sie hätten ihn gekannt."

„Das ist immer so, Sir." Er drehte sich zu mir um und flüsterte leise: „Ein Nicken, und ich setze den Fluchtplan in Gang."

„Danke."

Ich brauchte einen Drink, um das zu überstehen, und da meine Mutter sich offensichtlich irgendwo versteckte, konnte ich nicht einfach gehen.

„Lior."

Auf meinem Weg zur Bar erstarrte ich. Hatte ich eben noch gedacht, ich bräuchte einen Drink, brauchte ich jetzt die ganze Flasche.

„Pierce. Was machst du denn hier?" Mein Versuch, eine distanzierte Stimme und eine kalte Miene aufzusetzen, war erfolgreich, wenn man seinen Gesichtsausdruck so betrachtete. Ich sah es als meinen ersten Sieg des Tages an.

„Ich dachte mir, dass du heute vielleicht ein freundliches Gesicht brauchst."

„Wie kommst du denn darauf?" Ich würde nicht so weit gehen zu sagen, dass das Gesicht meines Ex freundlich war oder das, das ich am Tag der Beerdigung meines Vaters sehen wollte.

„Können wir unser Problem für einen Moment hinter uns lassen? Ich mochte deinen Dad und ich bin hier, um dich zu unterstützen."

„Aus Respekt vor meinem Dad kannst du bleiben, aber hör auf, dich zu verstellen. Wir sind zu alt für diesen Scheiß." Ich lächelte eine Frau an, die mich fluchen hörte. „Es ist so ein trauriger Tag. Meine Gefühle sind einfach aufgewühlt."

„Verständlich, mein Lieber", erwiderte sie. „Beerdigungen sind verdammt deprimierend. Vor allem, wenn man in dem Alter ist, in dem die Leute einen ansehen und sich fragen, ob man die Nächste sein wird."

Genau meine Art von Frau. Wie konnte ich da widerstehen?

Ich nahm ihre Hand und schlang einen Arm um sie. „Darf ich Sie auf einen Drink einladen?"

„Die Bar ist kostenlos. Lassen Sie *mich* einem jungen Mann eine schöne Zeit bereiten."

Pierce rief meinen Namen, als wir weggingen, aber ich ignorierte ihn.

Der Barkeeper kam herüber, sobald wir uns seiner Theke näherten.

„Zwei Scotch. Oberstes Regal. Wenig Eis", verkündete die Dame.

„Ich liebe Frauen, die wissen, was sie mögen, und die mögen, was sie kennen."

Sie zwinkerte mir zu. „Das kommt mit der Erfahrung, mein Lieber."

Der Barkeeper stellte die Drinks vor uns hin. Ich war mir nicht sicher, wie die Etikette für Barkeeper bei einer Beerdigung lautete. Obwohl ich nicht bezweifelte, dass er anständig bezahlt wurde, war ich zu gut erzogen, um ihm kein Trinkgeld zu geben.

„Vielen Dank, Sir."

Ich nickte, als er wegging.

„Wie ein Mensch die Menschen unter ihm behandelt, sagt viel mehr über ihn aus als die Nullen auf seinem Bankkonto", erklärte sie.

Der Scotch schmeckte so gut, dass ich mich nur verschluckte, weil sie die Worte, die mein Vater so oft gesagt hatte, an einem Tag wie heute wiederholte. Sie trafen mich dort, wo es am meisten wehtat.

„In diesem Raum steht niemand unter mir", sagte ich. „Woher kannten Sie meinen Dad?"

„Ich kannte ihn nicht, aber mein verstorbener Mann schon. Er lernte Ihren Dad auf dem College kennen, lange bevor ich ihn traf. Sie hatten großen Respekt voreinander. Ich würde nicht sagen, dass sie enge Freunde waren, aber sie blieben in Kontakt."

„Es ist nett, dass Sie gekommen sind." Ich hatte schon einen Becher Scotch intus und spürte, wie sich meine Zunge lockerte. „Sie sind vielleicht die einzige Person, mit der ich heute gesprochen habe, die ... ein Mensch ist."

Sie legte ihre Hand auf meine, und ich bemerkte die weiche, faltige Haut und den klaren Nagellack.

„Was ist mit dem jungen Mann, dem ich Sie ausgespannt habe?"

Ich schnaubte. „Er ist ... etwas anderes."

„Das sind sie alle, mein Lieber. Das sind sie alle." Sie schaute auf ihre Uhr. „Ich fürchte, ich muss gehen. Ich wollte nur mit Ihnen sprechen und Ihnen mein tiefstes Beileid aussprechen. Darf ich Ihnen noch ein paar Weisheiten mit auf den Weg geben?"

„Natürlich."

„Wenn das Leben einen in eine bestimmte Position bringt,

hat man keine andere Wahl, als die Stellung einzunehmen, die man bekommen hat. Wenn man jung und voller Träume ist, sträubt man sich ein wenig, aber irgendwann lernt man, die Rolle zu lieben, bis sie zu einem sicheren Ort wird. Männer wie Ihr Dad und mein Mann sind vor allem dafür bekannt, wie rücksichtslos sie ihre Imperien aufgebaut haben. Diese Generation wusste nicht, wie man etwas anderes sein kann. Denken Sie immer daran: Sie wussten es nicht besser."

Ich führte ihre Hand an meine Lippen und küsste ihren Handrücken. „Verstanden." Und das tat ich. Schließlich hatte ich diese Position mein ganzes Leben lang gemieden.

Mein Vater hatte das alles geliebt. Er hatte das Geschäftsleben umarmt.

Im Gegensatz zu meinem Großvater zeigte sich das kreative Genie meines Vaters in der Art und Weise, wie er die Möglichkeiten für eine Expansion in neue Märkte jenseits von Buntglasfenstern sah.

Ich ähnelte meinem Vater in der Hinsicht, dass das kreative Gen meine Generation übersprungen hatte, aber ich liebte und schätzte die Arbeit meines Großvaters, vielleicht mehr, als mein Vater es je getan hatte.

Das Abschiedsgeschenk meines Großvaters an mich vor zwanzig Jahren war das Glasmalereimuseum gewesen, das er einst mit Schweiß, Blut, Tränen, Liebe und Entschlossenheit für meine Großmutter gebaut hatte.

Das Museum und die Werkstatt meines Großvaters, die ich renoviert und zu meinem Zuhause gemacht hatte, waren mein Rückzugsort. Ich liebte sie von ganzem Herzen. Dort fühlte ich mich meinem Großvater und in gewissem Maße auch meinem Vater nahe.

Vielleicht hatte ich deshalb in den vergangenen vier Wochen das Gefühl, dass ich mich immer weiter von meinem Traum entfernte und mich der Rolle annäherte, die mein Vater besetzt hatte.

Erst als die Frau wegging, merkte ich, dass ich ihren Namen nicht kannte.

Ich warf einen Blick auf Pierce in der Ecke, der mit ein paar Investoren meines Vaters sprach. Er sah aus, als gehöre er viel mehr dorthin, als ich es je getan hatte oder tun wollte.

„Wenn du Pierce heiratest, kannst du die Leitung des Unternehmens mit ihm teilen und den Rest deiner Zeit dem Museum widmen. Pierce hat einen scharfen Verstand und er kommt aus einer guten Familie."

Die Worte meines Vaters hallten in meinem Kopf nach. Ich war froh, dass er Pierce' Abwesenheit in meinem Leben nicht bemerkt hatte. Mein Vater hatte Pierce gemocht, weil er nie erfahren hatte, was für ein Mann Pierce wirklich war. Ich hatte ihm nicht noch etwas wegnehmen wollen, aber genauso wenig musste ich so einen Mann in meiner Zukunft akzeptieren.

„Mr. Van Stern, darf ich Sie einen Moment sprechen?"

Ich atmete tief durch und überlegte, ob ich um Nachschub für meinen Scotch bitten oder nüchtern genug bleiben sollte, um von hier zu verschwinden.

„Wie kann ich helfen, Mr. ..."

„Hoffman." Er hielt mir seine Hand hin. „Ich bin der Anwalt Ihres Vaters."

Ich versuchte, meine Irritation zu verbergen. „Ich kenne alle Anwälte meines Vaters, Mr. Hoffman, und ich fürchte, ich hatte noch nie das Vergnügen, Ihren Namen zu hören."

Der Mann war klein, dünn und hatte leuchtend blaue Augen, die nicht in der Lage zu sein schienen, jemanden schief anzuschauen, geschweige denn das zu tun, was mein Vater von seinen zahlreichen Anwälten und Beratern verlangte.

Meine Unhöflichkeit schien ihn nicht zu stören. Vielleicht zollte ich ihm nicht genug Anerkennung.

„Es gibt einen Grund, warum Sie noch nichts von mir gehört haben, Mr. Van Stern. Ihr Vater hat es so gewollt."

„Warum das?"

„Ich bin der Nachlassverwalter des letzten Willens Ihres Vaters."

Ich runzelte die Stirn. „Nein, sind Sie …"

„Des *echten* letzten Willens und Testaments."

Den ganzen Tag hatte ich meine Gefühle und die Auswirkungen des Todes meines Vaters verdrängt, um den Geschäftspartnern und Bekannten meines Vaters den Eindruck zu vermitteln, dass ich die Kontrolle hatte.

Welcher siebenundvierzig Jahre alte Mann musste sich überhaupt vor einem Haufen Fremder beweisen?

Nun, ich. Denn ungeachtet meines Alters war ich ein Van Stern. Mein Name bedeutete Geld, Status, Geburtsrecht und ein Aussehen, das immer so steif war, als hätte ich einen richtig dicken Stock im Arsch.

„Warum überrascht es mich nicht, dass mein Vater zwei Testamente gemacht hat?", fragte ich, ohne eine wirkliche Antwort von dem Mann zu erwarten. „Weiß meine Mom darüber Bescheid?"

Seine Ohren färbten sich in einem tiefen rot. „Sie hat es vor dreißig Minuten erfahren."

Nun, das erklärte ihre Abwesenheit.

„Was brauchen Sie von mir, Mr. Hoffman?"

Er hielt mir einen Umschlag hin.

„Sie möchten vielleicht heute Nacht in der Stadt bleiben."

Ich nahm den Umschlag und schaute hinein.

Mein Gesicht sagte wohl alles, denn innerhalb von Sekunden war Charlie an meiner Seite.

„Charlie, können Sie mich am Hotel absetzen? Ich werde Sie erst morgen wieder benötigen."

„Sind Sie sicher, Sir?"

„Ja, bin ich."

Ich hatte meine Pflicht für heute erfüllt. Die Investoren meines Vaters, die geldgeilen Bekannten und Pierce konnten sich verpissen. Es war Zeit für ein wenig Einsamkeit mit einer Flasche Scotch – überall, nur nicht hier.

3

NOAH

DIE WORTE meines Bruders verfolgten mich wie ein übler Geruch, daher stellte ich mich sofort unter die Dusche, als ich in meine Wohnung zurückkam.

Es war nicht meine Art, in der Vergangenheit oder dem, was hätte sein können, zu verweilen, und Adam wusste nicht, wie sehr mich diese Worte getroffen hatten.

Für meine Familie war ich der ewige Single. Noah, der auf Beziehungen allergisch reagierte. Mein Leben drehte sich um meine Familie, die PR- und Marketingagentur, die ich mit meinen Brüdern leitete, und um One-Night-Stands.

Sie hatten in allen Punkten recht, aber sie wussten nicht, warum ich so war. Und da sich nichts ändern würde, tat ich das Einzige, was ich konnte.

Ich griff zum Handy und rief meinen alten Freund Jax an, der praktischerweise gerade in mein Apartmentgebäude gezogen war.

„Alter. Ich bin gebrochen. Du hast mich gebrochen."

Ich lachte über seine Worte, als er meinen Anruf entgegennahm.

„Niemand hat dir gesagt, dass du meine Einladung annehmen sollst."

„Meine Wahl war entweder das oder in eine praktisch leere Wohnung gehen und den Jetlag ausschlafen. Du weißt, dass ich bei Zeitzonen immer so komisch werde."

„Ich hoffe, du hast seit dem Training heute Morgen etwas geschlafen, denn wir gehen aus."

Er seufzte. „Ach ja?"

„Triff mich in zehn Minuten unten."

Er stöhnte. „Ich werde es bereuen, in die einzige freie Wohnung in deinem Gebäude gezogen zu sein, oder?"

„Das ist die beste Entscheidung, die du in deinem Leben getroffen hast. Das verspreche ich dir."

Ich hörte eine Reihe von ‚Ja, ja', als er den Anruf beendete. Dann machte ich mich fertig und zehn Minuten später verließ ich den Aufzug und betrat die Lobby meines Gebäudes.

Jax war bereits da.

„Verdammt, Mann. Du siehst aus, als würdest du heute Abend keine Probleme haben, jemanden abzuschleppen."

„Ist das unser Plan?" Seine Augenbrauen hoben sich, als wollte er an dem, was auch immer ich vorhatte, nicht beteiligt sein.

„Das ist zumindest *meiner*." Obwohl ich weder Kondome noch Gleitmittel dabeihatte, konnte ich so gut bluffen wie die besten Pokerspieler.

„Ich Verrückter dachte, du wolltest tatsächlich Zeit mit deinem besten Kumpel verbringen. Wo gehen wir überhaupt hin?"

„In die beste Bar der Stadt."

Was ich an der Lage meiner Wohnung am meisten liebte, war, dass sie gleich weit vom Büro und vom Tanner's entfernt war. Ob ich nach der Arbeit noch schnell etwas trinken gehen oder auf ein bisschen Spaß hoffen wollte, alles lag im selben Umkreis von einer Meile.

Tanner's zeigte bereits Anzeichen eines geschäftigen Samstagabends, aber wir schafften es, ein paar Hocker an der Bar zu ergattern und bestellten jeder ein Bier.

„Freust du dich, wieder auf US-Boden zu sein?", fragte ich Jax. Als er mich vor einem Monat kontaktiert hatte, damit ich ihm bei der Wohnungssuche helfe, hatte er mir nur erzählt, dass er sich vom Militär zurückziehen würde.

„Frag mich, wenn ich mehr als drei Stunden am Stück geschlafen habe." Er stieß mit seiner Flasche an meine und trank fast die Hälfte davon.

„Ich dachte, ihr Army-Typen wärt alle hart im Nehmen und so. Schlaft ihr nicht im Stehen?"

„Mann. Das wird anstrengend, und ich werde alt. Ich freue mich darauf, neu anzufangen."

„Nun, ich bin froh, dass du hierhergekommen bist. Es ist schön, dich wieder hier zu haben."

Er drehte sich auf seinem Hocker um und lehnte seinen Ellbogen gegen die Theke. „Wie ist die Stimmung hier?"

Ich ahmte seine Position nach und ließ meinen Blick über die Bar schweifen. Es waren ein paar bekannte Gesichter darunter. Leute, die in der Nähe arbeiteten oder wohnten.

„Ich lasse die Finger von den Stammgästen. Das kann unangenehm werden, und ich mag diese Bar zu sehr."

„Das gilt auch für das Barpersonal?"

„Absolut. Leg dich nicht mit dem Personal an. Oder mit dem, der dir Drinks serviert. Es gibt ein paar gute Bars in der Stadt, aber diese hier ist die beste. Außerdem ist sie offen LGBTQ+-freundlich."

Jax nickte und griff nach seinem Drink.

Es machte Spaß, sich über das Leben eines anderen auf dem Laufenden zu halten. Im vergangenen Jahr hatte sich mein Leben so sehr darum gedreht, für meinen jüngeren Bruder da zu sein, zuzusehen, wie er sich immer mehr zurückzog, und ihn davon abzuhalten, ganz abzurutschen.

Nicht, dass ich mein eigenes Sozialleben vernachlässigt hätte. Ich hatte immer noch regelmäßig Dates, aber manchmal machte es nicht mehr so viel Spaß wie früher. Ich schüttelte die Gedanken ab.

„Alter, alles okay? Du siehst aus, als hättest du einen Anfall, und ich habe meine Medizintasche nicht dabei."

„Haha. Ich hatte einen unangenehmen Gedanken, der sich ungefragt eingeschlichen hat."

Ich bestellte noch ein paar Drinks. Jax schien nicht allzu sehr daran interessiert zu sein, potenzielle Bekanntschaften zu machen, wahrscheinlich weil er im Moment nicht wirklich bei der Sache war. Ich hätte ihn nicht mitnehmen sollen, aber ich war egoistisch.

„Wie bist du zu den Kindern gekommen? Der heutige Morgen hat Spaß gemacht. Ich hätte nichts dagegen, das regelmäßig zu machen", erklärte Jax.

Ja! „Ich war einmal morgens joggen und bemerkte die Gruppe auf dem Basketballplatz. Sie sahen, dass ich sie beobachtete, und luden mich auf ein Spiel ein. Ich habe mich direkt danach beim Star Finders Youth Network angemeldet und bin seit ein paar Jahren dabei. Die Kinder sind großartig."

Die Freiwilligenarbeit bei Star Finders war genau mein Ding. Als Ältester von drei Brüdern fühlte ich mich nicht unbedingt ausgeschlossen. Obwohl die beiden jüngeren Zwillinge waren, standen wir uns alle sehr nahe. Aber ich hatte immer das Gefühl, dass ich etwas brauchte, das mir gehörte und niemandem sonst.

Meine Zeit für ehrenamtliche Arbeit zu opfern, war das Richtige für mich.

Die Kinder, die zu Star Finders kamen, waren alle Teenager in Pflegefamilien oder aus einkommensschwachen Familien und hatten unterschiedliche Hintergründe. Sie brauchten nur ein wenig Anleitung, Betreuung und ein Gefühl der Zugehörigkeit. Und ich würde nicht leugnen, dass das wöchentliche Basketballspiel ein gutes Training war.

„Kannst du mir die Details geben, damit ich mich anmelden kann?"

„Klar." Ich nahm einen Schluck von meinem Bier. „Kannst

du das für dich behalten? Du wirst meine Brüder irgendwann kennenlernen, und das ist etwas, das ich ..."

Jax hob sein Bier an. „Ich verstehe. Das ist deine Sache. Dein Geheimnis ist bei mir sicher. Oh, schau mal, ich habe genau die richtige Person für dich gefunden."

Mein Blick folgte seinem Nicken.

„Sieht in einem Anzug gut aus. Unnahbar. Verdammter Silberfuchs." Ich stöhnte. „Ich glaube, ich bin gerade schwanger geworden."

Der Mann war purer Sex auf Beinen. Sein silbernes Haar war gerade lang genug, um sich daran festzuhalten, während er meinen Arsch fickte, was nichts war, das ich einfach jeden machen ließ, aber dieser Typ? Verdammt. Mein Schwanz wurde dicker, als der Silberfuchs zwei Finger voll Scotch auf einmal hinunterkippte.

„Du musst ihn dir schnappen, bevor der Drink ihn umhaut", meinte Jax.

„Da hast du recht. Lass mich dir noch einen letzten Drink ausgeben."

Er lachte. „Du bist echt selbstbewusst."

Ich deutete auf mein sorgfältig ausgewähltes Outfit.

„Na, wenn das nicht mein Lieblings-Spencer ist."

Ich drehte mich um, um Tanner zu begrüßen. Der Mann hatte das Gesicht eines amerikanischen Jungen gepaart mit dem Körper eines griechischen Gottes, und das Beste daran war, dass er deutlich gemacht hatte, dass er bereit war, all seine Regeln für eine Nacht mit mir zu brechen. Zu seinem Pech hatte ich meine eigenen Regeln und war nicht bereit, sie zu brechen.

Tanner schnappte nach Luft, als Jax sich auf seinem Sitz umdrehte.

„Der verdammte Jax Brooks. Was zum Teufel machst du hier?"

Tanner sprang praktisch über die Bar, um Jax zu umarmen, der vor Staunen verstummte.

„Hi, Tan– Tanner. Sorry, Macht der Gewohnheit."

Tanner lächelte breiter. „Hey, du weißt, dass ich für dich immer Tan sein werde."

„Woher kennt ihr beiden euch?", fragte ich.

Tan schaltete sich sofort ein. „Ich war mit Jax' kleiner Schwester in der Highschool zusammen, bevor mir klar wurde, dass Jungs mein Ding sind."

„Was?" Jax richtete sich auf.

„O ja, ich schätze, du warst schon beim Militär, als ich mich geoutet habe."

Jax trank sein Bier aus. „Also bist du ...?"

„So schwul wie eine Sommerparade."

„Kapiert."

Jemand rief Tanners Namen hinter der Bar, daher musste er zurück an die Arbeit.

„Wenn du Mr. Silberfuchs da drüben anmachen willst, mache ich mich auf den Weg. Es ist Zeit, etwas Schlaf nachzuholen."

„Also, du und Tan ...", neckte ich ihn und zog den Spitznamen in die Länge, den er Tanner gegeben hatte.

Er schnaubte. „Alter, ich habe gerade erst herausgefunden, dass er schwul ist. Ich habe ihn nicht mehr gesehen, seit er achtzehn war."

„Oh, du bist zum Militär gegangen, weil du in den Freund deiner Schwester verliebt warst. Wie süß. Du weißt schon, dass das der Stoff ist, aus dem Liebesromane gemacht sind, oder?"

Jax versetzte mir einen Schlag in die Magengrube. „Du bist ein Arschloch, und ich bin weg."

Ich beobachtete eine Sekunde lang, wie er durch die immer größer werdende Menschenmenge um die Tische herumging, bevor ich meinen Blick auf den Preis des heutigen Abends richtete. Tatsächlich war der sexy Silberfuchs immer noch beim harten Stoff.

„Mieser Tag?", fragte ich und setzte mich auf den Hocker neben ihn.

„Das kann man wohl sagen."

Er drehte das Glas zwischen seinen Fingern, entschlossen, mich zu ignorieren, aber ich wollte nicht kampflos aufgeben.

„Einen erstklassigen Scotch sollte man nicht allein genießen."

„Ach ja?"

„Definitiv. Aber ich bin ein großzügiger Kerl, also lass mich dir den nächsten ausgeben."

Der Typ fixierte mich mit seinen Augen und verdammt, ich musste die Luft anhalten. Er war ... intensiv ..., und jetzt musste ich wissen *wie* intensiv.

„Ich passe."

„Bist du immer so schwer zu bezirzen?" Ich wand mich auf meinem Sitz und mein Magen kribbelte vor Verlangen, als sich seine Lippen nur ein wenig nach oben verzogen.

„Nicht immer. Manchmal senke ich meine Ansprüche."

„Autsch. Mir bricht das Herz."

„Wie kommt es, dass ich das Gefühl habe, dass dein Herz im Moment deine geringste Sorge ist?"

4

———

LIOR

Ich musste zugeben, dass das Selbstbewusstsein des Typen verdammt sexy war. Ich würde es sehr genießen, ihn ein oder zwei Stufen runterzuholen.

„Du hast recht. Mein Herz ist tot, aber der ganze Rest von mir ist sehr lebendig und steht dir zur Verfügung."

Verdammt, er sah aus, als würde er sich gerade so viel wehren, dass es Spaß machte.

Der Barkeeper tauchte in meinem Blickfeld auf und war bereit, mein Glas nachzufüllen. Ohne den Blickkontakt zu unterbrechen, hielt ich mein Glas mit der Hand zu, um zu signalisieren, dass ich fertig war.

Wie kam es, dass ich nach einer Nacht voller destruktiver Gedanken und Taubheit jetzt einen One-Night-Stand landen wollte?

„Du kommst gleich zur Sache, oder?" Ich senkte die Tonlage meiner Stimme.

Er drehte sich auf seinem Hocker zu mir um. „Ich weiß, was mir gefällt, und mir gefällt, was ich kenne."

Ich kniff die Augen zusammen, als ich diese Worte hörte, die meinen eigenen so ähnlich waren. „Du kennst mich nicht."

„Ich weiß, dass du meine Zeit wert sein wirst und es ist lange her, dass das jemand geschafft hat."

Die Vorstellung, mich in einem Fremden zu vergraben, ohne mehr zu erwarten, war verlockend. Es war sicherlich eine gute Möglichkeit, die verbleibenden Stunden zu überbrücken, bis ich mit zwölf Geschäftspartnern in einem Raum sitzen musste, um zu erfahren, was mein Vater sich für das Unternehmen und mich wünschte, jetzt, da er nicht mehr da war.

Ich würde es bereuen, aber der Typ war heiß. Jung – wahrscheinlich fünfzehn Jahre zu jung – aber attraktiv und willig, und er schien keine Probleme damit zu haben, mit jemandem nach Hause zu gehen, was bedeutete, dass es keine Bindungen, keine anhänglichen Ex-Partner und keine unangenehmen Gespräche am Morgen danach geben würde.

Ich ließ ein paar Scheine auf die Theke fallen. Mehr als genug, um meine Drinks und ein großzügiges Trinkgeld zu bezahlen.

Er sprang so selbstsicher von seinem Hocker, dass ich für einen Moment Lust hatte, ihn zu verarschen.

„Grundregeln", sagte ich und genoss es, dass ich ihn mit meinen knapp 1,90 m überragte. Er würde seine Fersen ein wenig anheben müssen, um mich zu küssen.

So wie er mich ansah, würde er allerdings allem zustimmen.

„Grundregeln", ahmte er mich nach und leckte sich die Lippen.

„Ich habe das Sagen."

„Das wars?"

Ich nickte.

„Eine Regel. Die kann ich mir merken."

Eingebildeter kleiner Scheißer. „Ich nehme PrEP und wurde kürzlich negativ getestet. Seitdem war ich mit niemandem zusammen. Ich habe keine Kondome dabei, da ich nicht damit gerechnet habe, dass ... du auftauchst."

Er biss sich auf die Lippe und schluckte. „Mir geht es genauso."

„Sag es laut.“

Er schnaubte. „Nehme PrEP. Negativ. Wurde kürzlich getestet. Seitdem hatte ich niemanden. Können wir jetzt gehen?“

Ich mochte seine Ungeduld. Sie passte zu meiner, aber ich konnte mich beherrschen. Nun, teilweise. Beispiel: Wir sprachen über die Einzelheiten eines One-Night-Stands in einer Bar voller Menschen, weil ich wusste, dass ich mir in dem Moment, in dem ich ihn für mich allein hatte, nicht darauf verlassen konnte, dass ich besonnen bleiben würde.

„Ja, wir können gehen.“

Er nahm meine Hand und zog mich zum Ausgang. Ich hielt ihn auf, als wir in den Flur einbogen, der zu den Toiletten führte.

„Was ist los?“

„Ich mache das nicht hier.“

„Hier ist es sehr sauber.“

Ich drückte ihn gegen die Wand, legte eine Hand auf seine Hüfte und die andere auf die Wand über seinem Kopf. Er wurde unter meiner Berührung schlaff, aber seine Beule, die gegen meine drückte, war alles andere als das.

„Meine Tage als Toilettengänger sind vorbei“, flüsterte ich in sein Ohr, meine Lippen nur einen Hauch davon entfernt, ihn zu berühren.

„Du hast das Sagen“, hauchte er.

„Verdammt richtig, das habe ich.“

Dieses Mal nahm ich seine Hand und führte ihn aus der Bar, ohne darauf zu achten, wie gut sich seine etwas kleinere Hand in meiner anfühlte.

Mein Hotel war nur einen Häuserblock entfernt, aber so schnell, wie meine Gedanken rasten und sich mein Körper vor Vorfreude krümmte, hätten es genauso gut zehn sein können.

Der Typ ging neben mir mit einer Art von Elan, die nur jemand hatte, der sich um nichts in der Welt Sorgen machte.

Ich fragte mich, wie oft er schon Männer in derselben Bar aufgerissen hatte. Irgendetwas sagte mir, dass seine Trefferquote ziemlich hoch war. Wer würde nicht auf jemanden wie ihn stehen? Er war etwas kleiner als ich, seine Oberbekleidung saß tadellos, und er hatte einen kurzen, gestutzten Bart und leuchtend blauen Augen, die vor Selbstbewusstsein nur so strotzten.

Plötzlich fühlte sich meine sorgfältig aufgebaute Fassade so zerbrechlich an wie eine Flasche aus Zuckerglas.

„Ich wollte fragen …", sagte er. „Tauschen wir Namen aus oder …?"

„Keine Namen. Ich denke, es ist besser, wenn wir unseren Informationsaustausch auf ein Minimum beschränken."

Er lehnte sich beim Gehen an mich und flüsterte mit einer sinnlichen Stimme, die direkt auf meinen Schwanz wirkte.: „Welchen Namen werde ich rufen, wenn du mich kommen lässt?"

Ich hustete.

„Du kannst mich nennen, wie du willst."

Er tippte mit dem Finger auf seinen hübschen Mund und brachte mich dazu, meine Entscheidung zu überdenken.

Wie würde mein Name wohl aus seinem Mund klingen?

„Wir sind da", bemerkte ich.

„Du wohnst hier?"

„Ist das ein Problem?"

Er lächelte. „Überhaupt nicht. Es ist nur witzig, weil ich gar nicht so weit weg wohne. Ich kann das Gebäude von meiner Wohnung aus sehen."

Ich seufzte, aber ich konnte nicht anders, als mich für ihn zu erwärmen. Er war schrecklich darin, persönliche Informationen für sich zu behalten.

Die Fahrt in die oberste Etage war gefüllt mit schmutzigen, vielversprechenden Blicken und kaum merklichen Berührungen, die wir nicht weiterführen konnten, weil wir den Aufzug nie für uns allein hatten.

Als wir endlich vor meinem Zimmer ankamen, nahm ich die Schlüsselkarte heraus, zögerte aber, bevor ich sie an das Pad hielt.

„Kalte Füße?", neckte er mich.

Ich lehnte mich gegen die Tür und sah ihn an. „Warum ich? Du hättest heute Abend jeden in dieser Bar auswählen können."

Er verringerte den Abstand zwischen uns, bis er sich an mich drückte.

„Hast du in letzter Zeit mal in einen Spiegel geschaut?"

„Ja."

„Dann weißt du ja, wie heiß du bist."

Ich schob meine Hand hinter meinen Rücken, bis ich das Klicken hörte, als die Tür entriegelt wurde.

Kaum hatte sich die Tür hinter uns geschlossen, wurde ich auch schon dagegen gedrückt. Ich lächelte. Es war süß, dass er dachte, er hätte die Kontrolle.

„Ich muss dich küssen", murmelte er und hob die Hacken, um meine Höhe zu erreichen.

Tatsächlich musste ich mich nur ein paar Zentimeter vorbeugen. „Geduld", flüsterte ich gegen seine Lippen.

„Du bist ein verdammter Spielverderber."

Das war ich nicht, aber meine Unterlippe brannte wie Feuer, obwohl sie seine kaum berührt hatte. Wie sollte ich einen ganzen Kuss überstehen?

Solange ich ihm seine Hast vorwarf, konnte ich so tun, als wäre ich nicht derjenige, der kurz davor stand, ihm alles und noch mehr zu geben.

Ich konnte ihm aber keinen Vorwurf machen. Jüngere Männer waren immer darauf aus, den ersten Orgasmus hinter sich zu bringen. Es hatte eine Zeit gegeben, in der ich auch die ganze Nacht durchgehalten hatte, aber mit siebenundvierzig hatte ich Glück, wenn ich einen guten Orgasmus erleben konnte. Ich musste dafür sorgen, dass es sich lohnte.

„Ich will dich nicht auf die Folter spannen. Ich ziehe es in die Länge."

„Wir sind noch angezogen und deine Hände sind nicht einmal in der Nähe meines Körpers. Wenn du das noch länger hinauszögerst, setze ich mich noch zur Ruhe."

Das sanfte Licht von der Straße unten erhellte den Raum gerade so weit, dass ich sein Gesicht sehen konnte, ohne das Licht einzuschalten.

Ich schüttelte meinen Mantel ab und warf ihn auf einen Stuhl in der Nähe. „Zieh deinen Mantel aus", sagte ich und krempelte meine Hemdsärmel bis zu den Ellbogen hoch.

Sein Blick fiel auf meine Arme, und er sog den Atem ein, während er meine Anweisungen befolgte.

„Jetzt dein Hemd."

Ich ging zum raumhohen Glasfenster und tat mein Bestes, um die Art und Weise zu ignorieren, wie sich seine Muskeln kräuselten, als er sich auszog.

„Was jetzt?", fragte er hinter mir.

Als ich mich umdrehte und ihn völlig nackt vorfand, war das der Tropfen, der mein Fass zum Überlaufen brachte. Ich küsste ihn hart. Ausgerechnet heute hatte mir das Universum diesen Mann geschenkt. Er war das Versprechen, für einen Moment loszulassen, doch er wusste es nicht einmal.

Er stöhnte, als ich seine Zunge mit meiner streichelte. Seine Hände umklammerten mein Hemd so fest, dass einer der Knöpfe aufplatzte.

Die Glastür hinter mir wackelte, als er mich dagegen drückte.

Verdammt, der Typ konnte küssen. Es war fast schon leicht zu vergessen, dass ich eigentlich die Kontrolle haben sollte.

„Du musst mich vernichten. Lass mich dich für den Rest der Woche spüren", hauchte er, bevor er mit seinen Zähnen über meine Unterlippe fuhr.

Seine raue Stimme war so voller Verlangen.

„Du weißt nicht, worum du bittest."

Ich fuhr mit meiner Hand durch sein Haar, die andere fest auf seiner Hüfte. Er würde einen blauen Fleck davon bekommen, weil ich so fest zupackte. Meine Selbstbeherrschung hing am seidenen Faden. Ein leichtes Ziehen, und ich würde ihn mit ins Bett nehmen und ihn ins nächste Leben ficken.

Er zog sich zurück und drehte uns so, dass er zur Straße blickte. Mit den Händen auf der Scheibe und den Beinen weit gespreizt, bot er sich mir geradezu an.

„Jesus, verdammt", knurrte ich.

Mein Schwanz war in meiner Hose hart wie Stahl. Ich öffnete den Knopf und ließ den Reißverschluss gerade so weit herunter, dass ich mich selbst befreien konnte. Es hatte etwas für sich, angezogen zu bleiben, während er völlig nackt war.

Ich wusste nicht, woher diese Gefühle des Besitzanspruchs und des *Habenwollens* kamen, aber ich wollte den Körper dieses Typen vereinnahmen. Wenn er mich über diese Nacht hinaus spüren wollte, würde ich ihm das nicht verweigern.

„Nicht bewegen", forderte ich und küsste seinen Nacken, während meine Hände seinen Körper erkundeten.

„Hmm ... mehr ..."

Ich lachte leise.

Seine Brustwarzen verwandelten sich unter meiner Berührung in winzige Hügel. Ich wollte sie lecken, seinen prächtigen Schwanz in die Hände bekommen, jeden Zentimeter seines Körpers küssen.

Ich ging auf die Knie, spreizte seine Arschbacken und stürzte mich mit dem Gesicht voran auf ihn. Je länger ich sein Loch mit meiner Zunge fickte, desto mehr drückte er sich vor Verlangen gegen mich. Sein Kopf schlug mit einem dumpfen Geräusch gegen das Glas, als ich einen Finger in ihn schob.

„Bist du bereit für meinen Schwanz?" Ich streichelte meine Länge. Mittlerweile war ich mehr als bereit, ihn zu füllen.

„Verdammt, ja. Gestern schon."

Er zischte, als ich einen zweiten Finger hinzufügte. Ich drückte mich hoch presste meinen Körper an seinen. „Wie oft bist du passiv?"

Sein Schweigen schrie mich an, vorsichtig zu sein.

„Selten."

„Warum jetzt?"

„Ich weiß es nicht. Ich weiß nur, dass ich es von dir brauche." Er neigte den Kopf zur Seite, um mich mit schweren Lidern anzusehen. „Du bist noch angezogen. Verdammt, das ist so heiß."

Er entspannte sich unter meiner Berührung, und der dritte Finger brachte ihn zum Betteln.

„Du wirst meinen Schwanz sofort nehmen, oder?"

Er nickte.

Ich tastete in meinen Taschen herum und stellte fest, dass ich kein Gleitgel dabeihatte, weil ich in die Bar gegangen war, um mich zu betrinken, und nicht, um den perfektesten Arsch zu finden, den ich je gesehen hatte. „Verdammt. Ich habe kein Gleitgel dabei."

„Ich brauche keins." Er ging auf die Knie und nahm meinen Schwanz bis zum Anschlag in den Rachen. Der Blowjob war schlürfend und schmutzig, und verdammt, er sah gut aus auf den Knien.

Plötzlich stand er auf und brachte mich aus dem Gleichgewicht.

„So. Alles gut."

Das war es verdammt noch mal wirklich.

Er nahm wieder seine Position ein, und ich richtete meinen Schwanz aus und stieß in ihn hinein.

5

NOAH

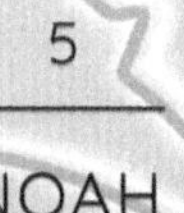

Ich biss die Zähne zusammen, als er mich ausfüllte. Es war schmerzhaft. Und schmerzhaft langsam.

Was war über mich gekommen, als ich ihn gebeten hatte, mich zu zerstören? Ich konnte mich nicht daran erinnern, wann ich das letzte Mal in den Arsch gefickt worden war, also warum hatte ich ihm jetzt so eifrig diesem Mann zur Verfügung gestellt?

Mein Therapeut hätte den Spaß seines Lebens, wenn ich einen hätte.

Zentimeter für Zentimeter drang er in mich ein.

„Geht es dir gut?", flüsterte er mir ins Ohr.

Seine Sorge war süß, obwohl sein großer Körper mich gegen die kalte Scheibe drückte. Der Balkon bot uns eine zusätzliche Schutzschicht vor neugierigen Blicken, und da das Licht im Zimmer ausgeschaltet war, wusste ich, dass die Wahrscheinlichkeit, dass wir gesehen wurden, gering war.

Nun, ich zumindest, denn während ich splitternackt und mit steifem Schwanz dort stand, war mein Silberfuchs, *aka der Fremde*, noch vollständig angezogen. Allein dieser Unterschied brachte etwas zum Vorschein, das ich nicht weiter vertiefen wollte. Nicht, während mein Schwanz über das vom Boden bis zur Decke reichende Glasfenster tropfte.

„Fick mich einfach."

„Du willst den Ton angeben, liegst aber unten, mein Lieber."

Ich keuchte, als er sich fast ganz herauszog, bevor er wieder in mich eindrang. In dieser Position traf sein Schwanz nicht auf meine empfindliche Stelle, so wie ich es brauchte, um zu kommen.

„Mach das noch mal", flehte ich.

„Ist es das, was du wolltest, als du heute Abend in die Bar gegangen bist?"

„Ja." Nein. Vielleicht?

Er hielt meine Hände über meinem Kopf fest und verschränkte seine Finger mit meinen. Wir waren eine Mischung aus Grunzen und Haut, die auf Haut klatschte. Der Geruch von Sex war berauschend.

„Du bist so verdammt eng. Dein Arsch ist ein Kunstwerk", stieß er zwischen zusammengebissenen Zähnen hervor, während er mich gegen das Glas fickte, bis ich ohnmächtig zu werden drohte.

„In der Bar", schluckte ich, „hattest du diese *Riesiger-Schwanz*-Energie."

„Schwanz-Energie?", lachte er.

Ich nahm seine Stöße auf und versuchte, ihn dazu zu bringen, meine Prostata zu treffen.

„Ja. Die Art, wie du das Scotchglas gehalten hast. Deine langen, sexy Finger. Ich wusste einfach, dass du gut sein würdest. Ich habe mich nicht geirrt."

„Wie nah bist du dran?"

„So verdammt nah."

Ohne mit der Wimper zu zucken, drückte er meine Beine etwas weiter auseinander. Seine Hände wanderten zu meinen Hüften und zogen meinen Arsch nach hinten. In dieser Position brachte mich jeder Stoß der Ekstase näher und näher.

Schweiß rann mir den Rücken hinunter. Meine Stirn rutschte über das kühle Glas und hinterließ einen Abdruck.

Er zog meinen Kopf zurück gegen seine Schulter, legte seine große Hand um meinen Hals und drückte so fest zu, dass jeder Atemzug, den ich nahm, unterbrochen wurde.

Mein Puls pochte in meinen Ohren und mein Körper sehnte sich nach Erlösung.

„Wenn du das nächste Mal von deiner Wohnung aus auf dieses Hotel schaust, möchte ich, dass du an diesen Moment denkst. Wie du völlig im Besitz eines Fremden warst, der keinen Namen hatte. Ich möchte, dass du dich fragst, ob ich dein Sperma vom Glas gewischt oder es für die Zimmermädchen am Morgen hinterlassen habe."

Mein Orgasmus steigerte sich mit jedem Stoß in meinen Arsch und jedem Wort, das mir ins Ohr gehaucht wurde. Sein Atem roch nach teurem Scotch, und ich wollte sein Rasierwasser auf meiner Haut spüren.

„Komm für mich."

Während er die Worte aussprach, färbten sich die Gläser mit meinen Spermasträngen, die daran herunterliefen und sie markierten. Ein Beweis dafür, wie sehr ich von diesem Mann wirklich zerstört worden war.

Ich presste meine Hände auf das Glas, um die Position zu halten, während seine Stöße an Finesse verloren und er seinem eigenen Orgasmus hinterherjagte.

Er stöhnte, als er kam, und dann spürte ich es in mir. Mein Silberfuchs wurde still und atmete schwer gegen meinen Nacken.

War es krank, dass ich wollte, dass er noch ein wenig in mir blieb? Oder dass ich sein Sperma in mir behalten wollte, zumindest bis ich in meiner Wohnung war und die Beweise für das, was gerade vorgefallen war, unter der Dusche weggespült hatte?

Er zog sich langsam zurück und küsste dabei meine Schulter. Irgendetwas in meinem Bauch fühlte sich seltsam an. Wahrscheinlich, weil ich noch nie in meinem Leben so Sex gehabt hatte. Es war ungeschützt, fordernd, verzweifelt gewesen.

Ich nahm meine Kleidung, vermied Augenkontakt und zog mich an, in der Hoffnung auf einen einfachen Abgang.

Als ich meine Jacke anzog, richtete er den Kragen für mich.

„Alles okay? Willst du bleiben?"

Verdammt, er war zu nett, und ich konnte im Moment nicht mit Nettigkeit umgehen, da ich mich innerlich so aufgewühlt fühlte.

„Ich muss morgen früh raus."

Er nickte, seine Hand wanderte zu meiner Wange und er küsste mich.

„Danke. Du warst ein unerwartetes Highlight in einer ansonsten schlechten Nacht voller schlechter Entscheidungen."

Ich lächelte. „Schön zu wissen, dass ich nicht eine davon war."

Seine Finger fuhren durch mein Haar und glätteten es. „Ich möchte dich nach deinem Namen fragen. Ob ich dich wiedersehen darf oder ob du für eine Wiederholung zu haben wärst."

„J..."

Er legte seine Hand auf meinen Mund.

„Bring mich nicht in Versuchung. Du bist viel zu perfekt für mich, was bedeutet, dass du auch viel zu schlecht für mich wärst. Ich habe nicht ... die Fähigkeit, etwas anzufangen. Nicht einmal etwas Unverbindliches."

Ich betrachtete seine dunklen Augen, seinen salz- und pfeffergrauen Bart und die Muskeln, die unter seinem Hemd hervorlugten. War ich für die fehlenden Knöpfe verantwortlich?

„Ich kann nicht sagen, dass ich nicht traurig bin, weil ich diesen sexy Körper nicht erkunden durfte. Ich werde den Rest meiner Tage einfach am Fenster verbringen, zu diesem Ort hinaufschauen und mir einen runterholen, während ich mich an den Erinnerungen daran erfreue, wie du mich ausgefüllt und mich über das ganze Glas kommen lassen hast."

Er stöhnte. „Siehst du? Du bist viel zu verlockend."

Ich lachte leise. „Dann verschwinde ich mal aus deinem Blickfeld." Ich stellte mich auf die Zehenspitzen und küsste ihn. „Gute Nacht, sexy Silberfuchs-Fremder mit dem großen Schwanz."

Dann ging ich aus dem Hotel, ohne mich noch einmal umzudrehen und zu sehen, ob ich das Fenster von außen finden konnte.

Auf dem ganzen Heimweg war mein Gehirn ein wirres Durcheinander aus Gefühlen, Gedanken und Verwirrung.

Ich wusste, dass mein Verhalten viel damit zu tun hatte, wie ich mit dem Schmerz umging, den ich immer noch in meinem Herzen trug.

Der beste Weg, über jemanden hinwegzukommen, ist, unter viele andere zu kommen.

Das war seit Jahren meine Methode. Heute Abend war es nicht anders gewesen, aber es hatte sich anders angefühlt.

Als ich in meinem Gebäude ankam, überlegte ich, ob ich an Jax' Tür klopfen sollte, aber es war spät und er hatte einen Jetlag, also schlief er wahrscheinlich schon.

Ich musste mich dafür entschuldigen, dass ich ihn wegen eines Schwanzes sitzen gelassen hatte. Ich hatte auch das Bedürfnis nach Ablenkung, aber heute Abend würde er es nicht sein.

Meine Wohnung fühlte sich kalt und leer an. Ich ging zum Fenster, von dem aus ich das Hotel sehen konnte, und starrte hinaus.

Dank des Balkons im Zimmer fand ich sein Fenster sofort. Das Hotel war eines dieser alten Gebäude mit einer Marmorfassade und einem unverwechselbaren altmodischen Aussehen. Es gab einen einzigen Balkon, von dem ich jetzt wusste, dass er zu der Suite gehörte, in der ich gerade gefickt worden war.

Verdammt, sein Sperma war immer noch in mir.

Mein Schwanz regte sich, was ein Zeichen dafür war, dass ich den Fremden verdrängen, duschen und ins Bett gehen musste.

Diese Nacht würde ausreichen müssen, um mich eine Weile über Wasser zu halten.

Meine Brüder brauchten mich.

Lex stand kurz vor einem Zusammenbruch oder einer schweren Depression, und Adam, der Lex gegenüber ein tapferes Gesicht aufsetzte, fühlte viel von dem, was Lex empfand.

Jetzt war er verlobt, und obwohl ich nicht unbedingt damit einverstanden war oder dachte, dass er es aus den richtigen Gründen getan hatte, wollte ich ihn unterstützen.

Als ich aus der Dusche kam, klingelte mein Handy mit einer Nachricht.

LEX

Bist du wach?

NOAH

Ja. Willst du reden?

Mein Handy klingelte mit einem Videoanruf. Ich nahm ab, während ich eine Jogginghose aus einer Schublade zog.

„Hey, Lexy-Loo!", rief ich und nannte ihn bei dem blöden Spitznamen, den ich ihm als Kind gegeben hatte.

„Hey. Ich wollte nur über ... na ja, vorhin reden. Mir geht es gut. Ich weiß, ich sehe nicht immer so aus, als ob es mir gut ginge, aber ..."

„Ja klar, dir gehts gut." Ich seufzte. „Lex, ich liebe dich, Bruder. Du sollst nur wissen, dass ich immer für dich da bin, okay?" Man brauchte schon einen Schwindler, um einen Schwindler zu erkennen, und Lex war einer, obwohl er das nie zugeben würde.

In dieser Hinsicht hatten alle Spencer-Brüder etwas gemeinsam. Wir waren verdammt stur. Das kam vom portugiesischen Blut unserer Mutter.

„Danke, Noah. Das wollte ich nur gesagt haben."

„Ich verstehe dich. Sehen wir uns morgen im Büro?"

6

LIOR

Als ich den Konferenzraum in der Hauptgeschäftsstelle von Van Stern Enterprises betrat, herrschte Stille.

Dreizehn Gesichter starrten mich an. Zwölf Geschäftspartner und meine Mutter.

„Ich würde gern *Guten Morgen* sagen, aber das bleibt abzuwarten."

„Lior", erwiderte meine Mutter in demselben Ton, den sie angeschlagen hatte, als ich zehn Jahre alt gewesen war und meine Hausaufgaben vernachlässigt hatte, um meinen Großvater in seiner Werkstatt zu besuchen.

Glasmalerei war sein Leben und seine Leidenschaft gewesen. Ja, sein Talent hatte den Weg zu einem Fortune-500-Unternehmen geebnet, aber im Grunde war er in erster Linie ein Handwerker gewesen.

Ich hatte seine Geschichte so oft gehört.

„*Vergiss nicht, woher wir kommen, Lior. Dein niederländischer Grandpa hat mir alles beigebracht, was er über Buntglasmalerei wusste, damit sein Vermächtnis für die neuen Generationen nach Kriegsende erhalten bleibt.*"

„*Er hat dich Grandma heiraten und sie nach Amerika bringen lassen. Sie war sehr hübsch.*"

„Die schönste Frau, die ich je getroffen habe.“

„Als du und Granny hierhergezogen seid, habt ihr eure Werkstatt eröffnet und alles in die Praxis umgesetzt, was euch Great-Grandpa beigebracht hat. Und deshalb tragen wir Grannys Namen.“

„Richtig.“

„Kannst du mir helfen, ein Fenster für Moms Büro zu gestalten? Es braucht mehr Farbe und ihr Geburtstag steht vor der Tür.“

„Auf jeden Fall, Lior.“

Ich verdrängte die Gedanken an Großvater. Heute ging es um den anderen Mann, der mein Leben geprägt hatte und dabei war, meine Zukunft zu prägen.

„Hallo, Mom.“ Ich küsste sie auf die Wange und nahm meinen Stuhl neben ihren Platz am oberen Ende des großen Konferenztisches ein.

„Du bist gestern früh gegangen.“

Ich biss mir auf die Zunge, um nicht den Elefanten im Raum zu erwähnen oder etwas zu sagen, das ich bereuen würde.

Entschuldige, Mom, ich bin lange genug geblieben, um meinen Terminkalender für die nächsten zehn Jahre zu füllen. Also dachte ich mir, dass ein Drink und ein Fick mit einem Fremden meine Belohnung dafür sind, dass ich während der Beerdigung meines Dads Geschäfte machen musste. Oh, und vergib mir, dass ich nicht in der Nähe von Menschen sein wollte, nachdem ich herausgefunden hatte, dass mein Dad ein geheimes Testament hat.

Ja, das würde gut ankommen.

Im Raum sprachen alle flüsternd miteinander, aber sie hätten genauso gut schreien können.

Warum hat Lior Van Stern Sr. ein geheimes Testament?

Was steht darin? Gibt es ein geheimes Kind?

Wollte er seine eigene Familie in den Ruin treiben?

Was habe ich davon?

Ich scrollte durch die E-Mails auf meinem Handy, um sie alle auszublenden, bis Mr. Hoffman hereinkam. Der Anwalt, den mein Vater engagiert hatte, ohne es seiner Frau und seinem einzigen Sohn zu sagen.

Gedanken an die letzte Nacht kamen auf und ich fühlte mich schuldig, weil ich in Erinnerungen schwelgte.

Ich konnte mich nicht daran erinnern, wann ich jemals eine so schnelle Verbindung zu einem anderen Mann gehabt hatte. Die Art und Weise, wie er sich so bereitwillig hingegeben hatte, als wäre es etwas, das er mehr brauchte als wollte. Es rief eine Seite in mir hervor, die nicht sehr oft zum Vorschein kam.

„Guten Morgen, Mrs. Van Stern, Mr. Van Stern, meine Herren." Mr. Hoffman betrat den Konferenzraum und hielt seine Aktentasche an die Brust, als hätte er Angst, dass jemand sie ihm entreißen würde.

Er stellte die Aktentasche auf den Tisch. Das Klicken der Verschlüsse hallte laut durch den Raum, in dem nun Stille herrschte.

Dachten wirklich alle, dass mein Vater ein dunkles Geheimnis hatte, das die Firma zerstören würde?

„Da ich mich bereits vor diesem Treffen jedem von Ihnen vorgestellt habe, können wir gleich zur Sache kommen, oder?" Mr. Hoffman sah meine Mutter und mich an.

„Bitte", sagte ich.

„Mr. Van Stern hat kurz nach seiner Diagnose meine Anwaltskanzlei kontaktiert. Er wollte sicherstellen, dass seine Wünsche von einer dritten Partei ohne Verbindung zu Van Stern Enterprises vertreten werden." Er wandte sich meiner Mutter zu. „Mr. Van Stern war ein willensstarker Mann, aber auch nur ein Mann, und es war mir ein Vergnügen, mit ihm zusammenzuarbeiten.

„Im vergangenen Jahr hatte ich Zugang zu einer Seite von Herrn Van Stern, die er vielleicht nur einigen wenigen vorbehalten hatte. Wir waren nicht immer einer Meinung, aber wie gesagt, er war ein entschlossener Mann."

Ich hielt die zitternde Hand meiner Mutter unter dem

Tisch. Im Gegensatz zu vielen Freunden und engen Bekannten meiner Eltern hatten sie aus Liebe geheiratet.

Es musste schwer für sie sein, von jemandem, den sie gerade erst kennengelernt hatte, etwas über meinen Vater zu hören, insbesondere unter der genauen Beobachtung der Geschäftspartner.

„Bevor ich Herrn Van Sterns Testament verlesen werde, möchte ich Sie alle daran erinnern, dass er bei klarem Verstand war, als er seine letzten Wünsche niederschrieb. Dies wurde sowohl von seinem Arzt als auch von meinem Anwaltsteam bezeugt."

Ich behielt den Tisch im Auge und konzentrierte mich auf eine winzige Oberflächenunebenheit.

Da niemand Einwände erhob, zog Mr. Hoffman einen Umschlag aus seiner Aktentasche und begann zu lesen.

„Liebe Mathilda, Lior und ihr Blutsauger, die ihr nur wegen des Geldes hier seid."

Ich schnaubte, während im Raum weiterhin Stille herrschte. Mein Vater war immer offen und ehrlich gewesen, aber ich hatte noch nie gehört, dass er seine Geschäftspartner direkt als Blutsauger bezeichnet hatte. Den schockierten Gesichtern am Tisch nach zu urteilen, war dies auch für sie eine Premiere.

Mr. Hoffman räusperte sich, bevor er fortfuhr.

„Zuallererst muss ich mich bei meiner lieben Mathilda entschuldigen, der Liebe meines Lebens und der einzigen Person, die willensstark genug war, sich mit meinem streitsüchtigen Arsch abzugeben."

Ich hielt die Hand meiner Mutter fest und drückte sie. Ihr Kinn zitterte ein wenig, und ich hasste meinen Vater dafür, dass er sie dazu zwang, dies in einem Raum voller Geschäftspartner durchzumachen, anstatt nur mit der engeren Familie.

„Van Stern Enterprises begann als ein Werk der Liebe. Mein Dad nahm den Nachnamen meiner Mom an, um ihren Dad zu ehren, von dem er sein Handwerk gelernt hatte. Die Geschichte ist in unseren historischen Archiven gut dokumentiert. Die

meisten Akten befinden sich im Cliffborough Glasmalereimuseum, das einst das Haus der Familie Van Stern außerhalb der Stadt war.

„Wenn ich so darüber nachdenke, hatte mein Dad Überzeugungen, die für die Verhältnisse in Amerika in den 1940er Jahren modern waren. Das hat wahrscheinlich damit zu tun, dass er während seiner Stationierung in Europa während des Zweiten Weltkriegs so viel Tod, Zerstörung und Verlust gesehen hat.

„Wie viele Männer seiner Zeit sprach er nur selten über diese Zeit, es sei denn, um zu erzählen, wie er meine Mom und ihre Familie kennengelernt hatte. Wie er es geschafft hatte, sie nach dem Krieg in die Vereinigten Staaten zu bringen, und wie stolz er darauf war, das Erbe seines Schwiegervaters, meines Grandpas, fortzusetzen, dessen Werk größtenteils zerstört worden war, als Kirchen in ganz Europa bombardiert wurden.

„Von Buntglasfenstern in öffentlichen Gebäuden über private Aufträge bis zu dem Unternehmen, das wir heute haben, wäre nichts davon möglich gewesen, wenn sich ein junger Mann nicht in die richtige Person verliebt und seine Leidenschaft für die Kunst der Glasmalerei und die Möglichkeiten, die die Arbeit mit Glas bietet, entdeckt hätte.

„Aber genug der Geschichtsstunde. Viele von euch fragen sich vielleicht, was mit meinem Platz im Unternehmen geschehen wird, jetzt, wo ich nicht mehr da bin.

„Mein Sohn Lior, den ich mehr liebe, als er wahrscheinlich weiß, hat das Glasmalereimuseum übernommen, nachdem mein Dad verstorben war. Es war sein Zuhause und seine Leidenschaft.

„Seit Lior ein kleines Kind war, habe ich davon geträumt, ihm das Familienerbe zu übergeben. Vielleicht habe ich es versäumt, ihn so stark wie möglich ins Geschäft einzubinden, als ich sah, dass er die Leidenschaft seines Grandpas für Buntglas mehr teilte als meine für das Geschäft. Vielleicht war es richtig, was ich getan habe.

„Unabhängig davon braucht Van Stern Enterprises einen neuen CEO. So ungerecht es auch erscheinen mag, ich hinterlasse Lior dieses Erbe unter einer Bedingung.“

Mr. Hoffman legte den Brief hin, sehr zum kollektiven Aufschrecken im Raum.

Dann holte er einen Stapel Akten aus seiner Aktentasche und reichte jedem im Raum eine.

„Ich bitte Sie, mich den Brief zu Ende lesen zu lassen, bevor Sie die Akte öffnen", erklärte er.

Mir drehte sich der Magen um. Ich hatte immer gewusst, dass mein Vater mir den Mehrheitsanteil des Unternehmens hinterlassen würde. Die Bedingungen, die damit anscheinend verbunden waren, ließen mich unter meiner Anzugjacke schwitzen.

Als ich das Museum von meinem Großvater geerbt hatte, dachte ich, meine Rolle innerhalb der Familie und des Unternehmens sei festgelegt. Aber mein Vater hatte deutlich gemacht, dass er wollte, dass ich das Unternehmen übernahm, wenn er in Rente ging.

Bis dahin hätte noch viel Zeit vergehen sollen. Ich hatte begonnen, meine Beteiligung am Unternehmen genauso zu genießen wie die Arbeit im Museum, aber ich hatte gedacht, ich hätte mehr Zeit, um mich an den Gedanken zu gewöhnen, dass ich mich von meinem praktischen Ansatz im Museum verabschieden müsste.

War ich bereit, ein Unternehmen zu leiten, das zu einem multinationalen Unternehmen expandiert war, das alles aus Glas herstellte, von Haushaltswaren bis zu Dekorationen und Geschenken? Ganz zu schweigen davon, dass wir immer noch führend in Sachen Buntglas waren?

Die Akte brannte in meinen Händen. Ich wollte sie jetzt öffnen und die Bedingung erfahren, die mein Vater gestellt hatte, bevor ich die von ihm vakant gelassene Position übernehmen konnte.

Mr. Hoffman kehrte an seinen Platz am Tisch zurück und las den Brief weiter.

„Lior wird meine Rolle als CEO von Van Stern Enterprises nicht übernehmen, es sei denn, er heiratet innerhalb von sechs

Monaten. Erst dann werden meine sechzigprozentigen Anteile an der Firma an ihn übergehen."

„Entschuldigung, wie bitte?", fragte ich hustend. Ich schaute meine Mutter an, die genauso überrascht aussah.

„Bitte, Mr. Van Stern, lassen Sie mich den Brief zu Ende lesen, dann kann ich all Ihre Fragen beantworten."

„Es tut mir leid. Ich dachte, ich hätte gerade in einem Raum voller Geschäftspartner gehört, dass mein Vater möchte, dass ich, ein siebenundvierzig Jahre alter Mann, innerhalb der nächsten sechs Monate heirate, um die Rolle zu übernehmen, die mein Geburtsrecht ist. Entschuldigen Sie bitte, dass ich ein wenig schockiert bin."

Mr. Hoffman hob den Brief hoch und fuhr fort:

„Ich habe meinem Sohn einen separaten Brief geschrieben, um ihm die Gründe für diese Entscheidung zu erklären. Das wird für viele ein Schock sein, nicht zuletzt für Lior und meine liebe Mathilda, aber ich bin fest davon überzeugt, dass diese Bedingung richtig ist. Während mein Körper langsam dieser schrecklichen Krankheit nachgibt, ist mein Geist immer noch gesund. Mr. Hoffman wird alle Fragen beantworten können und erklären, wie sich dieser Übergang auf jeden auswirken könnte."

Mr. Hoffman legte den Brief beiseite und öffnete die Akte vor sich.

Ich stand auf. „Ist das ein Scherz?"

„Ich versichere Ihnen, dass dem nicht so ist, Mr. –"

„Nennen Sie mich Lior." Ich ging im Zimmer auf und ab. „Was passiert, wenn ich es nicht mache?"

„Wenn Sie in sechs Monaten nicht verheiratet sind, werden die Anteile Ihres Vaters auf den Markt gehen und Sie werden die Dividende erhalten."

„Was ist mit dem Museum?"

„Das Museum ist an das Unternehmen gebunden."

Er musste nichts weiter sagen. Ich würde mein Zuhause verlieren.

7

NOAH

Ich starrte seit mindestens zehn Minuten auf dieselbe Seite in meinem Computerbrowser. Als ich das Foto sah, schaute ich sofort auf, um sicherzustellen, dass niemand es gesehen hatte. Das war dumm, denn ich war in meinem Büro, sodass nur ich meinen Bildschirm sehen konnte.

Außerdem wusste erstens niemand, was an diesem Tag im Hotel passiert war, und zweitens war nichts Falsches daran, die Website eines potenziellen Kunden zu überprüfen.

Es war drei ganze Wochen her, seit ich in diese dunklen Augen gestarrt hatte, und es war kein Tag vergangen, an dem ich nicht daran dachte, wie sein Schwanz mich ausfüllte. Seine Hand an meinem Hals. Seine raue Stimme in meinem Ohr, die mir befahl, zu kommen.

Vielleicht lag es daran, dass wir die Dinge anonym gehalten hatten. Die Verschwiegenheit war höllisch heiß. Oder daran, dass ich wusste, dass es nie wieder passieren würde. Aber diese Nacht hatte sich in mein Gehirn eingebrannt und wollte nicht mehr loslassen.

Alles, was ich tun konnte, war, mir täglich vor meinem Fenster einen runterzuholen, während ich wie ein Perverser auf den Balkon des Hotelzimmers starrte. Und obwohl es nicht mit der Realität mithalten konnte, war es besser als nichts. Und das Einzige, was ich tun konnte. Bis jetzt. Bis sein Gesicht auf meinem Computer erschien.

Lior Van Stern.

Der Mann hatte einen sexy Namen, der zu seinem grüblerischen Gesicht, seinem heißen Körper und seinem großen Schwanz passte.

Ich war so was von am Arsch.

Das Cliffborough Glasmalereimuseum suchte nach einer PR- und Marketingagentur, die bei der Einführung der neuen Reihe von Sommerworkshops helfen sollte, die sie der Öffentlichkeit anboten.

Das Museum stand schon seit einiger Zeit auf meiner Hitliste. Als Account Director der Agentur war es meine Aufgabe, mich um unsere bestehenden Kunden zu kümmern und nach neuen Aufträgen Ausschau zu halten.

Heutzutage verbrachte ich mehr Zeit damit, mich um unsere aktuellen Kunden zu kümmern, als nach neuen zu suchen, dank unseres Rufs, kreative und erfolgreiche Kampagnen zu liefern, die Ergebnisse erzielten. Aber ich war immer bestrebt, unseren Kundenstamm zu erweitern.

Van Stern Enterprises war in dieser Hinsicht ein großes Ziel.

Was zum Teufel sollte ich tun?

Wir konnten es uns auf keinen Fall leisten, eine Anfrage des Museums zu ignorieren. VSE war ein riesiges Unternehmen, und dies könnte der Durchbruch sein, den wir brauchten, um groß rauszukommen.

Wenn wir mit ihnen zusammenarbeiteten, würden wir in Zukunft die Wahl zwischen hochkarätigen Projekten haben.

Seit der Gründung unseres Unternehmens wollten meine Brüder und ich schon immer kleinen Unternehmen kostenlose Dienstleistungen anbieten. Ihnen helfen, auf die Beine zu kommen und mit einer guten Kampagne Sichtbarkeit zu erlangen. Das konnten wir nur tun, wenn wir genug Einnahmen aus anderen Projekten erwirtschafteten.

Ich musste darüber nachdenken, aber zuerst brauchte ich etwas Abstand, also schloss ich den Browser und fuhr meinen Computer herunter. „Auf dem Weg nach draußen?"

Ich zuckte zusammen, als ich Adam an meiner Bürotür lehnen sah. „Verdammte Scheiße, Adam."

Er kratzte sich am glattrasierten Kinn. „Ich habe geklopft, aber du schienst sehr beschäftigt zu sein. Ein neuer Kunde?"

„Ja, ein potenzieller großer neuer Kunde. Van Stern Enterprises."

Er schnappte nach Luft. „Du verarschst mich."

„Nein, wirklich."

„Was auch immer sie wollen, wir werden es tun. Kannst du dir vorstellen, wie viel Umsatz wir mit ihnen machen könnten? Ganz zu schweigen davon, dass es unserem Leitbild zugutekäme."

„Ich weiß. Überlass das mir. Wolltest du etwas?"

Er sah sich um, kam herein und schloss die Tür. „Wegen Lex ..."

„Geht es ihm gut?" Ich stand auf, bereit, in sein Büro zu laufen.

Adam hob die Hand, damit ich mich wieder hinsetzte, während er sich auf den Platz gegenüber meinem Schreibtisch niederließ. „Es geht ihm gut. Das ist das Problem. Wie kann es ihm gut gehen? Auf meiner Verlobungsfeier war er völlig fertig und dann ..."

„Adam, du hast deine Verlobungsfeier am selben Ort abgehalten, an dem er seinem Freund einen Antrag gemacht hat, der dann spurlos verschwunden ist. Wie hast du erwartet, dass er darauf reagiert?"

Man musste Adam zugutehalten, dass er ein wenig in seinem Stuhl zusammensackte.

„Ich weiß. Ich hätte Victoria mehr Druck machen sollen, die Party woanders zu feiern."

Ich hatte Adam meine Gedanken bereits ausführlich mitgeteilt, sodass es keinen Sinn machte, noch einmal darauf einzugehen. „Das ist jetzt Vergangenheit und Emery ist zurück."

„Das ist es ja. Lex ist fest entschlossen, Emery wiederzutreffen, herauszufinden, was vorgefallen ist und wie er sein Gedächtnis verloren hat. Was, wenn das alles schlecht ausgeht? Wir müssen ihm helfen, bevor er wieder verletzt wird."

Ich rieb mir mit beiden Händen die Schläfen. Vor einer Woche hatte Lex einen *Roten Alarm* ausgerufen – unser brüderliches Bat-Signal. Als wir bei ihm ankamen, stand er kurz vor einer Panikattacke, weil er auf dem Bauernmarkt auf seinen Ex-Freund getroffen war.

Emery, den ich immer wie einen Bruder geliebt und von dem ich gedacht hatte, dass er das Beste war, was Lex passieren konnte, hatte ihm erzählt, dass er einen Autounfall gehabt und sein Gedächtnis verloren hatte. Ihr Treffen auf dem Markt war rein zufällig gewesen, und Lex war überzeugt, dass Emery ehrlich war. Das war alles, was wir wussten.

Ich musste zugeben, dass meine Vorschläge, die Wahrheit aus Emery herauszubekommen, nicht gerade hilfreich gewesen waren, denn obwohl die meisten Leute glaubten, dass ich unter Druck großartig war, war ich es in Wirklichkeit nicht. Meine Standardeinstellung war die eines schlampigen Attentäters. Töte sie oder ficke sie. Und wenn du dich nicht entscheiden kannst, dann ficke sie zu Tode.

„Er sagte, er würde es langsam angehen lassen", meinte ich.

„Ich weiß, aber ich bin mir nicht sicher, ob er das kann. Er hat nie aufgehört, Emery zu lieben. Wie würdest du dich fühlen, wenn die verlorene Liebe deines Lebens vor dir stünde?"

Ich würde sie umbringen. Seht ihr? Einfach.

„Ich weiß es nicht, Adam, aber es liegt an Lex, herauszufinden, ob Emery die Wahrheit sagt und ob zwischen ihnen noch etwas ist."

Er seufzte.

„Ich weiß, dass das für dich mit eurer seltsamen Zwillingsverbindung schwierig ist, aber ... ich weiß nicht. Vielleicht solltest du ihm zeigen, dass du hinter ihm stehst, damit er weiß, dass er einen sicheren Hafen hat, wenn alles zusammenbricht."

Er stand auf und streckte mir seine geballte Hand entgegen. Ich schlug ein.

„Und deshalb bist du der Ältere", sagte er. „Vielleicht nicht der Schönste, aber du bist weise."

„Leck mich, ich bin umwerfend."

Mir gefiel der Klang seines Lachens, als er das Büro verließ.

Auf dem Weg nach draußen rief ich Jax an, damit wir uns bei Tanner's treffen konnten. Ich brauchte jemanden zum Reden, und dafür kamen meine Brüder nicht infrage.

„Verdammt, Doktor. Darf ich dir sagen, wo es wehtut?" Jax war ein furchtbar gut aussehender Mistkerl. Er war unglaublich schlau und heiß, da er sein Medizinstudium während seiner Zeit beim Militär abgeschlossen hatte, was eine Fitness erforderte, die ich nie erreichen konnte. Der Typ war echt durchtrainiert.

„Du siehst nicht gut genug aus, damit ich mein Stethoskop raushole."

„Autsch. Du triffst mich immer da, wo es wehtut, oder?"

Er rief den Barkeeper und bestellte uns zwei Bier.

„Sag mir, warum ich nach einer 36-Stunden-Schicht im Krankenhaus in einer Bar bin und nicht daheim im Bett."

„Verdammt, so siehst du nach einer langen Schicht aus? Ich sehe nach einem einzigen Training aus, als wäre ich ausgeraubt und zusammengeschlagen worden."

Er blickte mich an, als bezweifle er, dass das wahr sei, obwohl er es an den letzten Wochenenden selbst miterlebt hatte, an denen wir mit den Star Finders-Kindern Basketball gespielt hatten.

„Lenk nicht ab. Was ist los?"

„Erinnerst du dich an den Typen von vor drei Wochen?"

Seine Stirn runzelte sich. „Den Silberfuchs-Typ?"

„Ja."

„Also, er war zweifellos der beste Sex, den ich je hatte. Ich kann dir gar nicht sagen, wie er ..."

„Bitte nicht.“

Ich musste lachen. „Es war gut, wirklich gut, okay? Wir haben weder Namen noch irgendwelche persönlichen Details ausgetauscht. Ich gebe zu, dass es schwer war, ihn abzuschütteln, aber er sagte, er könne nichts mit jemandem anfangen. Nicht einmal auf lockere Art und Weise.“

„Bitte sag mir nicht, dass du einen Privatdetektiv engagieren willst, um den Kerl zu finden.“

„Der Gedanke ist mir nie in den Sinn gekommen. Im Gegensatz zur öffentlichen Meinung kann ich Grenzen respektieren.“ Vielleicht nur nicht, wenn es um Lior Van Stern ging. Verdammt, dieser Name klang so sexy, sogar in meinem Kopf.

„Also, was ist los?“

„Er ist zu mir gekommen.“

Jax trank sein Bier aus und stellte die Flasche ab. Ich könnte mich irren, aber ich könnte schwören, dass er mir nur halb zuhörte, weil seine Augen immer wieder zum Bereich hinter der Bar schweiften, der mit der Küche verbunden war.

„Er hat dich gefunden und will mit dir schlafen?“

„Nein, er hat die Agentur gefunden und will uns engagieren. Er weiß nicht, dass ich ... ich bin.“

„Wäre es wirklich ein Problem, ihm zu sagen, wer du bist? Ich meine, ihr kennt euch ja nicht von früher.“

„Nein, aber sein Unternehmen würde uns viel Geld einbringen. Was ist, wenn er herausfindet, dass ich die Agentur mit meinen Brüdern leite, und dann entscheidet, dass er uns nicht beauftragen will?“

Jax warf erneut einen Blick hinter die Bar, bevor er sich zu mir beugte. „Wie sehr bist du in die Arbeit mit den Kunden involviert?“

„Ich verwalte die Konten, aber für die kreativen Dinge sind Adam und Lex zuständig. Außer dem ersten Treffen und dem Kontakt nach Abschluss des Projekts habe ich nicht viel mit ihnen zu tun. Das Problem ist, dass ich sie aufklären will, wenn wir mit seiner Firma zusammenarbeiten.“

„Warum schickst du nicht einen deiner Brüder zum ersten Treffen und übernimmst dann die Arbeit, die keinen persönlichen Kontakt erfordert? Wenn du das Projekt abgeschlossen hast, ist es egal, wer du bist, weil er von deiner Arbeit überzeugt sein wird."

Das war eine großartige Idee. Ich könnte Lex zu einem Treffen mit Lior schicken und müsste ihn vielleicht nie persönlich treffen.

Wollte ich mit Lior von Angesicht zu Angesicht interagieren?

Ja. Und von Schwanz zu Gesicht. Von Gesicht zu Arsch. Von Arsch zu Schwanz. Auf jede erdenkliche Weise. In dieser Hinsicht hatte sich nichts geändert.

Wenn wir zusammenarbeiteten, konnten wir nicht miteinander schlafen, was bedeutete, dass ich keine Regeln brach.

„Du bist ein Genie."

„Ganz zu schweigen davon, dass ich gut aussehe."

„Da hast du recht", meinte Tanner, stellte einen Korb mit dampfenden sauberen Gläsern auf die Theke hinter der Bar und warf Jax sein gewohnt neckisches Lächeln zu.

Jax war sprachlos vor Staunen. Ein Erröten kroch unter seinem Hemdkragen hervor.

Ich stand auf und klopfte ihm auf den Rücken. „Tut mir leid, dass ich dich allein lasse, Kumpel. Mir ist gerade eingefallen, dass ich noch woanders hin muss." *In mein Wohnzimmer, vors Fenster, mit meinem Schwanz in der Hand, während ich Lior Van Stern aus meinem Kopf verbannte, bevor ich ihm meinem Bruder aufhalsen konnte.*

Jax warf mir einen flehenden Blick zu, aber Tanners Gesichtsausdruck nach zu urteilen, war das die richtige Entscheidung.

8

―――

LIOR

„Lior, wo bist du? Ich war gerade im Museum und Charlie sagte, du wärst nicht in der Stadt.“

„Hallo, Mom. Ich bin in Atlanta auf einer Geschäftskonferenz. Ich bin gerade gelandet und habe einen Haufen Arbeit zu erledigen. Kann ich dich anrufen, wenn ich zurück bin?“

„Nein, das kannst du nicht. Lior Van Stern, du gehst mir seit fast einem Monat aus dem Weg, und jetzt reicht es mir.“

Ich seufzte. Der Fahrer schaute in den Rückspiegel, wandte aber schnell den Blick ab, als sich unsere Blicke trafen.

„Ich habe gearbeitet. Ob du es glaubst oder nicht, es ist nicht leicht, in der Firma in Dads Fußstapfen zu treten. Ganz zu schweigen davon, dass ich immer noch meine Arbeit im Museum erledigen muss.“

Charlie hatte mehr als nur seine Rolle als persönlicher Assistent erfüllt, seit mein Vater krank geworden war, aber ich konnte nicht einfach alles auf ihn abladen und erwarten, dass er es übernahm. Der Tag hatte nur eine begrenzte Anzahl an Stunden.

„Ich weiß, dass es nicht einfach ist, Schatz, aber wir müssen über unseren Plan sprechen, der verhindern soll, dass die Firma an den Meistbietenden verkauft wird. Ich weiß nicht, was

55

deinem Dad durch den Kopf gegangen ist, als er das verdammte Testament geschrieben hat."

Da waren wir schon zwei. Ich hatte gedacht, ich würde mehr Klarheit bekommen, nachdem ich den Brief gelesen hatte, den er an mich gerichtet hatte, aber das hatte nicht geholfen. Abgesehen davon, dass er erwähnt hatte, dass eine Partnerschaft mit Pierce dem Geschäft zugutekäme und den Respekt der konservativeren Partner sichern würde.

„Ich werde Pierce nicht heiraten, egal, was Dad über ihn gedacht hat. Ich wünschte, ich hätte ihm gesagt, dass Pierce und ich Schluss gemacht haben, dann hätte er diesen lächerlichen Plan vielleicht nicht in die Tat umgesetzt. Weißt du eigentlich, wie alt ich bin?"

Sie lachte am anderen Ende der Leitung. „Ich glaube, ich war an dem Tag dabei, als du geboren wurdest, also ja, Lior, ich weiß, wie alt du bist. Ich weiß auch, dass wir die Firma nicht einfach aufgeben können, so lächerlich die Bedingung deines Dads auch ist. Du weißt, was das bedeutet."

„Ich weiß, Mom."

„Du hast schon einen Monat verloren. Verschwende nicht noch mehr Zeit. Vielleicht kannst du dich wieder mit Pierce treffen? War es denn so schlimm?"

Nein, er hat mich nur mit einem Typen betrogen, zumindest soweit ich weiß, aber keine Sorge, das war alles meine Schuld, weil ich unsere Beziehung vernachlässigt und zu viel gearbeitet habe ...

„Wir werden sehen."

Das würde nie passieren, aber ich würde alles sagen, um sie loszuwerden. Ich liebte sie dafür, dass sie mir den Rücken freihielt, und ich wusste, dass mein Vater diese Idee nie in sein Testament aufgenommen hätte, wenn er sie mit ihr besprochen hätte. Vielleicht hatte er das Ganze deshalb geheim gehalten.

Wie die meiner Großeltern war auch die Liebesgeschichte meiner Eltern wunderschön. Wie sie schon so oft erzählt hatten, war es Liebe auf den ersten Blick gewesen. Sie hatten sich kennengelernt, als sie in ein Restaurant gegangen waren, um sich mit anderen Leuten zu treffen.

Keines der Dates war erfolgreich verlaufen, aber mein Vater überredete den Oberkellner, ihm den Namen meiner Mutter zu nennen. In den Zeiten der Telefonbücher hatte es eine Weile gedauert, bis er Mathilda Branson gefunden hatte, die damals noch bei ihren Eltern gewohnt hatte.

Ich konnte mir nur vorstellen, wie viele wütende Väter er angerufen haben musste, bis er das richtige Haus gefunden hatte.

Seine Entschlossenheit hatte sich ausgezahlt, obwohl Großvater Branson von dem Möchtegern-Stalker seiner Tochter nicht gerade beeindruckt gewesen war.

„Wir sind in zehn Minuten an Ihrem Ziel, Sir.“

„Danke.“

Ich scrollte durch einige E-Mails und beantwortete ein paar Nachrichten von Charlie. Er hatte dieses Jahr definitiv Anspruch auf einen Bonus für all seine Unterstützung. Ohne ihn würde ich jetzt nicht auf eigenen Beinen stehen.

Der Mann hätte schon längst in Rente gehen sollen, aber ich wollte nicht zu sehr darüber nachdenken. Ich hatte schon einen Vater verloren. Charlie zu verlieren, den Mann, der einer Vaterfigur am nächsten kam, war unvorstellbar.

Ich schloss meine Augen und lehnte mich gegen die Kopfstütze des Autos. Das Gesicht, das ich in den vergangenen Monaten erfolglos versucht hatte zu vergessen, ging mir nicht mehr aus dem Kopf.

Der Mann hatte mir genau das gegeben, was ich an einem der schlimmsten Tage meines Lebens gebraucht hatte. Er hätte Blumen, einen Preis oder zumindest mehr Orgasmen verdient.

Stattdessen war ich auf Nummer sicher gegangen und hatte ihn gehen lassen.

Er war ohnehin zu jung.

Was hätte ich getan, wenn ich ihm nur einen Tag später begegnet wäre? Daran wollte ich nicht denken. Es war ein lächerlicher Gedanke, aber einen Fremden wie ihn jetzt zu heiraten, schien eine gute Option zu sein.

Heirate aus Liebe, mein Sohn, nicht weil es einen Zeitplan gibt. Ich weiß, dass ich es dir nicht leicht mache, aber ich kenne dich. Hör auf, auf Nummer sicher zu gehen. Das Leben ist ein Abenteuer, aber es macht nicht halb so viel Spaß, wenn du niemanden an deiner Seite hast, mit dem du es teilen kannst.

Mein Vater, der Romantiker schlechthin, hatte rechtsverbindliche Bedingungen gestellt, die es praktisch unmöglich machten, seine Wünsche zu erfüllen.

Ich schob diese Gedanken beiseite, als wir das Konferenzhotel erreichten. Es war an der Zeit, meine professionelle Maske aufzusetzen und Kontakte zu knüpfen.

Das letzte Mal, als ich am Atlanta Business Symposium teilgenommen hatte, war Pierce dabei gewesen und hatte alle mit seinem Charme umgarnt. Dieses Mal war ich auf mich allein gestellt.

Ich hatte schon eingecheckt, bevor ich im Hotel ankam, also war es ein Kinderspiel, den Zimmerschlüssel zu holen.

„Kann ich mein Gepäck bitte auf mein Zimmer bringen lassen?", fragte ich.

„Natürlich, Mr. Van Stern."

Die Konferenz begann erst morgen früh, daher wollte ich noch etwas trinken gehen und dann überlegen, wo ich zu Abend essen wollte, bevor ich den Abend in meinem Zimmer verbrachte.

Das glamouröse Leben eines CEOs, dachte ich.

In der Bar war viel los. In der Hoffnung, nicht erkannt und in ein Geschäftsgespräch verwickelt zu werden, nahm ich den einzigen Platz an der Bar ein, der nicht neben einem Anzugträger lag.

Der Barkeeper stellte einen Untersetzer vor mich hin. „Was darf ich Ihnen bringen, Sir?"

„Scotch, bitte. Pur. Vielen Dank."

Während er mir den Drink einschenkte, schaute ich in den Spiegel hinter ihm, um mich im Raum umzusehen.

„Wir müssen aufhören, uns so zu treffen, Mr. Van Stern."

Ich drehte mich zu der Stimme um und sah in die blauen Augen, in die ich beim ersten Mal leider nicht lange genug geschaut hatte. Zu den weichen Lippen. Der sauber getrimmten, ausgeprägten Kieferpartie.

Er war noch schöner, als ich ihn in Erinnerung hatte.

„Ich fürchte, ich bin im Nachteil, Mr ..."

„Spencer, Noah Spencer."

Er hielt mir seine Hand hin, und ich nahm sie. Seine Finger legten sich langsam, aber bestimmt um meine Hand. Ein Zeichen der Vertrautheit, das niemand außer uns je verstehen würde.

„Spencer, wie in ..."

„Die PR- und Marketingagentur, mit der du zusammenarbeitest."

Ich atmete aus. Wie beschissen war mein Leben im Moment?

Die Art, wie er mich anstarrte, verriet Besorgnis. Er sah sich um, bevor er seine Stimme senkte.

„Vorwort: Ich wusste nicht, wer du bist, als wir ..."

Ich nickte und betete, dass er den Satz nicht zu Ende bringen würde. Außerdem achtete mein Schwanz viel zu sehr darauf, wie lässig er gekleidet war, aber dennoch professionell aussah, und wie er roch. Sandelholz und Zitrusfrüchte.

„Wie hast du es herausgefunden?", fragte ich.

„Offen gesagt? Ich hätte dich gleich erkennen müssen. Schließlich stand dein Unternehmen von Anfang an auf meiner Traumliste. Aber erst als über das Museum recherchiert habe, habe ich es erfahren. Deshalb habe ich meinen Bruder geschickt, um dich zu treffen. Ich wollte nicht, dass das, was zwischen uns passiert ist, dein Urteil über die Zusammenarbeit mit uns trübt."

Zu seiner Verteidigung musste man sagen, dass er verlegen aussah.

„Er hat gute Arbeit geleistet, dich zu verkaufen." Ich stöhnte auf. „Ich meine, eure Agentur."

Er biss sich auf die Lippe, um ein Lächeln zu verbergen. „Verstehe."

„Bist du wegen der Konferenz hier?"

„Ja. Es ist mein erstes Mal. Und du?"

„Ich bin zum zweiten Mal hier."

„Das hört sich an, als würden wir gleich etwas Zeit miteinander verbringen, Mr. Van Stern."

Ich wandte meinen Blick von ihm ab und trank meine zwei Finger voll Scotch in einem Zug aus.

„Es scheint so."

Er lachte. „Nur damit du es weißt: Ich schlafe nicht mit Kunden."

„Um das Schlafen mache ich mir keine Sorgen." *Du gehst direkt aufs Ganze, Van Stern. Warum sagst du ihm nicht einfach, dass er auf dein Zimmer gehen, sich ausziehen und auf die Knie gehen soll, weil du das Sagen hast?*

Meine Augen trafen seine im Spiegel. Er nahm einen Schluck von seinem Bier. Mein Schwanz spannte sich an, als ich seinen Mund um den Rand der Flasche herum anstarrte. Er leckte sich über die Lippen.

Ich erinnerte mich nur zu gut an diese sündige Zunge.

Seit dieser Nacht hatte ich mir mehr als ein paar Mal bei dem Gedanken an ihn einen runtergeholt. Das war das Einzige, was ich mir gönnte, denn im Gegensatz zu den meisten anderen Dingen in meinem Alltag gehörten meine Gedanken mir selbst.

„Was hast du zum Abendessen geplant?", fragte er.

„Dich nicht."

„Autsch. Mir blutet das Herz."

„Komisch. Ich hätte nicht gedacht, dass du eins hast", zwinkerte ich.

„Ach, als würdest du mich in- und auswendig kennen." Sein Grinsen brachte mich dazu, dass ich die Regeln brechen wollte.

Du darfst schauen, aber nicht anfassen.

Noch mal: Du darfst gucken, aber nicht anfassen.

Das würde ein albtraumhaftes Wochenende werden.

„Komm schon, Lior", meinte er und sprach meinen Namen aus. „Lass uns etwas essen und über das Geschäftliche reden. Meine Brüder werden mich für immer lieben, wenn ich mehr Informationen bekomme, die ihnen helfen, das Konzept für deine Sommerkursaktion zu erstellen."

9

———

NOAH

„Nicht hier. Ich bin nicht in der Stimmung, in ein Geschäftsgespräch verwickelt zu werden", erklärte Lior.

Ich erhob mich etwas zu eifrig vom Hocker, wodurch ich Lior direkt ins Gesicht blickte. Die obersten Knöpfe seines weißen Hemdes waren geöffnet und gaben den Blick auf sein sexy Brusthaar frei, das ich an diesem einen Abend nicht richtig hatte genießen können.

Ich senkte meine Stimme so, dass nur er sie hören konnte. „Willst du mich ganz für dich allein, Mr. Van Stern?"

Er legte ein paar Scheine auf den Tresen und warf mir einen Blick zu, der mir einen Schauer über den Rücken jagte. „Du kannst wohl nicht anders, was?"

Ich schüttelte den Kopf.

„Vielleicht sollte ich dir eine Lektion erteilen."

Bitte! Das wollte ich sagen, aber ich war schon zu nah an der Grenze zwischen Flirten und Anbiedern.

Ich konnte nicht noch einmal mit ihm Sex haben. Auf keinen Fall wollte ich unsere Arbeitsbeziehung aufs Spiel setzen, aber ich konnte nicht leugnen, dass er ein faszinierender Mann war.

Er war untrennbar mit dem Museum verbunden, also

konnte es nicht schaden, ihn auf professioneller Ebene kennenzulernen. Alles, was ich von ihm erfahren konnte, würde Lex
und Adam bei ihrem kreativen Prozess sicher helfen.

Klar, es geht ja nur um den Job.

„Es gibt ein nettes Steakhouse im Centennial Olympic Park,
wenn dir ein kurzer Spaziergang nichts ausmacht", schlug
Lior vor.

„Ich glaube, wir haben bewiesen, dass ich dir überallhin
folge, wenn es Spaß verspricht."

Er bewegte seine Hand, als ob er nach meiner greifen wollte,
aber er stoppte sie, kurz bevor sie sich berührten. Ich tat so, als
hätte ich es nicht bemerkt und folgte ihm aus dem Hotel in die
schwüle Abendluft von Atlanta. Anstatt den Weg zur Vorderseite des Hotels zu nehmen, bog er links ab. Wir hielten erst an,
als wir fast den Personaleingang erreicht hatten.

Ich dachte, er würde hineingehen, so wie er sich umsah,
aber stattdessen drückte er mich an die Wand.

„Ich schwöre bei Gott, Noah. Du musst damit aufhören,
wenn du es professionell halten willst. Ich bin kurz davor, dich
übers Knie zu legen und dir deinen perfekten Hintern zu
versohlen, bis du am Wochenende nur noch an mich denkst."

„Wenn du so versuchst, mich zum Aufhören zu bewegen,
muss ich dich wohl aufklären." Ich schaute betont nach unten,
wo mein Schwanzabdruck unter meiner Jeans gut sichtbar war.

Er schloss die Augen und atmete genervt aus.

„Ich necke dich nur. Ich habe nicht gescherzt, als ich sagte,
dass ich mich nicht mit Kunden einlasse. Obwohl du der
Einzige bist, der mich je dazu gebracht hat, meine Regeln zu
überdenken."

„Gut zu wissen. Und jetzt lass uns ein Steak essen gehen.
Während ich es vermeide, mit anderen Leuten über Geschäfte
zu reden, macht es mir nichts aus, es mit dir zu tun."

Er zog sich zurück, und ich lächelte. „Weil ich etwas Besonderes bin, stimmts?"

„Ja, du bist etwas Besonderes. Komm schon."

Das Restaurant hatte einen tollen Blick auf den Park. Ich verstand, warum er es ausgesucht hatte, aber es befand sich auch in einem anderen Hotel, wodurch wir ein wenig Privatsphäre hatten.

„Ich bringe dich in ein Steakhouse und du bestellst Meeresfrüchte", sagte er und starrte auf meine gegrillten Shrimps, als wäre das eine persönliche Beleidigung.

Ich lehnte mich vor. „Hier ist ein kleiner Insider-Tipp für dich. Die Art und Weise, wie der Koch die Vorspeise behandelt, verrät dir, wie gut das Hauptgericht sein wird, besonders in einem Steakhouse."

Er führte sein Rotweinglas an die Lippen. „Und woher weißt du das?"

„Meine Eltern besitzen ein Restaurant in Cliffborough. Die meisten Kinder verbringen ihre Sommerferien draußen beim Spielen, wir haben sie in Restaurants außerhalb des Staates verbracht."

„Ich habe meine Sommer mit meinem Grandpa in seiner Werkstatt verbracht, sehr zum Ärger meines Dads."

„Warum das denn?"

Er schob seine Ravioli auf dem Teller hin und her. „Mein Dad war der Meinung, dass mein Grandpa mehr Zeit mit ihm im Büro verbringen und die Firma aufbauen sollte. Aus Egoismus wollte ich das Gegenteil."

„Dein Grandpa hat das Glasmalereigeschäft gegründet."

Lior nickte. „Ja. Er war ein echter Handwerker. Selbst wenn er im Büro sein musste, stahl er sich immer etwas Zeit, um an seinen Stücken zu arbeiten. Er hat dort sogar eine kleine Werkstatt gebaut."

„Lex war sehr beeindruckt von eurem Museum. Er wollte nicht aufhören zu sagen, wie schön es ist. Er hat auch von dir geschwärmt, aber aus einem anderen Grund." Ich lachte.

Er hob eine Augenbraue. „Wieso das?"

„Er fand dich einschüchternd, was ich verstehen kann."

„Du findest mich einschüchternd?"

Ich lächelte und versuchte, die richtigen Worte zu finden. „Ich finde dich faszinierend, fesselnd, verlockend ...“

Der Kellner nahm unsere leeren Teller und stellte unsere Hauptgerichte auf den Tisch.

Lior wartete, bis er nicht mehr in Hörweite war. „Ich glaube, du bist derjenige, der verlockend ist.“

„Und wer flirtet jetzt?“

„Es ist kein Flirten, wenn es eine Tatsache ist.“

„Erzähl mir mehr von den Glas-Workshops“, sagte ich, um das Gespräch auf ein sichereres Thema zu lenken.

Er grinste, nahm einen weiteren Schluck Wein und lehnte sich in seinem Stuhl zurück. „Buntglas ist eine aussterbende Kunst. Heutzutage kann man wunderschöne Glasscheiben für einen Bruchteil des Preises bekommen. Du kannst sie sogar von meiner eigenen Firma zu diesem Preis kaufen. Mein Ziel ist es nicht, handgefertigte Glasmalerei zum Mainstream zu machen. Ich will sie zu etwas Besonderem aufwerten. Zeitlos. Etwas, das man an zukünftige Generationen weitergeben kann. Ich werde nie die Zeit vergessen, in der ich von meinem Grandpa lernte, wie man kleine Dekorationen herstellt. Meine Eltern haben immer noch Weihnachtsbaumschmuck, den sie jedes Jahr hervorholen. Den habe ich gemacht.“

Sein Lächeln verwandelte sich in ein Stirnrunzeln. Ich hatte gelesen, dass sein Vater vor Kurzem verstorben war, kurz bevor wir uns kennengelernt hatten. Es musste schwer sein, über gute Familienerinnerungen zu sprechen, wo er doch gerade jemanden verloren hatte.

„Wer ist dein Zielpublikum?“

„Jeder. Wir bieten Workshops für Paare, Familienfeiern, Workshops nur für Kinder und wir können auch teambildende Übungen anbieten.“

„Ich habe eine Idee.“

„Schieß los.“

„Ich möchte, dass ihr einen Workshop für mich, meine

Brüder und ihre Partner macht. Ich möchte dich in deinem Element sehen."

Seine Augen schossen zu seiner Stirn hoch. „Du bist ... nein, das wird nicht passieren."

„Du kennst mich kaum", erklärte ich, ohne eine Miene zu verziehen, „aber hör mir zu. Vergiss nicht, ich bin der Marketing-Typ."

„Hmm."

„Folgendes habe ich bei meinen Nachforschungen über dein Unternehmen herausgefunden: Dein Grandpa war das Herz der Firma, deine Grandma die Seele und dein Dad der Mechanismus, der das Unternehmen zu einem finanziellen Erfolg führte, der weit über den kleinen Betrieb hinausging, den dein Grandpa geschafften hatte. Aber über dich habe ich nichts gefunden. Du bist die Zukunft von VSE. Alles, was du fortan tust, muss etwas bewirken und einen Sinn haben. Du musst dein Ziel klarmachen. Auch wenn du die Workshops nicht selbst unterrichtest, wollen deine Kunden wissen, dass du dich mit deiner Familiengeschichte verbunden fühlst."

Verdammt. Er sah nicht glücklich aus. Ich hoffte, dass ich nicht ins Fettnäpfchen getreten war und sein Vertrauen verloren hatte, weil ich zu ehrlich gewesen war.

Sein Blick wanderte von der Weinflasche zwischen uns zu mir.

„Ich bin nicht sicher, ob ich das verstehe. Kannst du mir das erklären?"

Tief durchatmen. Ich konnte es schaffen.

„Lior, die Art und Weise, wie du über deinen Grandpa und dein Geschäft sprichst, kommt aus tiefstem Herzen. Ich kann es in deinen Augen sehen. Wenn du einen Ort willst, an dem Erinnerungen geschaffen werden, musst du deine Erinnerungen teilen."

„Ich weiß nicht, ob es mir gefällt, ein Marketinginstrument zu sein."

„Das wirst du nicht sein. Es geht darum, deinem Publikum

zu zeigen, dass VSE ein Familienunternehmen ist. Dass du darin groß geworden bist und alle anderen das auch erleben sollten. Lex und Adam sind die kreativen Köpfe in unserem Unternehmen. Wenn jemand da draußen etwas von Familienunternehmen versteht, dann sind wir das. Ich bin zuversichtlich, dass wir eine exzellente Kampagne entwickeln werden, die nicht nur für die Workshops wirbt, sondern auch deine Werte und die Werte deiner Familie unterstreicht."

„Ich werde darüber schlafen."

„Ich kann dir bei den Workshops an diesem Wochenende weitere Tipps geben."

„Das bedeutet mehr Zeit allein mit dir, was, wie ich gerade feststelle, eine gefährliche Aktivität ist."

„Wedele nicht mit der leckeren Karotte vor meiner Nase."

Er hob eine Augenbraue. „Ich wedele nicht mit Karotten."

„Du hast recht. Es ist eher eine riesige Aubergine oder eine preisgekrönte Zucchini."

„Du bist unverbesserlich."

„Ich bin sicher, du weißt genau, wie du mich disziplinieren kannst."

Er stieß ein kehliges Knurren aus. „Noah."

Ich lehnte mich über den Tisch und schob mein aufgegessenes Essen zur Seite. „Nur damit du es weißt: Jedes Mal, wenn du meinen Namen sagst, denke ich an deine Hand an meiner Kehle, die mir sagt, was ich tun soll." Ich fuhr mit den Händen über mein Gesicht. „Es tut mir leid. Ich weiß nicht, was mit mir los ist. Ich kann in deiner Nähe einfach nicht aufhören. Ich verspreche dir zum hundertsten Mal, dass ich mich professionell verhalten werde."

Er lächelte. „Ich weiß, dass du das tun wirst, denn ich werde nicht zulassen, dass du versagst."

„Ach, sei nicht so nett zu mir."

„Wäre es dir lieber, wenn ich es nicht wäre?"

Ich seufzte. „Nein. Das würde mich auch anturnen."

„Wenn du dich dann besser fühlst, würde ich mir auch

wünschen, dass wir diese Nacht noch einmal Revue passieren lassen, aber abgesehen davon, dass ich die Dinge professionell halten wollte, habe ich nicht gelogen. Ich habe wirklich keine Zeit, etwas mit irgendwem anzufangen."

Ich stützte mein Kinn auf meine gekreuzten Hände und meine Ellbogen auf den Tisch. „Als wir uns kennenlernten, dachte ich, du könntest nicht unterschiedlicher sein als ich, nicht nur wegen des Altersunterschieds. Jetzt denke ich, dass wir viel mehr gemeinsam haben, als wir denken."

„Ich bin geneigt, dem zuzustimmen."

„Sollen wir Nachtisch bestellen?"

Er lachte. „Wie kannst du noch mehr essen?"

„Aus mehreren Gründen. Erstens, der Dessert-Magen ist eine ganz andere Sache. Zweitens, sie haben Mousse au Chocolat auf der Speisekarte, und drittens meine Mom würde mich verstoßen, wenn ich eine Mahlzeit nicht zu Ende essen würde."

„Erzähl mir von deiner Familie", bat er.

Über seine Familie zu reden, war Arbeit. Über meine zu reden, war ... persönlich. Aber so wie ich wusste, dass ich ihm einen weiteren Versuch mit meinem Körper nicht verwehren würde, wenn er es wirklich wollen würde, öffnete ich mich und erzählte ihm alles über meine verrückte portugiesische Familie.

10

LIOR

Noahs Abwesenheit beim Frühstücksbuffet vor Beginn der Konferenz erklärte sich, als er für die erste Rede des Tages auf die Bühne trat.

Ich hatte mich ganz hinten im Raum hingesetzt, in der Hoffnung, ihn zu sehen, wenn er hereinkam. Diese Entscheidung bereute ich jetzt, denn ich wollte näher an der Bühne sein und sicherstellen, dass ich kein Wort verpasste.

Am Abend zuvor hatte er bewiesen, dass er ein großartiger Geschäftsmann war. Seine Standardeinstellung schien darin zu bestehen, die kreativen Fähigkeiten seiner Brüder zu fördern, aber ich würde behaupten, dass seine Ideen auch Hand und Fuß hatten. Obwohl sie mir anfangs etwas unangenehm gewesen waren.

Sein Vortrag trug den Titel *Der Freunde- und Familienplan*. Ich hatte den Vortrag ausgewählt, weil ich als jemand, der ein über Generationen hinweg geführtes Unternehmen leitet, sehen wollte, welche neuen Ideen oder Perspektiven ich mitnehmen könnte.

Hätte ich mich besser informiert, wäre mir Noahs Foto auf der Konferenz-Website als einer der Redner aufgefallen.

Er hatte es gestern Abend nicht einmal erwähnt. Ich hoffte

nur, dass ich ihm nicht die Zeit gestohlen hatte, die er für die Vorbereitung seiner Veranstaltung eingeplant hatte.

Mein Herz schlug schneller, als er sich dem Rednerpult näherte und das Mikrofon näher an seinen Mund führte.

„Guten Morgen allerseits. Ich bin Noah Spencer, Mitbegründer und Geschäftsführer von Spencer Brothers Marketing & PR und Ihr Redner für diese Sitzung. Normalerweise kann man sich darauf verlassen, dass eine PR-Agentur mit allem Drum und Dran, Requisiten, Tänzern und intelligenten Medien aufwartet. Nachdem die Tänzerinnen einen Wutanfall wegen des Mangels an Cupcakes im Aufenthaltsraum bekommen haben und gegangen sind, haben wir jetzt ein kleines Problem mit unserem IT-System." Er zwinkerte der Menge zu. „Es sollte nicht lange dauern, das Problem zu beheben, wenn Sie uns nur ein paar Minuten Geduld schenken."

Ich beobachtete, wie Noah mit dem Konferenzteam zusammenarbeitete. Der Raum war voll und alle Augen waren auf die Bühne gerichtet. Er war die Definition von Gelassenheit unter Druck.

Jemand nahm den Platz neben mir ein. Ich verzog das Gesicht, als ich mich umdrehte, um die Person zu begrüßen. „Pierce. Was machst du denn hier?"

„So wie du mich in letzter Zeit begrüßt, könnte man meinen, du freust dich nicht, mich zu sehen."

„Wie kommst du denn darauf?", erwiderte ich sarkastisch.

„Warum lade ich dich heute Abend nicht zum Essen ein? Dann können wir uns richtig unterhalten."

„Ich habe schon etwas vor." Das stimmte zwar nicht, aber ich hätte nichts dagegen, wieder mit Noah essen zu gehen.

„Mit wem?"

Ich setzte mein bestes „Ist das dein verdammter Ernst?"-Gesicht auf.

Er hob die Hände. „Das geht mich nichts an, ich habe es kapiert."

„Okay, Leute, wir sind bereit. Danke für Ihre Geduld", verkündete Noah von der Bühne aus.

Auf der großen Leinwand hinter ihm erschien ein Foto seiner Familie. Ich erkannte Noah und Lex, obwohl ich nicht wusste, wer Lex war. Mir war nicht klar gewesen, dass seine Brüder Zwillinge waren.

„Nicht noch ein Millennial. Diese Konferenzen werden wirklich vorhersehbar und langweilig", beschwerte sich Pierce. Er musste mein Schweigen als Zustimmung zu seiner Meinung gewertet haben, denn er fuhr fort: „PR-Leute wissen nie, wie man einen Anzug trägt. Das sind kreative Typen mit Hokuspokus-Ideen, die in der realen Welt nie funktionieren werden. Versuch mal, das einem Sitzungssaal voller alternder Geschäftsleute zu verkaufen. Was können uns diese Kinder beibringen?"

„Zum einen gute Manieren. Wenn dir diese Veranstaltung nicht gefällt, ist die Tür nur ein paar Meter entfernt."

„Sei nicht so, Babe. Du weißt, was ich meine."

„Nein, ich weiß nicht, was du meinst, und du hast das Privileg verloren, mich Babe zu nennen. Mein Name ist Lior. Jetzt gehst du entweder oder lässt mich dem Redner zuhören."

Er schnaubte, blieb aber während der gesamten Sitzung gnädigerweise still.

Noah war erstaunlich. Er sprach mit Klarheit über das Restaurant seiner Eltern und wie sie einen Weg gefunden hatten, um sicherzustellen, dass es an eine andere Generation weitergegeben werden würde, obwohl keines der Kinder in ihre Fußstapfen treten wollte.

Er sprach über Veränderung und Fortschritt. Wie man akzeptierte, wer man war, seine Stärken herausfand und wie man alles schaffen konnte, obwohl mit der Familie zusammenzuarbeiten bedeutete, dass man sie nicht feuern oder umbringen konnte.

Das brachte das Publikum zum Lachen.

Pierce murmelte ein paar Mal leise vor sich hin, aber ich

achtete nicht darauf, weil ich das Gefühl hatte, dass Noah direkt zu mir als Person und Geschäftsinhaber sprach. Er war gut.

Am Ende applaudierte das Publikum. Ich schloss mich ihm an und ignorierte Pierce, der sitzen blieb.

Noah dankte den Zuhörern und ließ seinen Blick über sie schweifen, bis er mich fand. Sein Lächeln wurde breiter.

Ich ging zur Seite der Bühne, um auf ihn zu warten, aber ich war nicht der Einzige. Viele der Zuschauer wollten ihm Fragen stellen.

Er verteilte seine Visitenkarten und erklärte allen höflich, dass sein E-Mail-Postfach jederzeit erreichbar sei.

„Herzlichen Glückwunsch. Du warst da oben fantastisch", sagte ich bei der ersten Gelegenheit.

Er ging mit mir zur Tür. „War es gut? Gott, ich war so nervös, dass ich dachte, ich würde mir in die Hose machen. Und als der Server ausfiel ..." Er schnappte nach Luft. „Das Team hier ist fantastisch. Ich wäre unter dem Druck zusammen-gebrochen."

„Ist das dein Ernst?"

Er sah mich an. „Ja, warum?"

„Noah, du warst verdammt gut. Du bist ein geborener Redner, charismatisch, witzig und du weißt, wovon du sprichst."

Seine Wangen wurden ein wenig rot.

„Ich könnte einen Kaffee vertragen. Willst du mitkom-men?", fragte er.

„Darf ich dich zu deiner Präsentation ausquetschen?"

Er lachte. „Klar."

„Dann lass uns gehen."

Nachdem ich all meine Fragen gestellt hatte, blieb Noah erstaunlicherweise den ganzen Tag bei mir. Ich war mir ziemlich sicher, dass er irgendwann keine Lust mehr haben und sich mit anderen Leuten vernetzen würde.

„Ich war schon auf einigen Geschäftskonferenzen, aber diese war die ereignisreichste." Er konnte sich vor Lachen kaum halten, nachdem der Sicherheitsdienst des Hotels einen der Redner hinausbegleiten musste, der zum Mittagessen eine ganze Flasche Wein getrunken hatte, um seine Nerven zu beruhigen, und der nach einer kurzen, undeutlichen Rede ans Rednerpult gelehnt eingeschlafen war.

Ich schaute auf meine Uhr. In der Hotelbar fand gerade eine Veranstaltung statt, aber das Abendessen lag bei uns.

„Möchtest du irgendwo zu Abend essen?", fragte ich Noah.

„Ich dachte, du hättest schon Pläne", bemerkte Pierce, der wie aus dem Nichts auftauchte.

„Ich habe gehofft, dass sie sich realisieren", antwortete ich und behielt Noah im Auge.

„Willst du mich nicht deinem *Freund* vorstellen?", fragte Pierce.

Noah streckte seine Hand aus. „Noah Spencer. Freut mich, Sie kennenzulernen. Aber Sie wissen ja bereits, wer ich bin, da ich Sie heute Morgen bei meiner Veranstaltung gesehen habe."

Ich biss mir auf die Lippe und wurde plötzlich erregt, als ich sah, wie Noah für sich eintrat.

„Pierce Dellcourt, von Dellcourt Industries."

„O ja, ich habe von Ihrem Unternehmen gehört. Hatten Sie nicht kürzlich Ärger wegen irgendeiner Steuerhinterziehung? Oder denke ich an ein anderes Unternehmen? Wissen Sie, wir Millennials können unsere Aufmerksamkeit nicht länger als eine Minute auf etwas richten."

Ich lachte. Ich hätte es nicht tun sollen, aber Noah war grandios.

Pierce sah für eine Sekunde verblüfft aus, bevor er sich zu mir umdrehte und wahrscheinlich nach jemandem suchte, dem er die Schuld geben konnte. Das würde bei mir nicht funktionieren, und das wusste er.

Als er sich wieder gefasst hatte, legte er seine Hand auf meinen Ellbogen. Ich schaute demonstrativ darauf, und er nahm seine Hand wieder herunter. „Ich hatte neulich ein interessantes Gespräch mit einem Geschäftspartner deines Dads. Ich überlasse dich jetzt deinem Toyboy, denn wir beide wissen, was richtig ist. Wir sehen uns." Und damit ging er.

„Wovon redet er?", fragte Noah.

„Nichts Wichtiges. Ich muss wissen, woher du weißt, was er gesagt hat."

Noah lächelte. „Ich bin ein wenig eingerostet, aber ich kann Lippen lesen."

„Wirklich?"

Er lachte. „Nein. Ich habe vorhin mit jemandem gesprochen, der mir von einem Mann erzählt hat, der zu Beginn meines Vortrags unanständige Bemerkungen gemacht hat. Die Beschreibung passte. Sieht er nicht aus, als hätte er die größte Gabel im Hotel genommen und sie sich in den Arsch gesteckt?"

„Das tut er wirklich. Mehr als du weißt."

„Es wäre peinlich gewesen, wenn er etwas anderes gesagt hätte. Ich habe auch keine Ahnung, wer er oder seine Firma ist."

Gott, ich wollte diesen Mann in die Arme nehmen und festhalten. Seine bissige Art, wenn sie auf jemand anderen gerichtet war, war verdammt heiß.

„Darf ich dich zum Essen einladen?", fragte ich erneut.

„Zwei Tage hintereinander? Nun, Mr. Van Stern, ich fange an zu glauben, dass du mich anmachst."

Da sich die meisten Leute an die Bar begeben hatten und niemand sonst auf dem Flur war, zog ich ihn näher zu mir heran und flüsterte ihm ins Ohr: „Du wirst schon merken, wenn ich dich anmache."

„Verdammt, Lior. Droh mir nicht mit Spaß, wenn du nicht zu deinem Wort stehst."

Ich lachte, und er kniff die Augen zusammen.

„Das ist das schlimmste Wochenende überhaupt."

11

NOAH

„Der Typ ist eindeutig ein Idiot, dem man mal gehörig den Kopf waschen sollte, aber wer ist er? Ich meine, was bedeutet er dir?"

Lior blickte weiter auf den Bürgersteig vor uns.

„Er ist einfach irgendjemand. Glaub mir, er ist unwichtig."

Ich legte meinen Arm um seinen, um näherzukommen, und war froh, dass er mich nicht abwimmelte. „Er ist dein Ex, oder?", keuchte ich. „Er will dich immer noch, aber du willst ihn nicht. O Mann, wir könnten ihn so eifersüchtig machen. Es ist noch ein Tag der Konferenz übrig."

Er schnaubte. „Eifersucht ist unter seiner Würde. Ich bin mir nicht einmal sicher, ob er wettbewerbsorientiert ist. Er ist einfach ... egal. Ich mag es nicht, hinter dem Rücken anderer über sie zu reden."

„Nicht einmal darüber, wie verklemmt er ist? Er strahlt zu hundert Prozent verklemmte Arschloch-Energie aus ..."

Er lachte. „Nicht einmal darüber, wie verklemmt er ist."

Ich hatte es gewusst.

Okay, also war Pierce sein Ex. Wenn ich wetten müsste, würde ich sagen, dass er fremdgegangen war. Er schien der Typ arroganter Mensch zu sein, der fremdgehen würde, selbst wenn er jemanden wie Lior im Bett hätte.

Warum waren die Leute nie mit dem zufrieden, was sie hatten?

„Wir sollten dorthin gehen." Ich zeigte aufgeregt auf die Bar mit dem großen Karaoke-Schild über der Eingangstür.

„Nein."

„Ach, komm schon, Lioreo. Ich verspreche, dass ich dich nicht zum Singen zwingen werde. Sieh mal, es gibt Chicken Wings."

Er warf mir einen entnervten, aber amüsierten Blick zu, als er mir widerwillig zur Bar folgte. Damit konnte ich arbeiten.

„Nur damit das klar ist: Dieser Spitzname ist lächerlich."

„Ich finde ihn perfekt, weil Oreos meine Lieblingskekse sind und ich, genau wie bei ihnen, deine Sahne die ganze Nacht lang ablecken könnte."

„Noah. Um Himmels Willen ..." Er schüttelte den Kopf.

„Ich glaube, ich weiß jetzt, warum ich in deiner Gegenwart einfach drauflos plappere."

„Da bin ich aber gespannt." Er bedeutete mir fortzufahren, während wir in der vollen Bar einen freien Tisch suchten. Es war schließlich Samstagabend.

„Ich habe dicke Eier."

Er hüstelte. „Danke für die Information."

„Und es ist deine Schuld. Du hast mich heiß gemacht, und jetzt will ich es von niemand anderem mehr."

Er zog eine Augenbraue hoch. Ich rief den Kellner und bestellte zwei Portionen Wings und einen Krug Bier.

„Du kannst sehr herrisch sein, wenn man bedenkt ...", meinte er, und seine dunklen Augen sagten genau das, was er nicht aussprechen wollte. *Wenn man bedachte, wie leicht ich mich ihm unterworfen hatte.*

„Ich weiß, was ich mag, und ich mag, was ich weiß. Zurück zu meinen Eiern. Die sind blau angeschwollen." Ich schmollte.

„Wir hatten eine Abmachung."

„Die haben wir immer noch, aber wir müssen Pickle Pierce gemeinsam besiegen. Wir sind jetzt beste Freunde, was bedeutet, dass du die Ehre hast, diese Dinge zu wissen."

„Meine Träume sind endlich wahr geworden", erwiderte er mit ausdrucksloser Miene.

Wir verschlangen die Wings förmlich und leerten in kürzester Zeit ein paar Bier.

„Die waren fantastisch", sagte ich und wischte mir die Soße von den Händen.

„So gut das Essen im Hotel auch ist, nichts geht über das Essen in einer Spelunke."

„Ich hätte nie gedacht, dass du auf Bier und Wings stehst. Du bist immer so gefasst, steif."

„Noah ..."

„Nein." Ich lachte. „Was ich meine, ist, dass du wie ein Geschäftsmann wirkst, was nicht zu meinem Bild von jemandem passt, der ein Museum leitet."

„Sollte ich Tweedjacken mit Ellbogenpatches tragen?"

Ich kratzte mich am Kinn. „Hmm, du würdest trotzdem verdammt sexy aussehen."

Wir ließen uns Zeit mit dem dritten Bier und wechselten danach zu Wasser.

„Du stehst deinen Brüdern sehr nahe. Wie ist das so?", fragte er aus heiterem Himmel.

„Einzelkind?"

„Ja."

„Brüder zu haben ist toll. Ich liebe es, mit ihnen zu arbeiten."

Seine Augen bohrten sich in meine. „Wie sieht es mit dem Rest aus?"

„Was meinst du?"

„Steht ihr euch sehr nahe? Ich wollte immer Geschwister haben, aber meine Eltern sagten, dass es einfach nie passiert ist. Ich habe mich immer gefragt, wie es wäre, jemanden zu haben, mit dem man Geheimnisse teilen kann. Wie ein Komplize."

Ich lachte. „Ich würde nicht sagen, dass wir Komplizen sind. Lex und Adam standen sich immer näher, was ganz natürlich ist. Sie haben sogar diese seltsame Verbindung, die nur bei Zwillingen vorkommt, und können die Gefühle des anderen spüren. Das ist gruselig. Wir haben Spaß zusammen. Wir gehen meistens freitags mit Adams bestem Freund River ins Tanner's. Er ist der Restaurantmanager meines Dads. Er ist mit uns aufgewachsen und praktisch Adams und Lex' Drilling."

Lior trank sein Bier aus. „Warum habe ich das Gefühl, dass sie nicht alles über dich wissen?"

Ich schmunzelte. „Weil sie sich in ein Kloster einschreiben und ein Schweigegelübde ablegen oder mich an einen abgelegenen Ort weit weg von Menschen schicken würden."

„Du bist wirklich gut darin, die Aufmerksamkeit von dir abzulenken, und wenn du sie suchst, bist du ganz anders. Als würdest du eine Maske tragen."

Seine Worte trafen mich mitten ins Herz. Niemand in meinem Leben hatte mich jemals so bloßgestellt, doch er meinte es nicht böse. Es war, als hätte er mich gerade durchschaut, und ich wusste nicht, ob mir das gefiel.

„Nicht immer." An diesem Abend hatte er mich in mehr als nur einer Hinsicht entblößt. Unter dem Sex war noch mehr gewesen. Das zuzugeben war furchterregend, also sagte ich nichts.

Ich schaute auf meine Uhr. „Es ist noch früh. Was machst du ... Oh, sieh mal, wer da *nicht* ist."

Lior drehte sich um, um meiner Blickrichtung zu folgen, und stöhnte.

„Ich wünschte, ich hätte gewusst, dass er in Atlanta sein würde."

Pierce betrat die Bar mit der Selbstsicherheit von jemandem, dem die Bar gehörte, aber er sah so fehl am Platz aus, als wäre er auf einem anderen Planeten. Hatte der Typ irgendeine Ahnung, wie er wirkte?

An seinem Arm hing ein Jüngling, der zehn Jahre jünger

sein musste als ich. Ich wollte gar nicht erst versuchen, das auszurechnen.

„Willst du gehen?", fragte ich Lior.

„Nein. Ich amüsiere mich. Er hat hier keine Macht."

Ich wusste nicht, was *hier* bedeutete, aber ich folgte Lior zur Bar.

Er bestellte ein paar Kurze.

„Das sieht nach einer schlechten Idee aus", bemerkte ich lachend.

„Alle guten Ideen fangen so an."

Wir kippten die Kurzen runter, und Lior bestellte zwei weitere. Ich bestellte mir auch noch ein Glas Wasser, denn wenn Lior so weiter trank, musste einer von uns einen klaren Kopf behalten.

Was auch immer zwischen ihm und Pierce vorgefallen war, es machte ihm sichtlich zu schaffen, obwohl er versuchte, es hinter seiner coolen und beherrschten Fassade zu verbergen.

Zum Glück hielt Pierce Abstand, aber die Art und Weise, wie er den Rachen des anderen erforschte, als würde er mit seiner Zunge nach Gold graben? Er wollte, dass Lior das sah.

„Denkst du, ich bin zu steif?", fragte er.

„Wahrscheinlich nicht nach vier Kurzen."

Er lachte und legte seine Hand auf meine Brust. „Ich glaube, in deiner Gegenwart werde ich immer steif sein. Hoppla, habe ich das zu laut gesagt?"

Sein grau meliertes Haar sah immer noch toll aus, obwohl er den ganzen Tag mit den Händen darin herumgewühlt hatte. Er hatte sein Jackett ausgezogen und trug Jeans, die sich perfekt an seine Oberschenkel und seinen Po anschmiegten. Der Mann alterte besser als ein guter Wein.

„Ich denke, es ist an der Zeit, ins Hotel zurückzukehren und früh schlafen zu gehen", sagte ich, nahm ihm die Bierflasche aus der Hand und stellte sie auf die Theke.

Ich beglich die Rechnung und steckte meine Kreditkarte ein.

„Hmm, was ich mit dir in meinem Bett alles anstellen könnte.“

„Und ich bin sicher, dass ich alles lieben würde. Lass uns erst mal dafür sorgen, dass wir dort ankommen, okay?“ Ich legte meinen Arm um seine Taille und ließ ihn sich ein wenig auf mich stützen.

Er war in diesem betrunkenen Stadium, in dem man schlechte Entscheidungen traf. Unsere Beziehung war kompliziert. Wir hatten unsere Arbeit, einen Ruf und Verantwortung. Aber wir sehnten uns auch nach einander. Je länger ich mit Lior zusammen war, desto mehr hatte ich das Gefühl, dass es definitiv nicht einseitig war.

Das Mindeste, was ich heute Abend für ihn tun konnte, war sicherzustellen, dass er keine schlechten Entscheidungen traf. Das überließ ich lieber Pierce, der an der Bar einen neuen Mann zu mustern schien, während der Jüngling noch an ihm hing.

Ich überlegte, ein Taxi zu rufen, aber die Nacht hatte sich etwas abgekühlt, was Lior helfen würde, nüchtern zu werden.

Als wir in Liors Zimmer waren, begann er sich auszuziehen. Ich hielt einen Moment inne und beobachtete, wie er meilenweit gebräunte Haut, salz- und pfeffergraues Haar, eine Brust zum Sterben und die dicken Umrisse seines Schwanzes unter seiner Boxershorts enthüllte. Mir lief das Wasser im Mund zusammen, obwohl mein Verstand mir sagte, ich solle das Richtige tun.

„Ich sollte dich heiraten, weißt du. Mit dir wäre es lustig, nicht wie mit Pish, Piss ... Pierce, dem verklemmten Arschloch.“

„Komm schon, lass uns ins Bett gehen.“

„Ach, jetzt wirds interessant.“

Wir landeten zusammen auf dem Bett, nachdem er mich an der Taille gezogen und ich den Halt verloren hatte, sodass ich praktisch auf ihm landete.

Er schloss die Augen, und für einen Moment dachte ich, er wäre eingeschlafen, aber dann riss er sie weit auf und starrte in meine. „Heirate mich, Noah. Hilf mir, meine Firma und mein

Zuhause zu retten. Ich werde dich sogar glücklich machen. Versprochen." Seine Hand schlang sich um meinen Hals und zog mich an sich, bis unsere Münder nur noch Zentimeter voneinander entfernt waren. Er sah so verletzlich aus. Es brach mir das Herz.

Ich war noch nie gut darin, etwas Gutes abzulehnen, und als er seine Lippen auf meine legte, gab ich nach. Es war ein unbeholfener, schmutziger Kuss, der mich an jene Nacht in seinem Hotel erinnerte.

Ich unterbrach den Kuss und seufzte. Nun, von einem sexy, betrunkenen Mann einen Heiratsantrag zu bekommen, war eine Premiere.

„Dreh dich um, Lior. Lass mich dich halten, während du schläfst."

„Keine Spielchen", murmelte er, als er einschlief.

„Keine Spielchen", wiederholte ich mehr zu mir selbst als zu ihm. So unangenehm es auch sein würde, in meinen Kleidern zu schlafen, traute ich keinem von uns zu, unser Versprechen zu bedenken und uns an eine berufliche Beziehung zu halten, wenn ich mich ausziehen würde.

So wie es aussah, gab es in dieser Hinsicht ein hervorragendes Argument gegen uns. Professionelle Kollegen schliefen nicht miteinander.

12

LIOR

M EIN K OPF POCHTE , als würde jemand mit einem Presslufthammer meinen Schädel durchbohren.

„Ach, du bist zu alt dafür, Lior", murmelte ich vor mich hin, obwohl es wehtat zu sprechen. Ich hatte es verdient.

Ich war verdammte siebenundvierzig Jahre alt. Eine Tatsache, die ich meiner Mutter immer wieder vorgehalten hatte, weil die testamentarische Verfügung meines Vaters deswegen noch unfairer war. Aber hier war ich nun und benahm mich wie ein verdammter Teenager auf seiner ersten Reise weg von daheim.

„Hier, nimm das."

Ich öffnete langsam die Augen und sah Noah ohne Hemd auf meinem Bett sitzen, angelehnt an das Kopfteil, mit einem Glas Wasser und zwei kleinen Pillen in der Hand.

„Die sind für deinen Schädel. Ich habe Frühstück aufs Zimmer bestellt, damit du dich den Konferenzteilnehmern erst stellen musst, wenn du bereit bist."

„Danke." Ich nahm das Wasser, um die Tabletten besser schlucken zu können und den furchtbaren Geschmack im Mund loszuwerden.

85

„Wenn es dir recht ist, gehe ich kurz in mein Zimmer, um zu duschen. Ich bin in zehn Minuten zurück, okay?"

„Ja."

Ich stand langsam vom Bett auf und sah mich nach Anzeichen um, dass wir mehr als ... nun ja, irgendetwas getan hatten. Meine Erinnerung war bestenfalls verschwommen, und das Letzte, woran ich mich erinnerte, waren die beiden Kurzen, die ich bestellt hatte, als Pierce in die Bar gekommen war.

Das Zimmer war so aufgeräumt, wie ich es verlassen hatte. Meine Jeans lag gespreizt auf einem Stuhl, mein Hemd hing an der Stuhllehne.

Hatte ich mich selbst ausgezogen? Oder hatte Noah mir dabei geholfen?

Es war schwer, sich gedemütigt zu fühlen, ohne zu wissen, wie gedemütigt man sein sollte.

Ich musste Noah fragen, wenn er zurückkam, aber zuerst musste ich duschen.

Ich versuchte, mich zu beeilen, aber es war, als hätte mein Körper Urlaub genommen, und als ich mit einem Handtuch um die Hüfte herauskam, wurde ich von Noah und einem Tablett mit Frühstück empfangen.

Er sah frisch aus wie ein Gänseblümchen an einem Frühlingsmorgen.

Sein anerkennender Blick über meinen Körper verschaffte mir nur ein geringfügig besseres Gefühl. Zumindest sah ich nicht halb so schlecht aus, wie ich mich fühlte.

Ich griff nach meinem Koffer, um ein sauberes Paar Unterwäsche und Jeans zu holen.

„Du hast das alles schon einmal gesehen und mein Kopf ist zu schwer für Bescheidenheit." Ich drehte mich um und ließ das Handtuch fallen, bevor ich in meine Unterwäsche, Jeans und mein Hemd schlüpfte.

„Du vergisst, dass du das letzte Mal deine Kleidung anbehalten hast. Ich bin mir nicht sicher, ob *schauen, aber nicht anfassen* bedeutet, dass wir jetzt quitt sind, aber danke für die nette Erinnerung."

Ich setzte mich zu ihm an den kleinen Tisch und betrachtete das frische Obst, die Pfannkuchen und den Speck, wobei ich mich fragte, welche Option ich vertragen könnte.

„Darf ich dich etwas fragen?"

„Wir hatten keinen Sex, falls du dich darum sorgst. Du bist sofort eingeschlafen, als wir hier ankamen."

Okay, das war gut. Wir hatten unsere Anziehung erkannt, aber daran festgehalten, eine professionelle Beziehung zu führen.

„Habe ich gestern Abend etwas Peinliches getan?"

Noah neigte den Kopf und seine Lippen verzogen sich zu einem neckischen Lächeln. „Kommt drauf an. Auf der Skala von leicht peinlich bis beschämend, wo würdest du den Heiratsantrag einordnen?"

Ich massierte meine Schläfen. Auf keinen Fall hatte ich ihm einen Antrag gemacht. Das musste ein Scherz sein.

„Hey", meinte er sanft. „Ist schon okay. Du warst ein wenig betrunken, und ich bin ziemlich unwiderstehlich. Der Alkohol hat gestern Abend lauter gesprochen. Das ist normal."

Ich stöhnte. „Es tut mir so leid."

„Ich bin immer noch hier und zwischen uns ist alles in Ordnung, oder? Was in Atlanta passiert, bleibt in Atlanta. Bist du einverstanden?"

„Ich bin einverstanden, aber trotzdem beschämt. Diese ganze Sache mit der Ehe und dem Testament geht mir nicht aus dem Kopf. Ich hätte mich gar nicht erst betrinken sollen."

Seine Augen wurden groß. „Was meinst du?"

Ich füllte eine Tasse mit Kaffee aus der Kanne und trank fast die Hälfte auf einmal.

„Mein Dad hat in seinem Testament festgelegt, dass ich innerhalb von sechs Monaten heiraten muss, sonst verliere ich die Firma und das Museum. Ein Monat ist bereits vergangen."

„Wow, und ich dachte, meine Familie wäre verrückt. Alles,

was meine Mom tut, wenn sie verärgert ist, ist, Zutaten zu verwechseln und alles zu überbacken."

Ich sah Noah in die Augen, und er hielt inne, als er gerade dabei war, ein Stück Obst in den Mund zu nehmen. „Das ist kein Scherz."

„Ich wünschte, es wäre einer."

„Es tut mir so leid. Wie konnte dein Dad das tun? Was passiert, wenn du innerhalb dieser Zeit nicht heiraten kannst oder willst? Oder überhaupt?"

Ich schüttelte den Kopf. „Die Anteile werden zum Verkauf angeboten. Geschäftspartner haben ein Vorkaufsrecht, und ich habe nicht genug eigenes Geld, um sie zu kaufen."

„Es muss einen Ausweg geben. Scheiße, Lior, wir sind nicht im Großbritannien des 18. Jahrhunderts."

Ja, das wusste ich auch, aber mein Vater war offenbar anderer Meinung gewesen. „Glaub mir, ich habe mir alle rechtlichen Möglichkeiten angesehen, aber jede führt in eine Sackgasse."

„Warum sollte dein Dad dir das antun?"

Ich seufzte. „Er hatte ein tolles, glückliches Leben mit meiner Mom, und als er das Testament schrieb, drängte er mich zu heiraten, weil ich zu der Zeit ..."

„Mit Pierce zusammen warst."

„Ja." Ich könnte mich nicht elender fühlen.

„Scheiße."

Ich wollte nicht in meinem Zimmer sitzen und in Selbstmitleid zerfließen. „Bist du mit dem Frühstück fertig?"

„Ja."

„Lass uns noch ein paar Vorträge besuchen. Die Konferenz ist noch nicht vorbei."

Ich konnte nicht deuten, wie er mich ansah, also ignorierte ich es. Sein Mitleid war das Letzte, was ich wollte.

Mit meinem noch nassen Haar von der Dusche gingen wir durchs Hotel zum angeschlossenen Konferenzzentrum.

Pierce zeigte sich den ganzen Tag nicht, also nahm ich an,

dass er entweder früher nach Hause gefahren war oder beschlossen hatte, der Konferenz fernzubleiben.

Die Stunden vergingen und meine Zeit mit Noah neigte sich dem Ende zu. Bald würden wir keinen Grund mehr haben, in Kontakt zu bleiben.

Ich hatte alle Hände voll zu tun mit Arbeit, der Suche nach einem Ehemann, der Vermeidung der Suche nach einem Ehemann und dem Versuch, das Familienunternehmen in der Familie zu halten. Ich hatte nicht einmal Zeit, mit einem Geschäftsfreund essen zu gehen. Warum also versuchte mein Gehirn, Gründe zu finden, um Noah wiederzusehen?

„Hey, alles in Ordnung?", fragte er.

Wir saßen in der ersten Reihe für die Abschlussrede. Noah war eingeladen worden, an einer Abschlussdiskussion teilzunehmen, sodass er für sich und eine Begleitperson Plätze in der ersten Reihe hatte.

„Ja, mir geht es gut. Warum?"

„Weiß nicht. Es sah so aus, als wäre eine dunkle Wolke über dich gekommen. Deine Augenbrauen haben sich so bewegt wie gestern, als du Pierce in der Bar gesehen hast."

„Ach nein, ich bin nur müde. Wir sind nicht alle Zwanzigjährige, die mit Energy-Drinks und Sonnenschein überleben können."

„Erstens bin ich dreißig. Und zweitens werden Energy-Drinks und Sonnenschein überbewertet. Ich nehme lieber ein fettiges Frühstück und zwei Advil."

Sein unerschütterlicher Geist war ansteckend. Unerschöpfliche Energie, ein unverbesserlicher Flirt, süß und fürsorglich. Warum hatte ich ihn nicht schon vor zehn Jahren kennengelernt?

Ich zuckte zusammen. Dann wäre er zwanzig gewesen.

Geschäftsbeziehung hin oder her, er war auf jeden Fall zu jung.

Mein Handy summte in meiner Tasche, und als die

Ansprache zu Ende war und Noah sich den anderen Rednern auf der Bühne anschloss, zog ich es heraus.

MAMA

Hey, Schatz. Sei nicht böse, aber ich habe eine Freundin getroffen, und sie hat mir erzählt, dass ihr Sohn sich kürzlich von seinem Freund getrennt hat. Ich habe vorgeschlagen, dass ihr euch treffen könnt, und habe deine Nummer weitergegeben.

LIOR

Mama, du kannst meine Nummer nicht einfach an Fremde weitergeben. Außerdem ist es seltsam, dass du mich verkuppeln willst. Ich bin keine fünf Jahre alt und benötige keine Spielverabredungen, die für mich arrangiert werden.

MAMA

Ich will nicht wissen, was du bei deinen Verabredungen machst.

LIOR

Dann hör auf, mich verkuppeln zu wollen. Ich schaffe das schon.

Das würde ich nicht, und wenn ich ehrlich zu mir selbst war, wäre es vielleicht gar nicht so schlecht, diesen Typen kennenzulernen. Mamas Freundeskreis war eng und ich kannte die meisten. Sie alle kamen mindestens einmal im Monat zum Tee und Kuchen ins Museum und versuchten normalerweise, mich dazu zu bringen, mich ihnen anzuschließen.

Sie waren zudem wohltätige Frauen. Der Sohn von so jemandem musste doch ein guter Mensch sein, oder?

Ich legte auf, um den Rednern auf der Bühne zuzuhören, insbesondere einem ganz bestimmten Redner.

Er lächelte alle an und war gut vorbereitet. Ich hatte einen verdammten Kompetenz-Fetisch, und Noah erfüllte all meine Kriterien.

Warum hatten wir uns zum genau falschen Zeitpunkt meines Lebens getroffen?

Wie wäre es, ihn und seinen freien Geist die ganze Zeit in meinem Leben zu haben?

Ich verdrängte den Gedanken, weil das nicht passieren konnte.

Wir stellten fest, dass wir denselben Flug gebucht hatten, also fuhren wir zusammen zum Flughafen. Nach einem kurzen Anruf bei Charlie war Noahs Ticket auf die Business-Class hochgestuft worden.

Fünf weitere Stunden mit Noah waren das Geld absolut wert.

„Also ...", sagte er, als wir darauf warteten, dass unser Gepäck auf dem Band ankam.

„Also ...", lächelte ich.

„Das wars."

„Ja."

„Ich hatte dieses Wochenende eine tolle Zeit", meinte er.

„Ich auch. Noah ..."

Er legte seine Hand auf meine Brust. „Sag es nicht. Die Welt hat uns bereits zweimal am selben Ort und zur selben Zeit zusammengebracht. Lass mich auf ein drittes Mal hoffen."

Es wird immer noch nicht genug sein, dachte ich, aber alles, was ich tun konnte, war, seine Wange zu küssen und mich auf den Weg aus dem Flughafen zu machen, weil Charlie darauf wartete, mich nach Hause zu bringen.

13

———

NOAH

MEIN MORGENDLICHER WEG zur Arbeit war nicht mehr mit der gleichen Aufregung verbunden wie sonst.

So sehr ich auch versuchte, es zu vermeiden, wurden meine Augen plötzlich von jeder Lücke in den Gebäuden angezogen, die mir einen Blick auf Liors Hotel ermöglichte. *Unser* Hotel.

Jeder Gedanke in meinem Kopf drehte sich um Lior.

Würde er wirklich jemanden heiraten, den er nicht liebte, nur um seine Firma zu retten? Würde er einen Fremden heiraten? Oder schlimmer noch ... Pierce?

Ich ging in mein Stammcafé, um mir einen Kaffee für das wöchentliche Montagsmeeting mit meinen Brüdern zu holen. Ich wusste nicht, wann wir in diese Routine verfallen waren, aber die Mistkerle hatten seit Monaten keinen Kaffee mehr gekauft.

Vielleicht würde ich den Barista bitten, ihren Kaffee extra schwach zu machen, oder schlimmer noch, ihn gegen Tee einzutauschen.

Als ich eintrat, sah ich West, einen der Gründer des Star Finders Youth Network. Er lächelte, als ich mich in die Schlange stellte.

„Hey, Noah. Schön, dich zu sehen. Die Kinder haben dich am Samstag vermisst."

„Hey, West. Tut mir leid, ich war dieses Wochenende auf einer Konferenz in Atlanta, aber nächsten Samstag bin ich da."

West hielt seinen Kaffee zum Mitnehmen in beiden Händen. „Entschuldige die Störung, aber da ich dich gerade erwischt habe, hast du ein paar Minuten Zeit?"

Ich schaute auf meine Uhr. „Klar. Was gibts?"

„Es geht um Star Finders."

Wir verließen die Schlange und setzten uns an einen Tisch. Zu dieser Zeit am Morgen wurden die meisten Bestellungen zum Mitnehmen aufgegeben, sodass es viele leere Tische gab.

West sah ein wenig niedergeschlagen aus. Ich kannte ihn nicht gut, nur durch Star Finders, das er zusammen mit seinem Pflegebruder Drew gegründet hatte.

„Du arbeitest in der PR, oder?"

„Richtig."

„Ähm, ich bin mir nicht sicher, wie viel es kosten würde, dich einzustellen, aber wir brauchen Hilfe. Drew und ich warten schon seit Monaten darauf, dass der Bürgermeister den Vertrag für das alte Krankenhausgebäude freigibt."

„Ja, Drew hat erwähnt, dass ihr plant, ein Obdachlosen- bzw. Willkommenszentrum für Pflegekinder und Kinder aus einkommensschwachen Verhältnissen zu eröffnen. Das Gebäude wäre fantastisch dafür."

„Es ist groß genug, um Räume für alle, die eine Unterkunft benötigen, anzubieten, es hat eine Cafeteria, wir könnten Veranstaltungen ausrichten und es gibt einen riesigen Parkplatz, den wir teilweise für Sport nutzen könnten."

„Ich wette, ihr würdet viel Geld sparen, wenn ihr die Basketballplätze im Park nicht mehr mieten müsstet."

West nickte. „Jetzt verstehst du, warum wir das wollen."

„Absolut. Wo liegt das Problem?"

„Der Bürgermeister hat festgelegt, dass die neuen Pächter auch eine Spende an die örtliche Gemeinde leisten müssen, um ihre öffentlichen Plätze zu verbessern. Sie wollen fünfzig-tausend, was für uns viel Geld ist, aber für die großen Unternehmen, die bereits Angebote für abgegeben haben, ein Klacks."

„Scheiße, Mann. Das tut mir so leid." Ich stand auf und ging zwischen unserem Tisch und dem Fenster auf und ab. „Okay, lass uns darüber nachdenken ... wir können eine Kampagne in der örtlichen Gemeinde starten. Erzähle allen von deinen Plänen und wie sie einbezogen werden können. Schließlich heißt du Kinder aus der Gegend willkommen, die vielleicht sonst nirgendwo einen Ort zum Abhängen haben, insbesondere Kinder aus einkommensschwachen Familien."

„Auf jeden Fall. In dieser Gegend gibt es viele Familien, die nicht viel haben. Wir wollen verhindern, dass Kinder in das System geraten, indem wir die Familien und die Gemeinschaft unterstützen."

Mein Handy summte und ich zuckte zusammen.

ADAM

Du bist spät dran. Ich hoffe, es gibt Muffins.

„Scheiße. West, ich muss los, aber lass mich darüber nachdenken."

Er nickte. „Danke. Ähm ... ich frage nur ungern, aber was glaubst du, wie viel uns das kosten wird?"

„Herrje, nichts, West. Ich kann kein Geld von dir annehmen."

Er sah so erleichtert aus, dass seine Augen ganz rot wurden. „Du bist unglaublich, Noah. Vielen Dank. Und jetzt bringst du mich zum Weinen."

West hatte ein Herz aus Gold und trug es offen zur Schau. Es war so schade, dass Drew dafür völlig blind war.

Ich schnappte mir den Kaffee und drei Muffins und rannte praktisch ins Büro. Okay, heute würde ich mich nicht mit meinen Brüdern anlegen, weil ich *tatsächlich* zu spät war.

Als ich in unserem Besprechungsraum ankam, arbeitete

Adam an seinem Laptop, während Lex mit einem verliebten Gesichtsausdruck auf sein Handy starrte.

Nach dem Gespräch mit West war ich voller Adrenalin, daher wollte ich unsere Sachen hinter mich bringen, um mich an die Arbeit zu machen.

Ich begann mit einem Update zu unseren aktuellen Kunden, von denen einige Anfragen für Folgekampagnen gestellt hatten, was immer ein gutes Zeichen war.

„Wir verstehen, dass du dieses Wochenende wahrscheinlich viel Sex hattest, aber wir haben noch viel zu tun", sagte ich und beugte mich über den Tisch zu Lex.

„Ja, ich weiß", antwortete er abwehrend. „Was ist das Problem?"

„Das Problem, kleiner Bruder, ist, dass du nichts von dem, was in diesem Meeting bisher gesagt wurde, wiederholen kannst, weil du zu sehr damit beschäftigt bist, aus dem Fenster zu schauen und abzuschweifen. Ich habe nicht deine Zwillingstelepathie, aber selbst ich fühle mich heute Morgen leicht geil."

Lex starrte mich an. „Wann fühlst du dich nicht geil?"

„Guter Punkt, aber wir müssen das hier abschließen, weil ich noch woanders hin muss."

Sie befragten mich zu meinen Plänen, und das aus gutem Grund. Normalerweise besprachen wir am Montag die Arbeit nach und planten dann die Woche. Ich hatte kaum einen Fuß ins Büro gesetzt und dachte schon daran, wieder zu gehen.

„Hey, apropos Kunden, wie läuft es mit dem Van Stern Auftrag?", fragte Lex, gerade, als ich an meinem heißen Kaffee nippte, was dazu führte, dass ich husten musste und fast alles über mich verschüttete.

„Was?"

Lex runzelte die Stirn. „Wie läuft es mit dem Glasmalereimuseum? Lior schien sehr daran interessiert zu sein, mit uns zusammenzuarbeiten."

Ich konnte ihnen nicht alles erzählen, aber ich teilte ihnen mit, was ich über Lior und sein Unternehmen erfahren hatte.

„Das ist alles hervorragend, Noah", sagte Lex. „Ich habe schon einige Ideen für die Bildsprache einer Kampagne. Schick ihm die Verträge. Ich freue mich darauf, daran zu arbeiten."

Adam war die meiste Zeit über ruhig geblieben. Normalerweise machte er sich während des Meetings Notizen und meldete sich nur zu Wort, wenn sein Beitrag benötigt wurde oder er uns etwas Neues mitteilen konnte.

Er klappte seinen Laptop zu und sah mich an. „Bitte sag mir, dass du nicht mit einem Kunden geschlafen hast."

„Ich wehre mich dagegen, dass du denkst, ich würde das tun."

Ich konnte sehen, dass dieses Treffen schnell den Bach runterging, und ich war nicht in der Stimmung, beschuldigt zu werden, jede Person zu vögeln, die ich traf. Vor allem, weil ich das erstens seit Monaten nicht mehr getan hatte, abgesehen von dem einen Mal mit Lior, und zweitens nicht mehr mit ihm geschlafen hatte, seit ich herausgefunden hatte, dass er ein Kunde war.

Meine Familie verurteilte mich nicht offen, aber ich war nicht blind. Meine Eltern wollten, dass ich mich mit jemandem Nettes niederließ. Meine Brüder lebten mit der ständigen Angst, dass es schlecht fürs Geschäft wäre, wenn ich mit der falschen Person schlief.

Als sie aufhörten, nach Lior zu fragen, fragten sie, ob ich mit Tanner schlafen würde.

Es wurde langweilig. Oder vielleicht wurde ich langsam alt.

„Kommen wir zur Lusitana-Jubiläumsfeier. Lex, welche Optionen gibt es für die visuelle Gestaltung?"

Das Restaurant unserer Eltern wurde dreißig, also wollten sie stilvoll feiern. Natürlich *engagierten* sie uns, was ein zusätzliches Projekt war, das wir neben allem anderen bewältigen mussten.

Da Lex mit Emery und Adam mit der Hochzeitsplanung beschäftigt war, musste ich einspringen und die Lücken füllen.

Nach dem Meeting schloss ich mich in meinem Büro ein

und sammelte ein paar Stunden lang Ideen, wie ich West helfen konnte.

Eine Woche später hatte ich einen Plan, aber ich musste zwei Dinge tun. Ich musste meinen Brüdern von meinem Engagement für die Wohltätigkeitsorganisation erzählen und herausfinden, wie ich eine Einladung zum jährlichen Ball des Bürgermeisters bekommen konnte, weil ich vorhatte, mit den richtigen Leuten zu plaudern, um Geld und Unterstützung für das Star Finders Youth Network Shelter-Projekt zu sammeln.

Jax, der immer als Wingman und Sparringspartner zur Verfügung stand, erklärte sich bereit, mich vor seiner Nachtschicht im Tanner's zu treffen.

Als ich ankam, hatte er bereits einen Tisch, einen Teller mit Wings und ein Bier für mich.

„Mann, du bist echt cool", sagte ich und klopfte ihm auf die Schulter.

„Ich weiß. Was ist der Notfall?"

Ich nahm einen Chicken Wing, hielt aber auf dem Weg zu meinem Mund an, als ich Lior auf der anderen Seite der Bar sah. Er war in Begleitung.

„Was ist los?", fragte Jax.

„Ähm ... nichts."

Er glaubte mir nicht. Stattdessen sah er sich um, und seinem Gesichtsausdruck nach zu urteilen, erinnerte er sich genau daran, wer Lior war.

„Das ist dein Silberfuchs Daddy."

„Bitte sag das nicht. Das ist einfach falsch."

„Silberfuchs oder Daddy?"

Ich schnaubte. „Ich weigere mich, das Wort auszusprechen."

Ich warf noch einen Blick hinüber. Sie aßen zusammen und Lior hatte ein Bier in der Hand, also war das kein spätes Geschäftstreffen.

Verdammt, hatte er ein Date?

Bei dem Gedanken wurde mir schlecht, obwohl ich kein Recht hatte, Ansprüche zu stellen. Ich hatte nur zufällig festgestellt, dass wir zusammen viel mehr Sinn ergaben als der Typ mit der Fliege und der Brille.

„Du siehst ein wenig grün aus, und damit meine ich nicht das gute Grün", meinte Jax. „Warum gehst du nicht zu ihm und sprichst mit ihm? Du willst es doch offensichtlich."

„Ich bin gekommen, um mit dir zu reden."

„Dann rede mit mir."

Der Typ, mit dem Lior zusammen war, stand auf und ging zur Toilette. Mein Blick folgte ihm, bis Jax meine Aufmerksamkeit erregte.

„Geh einfach. Wir können morgen reden. Aber ich nehme die Wings für meine Pause mit."

„Tut mir leid. Es wird zur Gewohnheit, dich in einer Bar sitzenzulassen."

„Du wirst es eines Tages wiedergutmachen. Geh und hol dir deinen Mann."

Er gehörte nicht mir. Er konnte nicht mir gehören. Warum drehte sich mir also der Magen um?

Ich versuchte, den Mut zu finden, mit Lior zu sprechen. Warum war ich überhaupt nervös? Nur weil das Schicksal uns wieder zur gleichen Zeit am gleichen Ort zusammengeführt hatte?

Er schaute auf sein Handy und bemerkte mich erst, als ich mich seinem Tisch näherte.

„Noah, was machst du ... Oh, natürlich, du wohnst in der Nähe."

„Die Frage ist, was machst du hier? Hast du ein Date?"

Seine Wangen wurden rot.

„Wie kann ich dir helfen?"

Er wirkte angespannt, aber seine Augen brannten vor Hitze, die immer zwischen uns aufflammte wie Glut, die sich nicht löschen ließ.

Sein Date konnte jeden Moment zurückkehren, und ich wusste immer noch nicht, was ich sagen wollte.

Warum war ich den ganzen Weg hierhergekommen, um

sein Date zu unterbrechen? Wollte ich es unterbrechen oder komplett in Brand setzen?

Er musste einen netten Kerl kennenlernen, weil er innerhalb einer ihm gesetzten Frist einen Ehemann finden musste.

Während seine Augen weiterhin mit meinen verschmolzen, wurde plötzlich alles klar. Ich hatte die Lösung gefunden.

Ich ging auf die Knie und hielt seine Hände in meinen. Seine Augen öffneten sich weit und er versuchte zu sprechen, aber es kam kein Ton heraus.

Auch wenn er sich nicht sicher war, was ich tat, wollte er es vielleicht auf einer bestimmten Ebene auch. Oder vielleicht war es nur Wunschdenken.

„Lior Van Stern, willst du mich heiraten?"

14

LIOR

Bernard tauchte in meiner Wahrnehmung auf, als Noah mir die Frage stellte und mich dann ungeduldig anstarrte.

„Erwartest du, dass ich Ja sage?", flüsterte ich und beugte mich vor.

„Deshalb habe ich die Frage gestellt. Soll ich mir eine Rede ausdenken? Ich bin mir nicht sicher, ob ich mir spontan eine ausdenken kann, wenn man bedenkt, dass ich bis vor zehn Sekunden nicht wusste, dass ich das tun würde."

Ich schüttelte den Kopf. „Ach, Noah."

Er zuckte mit den Schultern.

„Was ist los, Lior?", fragte Bernard.

„Es tut mir so leid, Bernard. Kannst du uns einen Moment geben?"

Er runzelte die Stirn, ging aber zur Bar.

„Wir werden etwas länger brauchen", meinte Noah und sah dabei so selbstgefällig aus wie immer. *Mann, ich könnte ihm jetzt den perfekten Hintern versohlen.*

Ich seufzte. „Bleib hier."

„Auf den Knien?" Er wackelte mit den Augenbrauen.

„Bring mich nicht dazu, die Regeln zu brechen, Noah."

„Wir machen ganz neue Regeln."

Ich ging zur Bar, wo Bernard unbeholfen an seiner Fliege herumfummelte. Bisher fand ich sie süß und perfekt zu ihm passend. Jetzt war ich mir nicht mehr so sicher, ob er oder seine Fliege etwas für mich waren.

„Es tut mir so leid, Bernard. Ich muss ..." Ich zeigte auf unseren Tisch, an dem Noah an den Wings knabberte und mein Bier trank.

„Okay. Sollen wir das verschieben?", fragte er hoffnungsvoll, aber sein Gesicht verfinsterte sich, weil ich meine wahren Gefühle nicht verbergen konnte.

„Aber deine Mom ..."

Ich legte meine Hand auf seinen Arm. „Bernard, nichts in dieser Situation sollte jemals mit diesen Worten beginnen. Wenn du wegen meiner oder deiner Mom hier bist, dann musst du doch wissen, dass es richtig ist, jetzt zu gehen."

„Es tut mir leid. Du hast recht. Es ist nur so, dass es damals ... du weißt schon, gut war."

„Das war es, aber das ist fünfundzwanzig Jahre her. Wir waren jung, nicht bereit für mehr, und es hat kaum ein paar Monate gehalten. Jetzt sind wir älter und zu eingefahren in unseren Gewohnheiten. Vielleicht war es nie dazu bestimmt, mehr zu sein, als es war."

„Glaubst du das wirklich?"

Ich zuckte mit den Schultern. „Ich weiß es nicht, aber ich kann dir nicht sagen, dass ich glaube, dass es mehr sein könnte, wenn ich nicht so fühle. Das wäre trügerisch und unfair. Es tut mir leid, dass ich mich an dich gewandt habe. Ich weiß, dass unsere Moms befreundet sind. Vielleicht können wir es auch sein."

Er seufzte. „Danke, dass du ehrlich bist. Ich glaube, du hast recht. Was wirst du wegen ... ihm unternehmen?"

„Er verdient eine verdammt gute Tracht Prügel."

„Darin warst du schon immer gut." Er errötete.

„Such dir jemanden, der dich so zum Erröten bringt, Bernard. Du bist ein guter Mann, und entgegen der landläufigen Meinung ist es noch nicht zu spät. Unsere Knochen mögen uns morgens an unser Alter erinnern, aber die Nacht gehört uns."

Er lachte und gab mir einen Kuss auf die Wange, bevor er ging.

Mr. Spencers Augenbrauen spielten verrückt. Ich blieb einen Moment lang sitzen und überlegte, was ich mit ihm anfangen sollte.

Er hatte mir tatsächlich einen Antrag gemacht. War er verrückt?

Ich beglich meine Rechnung und ging zum Tisch.

„Komm schon. Wir gehen zu dir, um zu reden."

Er sprang auf. „Bei mir gibt es ein Bett."

„Noah Spencer, du hast mir gerade an einem öffentlichen Ort einen Antrag gemacht. Ich bin sicher, dass jemand ein Foto gemacht hat, obwohl ich hoffe, dass es nur aus persönlicher Neugier und nicht aus anderen Gründen gemacht wurde. Das Letzte, woran ich im Moment denke, ist, dich nackt zu sehen."

Ich verließ die Bar und er folgte mir auf dem Fuße.

„Du weißt nicht einmal, wohin wir gehen müssen. Komm schon." Er zog mich in die richtige Richtung, nachdem ich in die falsche gegangen war.

Ich hatte gelogen. Das Einzige, woran ich dachte, war, ihn nackt zu sehen. In all meinen Jahren als Erwachsener war mir noch niemand so unter die Haut gegangen wie Noah.

Zu ihm zu gehen war gefährlich. Mit ihm allein zu sein war gefährlich, aber es gab keine andere Möglichkeit.

So sehr dies auch eine Übung in Selbstbeherrschung sein würde, ich konnte dieses Gespräch nicht in der Öffentlichkeit führen.

Seine Wohnung war offen gestaltet, der Eingangsflur führte direkt in die Küche und den Wohnbereich. Die großen Fenster mit Blick auf die umliegenden Gebäude sorgten für ausreichend Licht. Bevor er das Licht einschaltete, musste ich an jene Nacht im Hotel denken, als nur das Leuchten der Straßenlaternen seinen schönen Körper erhellt hatte.

Die Aufteilung der Wohnung und die Küche waren die einzigen modernen Dinge. Überall sonst gab es Teppiche, Fotos, Gemälde und eine alte Couch. Noahs Wohnung war ein Zuhause.

„Okay, hör mir zu", sagte er, ging zum Kühlschrank und holte zwei Flaschen Bier heraus.

„Ein Wasser für mich, bitte. Ich muss noch fahren."

Er widersprach nicht, obwohl ich sehen konnte, dass er es wollte.

„Also ..."

„Warum habe ich das Gefühl, dass mir das nicht gefallen wird?" Ich setzte mich auf die Couch und war überrascht, wie bequem sie war.

„Du hast meine Frage nicht beantwortet", erwiderte er.

„Hmm, lass mich nachdenken. Wir haben eine Arbeitsbeziehung, und als wir uns das letzte Mal sahen, waren wir uns einig, etwas Abstand zu gewinnen. Korrigiere mich, wenn ich falschliege, aber heiraten bedeutet nicht gerade, dass wir auf Distanz gehen."

„Doch, wenn es nur zum Schein ist."

„Wie bitte?"

Er stand auf und ging zwischen seinem Couchtisch und dem großen Fernseher hin und her.

„Die Sache ist die: Du kannst mir bei etwas helfen, das mir wirklich wichtig ist, und ich kann dir bei etwas helfen, das dir wirklich wichtig ist."

„Und das wäre?"

„Du brauchst einen Ehemann, um dein Unternehmen zu retten. Ich brauche deine Kontakte und deinen Einfluss."

„Du vergisst eine Sache. Ich muss aus Liebe heiraten."

Er warf mir einen spitzen Blick zu. „War das Liebe, die ich in deinen Augen gesehen habe, als du mit Bernard gesprochen hast?"

„Bernard und ich haben eine gemeinsame Vergangenheit."

Noah überbrückte die Lücke zwischen uns, bis er vor mir stand. Sein Blick brannte sich in meine Haut, und ich wollte die Hand ausstrecken und ihn auf meinen Schoß ziehen.

Warum fühlte ich mich so zu diesem Typen hingezogen?

Er setzte sich mit einem Knie auf jede Seite von mir, ohne den Blick von mir abzuwenden.

Ich lehnte mich auf der Couch zurück.

„Wir haben auch eine Vorgeschichte", erklärte er und legte seine Hände auf die Rückenlehne des Sofas. Nicht ein Zentimeter von ihm berührte mich, aber ich spürte seine elektrisierende Anziehungskraft wie Starkstrom.

„Du bist zu jung."

„Blödsinn."

„Du liebst mich nicht."

„Hier geht es nicht um Liebe. Bernard liebt dich auch nicht. Er will vielleicht von dir den Hintern versohlt bekommen, was ich nachvollziehen kann, aber er liebt dich nicht."

Ich packte ihn an der Taille und drehte ihn auf der Couch um, sodass ich auf ihm lag.

„Jetzt reden wir." Er hob seine Hüften, um meine zu treffen, aber ich hielt Abstand zwischen uns.

Unter seiner Jeans war er steinhart. Meine eigene Erektion war fast schmerzhaft. Seit unserem letzten Mal hatte ich nur mit meiner Hand Sex gehabt.

„Was willst du von mir, Noah?"

Er schluckte und sein Gesicht wurde ernst. „Ich benötige deine Hilfe. Die Sicherheit hunderter schutzbedürftiger Kinder ist in Gefahr. Ich weiß nicht, wie ich meinen Freunden allein helfen soll. Ich brauche dich."

„Und es wäre vorgetäuscht?"

„Die Ehe wäre echt, um die Anforderungen des Testaments deines Dads zu erfüllen. Alles andere wäre vorgetäuscht. Sobald du die Firma hast, können wir eine Weile warten und uns dann scheiden lassen. Das ist eine geschäftliche Transaktion. Wir müssen es nicht komplizierter machen."

Ich konnte nicht glauben, dass ich das tatsächlich in Betracht zog.

„Warum würdest du das für mich tun?"

„Ich habe es dir gesagt. Um dir zu helfen. Und weil du mir helfen kannst."

„Du musst mich nicht heiraten, um Zugang zu meinen Verbindungen oder meinem Einfluss zu erhalten. Du musst nur fragen."

Er schloss die Augen und ein Teil seines Widerstands verließ ihn.

„Ich möchte zum Ball des Bürgermeisters gehen. Alle Leute mit Geld und Einfluss werden dort sein. Ich brauche sie auf meiner Seite. Wenn ich das nicht schaffe, werden meine Freunde nicht genug Geld aufbringen können, um den Pachtvertrag für das alte Krankenhaus zu übernehmen. Sie wollen daraus eine Unterkunft für gefährdete junge Menschen, ein Freizeitzentrum und einen sicheren Ort für Kinder aus einkommensschwachen Familien machen. Sie haben niemanden, der für sie kämpft. Alle anderen sehen in diesem Gebäude nur Dollarzeichen."

Ich streichelte seine Wange. „Das ist keine Entscheidung, die man leichtfertig treffen sollte, Noah. Mich zu heiraten, bringt Verpflichtungen mit sich."

„Welche denn?", fragte er und lehnte sich in meine Berührung.

„Meine Mom. Sie wird deine beste Freundin sein wollen."

„Können wir ihr nicht sagen, dass es nur gespielt ist?"

„Nein. Es würde ihr das Herz brechen, wenn sie wüsste, dass ich alle täusche, obwohl mein Dad in ihren Augen wollte, dass ich endlich glücklich und sesshaft werde."

„Meine Familie ist auch ein wenig verrückt."

Ich lächelte. „Ich hätte nichts anderes von den Menschen erwartet, die dich großgezogen haben."

„Hey." Er schlug mir auf den Arm.

„Und wie sieht es mit Sex aus?"

„Ja, bitte." Seine Stimme war tief und heiser.

Ich wich zurück und zog ihn mit, sodass wir uns gegenübersaßen.

„Wir können keinen Sex haben."

„Was?" Seine Augenbrauen wanderten zu seinem Haaransatz.

„Noah, versteh mich nicht falsch. Wenn es keine Konsequenzen gäbe, würde ich dich irgendwohin mitnehmen und dich eine Woche lang nicht aus dem Bett lassen. Aber wenn wir eine Ehe vortäuschen, wird das durch Sex nur chaotisch. Wir sind uns bereits zu vertraut."

„Dann ist es ja wie eine echte Ehe. Kein Sex." Er schmollte.

„Erzähl mir mehr von den Kindern und dem Projekt deiner Freunde."

„Heißt das, du sagst Ja?"

„Stell mir die Frage noch mal."

Er lächelte und nahm meine Hand. „Lior Van Stern, willst du mich in guten wie in schlechten Tagen, bei blauen Eiern und heißen Blicken, bei Wohltätigkeitsveranstaltungen und geschäftlichen Verpflichtungen heiraten, bis dass die Scheidung uns scheidet?"

Ich lachte. „Ja, Noah. Ich will dich heiraten."

15

———

NOAH

„Du wirst immer schlechter, Grandpa!", rief West von der anderen Seite des Spielfelds.

Ich passte den Ball zu meinem nächsten Mitspieler, Joel, der dann zum gegenüberliegenden Block lief, um den Ball zur Seite zu spielen.

„Hast du die grauen Haare gesehen?", schrie Avi.

Ich zeigte ihm den Mittelfinger.

„Darfst du das?"

Ich grinste. Wahrscheinlich nicht. Als ehrenamtlicher Mentor sollte ich diese übermütigen Teenager unterstützen und ihnen helfen, die Herausforderungen des Lebens zu meistern. Aber das waren die Star Finders-Jugendlichen auf dem Basketballplatz. Es war ein totaler Krieg.

Joel verlor den Ball an die Verteidigung, aber ich sah eine Gelegenheit für einen Spielzug durch die Hintertür und nutzte sie. Meine Turnschuhe kratzten auf dem Beton. Ich liebte dieses Geräusch. Es bedeutete, dass ich mich bewegte, etwas tat. Ein Adrenalinstoß durchströmte mich und gab mir das Gefühl, am Leben zu sein.

„Er wird definitiv langsamer. Muss Arthritis sein!", schrie Avi seinem Teamkollegen zu.

Verdammte Kinder mit ihrer jugendlichen Energie und ihrem ungebrochenen Selbstvertrauen.

West, der normalerweise in meinem Team war, hatte zum gegnerischen Team gewechselt, weil Drew zur Arbeit musste, sodass die Kinder bereits einen Mitspieler weniger hatten.

Er hatte nicht nur gewechselt, sondern machte auch bei ihren Sticheleien mit.

„Keine grauen Haare", knirschte ich zwischen den Zähnen, schnappte mir den Ball vom Point Guard und dribbelte durch die Offensive in die Zone. „Oder Arthritis."

Die Verteidiger versuchten, mich zu blocken, und scheiterten. Von wegen Grandpa. Ich trat einen Schritt zurück und schoss. Nun, der Ball ging etwa einen halben Zentimeter über das Ziel hinaus, was gereicht hätte, um den Punkt zu verschenken, wenn Joel ihn nicht mit einem Dunking versenkt hätte.

Game over.

Die Kinder stöhnten alle und warfen sich dramatisch auf den Boden.

Ich lachte und klatschte mit den anderen Mentoren ab. „Und ich glaube, das ist ein Sieg für das geriatrische Team."

Von der Seite des Spielfelds ertönte Applaus. Ich drehte mich um und sah, wie Lior auf uns zukam. Er trug Jeans und ein Poloshirt und hatte kein Recht, so gut auszusehen, während ich heiß und verschwitzt war und wahrscheinlich aussah, als wäre ich überfahren worden.

„Wer ist das?", fragte eines der Kinder.

„Ein Freund von mir."

„Hmm", meinten sie mit einem skeptischen Lächeln.

Alle saßen mit ihren Wasserflaschen und Handtüchern im Kreis auf dem Boden. Lior setzte sich neben mich und flüsterte mir „Du stinkst" ins Ohr.

„Was habt ihr heute gelernt?", fragte Joel.

Die Kinder vermieden es, die Frage zu beantworten, indem sie an ihrem Wasser nippten und sich den Schweiß von der Stirn wischten.

Alma, eine weitere Mentorin, saß neben uns. „Niemand hat etwas gelernt? Wirklich?"

„Ähm ...", begann Remi, „wir sollten unseren Gegner nicht unterschätzen, auch wenn er aus der Kreidezeit stammt?"

„Und warum?", fragte ich und warf ihm ein verschwitztes Handtuch zu, das direkt auf seinem Gesicht landete.

Sie alle zuckten mit den Schultern. „Weil ihr gewonnen habt, obwohl ihr alt seid?"

Ich lachte. „Ja, wir haben gewonnen und wir sind alt. Was glaubt ihr, woran das liegt?"

Ted, der auf dem Boden saß, hob die Hand und zeigte mit dem Daumen nach oben. Mit fünfundvierzig Jahren war er bei Weitem der Älteste von uns. Er hatte drei kleine Kinder zu Hause und beschwerte sich immer darüber, dass er dafür zu alt sei, aber er kam trotzdem jede Woche ohne Ausnahme.

Ich hatte ihn immer als Teil einer anderen Generation betrachtet als den Rest von uns in der Mentorengruppe, aber er war zwei Jahre jünger als Lior. Ich empfand Lior definitiv nicht als alt oder als jemanden, mit dem ich nicht viel gemeinsam hatte. Ganz im Gegenteil.

„Nein", sagte ich. „Vergesst mal für einen Moment das Spielfeld. Wie viele von euch haben einen Teilzeitjob?"

Alle hoben die Hand.

„Ihr habt also schon jemanden mit mehr Erfahrung getroffen, der schon länger dabei ist, oder?"

„Ja, einer der Kellner im Diner ist fast siebzig", antwortete Lucas.

„Ich wette, sie sind bei bestimmten Aufgaben viel langsamer, oder?" Ich wartete auf ihr zustimmendes Nicken.

„Okay, ich habe diese Woche eine Aufgabe für euch."

Sie stöhnten alle. „Wir bekommen schon Hausaufgaben von der Schule."

„Das sind keine Hausaufgaben. Ich möchte, dass ihr jemanden bei der Arbeit findet, der älter ist als ihr, ein Gespräch mit ihm beginnt und etwas über ihn erfahrt."

„Was denn?"

Ich zuckte mit den Schultern. „Alles, was ihr wollt. Wenn wir uns nächste Woche treffen, möchte ich, dass ihr sie uns vorstellt, als wären sie hier. Ohne uns ihren Namen, ihr Alter oder ihre Tätigkeit zu nennen, möchte ich, dass ihr uns erzählt, was ihr erfahren habt."

Mehr Stöhnen. Ich warf Joels verschwitztes Handtuch in ihre Richtung und schickte sie alle nach Hause.

Normalerweise blieben wir noch eine Weile, bis alle weg waren, und luden dann die Bälle in Wests Auto.

Einige der Kinder hatten daheim keine guten Verhältnisse, und wenn jemand etwas von uns brauchte – ein Gespräch, etwas zu essen oder eine Mitfahrgelegenheit – waren wir für sie da.

Lior blieb zurück, während ich mich mit der Mentorengruppe unterhielt.

„Das war ein gutes Spiel", sagte Joel und hielt seine Faust für einen Stoß hoch.

„Günstiger als eine Mitgliedschaft im Fitnessstudio, das ist sicher", fügte Ted hinzu.

„Hey, Leute", meinte Alma. „In der Klasse meiner Schwester ist dieses Mädchen. Sie ist gerade in die Stadt gezogen. Ihre Pflegeeltern scheinen in Ordnung zu sein, aber sie hat Schwierigkeiten, sich anzupassen. Meint ihr, die Jungs hätten etwas dagegen, ein Mädchen dabei zu haben?"

Irgendwie hatten wir durch Kinder, die in das System aufgenommen wurden, adoptiert wurden oder mit ihren leiblichen oder Pflegefamilien wegzogen, eine reine Jungengruppe gegründet.

„Sie hatten schon mal Mädchen in der Gruppe. Außerdem ist es eine gute Lernmöglichkeit", erwiderte ich.

West fügte hinzu: „Es wird gut sein, jemand Neues in die Gruppe aufzunehmen. Ich werde Drew vorwarnen."

Alma nickte. „Danke. Ich werde meiner Schwester und ihrer

neuen Freundin Bescheid sagen. Was macht ihr jetzt? Hat jemand Lust auf einen Drink?"

Alle hatten eine Ausrede. Joel hatte noch zu arbeiten, Teds Frau war mit ihren Freundinnen unterwegs und er musste auf die Kinder aufpassen. Früher hätte ich eine Ausrede erfunden, weil ich nach Hause gegangen wäre, geduscht hätte, im Haus herumgelungert hätte und dann ausgegangen wäre, um hoffentlich jemanden zu finden, mit dem ich etwas anfangen könnte.

„Ich würde gern, aber wir haben Pläne." Ich zeigte auf Lior.

„Die Kinder haben recht. Ihr seid alle geriatrisch." Sie schüttelte den Kopf und ging unter Buhrufen hinter sich zu ihrem Auto.

Ich wandte mich meinem Verlobten zu. Merkwürdigerweise bekam ich keinen Ausschlag, wenn ich mir Lior als meinen Verlobten vorstellte.

„Gehst du mit mir nach Hause?"

„Du steigst jedenfalls nicht in mein Auto, wenn du nach Sportsocken riechst", sagte er.

Ich hob mein Tanktop an, um meine Bauchmuskeln zu zeigen. „Das ist es wert, findest du nicht?"

Er stöhnte und schaute weg.

Der Vorteil, in Cliffborough zu leben, war, dass die Innenstadt innerhalb der Grenzen des umliegenden Flusses abgeschlossen war. Und obwohl die Stadt definitiv über den Fluss hinausgewachsen war, fühlte sie sich immer noch wie eine Kleinstadt an.

Es dauerte nicht lange, um vom Park zu mir nach Hause zu kommen.

Als ich nach Hause kam, war mein Handybildschirm voller Benachrichtigungen. Ich hatte an den Tagen, an denen ich ehrenamtlich tätig war, angefangen, es Zuhause zu lassen, weil es manchmal schwierig war, von der Arbeit abzuschalten, besonders wenn man mit seinen Brüdern zusammenarbeitete.

Ein kurzer Blick zeigte, dass es nichts Neues von der Familie gab, also ließ ich das Handy liegen und ging duschen, während Lior im Wohnbereich blieb.

Als ich herauskam, war eine Nachricht von Jax eingegangen.

JAX

WTF, Alter. Tanner hat mir eine Nachricht geschickt, dass du verlobt bist. Er hat es neulich Abend in der Bar mitbekommen.

NOAH

Oh, du hast Tans Nummer? Seit wann seid ihr zusammen?

JAX

Ignorier meine Bedenken ruhig. Es ist deine Beerdigung, aber ich erwarte, dass ich dein Trauzeuge werde.

NOAH

Du bist erst seit fünf Minuten zurück. Meine Brüder sind doch sicher die Ersten in der Reihe.

JAX

Nee. Brüder sind keine guten Trauzeugen. Sie haben zu viel Angst vor deiner Mom, um dich etwas wirklich Dummes tun zu lassen.

NOAH

Was denn? Etwa heiraten?

Mein Handy klingelte, also stellte ich es auf laut, während ich mich anzog.

„Ist das dein Ernst?", fragte Jax.

„Ja. Willst du mein Trauzeuge sein?"

„Alter. Komm mal wieder runter. Warte ... Mr. sexy Silberfuchs?"

Ich lachte, als Lior den Raum betrat, nachdem er Jax gehört hatte.

„Ja, Mr. sexy Silberfuchs. Hast du heute Abend Schicht?"

„Nein, ich habe frei."

„Komm zum Abendessen vorbei."

„Okay. Bis später.“

Ich beendete das Gespräch. „Klingt, als hätte ich einen Trauzeugen gefunden. Wen bringst du zur Hochzeit mit?“

Er warf mir einen Blick zu, der mir sagte, dass ich in Schwierigkeiten steckte. Wenn er nur konsequent wäre. Ich fragte mich, was ihn dazu bringen würde, die Beherrschung zu verlieren und seine Prügelversprechen einzulösen.

„Mr. sexy Silberfuchs wird deinen Kühlschrank plündern und etwas zum Kochen für das Abendessen finden, da wir offenbar Gäste erwarten.“

Wir. Verdammt. Das klang gut.

Auf meinem Handy erschien eine neue Benachrichtigung. Eine Erinnerung daran, den Antrag für die Heiratserlaubnis auszufüllen.

Scheiße. Das würde wirklich passieren.

16

LIOR

Wie sich herausstellte, war es überraschend einfach, eine kleine Hochzeit in Vegas zu planen, wenn Geld keine Rolle spielt, vor allem, wenn die Bräutigame eine schlichte Feier wollten.

Das einzige Problem, auf das wir bis dahin gestoßen waren, war das Timing. Da wir niemandem in meiner oder Noahs Familie von der Hochzeit erzählt hatten, bestand immer die Möglichkeit, dass etwas dazwischenkommen konnte, was wir nicht eingeplant hatten.

So geschah es auch, als Adam vor einer Woche ankündigte, dass er und seine Verlobte ein Familientreffen veranstalten würden, um den Hochzeit-Caterer auszuprobieren. *Heute.*

Ich schaute auf meine Uhr. Wir mussten in fünfundvierzig Minuten in den Privatjet steigen, den ich gechartert hatte, und von Noah war nichts zu sehen. Ich hoffte nur, dass er die Veranstaltung rechtzeitig verlassen hatte, um rechtzeitig zum Flughafen zu kommen.

Von dem kleinen Flughafen außerhalb der Stadt zu fliegen, anstatt den größeren Flughafen in New Haven anzusteuern, beschleunigte alles ein wenig und machte es flexibler, aber ich wusste, dass wir unsere Abflugzeit einbüßen könnten, wenn wir zu spät an waren.

Ich schaute mich noch einmal in der kleinen Terminal-Lounge um, und dieses Mal sah ich Jax und Tanner mit einem anderen Mann auf mich zukommen.

„Hey, Lior", sagte er und ließ seine Tasche auf den Boden fallen. „Ich hoffe, wir sind nicht zu spät."

„Hi. Danke, dass ihr gekommen seid. Ihr seid pünktlich. Noah hingegen ..."

Ich schaute wieder auf meine Uhr, bis Jax sagte: „Da kommt der Bräutigam."

Noah stürmte durch die kleine Menschenmenge und stolperte fast über die Tasche von jemandem, bevor er mit einem dumpfen Aufprall mit mir zusammenstieß.

„Mein Verlobter!", grinste er. „Siehst du? Du hast gesagt, ich würde mich nie zu deinen Füßen werfen, und jetzt haust du mich *förmlich* um."

Ich lachte. „Das habe ich nie gesagt. Du hast es aber versprochen."

„O ja. Böser Noah. Ich werde mich nicht in meinen großen, sexy Silberfuchs und zukünftigen Ehemann verlieben."

Jax hustete ein „zu spät", was Noah zum Glück überhörte. Ich nicht, aber ich ignorierte es.

Ich war schon zu nervös wegen der Tatsache, dass ich legal verheiratet sein würde. Dabei wollte ich nicht in Panik geraten, weil ich vielleicht Gefühle für Noah hatte oder nicht und weil ich mich in den vergangenen Wochen mehr als einmal gefragt hatte, ob ich ihn für immer behalten könnte.

Wie er schon sagte, war das hier eine geschäftliche Angelegenheit. Okay, die Chemie zwischen uns stimmte, aber wir hatten uns darauf geeinigt, nichts zu wagen, damit die Dinge nicht kompliziert wurden. Daran musste ich mich erinnern, bevor mir meine eigenen Gefühle in die Quere kamen. Ich hatte eine Firma zu übernehmen und zu leiten, damit ich meinem Namen gerecht werden konnte.

„Tanner, was machst du denn hier?", fragte Noah, als er sich von mir löste und sich umsah. Er warf mir einen panischen Blick zu.

„Dein Trauzeuge braucht seinen eigenen Trauzeugen", erklärte Jax. „Außerdem brauchst du zwei Trauzeugen, und um glaubwürdig zu sein, solltest du wohl darauf verzichten, dass einer von ihnen Elvis ist."

„Außerdem muss ich sicher sein, dass der Typ nicht mit einem Fremden verheiratet zurückkommt", fügte Tanner hinzu.

Noah drehte sich zu mir um und fuhr mit seiner Hand über meine Brust, bis sie auf meinem Kinn ruhte. „Wir werden eine tolle Zeit haben, nicht wahr, Babe?" Das war sogar für ihn etwas übertrieben.

Ich warf ihm einen spitzen Blick zu. „Tanner weiß es. Als Jax vorgeschlagen hat, Tanner mitzubringen, hat er es ihm gesagt. Ich dachte, du würdest dich freuen, einen weiteren Freund dabei zu haben."

Er sah ein wenig enttäuscht aus. „Schade. Ich war so bereit, mein „Ich bin so verliebt, dass ich diesen Kerl schon gestern heiraten musste"-Gesicht zu üben."

Tanner schüttelte den Kopf. „Ihr seid verrückt, aber euer Geheimnis ist bei mir sicher. Ich denke, es ist eine gute Idee, wenn es euch beiden hilft. Und diese Kinder haben das Beste verdient. Jax hat mir von der Freiwilligenarbeit bei Star Finders erzählt. Ich bin mir nicht sicher, ob ich am Samstagmorgen nach einer anstrengenden Nacht in der Bar noch fit bin, aber vielleicht kann ich auf andere Weise helfen."

Noah zog Tanner in eine feste Umarmung. „Danke."

„Verdammt. Die ganze Zeit habe ich meinen Charme verbessert und alles, was ich tun musste, um jemanden zu bekommen, war, nett zu Kindern zu sein."

Die Flugbegleiterin kam auf uns zu. „Mr. Van Stern, wenn Sie bereit sind, an Bord zu gehen, wir fliegen in fünfzehn Minuten ab."

„Vielen Dank. Sollen wir?"

Jax und Tanner folgten der Stewardess. Noah hielt sich ein wenig zurück. Er nahm meine Hand und verschränkte unsere Finger miteinander.

„Bist du dir sicher?", fragte er.

„Hast du kalte Füße, Verlobter?"

„Nein. Meine Füße sind mollig warm."

Als wir in das Flugzeug stiegen, hatten Jax und Tanner bereits ihre Plätze in der ersten Reihe gegenüber eingenommen.

„Ich werde mit meinem Verlobten nach hinten gehen, damit wir während des Starts rummachen können. Wir sind gleich wieder da."

Beide Jungs verdrehten die Augen.

Als er vorgeschlagen hatte, Jax die Wahrheit zu sagen, weil wir in Zukunft vielleicht jemanden brauchten, der für uns bürgte, war ich zurückhaltend gewesen. Je mehr Leute in eine Lüge verwickelt waren, desto leichter konnte diese Lüge aufgedeckt werden.

Trotzdem gab ich Jax die Erlaubnis, es Tanner zu sagen.

Beide Jungs standen Noah nahe und würden uns den Rücken freihalten. Es half auch, dass keiner von ihnen ihn zu ernst zu nehmen schien.

Noah setzte sich auf den Fensterplatz und schnallte sich an. „Sieh mich an. Vor einem Monat bin ich noch nie Premium Economy geflogen. Jetzt sitze ich in einem Privatjet. Dich zu kennen, hat wirklich seine Vorteile." Er drehte sich zu mir um. „Erinnerst du dich an den Abend, als du betrunken warst? Nachdem du um meine Hand angehalten hattest, sagtest du, du würdest mich sogar glücklich machen. Ich bin ziemlich glücklich."

„Du bist albern", erwiderte ich und wollte fast seine Hand ergreifen, hielt mich aber zurück. Noah war offen und liebevoll, und es machte mir nichts aus, wenn er mir nahe kam, aber ich musste etwas Abstand halten, um mich daran zu erinnern, warum ich bei diesem verrückten Plan mitmachte.

„Rate mal, wer eine Einladung zum Ball des Bürgermeisters bekommen hat", sagte ich.

Noah wurde hellhörig. „Auf keinen Fall."

Ich nickte. „Sie müssen die Einladung vor dem Tod meines Dads verschickt haben. Als ich sie im Büro erhielt, habe ich dort angerufen und die Namen geändert. Ich weiß, dass meine Mom eine Zeit lang an keinen Veranstaltungen teilnehmen will."

„Hast du gesagt, dass wir heiraten werden?"

„Ja."

Er lehnte seinen Kopf an die Kopfstütze. „Wow, da draußen kennt mich schon jemand als Mr. Van Stern."

„Änderst du deinen Namen?"

„Nein ... Ich meine, nur wenn es nötig ist. Da die Agentur nach uns benannt ist, gefällt es mir irgendwie, ein Spencer zu sein. Außerdem müsste ich ihn wieder ändern, wenn wir uns scheiden lassen, und das ist zu viel Papierkram."

„Ja."

„Das ist nur so eine Redewendung, weißt du?"

„Natürlich." Es war völlig logisch, dass er seinen Namen behalten wollte. War ich enttäuscht? Ich hatte kein Recht, ihn zu bitten, sein Leben so drastisch zu ändern.

Nein, du hast nur zugestimmt, ihn zu heiraten. Ganz und gar nicht drastisch.

Als wir die Flughöhe erreicht hatten, holte ich mein Notizbuch heraus und wir gingen unseren Plan durch. Während die Organisation der Hochzeit ein Kinderspiel gewesen war, war alles andere nicht so einfach.

Wir waren beide besorgt, unsere Familien anzulügen, aber die Wahrheit zu sagen, war keine Option. Dann war da noch die Presseerklärung, die veröffentlicht werden sollte, sobald wir es den Partnern bei VSE mitgeteilt hatten. Aber bevor wir das taten, musste ich mich mit Mr. Hoffman beraten. Es war eine Kettenreaktion, die nicht mehr aufgehalten werden konnte, wenn sie erst einmal in Gang gekommen war.

Noah war mit allem einverstanden, aber ich machte mir die

ganze Zeit Sorgen, dass es zu viel für ihn sein könnte. Er verlangte nicht viel von mir, was mich an seinen Motiven zweifeln ließ. War es möglich, dass sich seine Gefühle mit meinen deckten?

Nein, das war lächerlich. Er hatte sich den Plan ausgedacht, um seinen Freunden zu helfen. Es war ein Geschäft, erinnerte ich mich, und das sollte ich nicht vergessen.

„Ich kann es kaum erwarten, ins Hotel zu kommen. Wir werden den besten Junggesellenabschied feiern", meinte Noah.

„Und wie wird das laufen?" Das war mein schlimmster Albtraum. Erzwungener Spaß, um eine lächerliche Tradition zu erfüllen, dass man sich dumm betrinken und schlechte Entscheidungen treffen musste, bevor man heiratete.

Wir hatten bereits eine sehr schlechte Entscheidung getroffen, also konnte es nicht noch schlimmer werden, oder?

„Keine Ahnung. Einzeln sind die beiden schon schlimm genug. Aber zusammen? Ich habe Angst, das herauszufinden, aber ich hoffe, dass es Stripper geben wird."

„Scheiße, nein", flehte ich. Noah lachte nur.

„Ist schon gut, alter Mann. Wenn es dir zu viel wird, bringe ich dich für deine sanfte Schlafenszeitroutine zurück in unser Zimmer."

Ich zog eine Augenbraue hoch. Wenn er wüsste, was ich mit ihm anstellen würde, wenn ich die Gelegenheit dazu hätte, würde er es nicht als sanft bezeichnen.

Das Auto, das ich gebucht hatte, um uns zum Hotel zu bringen, wartete auf dem Rollfeld auf uns. Eine Luxusreise war nicht billig, aber sie war sehr bequem.

„Verdammt noch mal. Das ist ein Palast", erklärte Tanner, als wir unsere Penthouse-Suite mit vier Schlafzimmern betraten. „Es hätte mir nichts ausgemacht, ein Zimmer mit Jax zu teilen, aber das hier ist eine andere Welt."

„Ich dachte mir, es wäre einfacher, wenn wir alle zusammen sind, und so hat auch jeder sein eigenes Zimmer."

Jax' Blick war auf Tanner gerichtet, als er alle Türen öffnete und ein Zimmer auswählte.

„Ich denke, ich nehme das Zimmer neben Tanner", sagte Jax, bevor er seine Taschen wegbrachte.

„So, die Kinder sind versorgt", stellte Noah fest. „Dann wollen wir mal sehen, was wir hier haben."

„Nichts, schon vergessen?"

Er schmollte. Ich ging auf ihn zu und kniff ihm ins Kinn. „Such dir eins aus."

„Ich will das, was du willst."

„Dann werden wir wohl auf der Couch schlafen."

Er schnappte nach Luft. „Das würdest du deinem liebenden Ehemann nicht antun."

„Bring mich nicht dazu, eine Scheidung in Betracht zu ziehen, bevor wir verheiratet sind."

„Keine Scheidung, bevor ich nicht die Hochzeitstorte probiert habe!", rief Tanner aus seinem Zimmer.

Noahs Augen weiteten sich. „Gut, dass zwischen uns nicht wirklich etwas passiert. Diese Kinder haben Elefantenohren, und nur du und ich sollten wissen, wie sehr ich es liebe, wenn du ..."

Ich hielt ihm den Mund mit meiner Hand zu. „Beende den Satz nicht, um Himmels Willen. Geh und zieh dich fürs Abendessen um."

„Ja, Sir ...", schnurrte er.

Scheiße. Ich war am Arsch.

Selbst wenn ich dieses Wochenende unbeschadet überstand, wie würde ich die nächsten Monate, vielleicht sogar länger, mit Noah an meiner Seite überleben?

NOAH

Ich wälzte mich die ganze Nacht hin und her und blieb schließlich einfach im Bett sitzen und starrte auf die schöne Aussicht vor dem Hotel.

Die Springbrunnen blieben die ganze Nacht an. Wer hätte das gedacht?

Nicht, dass ich etwas gehört hätte. Die Fenster waren wohl schalldicht und alle anderen schliefen, nur ich war hellwach und hatte nur meine Gedanken als Gesellschaft, was nie etwas Gutes war.

Wenn ich nicht gerade aus den bodentiefen Fenstern schaute, konzentrierte ich mich auf das Teppichmuster. Je länger ich es betrachtete, desto mehr sah es aus, als würde es sich bewegen.

Ich beobachtete, wie die Sonne hinter den Gebäuden vor unserem Hotel aufging. Es war ein ganz eigenes Schauspiel aus Licht und Farbe.

Ein Klopfen ertönte an der Tür.

„Komm rein."

Die Tür öffnete sich, und Lior trat ein. Er war bereits angezogen. Ein dreiteiliger Anzug, ohne Krawatte, die obersten zwei

Knöpfe waren offen. Sein Haar war perfekt gestylt. Er war ein wandelnder Traum.

„Hey."

„Hey."

Er ließ sich mir gegenüber aufs Bett fallen.

„Konntest du auch nicht schlafen?"

Ich schüttelte den Kopf. „Ich hätte nie gedacht, dass ich heiraten würde. Das war eine Entscheidung, die ich vor langer Zeit getroffen habe. Letzte Nacht habe ich gedacht, dass dies das einzige Mal ist, dass ich heiraten werde. Ich sollte wütend auf mich sein, weil ich mein Versprechen gegenüber dem zweiundzwanzigjährigen Noah gebrochen habe."

„Bist du das?"

„Nein. Ich habe nur Angst, meinen Text zu versauen, dich wie einen Idioten aussehen zu lassen und kein guter Ehemann zu sein. Ich habe Angst, nicht gut genug zu sein, selbst als Schein-Ehemann."

Lior beugte sich vor und schlang seine Arme um mich. „Ach, Noah. Du weißt wirklich nicht, wie besonders du bist, oder?"

Ich zuckte mit den Schultern, aber in seiner Umarmung ging das kaum.

Er zog mich zurück, bis unsere Gesichter nur noch Zentimeter voneinander entfernt waren.

„Ich möchte einen Deal mit dir machen. Wir können es den Scheinehemann-Coup nennen. Wir halten einander den Rücken frei, egal was passiert. Unsere Beziehung wird auf Loyalität und Ehrlichkeit beruhen. Wenn es etwas gibt, worüber wir reden müssen, werden wir es tun. Egal, was passiert. Ich respektiere und schätze dich schon jetzt viel mehr als die Männer, die ich in der Vergangenheit zu heiraten in Betracht gezogen habe. Wenn das alles zu groß wird, werden wir miteinander reden und einen Ausweg finden. Abgemacht?"

„Abgemacht."

„Gut."

Er drückte mir einen keuschen Kuss auf die Lippen und hielt eine meiner Hände offen. Er ließ zwei Manschettenknöpfe auf meine Handfläche fallen und schloss meine Finger um sie.

„Die gehörten meinem Grandpa. Er fertigte sie als Geschenk für meinen Dad an, als sie ihr erstes Büro eröffneten. Mein Dad hat sie mir zum Abschluss meines Studiums geschenkt, und ich wüsste nicht, wem ich sie sonst geben sollte.“

„Lior.“ Ich schüttelte den Kopf. Ich konnte das Geschenk nicht annehmen.

„Wenn du sie nicht über unsere Ehe hinaus behalten willst, kannst du sie zurückgeben, aber solange wir verheiratet sind, gehören sie dir.“

Ich öffnete meine Hand. Die Manschettenknöpfe waren etwas größer als normal und kreisförmig. In den Kreisen befanden sich zwei Glasstücke: rot und gelb.

„Sie sind wunderschön. Vielen Dank. Ich habe nichts für dich. Keine Erbstücke oder schöne Dinge.“

Er streichelte mein Gesicht mit seinem Daumen. „Du gibst mir meine ganze Welt, meine Geschichte, mein Erbe. Das ist so viel wichtiger als alte Manschettenknöpfe.“

„Hey, sprich nicht so über meine Manschettenknöpfe. Mein zukünftiger Mann hat sie mir geschenkt.“

Er lachte. „Das ist der Noah, den ich kenne und ... der mir wichtig ist.“

Mein Herz blieb für eine Sekunde stehen, weil ich dachte, er würde etwas anderes sagen.

„Ich mache mich schnell fertig, dann können wir gehen. Sind Jax und Tanner schon draußen?“

„Nein, ich habe sie nicht gesehen. Auch aus ihren Zimmern kommt keine Bewegung.“

Ich stand vom Bett auf und lief auf die andere Seite der Suite, wo ihre Zimmer waren. Ich klopfte an die Tür von Jax, aber er antwortete nicht. Ich öffnete die Tür vorsichtig, falls er unter der Dusche stand, aber das Zimmer war aufgeräumt, als ob er gar nicht drin gewesen wäre.

Seine Tasche lag auf dem Boden und sein Anzug hing an der Schranktür.

Lior zuckte mit den Schultern. „Vielleicht ist er in Tanners Zimmer?"

Wir eilten in das andere Zimmer, fanden aber genau das Gleiche vor.

„Scheiße. Wo sind sie?"

Gestern Abend, nach unserem Junggesellenessen und dem enttäuschenden Fehlen von Strippern, hatten sie gesagt, sie wollten sich die Beine vom Flug vertreten und ein wenig die Gegend erkunden. Waren sie gar nicht zurückgekommen?

„Okay, lass uns ruhig bleiben. Warum rufst du nicht einen von ihnen an und fragst, ob sie zusammen unterwegs sind?", schlug Lior vor.

Ich rannte zurück in mein Zimmer und hatte meinen kleinen Zusammenbruch bereits vergessen, denn meine Freunde in Vegas zu verlieren, stand nicht auf meiner Bingo-Karte für dieses Jahr.

Heiraten aber auch nicht, also ...

Jax ging beim dritten Klingeln ran.

„Hey, Mann", antwortete er, fast so, als würde er gar nicht merken, dass er ans Handy gegangen war.

„Kumpel, wo bist du?"

„Ähm ... Frühstück ..." Im Hintergrund waren Geräusche zu hören, und ich hätte schwören können, dass ich ein „Schhh" hörte.

„Oh. Warum hast du das nicht gesagt? Wir können dir Gesellschaft leisten. Du weißt, dass Lior das Frühstück hochschicken wollte, oder?"

„Ja ... ähm ... ich ... wir wussten es nicht. Wir sind tatsächlich nicht im Hotel. Können wir euch später in der Kapelle treffen?"

„Klar."

„Okay, tschüss.“

Ich schaute von meinem Handy auf und sah Lior an. Er musste das gehört haben.

„War das nicht der seltsamste Anruf aller Zeiten?“

„Ja, ein wenig.“

Ich zog meinen Anzug an, und wir frühstückten gemeinsam in der Suite. Um zehn Uhr war weder von Jax noch von Tanner etwas zu sehen, also mussten wir davon ausgehen, dass sie tun würden, was sie gesagt hatten.

„Wenn sie nicht auftauchen, holen wir uns Zeugen aus der Kapelle“, versicherte mir Lior.

Ich wusste, dass das eine Option war, aber ich wollte meine Freunde dabeihaben. Nachdem ich mich an den Gedanken gewöhnt hatte, dass ich wirklich heiraten würde und es wahrscheinlich das einzige Mal sein würde, wollte ich, dass es auch wirklich zählte. Ich hatte meinen Trauzeugen, und Tanner würde als Liors Trauzeuge fungieren. Wir hatten sogar Kuchen und Champagner in die Suite bestellt, damit wir feiern konnten, bevor wir zum Flughafen fuhren, um nach Hause zu fliegen.

„Das ist surreal“, sagte ich im Auto auf dem Weg zur Kapelle. „Morgen früh, in nicht einmal vierundzwanzig Stunden, werde ich als verheirateter Mann in mein Büro gehen.“

„Ich hoffe nur, dass meine Mom nicht versucht, mich mit jemandem zu verkuppeln, der sich als ein Ex herausstellt, von dem sie nichts wusste.“

„Das sollte sie besser nicht. Ich kann sehr eifersüchtig werden. Dann werden Knochen brechen.“

Er lachte. „Notiert.“

Meine Hände begannen zu zittern, als wir uns der Kapelle näherten. Heilige Scheiße, ich würde heiraten. „Wir werden das wirklich tun.“

„Für die Kinder“, meinte Lior.

„Für dein Erbe.“

Er hielt meine Hand und gab mir einen Kuss auf die Knöchel.

Als wir aus dem Auto stiegen, war ich erleichtert, weil Jax und Tanner draußen auf uns warteten.

Sie trugen passende Anzüge, aber nicht die, die sie mitgebracht hatten.

„Ihr zwei habt mich mit eurem Verschwinden heute Morgen zehn Jahre meines Lebens gekostet", sagte ich, als wir hineingingen.

„Wir sind nicht verschwunden", meinte Jax.

„Wir sind nur ... verloren gegangen", fügte Tanner hinzu.

Ich warf einen Blick auf ihre Hände. Keine neuen Ringe. Puh. Keine verrückten Hochzeiten in Vegas, außer meiner. Sie sahen auch nicht verkatert aus, also waren sie vielleicht nur ausgegangen, um die Stadt zu genießen, und hatten die Zeit vergessen.

Sie hatten beide Jobs mit seltsamen Arbeitszeiten, daher war es nicht überraschend, dass sie so frisch aussahen, obwohl sie unterwegs gewesen waren.

Der Rezeptionist erklärte uns, wie die Zeremonie ablaufen würde, während ein anderes Paar heiratete. Uns wurde gesagt, wir sollten uns gegen Ende nach hinten schleichen und warten, bis wir an der Reihe waren.

„Bist du bereit?", flüsterte Lior, der meine Hand hielt, als die Standesbeamtin uns aufrief.

„So bereit, wie ich es nur sein kann."

Wir schritten gemeinsam den Gang hinauf, Jax und Tanner hinter uns. „Willkommen, Freunde und Angehörige. Wir sind heute hier versammelt, um die Vereinigung von Lior Van Stern und Noah James Spencer zu feiern ..."

Wir drehten uns zueinander und hielten uns an den Händen.

Ehe ich mich versah, war es Zeit für den Teil, den ich am meisten gefürchtet hatte.

„Lior und Noah, das Eheversprechen ist ein persönliches

und bedeutungsvolles Versprechen an den anderen, das eure Hingabe, Liebe und Respekt symbolisiert. Lior, bitte teile dein Gelübde mit Noah.“

Lior drückte meine Hände fest.

„Noah, als du das erste Mal zu mir gesprochen hast, war ich von deinem Selbstvertrauen und deiner Kühnheit verzaubert. Als ich dich auf der Bühne in Atlanta sah, hast du allen gezeigt, wie klug und fähig du bist. Du tust alles mit einer Leidenschaft und Entschlossenheit, die ich mir nur wünschen kann. Du bist großzügig und selbstlos. Ich weiß immer noch nicht, was für dich dabei herausspringt, wenn du mich heiratest, aber ich weiß, dass ich der glücklichste Mann bin, weil ich dich *meinen* Mann nennen darf.“

Bei den Worten *meinen Mann* lief mir ein Schauer über den Rücken. Sie hatten so viel Macht. Meine Eltern waren seit fünfunddreißig Jahren Mann und Frau. Dieses Versprechen bedeutete ihnen etwas.

Das Gelübde, das ich vorbereitet hatte, war perfekt, aber ich konnte mich nicht dazu durchringen, es auszusprechen, solange ich nicht wirklich die Bedeutung hinter meinen Worten zum Ausdruck brachte.

Ich überlegte angestrengt, was mir einfiel.

„Danke, Lior. Noah, bitte teile dein Gelübde mit Lior.“

Ich holte tief Luft.

„Lior ... du hast einen schönen Hintern.“ Ich wandte mich an die Standesbeamtin.

„Darf ich hier Arsch sagen?“

Sie nickte und konnte ihr Lachen kaum unterdrücken.

„Ja, Lior, ich liebe deinen Arsch. Es ist ein schöner, guter Arsch. Anders, als du vielleicht denkst, ist dein Arsch nicht zu alt für mich. Dein Arsch versteht mich und sieht, was sonst niemand sieht. Er ist einfach ein perfekter Arsch. Ich verspreche dir, deinen Arsch für den Rest unseres gemeinsamen Lebens jeden Tag zu ehren und zu verehren. Auch wenn er durchhängt.“

„Mein Hintern wird nicht durchhängen", sagte Lior empört, bevor er sich wieder fing. So wie sich sein Blick in meinen brannte, wünschte ich mir, dass die No-Sex-Regel aufgehoben würde, damit er mich für mein lächerliches Gelübde bestrafen könnte.

„Oje", sagte die Standesbeamtin und sah Lior an. „Die Schwerkraft trifft uns alle. Das muss ein Rekord sein, wenn man bedenkt, wie oft das Wort Arsch während dieser Zeremonie benutzt wurde."

Jax und Tanner, die bis jetzt geschwiegen hatten, brachen in Gelächter aus.

„Lassen Sie uns weitermachen, Jungs. Ich habe das Gefühl, dass sich jemand auf den Kuss vorbereitet." Die Standesbeamtin zeigte auf mich und sah dabei Lior an.

„Kann man mir das verübeln?"

Nach dem Austausch der Ringe und einem letzten Wort der Standesbeamtin wurden wir aufgefordert, uns zu küssen.

Der Plan war ein einziger keuscher Kuss für die Fotos.

Die Ausführung war ... flexibel. Sobald wir die Erlaubnis hatten, uns zu küssen, sprang ich in Liors Arme, schlang meine Beine um seine Taille und küsste ihn, als wäre es das letzte Mal, dass ich das tun würde.

Ich nahm das Klicken der Kameras kaum wahr. Lior hatte seine Hände auf meinem Hintern, um mich zu stützen, während ich seinen Mund beanspruchte. Ich war hungrig nach ihm, aber ich wusste, dass ich nicht mehr haben konnte, deswegen nutzte ich es egoistisch aus, dass er nichts dagegen tun konnte.

„Heb dir das für die Flitterwochen auf", scherzte Tanner.

Es würde keine Flitterwochen geben. In ein paar Stunden würden wir wieder in unser altes Leben zurückkehren, mit einem großen Geheimnis – vorerst.

Nachdem wir den Papierkram unterschrieben und unsere Kopien bekommen hatten, verließen wir die Kapelle in den sonnigen Morgen von Vegas.

„Leute, herzlichen Glückwunsch. Das war wohl die unterhaltsamste Hochzeit, auf der ich je war", sagte Tanner. „Jetzt lasst uns mit Kuchen und Sekt stilvoll feiern."

Unser Fahrer brachte uns zurück zum Hotel, wo ein Buffet mit Speisen und Desserts aufgebaut war.

„Wir sind gleich wieder da", meinte Lior. „Ich muss nur kurz mit meinem Mann sprechen."

18

LIOR

Ich schleppte meinen neuen Mann in mein Zimmer. Er wusste gar nicht, wie sehr er in Schwierigkeiten steckte.

Kaum hatte ich die Tür geschlossen, trat Noah näher und verringerte den Abstand zwischen uns in wenigen Herzschlägen. „Werden wir unsere Ehe vollziehen?", fragte er in einem neckischen, aber auch verführerischen Tonfall.

Ohne ein weiteres Wort drückte ich ihn zurück gegen die Wand neben der Tür. Meine Hände griffen nach seiner Taille und zogen ihn näher zu mir, bis kein Platz mehr zwischen uns war. Er neigte den Kopf, unser Atem vermischte sich, unsere Lippen waren nur Zentimeter voneinander entfernt. Die Vorfreude steigerte sich zu einer fast unerträglichen Intensität.

„Fandest du, dass der Kuss eine gute Idee war?", fragte ich, meine Stimme war ein leises Grollen.

„Ja ... oder nein?"

„Ja oder nein, Noah?"

Ich fesselte seine Hände hinter seinem Rücken und hielt sie dort fest. Da er aufschauen musste, um meinen Blick zu erwidern, lag sein Hals frei.

Sein Adamsapfel wippte und seine blauen Augen wurden fast schwarz.

„Ja oder nein, Noah?"

„Ja. Verdammt, ich würde es immer wieder tun. Mir gefällt die No-Sex-Regel nicht. Ich werde versuchen, sie zu brechen, bis du nachgibst."

Ich lachte und fuhr mit meiner Nase seinen Hals hinauf, bis meine Lippen sein Ohr erreichten. „Du unterschätzt meine Willenskraft."

Als sich meine Augen wieder mit seinen trafen, sah ich schiere Entschlossenheit.

„Du unterschätzt *mich*, lieber Ehemann."

Die Art und Weise, wie er das sagte, raubte mir den Atem.

Wir spielten ein gefährliches Spiel, bei dem beide Spieler in der gleichen Mannschaft waren und trotzdem den Befehl hatten, nicht zusammen zu spielen.

Wir waren zum Verlieren verdammt.

„Ich gebe dir einen", flüsterte ich.

„Für den Moment ..."

Dann, mit einer Leidenschaft, die sich anfühlte, als könnte sie die Luft um uns herum entzünden, trafen sich unsere Lippen zu einem Kuss, der den Höhepunkt der Spannung und Chemie zwischen uns darstellte. Er war heiß und drängend. Wir vertieften den Kuss und ließen beide alle Gefühle in ihn einfließen.

Je mehr Noah darum kämpfte, seine Hände zu befreien, desto stärker hielt ich sie fest.

Er stöhnte und sein Körper erbebte an meinem.

Als wir uns schließlich voneinander lösten und nach Luft schnappten, lagen unsere Stirne aneinander. Langsam öffnete ich meine Augen und sah in die von Noah. Draußen begannen die Geräusche der Feier mit dem Knallen eines Sektkorkens.

„Komm, lass uns ein Stück Kuchen essen", sagte ich.

Noah hustete. „Ähm ... ich brauche einen Moment."

Ich löste mich von ihm und meine Augen weiteten sich angesichts des nassen Flecks auf seiner Hose. Es war so viel, dass einiges davon durch den dünnen Stoff hindurchgedrungen war.

„Ich werde die Verbindungstür zu meinem Zimmer benutzen, um mich umzuziehen."

Ich blieb zurück und starrte auf seinen Rücken, als er den Raum verließ. Langsam lehnte ich mich mit einem dumpfen Schlag gegen die Wand und versuchte, die Informationen zu verarbeiten.

Noah war durch den Kuss, durch das Festhalten seiner Hände auf dem Rücken und wahrscheinlich auch, weil er wusste, dass er das nicht sollte, gekommen.

Was sollte ich mit dieser Information anfangen?

Ein Klopfen an der Tür ließ mich aufschrecken.

„Ich bin in fünf Minuten draußen." Fünf Sekunden genügten mir, um meine eigene Ladung nach ein paar Streicheleinheiten für meinen Schwanz über meine Hand zu verteilen.

Nachdem ich mir eine Jeans und ein Poloshirt angezogen hatte, ging ich zu den Jungs.

Noah war schon draußen und trug Jeans und ein T-Shirt. Mein Kleidungswechsel blieb nicht unbemerkt, aber ich sagte nur: „Ich wollte nicht, dass der Anzug auf dem Flug zerknittert wird."

„Ja, genau", schnaubte Noah.

Jax und Tanner tauschten einen Blick aus.

Wir machten niemandem etwas vor, und das war wahrscheinlich auch gut so, denn wir sollten ja die Rolle des liebenden Ehepaars spielen.

„Lasst uns ein paar Fotos machen, wie ihr die Torte anschneidet", schlug Tanner vor.

„Es sieht nicht so aus, als müsstet ihr euch anstrengen, um eure Beziehung zu verkaufen, und mit Fotos als Beweis wird es jedem schwerfallen, euch nicht zu glauben", erklärte Jax.

Wir posierten für die Fotos und fütterten uns sogar gegenseitig mit Kuchen.

Die Spannung zwischen uns war wieder da, aber jetzt war es anders, obwohl ich nicht herausfinden konnte, warum oder wieso.

Auf dem Rückflug war Noah ziemlich ruhig, und schließlich schlief er ein. Tanner und Jax saßen auf denselben Plätzen wie vorher und verbrachten den Flug in ein Gespräch vertieft.

Nachdem ich Noah länger als nötig beim Schlafen beobachtet hatte, klappte ich meinen Laptop auf und schickte die E-Mail, die die Kette von Ereignissen auslöste, die dazu führten, dass ich den Platz meines Vaters in der Firma einnahm. Natürlich nur, wenn unser Plan funktionierte.

Mein Ehering fühlte sich schwer an meinem Finger an, während ich tippte.

Ich hatte noch nie Ringe getragen.

„Es fühlt sich seltsam an. Stimmts? Als ob er nicht da sein sollte, aber es ist trotzdem ein beruhigendes Gewicht", meinte Noah, als er sah, wie ich meine Hand anstarrte.

Dieser Kerl. Er war der authentischste Mensch, den ich je kennengelernt hatte.

„Ja. Es wird eine Weile dauern, bis wir uns daran gewöhnt haben."

Er schaute auf seinen eigenen Ring. Ich mochte es, ihn dort zu sehen.

„Jedenfalls habe ich gesehen, dass du getippt hast. Ich nehme an, du hast um das Treffen gebeten, um deinem Vorstand von uns zu erzählen."

„Ja. Hast du dir schon überlegt, wie du es deiner Familie sagen willst?"

Er schürzte seine Lippen. „Ich hatte gehofft, dich zuerst als meinen Freund vorzustellen und ihnen zu sagen, dass es wirklich ernst ist. Dann, an einem Wochenende, wurden wir ungeduldig, flogen nach Vegas und heirateten. Ich meine, das ist doch nicht ganz unwahr, oder?"

„Nein, das ist es nicht. Machst du dir Sorgen, es ihnen zu sagen?"

„Ein wenig. Meine Familie steht sich sehr nahe. Die meisten würden sagen, dass wir uns zu nahestehen, wenn man bedenkt, dass wir zusammenarbeiten und unsere Eltern jede Woche sehen, aber so sind wir nun mal."

Ich nahm seine Hand und hielt sie zwischen meinen. „Ich finde das wunderbar. Ich hatte schon immer ein tolles Verhältnis zu meinen Eltern und Großeltern, aber ich glaube, das liegt daran, dass wir uns durch das Geschäft automatisch nähergekommen sind."

„Es wird schon gut gehen. Nun, das könnte ja auch eine Noah-Sache sein, oder? Etwas, das ich einfach tue?"

Sein Lächeln war kein guter Beweis dafür, dass er an das glaubt, was er gesagt hat. Es gab nichts, was ich sagen konnte, um ihm seine Sorgen zu nehmen, aber für ihn würde ich mein Bestes tun, um unsere Beziehung glaubhaft zu machen.

Seine Familie würde vielleicht nicht glücklich sein, wenn sie von uns erfuhr, aber sie würde nicht hinterfragen, warum wir zusammen waren.

Das war mein unausgesprochenes Versprechen an Noah.

„Willst du heute Abend vorbeikommen? Ich muss morgen im Büro sein, also kann ich dich zurück in die Stadt fahren."

Er warf mir einen Seitenblick zu, wobei sich seine Lippen zu seinem typischen Lächeln verzogen.

„Vorsicht, Lior, sonst denke ich noch, dass du mich magst."

Ich mochte ihn wirklich, wahrscheinlich mehr als ich sollte.

„Ich nehme es zurück."

„Nö. Keine Chance, Gatte. Du bringst mich mit zu dir nach Hause."

Und einfach so kehrte die Leichtigkeit zwischen uns zurück.

Ich organisierte ein Auto, das Jax und Tanner nach Hause bringen sollte, und wir trennten uns am Flughafen.

Jax warf mir einen fragenden Blick zu, vor allem, weil sie im selben Gebäude wohnten und es selbstverständlich gewesen wäre, dass sie zusammen nach Hause fuhren.

Ich zeigte ein neutrales Gesicht. Noah und ich waren Freunde. Wir konnten zusammen abhängen. Außerdem mussten wir uns besser kennenlernen, wenn wir die Sache mit der Ehe verkaufen wollten.

Auf dem Weg aus der Stadt heraus war Noahs verspieltes Wesen in vollem Gange. Als wir die Straße zum Museum erreichten, war unser Fahrer überzeugt, dass wir schon seit Jahren zusammen waren und uns immer noch in der Flitterwochenphase befanden.

„Ich hoffe, Sie werden richtige Flitterwochen haben", meinte er.

„Hast du das gehört, Lioreo? Wir brauchen eine Hochzeitsreise. Irgendwo, wo es richtig romantisch ist, wo wir bei Sonnenuntergang am Strand spazieren gehen und unter den Sternen rummachen können ..."

„Sie werden diese Jahre nie wieder zurückbekommen, meine Freunde. Vor allem, wenn erst mal Kinder da sind."

Ich hustete. „Was?"

Noahs Lächeln verwandelte sich in Gelächter, als er meine Reaktion sah. „Mein Lioreo ist sich nicht sicher, was Kinder angeht, aber das ist okay. Wie man so schön sagt, wir werden Spaß dabei haben."

Der Fahrer stieß ein herzhaftes Lachen aus.

„Sie können uns hier absetzen", sagte ich, als wir den Parkplatz des Museums erreichten.

„Alles Gute, Jungs. Mögen Gesundheit und Glück immer mit Ihnen sein", sagte der Fahrer zum Abschied.

„Oh, der ist aber süß", meinte Noah.

Ich schnappte mir seine und meine Tasche und machte mich auf den Weg zu meiner Wohnung.

„Wow, ich wusste gar nicht, dass du in diesem Museum wohnst. War das das Haus deiner Familie?"

„Ich wohne nicht im Museum. Komm mit, ich zeige es dir."

Die Museumsgärten waren mit Abstand einer meiner Lieblingsorte auf der Welt. Jedes Mal, wenn ich aus meinem Bürofenster schaute und sah, wie die Besucher die Skulpturen bewunderten und die vielen Bänke nutzten, um die Kunst anzusehen, lohnte sich die ganze harte Arbeit.

Was viele Leute nicht bemerkten, obwohl unzählige Fotos davon im Internet kursierten, war das Tor mit dem verschlungenen Muster, das zur alten Werkstatt meines Großvaters führte, die jetzt mein Zuhause war.

„Ich wette, dieser Ort ist bei Tageslicht magisch", sagte Noah und folgte mir den Kiesweg hinauf.

„Das ist er. Du wirst es schon noch sehen."

Ich achtete darauf, das Tor hinter uns zu schließen. Charlie schimpfte gern mit mir, wenn ich das vergaß, weil mein Haus dadurch für neugierige Blicke ungeschützt war, wenn das Museum geöffnet war.

Das war kein Problem, wenn ich im Büro des Museums arbeitete, aber in diesen Tagen verbrachte ich viel mehr Zeit in der Stadt und fuhr durch einen geheimen Privateingang hinaus.

„Das war die Werkstatt meines Grandpas, also ist es kein großer Ort", erklärte ich. „Als wir seine Sachen ins Museum brachten, stand dieser Ort leer. Es ergab Sinn, es in ein Zuhause umzuwandeln, weil ich ohnehin die ganze Zeit hier verbracht habe."

Noah ging hinter mir her und betrachtete all die Glasscheiben und das Oberlicht, das den offenen Wohnbereich tagsüber beleuchtete. Als ich mit dem Architekten an dem Umbau gearbeitet hatte, hatte ich das nicht verlieren wollen. Statt einer separaten Küche und eines Wohnzimmers hatte ich eine einzige Tür auf der Rückseite, wo ein Anbau für die Schlafzimmer und das Bad errichtet worden war.

„Dein Haus ist ganz anders, als ich es mir vorgestellt habe. Als ich dich das erste Mal traf, warst du so gelassen, so kontrolliert. Ich habe dich für einen Mann gehalten, der in einer minimalistischen Wohnung lebt."

„Du meinst klinisch?"

Er schmunzelte. „Ja."

Dank der Bücherstapel auf dem Couchtisch, den Möbeln,

die meinen Großeltern gehört hatten, und den alten Fotos von der Arbeit meines Großvaters war diese Wohnung alles andere als minimalistisch.

„Ich zeige dir dein Zimmer, und dann mache ich uns etwas zu essen."

„Okay."

Während Noah sich einrichtete, holte ich etwas Brot aus dem Gefrierschrank und schob es zum Aufwärmen in den Ofen. Außerdem holte ich einen Behälter mit selbst gemachter Tomatensuppe heraus und begann, sie in der Mikrowelle aufzutauen.

„Es ist schade, dass wir morgen so früh aufbrechen müssen. Ich würde so gern all diese Fenster im vollen Licht sehen."

Als ich mich umdrehte, sah ich, dass Noah eine Jogginghose und ein altes College-T-Shirt angezogen hatte. Er war barfuß. Kein einziger Zentimeter von ihm sah in meinem Haus fehl am Platz aus.

Er lehnte an der Tür, die Arme über der Brust verschränkt, und hob sein T-Shirt so weit an, dass eine Linie aus Haut und Haaren zu sehen war, die bis zu seinem – wie ich wusste – atemberaubenden Schwanz reichte.

„Genießt du das?", neckte er mich.

Ich biss mir auf die Zunge und antwortete nicht. Wenn ich so ehrlich wäre wie Noah mit all den Gedanken, die mir durch den Kopf gingen, würden wir schon längst nackt in meinem Bett liegen.

„Willst du gegrillten Käse zu deiner Suppe oder ein Butterbrot?"

„Überrasche mich."

Er richtete seine Aufmerksamkeit auf die Bücher im Regal. Auch das hatte mein Großvater aus dem Holz eines umgestürzten Baumes gemacht, den er auf dem Grundstück gefunden hatte.

„Du kochst gern."

„Ja, ich finde es entspannend. Außerdem verbringe ich viel zu viel Zeit mit der Arbeit, und wenn ich nicht in großen

Mengen koche, wenn ich die Gelegenheit dazu habe, esse ich nichts als Essen zum Mitnehmen und anderen Mist.“

Während ich die Suppe im Topf umrührte, um sicherzugehen, dass sie kochend heiß war, durchwühlte Noah die Schränke, um Teller und Besteck zu finden und den Tisch zu decken.

Der einzige Mann, den ich in meiner Wohnung empfangen hatte, war Pierce, aber ihm hatte es hier nicht gefallen. Er hatte gesagt, es käme ihm so vor, als wäre der Geist meines Großvaters noch hier.

Ich wusste, dass es nur eine Ausrede gewesen war, damit wir mehr Zeit bei ihm verbrachten. Seine Bude *war* die Definition von kalt und klinisch, mit seinen schwarzen Ledersofas, von denen man Rückenschmerzen bekam, wenn man zu lange darauf saß.

Noah war nicht wie Pierce. Fand ich ihn deshalb so fesselnd?

„Was machen wir nach dem Essen?“, fragte Noah und wackelte mit den Augenbrauen.

„Wir sitzen mit einem Drink auf meiner Couch und lernen die Dinge kennen, die wir wissen müssen, um als echtes Paar durchzugehen.“

Ich hasste es, derjenige zu sein, der uns daran erinnerte, was wir vorhatten, aber Noah in meiner Nähe zu haben, fühlte sich zu bequem an. Wenn wir uns an den Plan halten wollten, brauchten wir beide diese Erinnerung.

„Mit dir macht das keinen Spaß“, schmollte er.

„Ich glaube, du hattest heute schon ausreichend Spaß.“

Seine Wangen röteten sich.

„Du hast recht.“ Er stand auf und trug unsere Teller zur Spüle. „Komm, Gatte. Lass uns einander kennenlernen.“

19

NOAH

„Komm schon", murmelte ich vor mich hin. Die alte Uhr an der Wand von Liors Gästezimmer tickte weiter, eine stumme Erinnerung daran, dass ich mich beeilen musste.

Bald würde die Elite von Cliffborough ihren Blick auf uns richten. Ich musste jedes Detail richtig machen.

Im Moment war der glatte, seidige Stoff meiner Fliege mein Untergang. Jeder Versuch, die perfekte Schleife zu binden, schien zweckloser als der letzte, da der Stoff wie Wasser zwischen meinen Fingern entglitt.

„Warum habe ich keine Clip-on-Fliege genommen?", stöhnte ich.

„Weil das nicht die Art eines Gentlemans ist."

Ich sackte in mich zusammen und begegnete Liors amüsiertem Blick im Spiegel. „Das ist unmöglich."

„Komm her."

Ich schleppte meine Füße zu ihm hinüber. Er war bereits perfekt gekleidet und sah umwerfend aus. Wie ein verdammt heißer Traum.

„Wie schaffst du es immer, so gut auszusehen?"

Sein grau melierter Bart war gepflegt, sein Haar gestylt. Ich würde am Arm eines Mannes, der unglaublich gut gekleidet und sexy war, auf den Ball des Bürgermeisters gehen. Jemand, der dorthin gehörte.

Und er? Er würde eine verdammt heiße Katastrophe mit sich herumschleppen.

War ich nicht derjenige, der Geschäfte abschloss? Der neue Kunden für die Agentur gewann?

Aber wie sollte ich die Herzen der Menschen gewinnen, die ich beeinflussen musste, um West und Drew zu helfen, wenn ich mich so durcheinander fühlte?

„Du musst tief durchatmen, Noah. Du siehst toll aus." Er schob meine Hände beiseite, und in einer New Yorker Minute war meine Fliege gebunden und geglättet.

Lior drehte mich um und schob mich zum Spiegel.

„Siehst du? Umwerfend."

Ich betrachtete seinen Blick einen Moment lang. Seine dunklen Augen verrieten ihn selten, seine Gefühle waren in einem Tresor eingeschlossen.

Nicht all seine Gefühle. Nur die, nach denen ich mich so verzweifelt sehnte.

In den Wochen seit unserer Hochzeit war Lior schnell zu einem meiner besten Freunde geworden.

Ich musste ihm nichts vormachen, weil er mich bei meinem Schwachsinn zur Rede stellen konnte, aber er ließ mich auch ich selbst sein.

Es war Wochen her, seit ich das Bedürfnis verspürt hatte, in eine Bar zu gehen, um mit Menschen in Kontakt zu treten.

Für mich ging es nie nur um Sex. Ich sehnte mich danach, mit Menschen auf einer intimen Ebene zu kommunizieren.

Nun, so intim, wie es auf einer Bar-Toilette eben möglich war. Aber mir ging es darum, dass ich die glasigen Augen von jemandem sah, während ich seinen Schwanz lutschte oder ihn bis zum Höhepunkt streichelte. Ich brauchte das Keuchen, das Zittern.

Die Verbindung.

Das Beunruhigende an meiner Beziehung zu Lior war, dass

ich zwar wusste, dass er mir beim Sex alles geben konnte, was ich brauchte, und noch mehr, aber dass es mir reichte, nur sein Freund zu sein, obwohl wir keinen Sex hatten.

Das hatte ich noch nie mit jemandem erlebt.

„Ich will deine Angst nicht noch verstärken, aber meine Mom ist auf dem Weg hierher. Sie will dich kennenlernen."

Ich drehte mich hastig um. „Sie, was ... was?", schrie ich. „So machst du meine Angst nicht besser."

„Ich weiß, aber du musst sie irgendwann treffen. Ich verspreche dir, sie hat den ersten Schock überwunden, und anscheinend rede ich nur von dir, also ist sie neugierig."

Okay, das weckte meine Aufmerksamkeit. „Du redest nur von mir?"

Er hob die Augenbrauen. „Natürlich ist es das, was du hörst. Ja, Noah, ich rede nur davon, wie unerträglich du bist. Wie du deine Socken überall liegen lässt ..."

„Das tue ich nicht."

Er zeigte auf den Boden neben dem Bett.

„Ich wollte sie gleich aufheben."

„Klar wolltest du das." Er küsste mich auf die Wange. „Wenn du das getan hast, kommst du mit in die Küche."

Das war eine weitere Angewohnheit von ihm, die er immer dann an den Tag legte, wenn ich *unerträglich* war. Er sagte etwas Süßes und küsste mich auf die Wange.

Er war der schlimmste Ehemann aller Zeiten.

Ich machte mich fertig und räumte mein Zimmer ein wenig auf. Nach meiner ersten Nacht hier hatten wir beschlossen, dass ich am Samstag- und Sonntagabend hier übernachten würde. Unter der Woche würde Lior bei mir bleiben, wenn er im Stadtbüro arbeitete.

Obwohl das Museum nur eine Stunde außerhalb der Stadt lag, arbeitete Lior sehr lange, wenn er im Büro war, sodass er es sich angewöhnt hatte, im Hotel zu übernachten.

Bei mir zu wohnen bedeutete, dass er nicht im Hotel übernachten musste, was unser Geheimnis auffliegen lassen könnte.

Seine Mutter würde wahrscheinlich nicht in den hinteren Teil des Hauses kommen und sich die Zimmer ansehen, aber es gab keine Garantie. Ich ließ es so aussehen, als wäre das Gästezimmer nur ein zusätzlicher Raum, in dem ich mich fertig machen konnte, und nicht das Zimmer, in dem ich schlief.

Als ich hinausging, hörte ich Stimmen.

Mein Herz raste, als ich mich darauf vorbereitete, meiner Schwiegermutter von Angesicht zu Angesicht gegenüberzustehen. Meiner sehr korrekten Schwiegermutter, die ich noch nie zuvor getroffen hatte.

„Noah. O mein Gott, ich freue mich so, dich endlich kennenzulernen."

Ich hatte noch nie jemanden gesehen, der so klein war und sich so schnell bewegte, und ehe ich mich versah, lag ich in ihren zierlichen Armen.

Sie roch nach Blumen und Regenschauern. Sie roch anders als meine Mutter, die meistens nach Backwaren duftete, aber ihre Umarmung war genauso herzlich.

„Ähm, schön, Sie kennenzulernen, Mrs. Van Stern."

Sie hatte die gleichen dunklen Augen wie Lior, aber ihr Haar war jetzt ganz weiß und zu einem ordentlichen Kurzhaarschnitt geschnitten, was ihr ein sehr vornehmes Aussehen verlieh.

„Bitte nenn mich Mathilda. Da ich bis letzte Woche nichts von dir wusste, ist es wahrscheinlich etwas zu früh, dich zu bitten, mich Mom zu nennen."

Ich lächelte, unsicher, wie ich antworten sollte.

„Mom!", warnte Lior.

„Was? Du kannst nicht erwarten, dass ich nichts sage, Lior."

„Wir haben doch schon darüber gesprochen."

Sie kehrte zu ihrem Platz am Tisch zurück. Ich war mir nicht sicher, was ich tun sollte, aber Lior, der wie immer so gut organisiert war, kam zu mir herüber, gab mir einen Kuss auf die Wange und sagte: „Du siehst heute Abend umwerfend aus, Liebling. Ignoriere sie. Sie ist nur eifersüchtig, weil ich dich zuerst für mich allein hatte." Den zweiten Teil hörte seine Mutter definitiv laut genug.

Wir saßen nebeneinander am Tisch. Lior legte einen schützenden Arm auf die Rückenlehne meines Stuhls. Auf dem Tisch standen bereits drei Tassen dampfender Kaffee. Obwohl es wahrscheinlich unklug war, Koffein zu mir zu nehmen, da ich bereits nervös war, trank ich den Kaffee trotzdem, um meine Hände und meinen Mund zu beschäftigen.

„Noah, Lior sagte, dass du die PR-Agentur leitest, die mit ihm und dem Museum zusammenarbeitet."

„Ja, sie gehört meinen Brüdern und mir. Es ist mir eine Ehre, das Museum zu unterstützen. Ich war noch nicht dort, aber mein Bruder hat in den höchsten Tönen davon gesprochen."

Sie wandte sich Lior zu.

„Du hast deinem Mann noch keine private Führung durch das Museum gegeben?"

Ich biss mir auf die Lippe. Darüber schien sie sich mehr aufzuregen als über die Tatsache, dass wir heimlich geheiratet hatten.

Lior seufzte amüsiert. „Ich dachte, du wärst gekommen, um uns zu helfen, und nicht, um die Rolle der bösen Schwiegermutter zu spielen. Das passt nicht zu dir."

Sie rollte mit den Augen und nippte an ihrem Kaffee. „Gut, lass uns übers Geschäft reden."

Ich warf Lior einen Blick zu. Er zwinkerte und nickte seiner Mutter zu.

„Was für ein Geschäft?", fragte ich.

„Das Geschäft, das du heute Abend abschließt, mein Liebster. Okay, hör gut zu. Cara und John McMartin werden deine Verbündeten sein. Sie haben ihre drei Kinder – meine Güte, sie sind jetzt erwachsen – aus dem Pflegesystem adoptiert. Früher galt das in den gesellschaftlichen Kreisen als beschämend."

Sie runzelte die Stirn. „Stell dir vor, du nimmst drei Geschwister aus dem Pflegesystem auf, um ihnen all die Liebe zu geben, die sie brauchen, und um sicherzustellen, dass sie zusammenbleiben, und wirst dann dafür beschämt, weil du sie nicht aus deinem ... Jedenfalls haben sie im Laufe der Jahre Geld an viele Wohltätigkeitsorganisationen gespendet. Ich bin sicher, sie würden sich gern mit deinen Freunden treffen."

„Danke", antwortete ich mit einem Kloß im Hals. „Ich bin so dankbar für die Informationen."

„Gern geschehen, Schatz. Außerdem heißt es, dass Prinz Kristoff von Lydovia und sein Ehemann, Prinz Charlie, ebenfalls am Ball teilnehmen werden, weil sie sich aus einem persönlichen Anlass im Land aufhalten. Ihr Sohn wurde ebenfalls aus dem Pflegesystem in Lydovia adoptiert und sie haben nie einen Hehl daraus gemacht, dass sie Wohltätigkeitsorganisationen in beiden Ländern gern unterstützen."

Ich drehte meinen Kopf zu Lior. „Ein Prinz? Himmel, ich war schon nervös. Ich bin mir nicht sicher, ob ich jetzt noch hingehen kann."

„Du wirst gehen und du wirst großartig sein. Ich werde direkt an deiner Seite sein, okay?"

Lior legte seine Hand auf meine Wange und streichelte sie sanft. Ich verlor mich in seinem warmen Blick, mein Bauch machte vor Nervosität Purzelbäume. Ich nickte.

„Awww."

Wir drehten uns beide zu Liors Mutter um, die uns mit glänzenden Augen anstarrte.

„Ich bin immer noch wütend auf euch beide, weil ihr mir nicht die Chance gegeben habt, eine gute Hochzeitsfeier zu schmeißen, aber ich sehe, dass ihr glücklich zusammen seid. Das hast du gut gemacht, Lior. Dein Dad wäre stolz auf dich."

Sie streckte Lior die Hand entgegen, der sie nahm, aber ich spürte, wie er sich bei ihren Worten anspannte.

„Danke für deine Hilfe, Mom. Ich fürchte, wir müssen los, wenn wir nicht mehr als nur höflich unpünktlich sein wollen."

Lior begleitete seine Mutter zur Tür, wo ihr Fahrer auf sie wartete.

„Sie ist beängstigend", sagte ich, als wir wieder allein waren.

„Nee. Sie ist ein Marshmallow. Jetzt mal im Ernst: Wir müssen los." Er klopfte mir auf den Hintern, um mich zur Tür zu führen. „Komm schon, Sexy. Wir müssen heute Abend ein paar Leute bezaubern."

„Vorsicht, Mr. Van Stern. Ich fange an zu glauben, dass du nur wegen meines Körpers mit mir zusammen bist."

„Es ist ja auch ein schöner Körper."

Ich stöhnte, folgte ihm aber nach draußen und atmete tief durch, während ich die frische Abendluft einatmete. Ich hoffte, dass mir das den klaren Kopf verschaffen würde, den ich brauchte, um heute Abend wie ein Wahnsinniger zu netzwerken.

20

LIOR

Ich hatte von meinen Eltern gehört, wie unglaublich der Ball des Bürgermeisters war. Die Worte meiner Mutter waren *bezaubernd* und *magisch* gewesen.

Sie hatte nicht Unrecht.

Von dem Moment an, als wir über einen roten Teppich voller Tänzer und Künstler in den großen Ballsaal im Botanischen Garten gingen, war es, als wären wir in eine andere Welt eingetreten.

Die gläserne Decke war mit Hängelampen bestückt, die sie wie den Nachthimmel aussehen ließen. Im ganzen Raum waren die Bäume von unten beleuchtet, sodass sie in einem sanften Licht erstrahlten.

„Dieser Ort ist ... Mir fehlen die Worte", sagte Noah und blickte sich im Raum um.

„Ich stimme zu." Ich zog ihn näher heran und legte einen Arm um seine Taille. „Heute Abend wird es magisch", flüsterte ich ihm ins Ohr.

„Du machst schon wieder Versprechungen, Mr. Van Stern." Er fuhr mit der Hand an meiner Smokingjacke entlang und hielt unterhalb meines Schulterblatts inne.

„Manchmal schaue ich dich an und frage mich, wo du mein ganzes Leben lang gewesen bist", erwiderte ich.

„Wahrscheinlich in der Highschool oder auf dem College, weißt du." Er zuckte mit den Schultern. „Ich war jung und brauchte das Geld."

„Und manchmal schaue ich dich an und frage mich, ob eine Tracht Prügel diese Einstellung aus dir vertreiben oder ob es dir Spaß machen würde."

„Es würde mir Spaß machen. Auf jeden Fall würde es mir Spaß machen." Er nahm meine Hand und zog mich mit sich.

„Wohin gehen wir?"

„Zur Bar. Ich brauche einen Drink, bevor ich dich noch hier rauszerre und ein paar eheliche Forderungen stelle."

Ich lachte. „Eheliche Forderungen?"

„Ja."

„Okay. Holen wir uns einen Drink."

Er hätte meine Hand nicht halten müssen, während wir in der Schlange standen, um näher an die Bar zu kommen, aber es gefiel mir, dass er es tat.

Wir spielten mit dem Feuer, und ich würde mich verbrennen, wenn ich nicht aufhörte, mit meinem Mann zu flirten.

„Darf ich dich etwas fragen?" Ich wollte es schon im Auto ansprechen, aber er hatte die ganze Fahrt Fragen über meine Mutter und meine Kindheit gestellt, und ich wollte ihn nicht unterbrechen.

„Natürlich."

„Auf der Konferenz in Atlanta hast du einen Raum voller Fremder beherrscht. Du warst selbstbewusst und selbstsicher. Warum bist du heute so nervös?"

Er zuckte mit den Schultern. „Ich will West und Drew nicht enttäuschen."

Jetzt verstand ich ihn. Für Noah stand mehr auf dem Spiel als für andere. Der Mann, der bei der Heirat kaum mit der Wimper gezuckt hatte, setzte sich selbst mehr unter Druck, in seinem Fachgebiet Leistung zu erbringen, weil er den

Gedanken nicht ertragen konnte, jemanden im Stich zu lassen.

Ich legte meinen Arm um seine Schultern und zog ihn an mich. Er war nicht allein, und ich würde dafür sorgen, dass er das wusste.

„Lior, wie schön, dich hier zu sehen."

Das bezweifelte ich. Ich zwinkerte Noah zu und wandte mich einem Geschäftspartner meines Vaters zu. Es war Showtime.

Noah streckte seine Hand aus. „Guten Abend. Ich bin Noah Spencer. Liors Ehemann."

Missbilligung leuchtete in seinen Augen, als er Noahs Hand nahm.

„Noah, das ist Anderson Getty. Er ist in unserem Vorstand und leitet die internationale Abteilung für Haushaltswaren."

„Sehr erfreut, Sie kennenzulernen, Mr. Getty."

„Gleichfalls, Mr. Spencer. Wie gefällt Ihnen das Eheleben?"

Noah lehnte sich mit einem bewundernden Blick, der das kälteste Herz zum Schmelzen bringen würde, nur nicht das von Getty, zu mir. „Es ist das Beste, was uns je passiert ist. Wenn man die Liebe seines Lebens trifft, passt einfach alles zusammen. Sie wissen ja, wie das ist."

Ich biss mir auf die Zunge. Getty wusste nicht, wie das war, weil er sich gerade von seiner vierten Frau scheiden ließ.

„Nun, ich freue mich darauf, Sie beide beim nächsten Treffen zu sehen."

Er nickte kurz und ging.

„Der Kerl hat eine schlechte Aura", sagte Noah.

Ich musste mich vor Lachen fast krümmen. „Heißt das in deiner Sprache, dass er ein *rückgratloser Schwachkopf* ist?"

„Und noch einiges mehr. Was ist mit diesem Treffen?"

Wir waren an der Reihe und ich bestellte uns Getränke. In der Nähe standen mehrere Stehtische, also stellte ich die Getränke auf einen und wandte mich Noah zu. „Ich wollte es dir erst nach heute Abend sagen. Das Treffen mit den Partnern, bei dem ich unsere Hochzeit angekündigt habe, ist nicht so gut gelaufen. Sie haben gefordert, das Treffen zu wiederholen und den Anwalt meines Dads und dich hinzuzuziehen. Sie wollen dich kennenlernen."

Noahs Augen weiteten sich. „Glauben sie, dass wir es vortäuschen?"

„Möglicherweise."

„Was wollen sie? Dass du mich über den Konferenztisch beugst und mich direkt dort fickst?"

Ich nahm sein Kinn zwischen Daumen und Zeigefinger und neigte seinen Kopf ein wenig nach oben. „Jetzt bringst du mich auf Ideen."

„Und du machst noch mehr Versprechungen. Eines Tages werde ich sie alle auf einmal einlösen."

„Wir würden eine Woche dafür brauchen."

„Ich habe noch Urlaub übrig und wir hatten keine Flitterwochen."

Seine Augen hielten meine gefangen und forderten mich heraus, zuerst den Blick abzuwenden.

„Lior, Liebling." Pierces Stimme durchschnitt uns wie ein scharfes Messer.

Mein Herz sank, als ich mich zu ihm umdrehte. Mein Blick fiel auf Cara und John McMartin, die an seiner Seite standen.

Er trat einen Schritt vor und gab mir einen übertriebenen Kuss auf die Wange.

Ich hielt meinen Drink so fest, dass ich dachte, das Glas würde zerbrechen.

„Was für eine Überraschung, dich hier zu sehen."

„Ich wusste nicht, dass du eingeladen wurdest, obwohl ich es mir gewünscht habe. Ich habe gerade erst Cara und John erzählt, wie sehr ich es genossen habe, mit dir an diesen Veranstaltungen teilzunehmen."

Ich ignorierte seine Worte und wandte mich dem Paar zu, das wir heute Abend zu sehen gehofft hatten.

„Cara. John. Wie schön, euch zu sehen. Mom war vorhin hier und hat mir erzählt, wie erwachsen die Kinder geworden sind."

Cara strahlte. „Die Zeit vergeht viel zu schnell. Wir fragen uns, wie wir uns beschäftigen sollen, wenn unser Jüngster nächstes Jahr aufs College geht. Wir werden wie zwei Tischtennisbälle sein, die in diesem großen Haus herumklappern."

Ich nickte. „Oh, wie unhöflich von mir. Darf ich euch meinen Mann Noah Spencer vorstellen? Noah, das sind Cara und John McMartin."

Pierces schockiertes Keuchen wurde von Caras fröhlichem Kreischen übertönt. „Deine Mom hat nicht gesagt, dass ihr geheiratet habt. Herzlichen Glückwunsch. Es freut mich sehr, dich kennenzulernen, Noah."

„Es freut mich auch sehr, Sie kennenzulernen, Mr. und Mrs. McMartin."

„Bitte nenn uns Cara und John", sagte John.

Pierce berührte meinen Ellbogen. „Könnte ich kurz mit dir sprechen?"

„Natürlich." Ich drehte mich zu Cara und John um. „Könnte ich meinen Mann für einen Moment in eure Obhut geben?"

Cara winkte ab. „Aber gern."

Noah nickte mir unmerklich zu. Pierces Unterbrechung war nicht Teil unseres Plans gewesen, aber sie kam uns gelegen.

Ich folgte Pierce zu einem Platz zwischen zwei Bäumen, der vor neugierigen Ohren geschützt zu sein schien.

„Wie kann ich dir helfen, Pierce?"

„Die Frage ist nicht, wie du mir helfen kannst, sondern was ich tun kann, um dir zu helfen. Die Antwort lautet: Ich werde alles tun."

Ich schnaubte. „Das haben wir hinter uns, Pierce, und das Problem war, dass du auch alles mit ein paar anderen Leuten getan hast."

„Warum musst du das immer wieder ansprechen? Ich versuche hier, dir zu helfen."

Seine Unzufriedenheit war nicht mein Problem. „Ich spreche es an, um dich daran zu erinnern, dass das, was vorgefallen ist, deine Schuld war, obwohl du vom Gegenteil überzeugt zu sein scheinst. Und wofür genau bräuchte ich deine Hilfe?"

„Ich kann dich heiraten."

Ich lachte. „Und warum sollte ich das wollen?"

„Um den Anteil deines Dads an der Firma zu bekommen, natürlich." Er sah jetzt verärgert aus. „Schau, ich kenne die Bedingungen des Testaments. Du brauchst nicht so zu tun, als wärst du mit diesem Typen verheiratet. Kein Wunder, dass die Partner dir nicht glauben."

Seine Worte erregten meine Aufmerksamkeit. „Entschuldigung, wie bitte?"

Er seufzte. „Ich weiß, dass du das Unternehmen deiner Familie nicht verlieren willst, aber zu lügen ist unter deiner Würde, Lior. Getty hat mir erzählt, dass du deine Scheinehe vor ein paar Wochen auf dem Meeting bekannt gegeben hast. Ich habe mich nicht gemeldet, weil ich das Gefühl hatte, dass du mich nach Atlanta nicht mehr sehen willst. Außerdem hätte ich nicht gedacht, dass du tatsächlich mit ihm in der Öffentlichkeit auftauchst, aber das geht jetzt zu weit. Du trägst sogar einen Ehering."

„Oh, du denkst, wir täuschen es nur vor?"

„Ich weiß, dass ihr es nur vortäuscht. Du warst so dagegen, mich zu heiraten, als ich dich gefragt habe, und jetzt hast du gerade mal vor fünf Minuten einen Mann kennengelernt und bist *verheiratet*?"

„Zu meinem Glück muss ich dir meinen Beziehungsstatus oder irgendetwas anderes nicht beweisen, also ist es mir scheißegal, ob du es glaubst oder nicht, aber unsere Ehe ist sehr real. Realer als alles, was du und ich jemals hatten." Ich ließ einen verblüfften Pierce stehen.

Noah strahlte, als ich mich zu ihnen gesellte. Er öffnete den Mund, um etwas zu sagen, aber ich konnte nicht widerstehen, ihn für einen Kuss zu überfallen. Es ging schnell und war für jedermanns Verhältnisse sehr zurückhaltend.

Als ich mich zurückzog, waren seine Wangen gerötet und seine Pupillen so stark geweitet, dass seine Augen fast schwarz aussahen.

„Hey. Gutes Gespräch?", fragte ich und wandte mich den McMartins zu.

„Du bist so bezaubernd", meinte Cara. „Wo hast du diesen entzückenden jungen Mann versteckt, Lior?"

Ich lächelte und drückte Noah an mich. Er schien sich schnell von dem Kuss zu erholen.

„Wusstest du, dass Cara und John West und Drew kennen?"

„Nein, wusste ich nicht."

Cara schüttelte den Kopf. „Ich muss diesen Jungs mal einen Besuch abstatten. Wie konnte ich nur nicht wissen, dass sie hoffen, das alte Krankenhaus zu übernehmen?"

Sie schlang ihren Arm um Noahs. „Lior, ich werde deinen Mann jetzt mitnehmen. Wir werden mit dem Bürgermeister sprechen."

„Nur zu. Aber bring ihn mir heil zurück", scherzte ich.

Ich drückte Noah zur Ermutigung leicht die Schulter, bevor ich ihn losließ.

„Sie ist unerbittlich", bemerkte John und starrte seiner Frau liebevoll hinterher.

„Unser Land braucht mehr Menschen wie sie."

Er hob sein Glas. „Darauf trinke ich, und auch auf deinen alten Herrn. Er fehlt uns."

„Danke, John. Es ist schwer, in seine Fußstapfen zu treten, da ihn so viele Menschen kannten und mochten."

„Wenn du den Rat eines alten Mannes willst, sei einfach du selbst. Dein Dad hat immer sehr liebevoll von dir gesprochen." Er beugte sich näher zu mir. „Ich bin nicht an deinem Unternehmen beteiligt, aber ich habe früher viel mit deinem Dad gesprochen. Wenn du jemals eine Idee mit einer unabhängigen Partei besprechen möchtest, bin ich für dich da."

Ich hob mein Glas. „Danke. Ich weiß das Angebot zu schätzen, obwohl du es vielleicht am Ende bereuen wirst."

Wir unterhielten uns über Geschäftliches und Privates und behielten dabei Cara und Noah im Auge, die eine Gruppe von Leuten um sich versammelt hatten. Während sie redeten, flogen viele Hände durch die Luft.

Ich hatte erfahren, dass Noahs lebhafte Art, wenn er über etwas sprach, das ihm am Herzen lag, von seiner portugiesischen Seite herrührte. Ich wollte mehr darüber wissen, aber er schien immer noch besorgt darüber zu sein, seiner Familie von uns zu erzählen.

Er warf mir einen Blick zu und unsere Augen trafen sich. Mein Herz schlug ein wenig schneller. In meinem Alter brauchte ich niemanden, der mir sagte, dass ich mich gerade Hals über Kopf in meinen Mann verliebte, denn ich war nicht dumm genug, es einfach geschehen zu lassen.

„Die bekommen wir jetzt nie wieder zurück", sagte John lachend. „Wir holen uns besser noch einen Drink."

„Was meinst du?"

„Das Paar, das sich zu ihnen gesellt hat? Das sind der Prinz von Lydovia und sein Ehemann Charlie. Cara hat sie vor einiger Zeit bei einer Wohltätigkeitsveranstaltung kennengelernt. Du kannst darauf wetten, dass meine Frau und dein Mann nicht zurückkommen, bevor sie sich nicht vergewissert haben, dass die Taschen des Prinzen etwas leichter sind, wenn er heute Abend nach Hause geht."

„Darauf trinke ich noch einen. Die Kinder aus dieser Gemeinde verdienen all ihre Bemühungen."

Als wir an der Bar an der Reihe waren, beschlossen wir, eine Runde Getränke für die Gruppe auszugeben.

Noah suchte meine Hand, als wir uns zu ihnen gesellten. Seine Energie war elektrisierend, und ich hatte ihn noch nie so glücklich gesehen.

Während ich ihm zusah, wie er sein Ding durchzog, konnte ich nur daran denken, dass ich alles in meiner Macht Stehende tun wollte, um Noah glücklich zu machen.

21

—

NOAH

Ich war immer noch ganz aus dem Häuschen, als ich Tage später mit einem Kaffee und einem Muffin ins Büro schlenderte, nachdem ich frühmorgens mit West und Drew telefoniert hatte, die nicht aufhören wollten, über den Besuch von Cara zu reden. Sie hatte Prinz Kris und Charlie mitgebracht.

Ich konnte immer noch nicht glauben, dass ich mich unter die Royals gemischt hatte. Tatsächlich fühlte ich mich wie Aschenputtel und durfte sogar meinen eigenen Prinz Charming mit nach Hause nehmen.

Die Rückkehr in die Realität war ein echter Wermutstropfen. Obwohl ich erleichtert war, dass ich bei dem großen Andrang auf der Veranstaltung bisher keine Fotos von uns gesehen hatte.

Meine schmerzenden Muskeln beschwerten sich, als ich mich setzte.

„Da hat wohl jemand zu viel Spaß gehabt", sagte Adam und steckte seinen Kopf durch meine offene Bürotür. „Du weißt, dass Sex kein Wettkampfsport ist, oder?"

Ich biss mir auf die Zunge und wartete drei Sekunden, bevor ich antwortete: „Du weißt, dass ich mich gern auf meine

Stärken stütze. Wie auch immer, was kann ich für dich tun? Wir haben doch kein Meeting geplant, oder?"

„Nein." Er kam herein und setzte sich auf den Stuhl vor meinem Schreibtisch. Ich nahm das als Zeichen dafür, dass ich von einem neuen Kunden abserviert worden war oder wir einen *Bro-Moment* haben würden. „Ist alles in Ordnung bei dir?"

„Natürlich. Warum sollte es nicht so sein?"

„Ich weiß nicht? Weil du die *Wöchentlichen Spencer News* im letzten Monat verpasst hast? Oder weil du jeden Abend aus dem Büro rennst, als stünde dein Arsch in Flammen?"

„Ich erledige meine Arbeit und noch mehr. Worauf willst du hinaus?"

Er runzelte die Stirn. „Was ist mit den Sonntagen?"

„Ich war sehr beschäftigt."

„Klar."

„Was soll das denn heißen?"

„Nichts. Ich frage mich nur, wo mein älterer Bruder ist, weil ich das Gefühl habe, ihn nicht mehr gesehen zu haben, seit er vor einem Monat praktisch aus dem Familienbrunch gerannt ist. Sogar Victoria hat es bemerkt."

Ich schaltete meinen Computer ein und beschäftigte mich damit, Papierkram aus meinen Schubladen zu holen, um ihn nicht ansehen zu müssen.

Es brach mir das Herz, meine Familie nicht mehr so oft zu sehen wie früher, aber gleichzeitig konnte ich es nicht ertragen, in ihrer Nähe zu sein, während ich ein so großes Geheimnis hütete.

„Ich werde mich dieses Wochenende bemühen."

Ich schaute ihn an. Der Schmerz in seinem Gesicht traf mich mitten ins Herz.

„Tu es nicht unseretwegen." Er stand auf.

„Adam."

„Wenn es Mühe ist, Zeit mit deiner Familie zu verbringen, dann ist es vielleicht richtig, dass du nicht so oft da bist. Auch wenn Mom ständig nach dir fragt und Avó nur einen Sonntagsbraten davon entfernt ist, in deine Wohnung einzubrechen und dich an deinen Ohren herauszuziehen."

Er stand an der Tür, als er sich umdrehte.

„Es wäre schön, wenn du an dem Wochenende der Hochzeitsprobe auf Mabel's Vineyard auf Peet Island teilnehmen könntest. Es wurde schon vor Wochen gebucht und du hast gesagt, dass du kommen würdest. Victoria hat dir vor einer Woche zum zweiten Mal die Details gemailt, aber du hast nicht geantwortet. Normalerweise würde ich mich auf dein Wort verlassen, aber angesichts deiner kürzlichen Abwesenheit brauchen wir eine echte Bestätigung."

Bevor ich etwas sagen konnte, war er schon wieder weg.

„Scheiße." Ich hatte es wirklich vermasselt.

Eine Nachricht erschien auf meinem Handy.

LIOR

Das Treffen mit den Partnern ist für Freitagnachmittag angesetzt.

NOAH

Ich werde da sein.

Eine weitere Nachricht folgte direkt danach.

JAX

Kumpel, du musst mit deinen Brüdern abhängen. Ich habe sie am Freitag im Tanner's gesehen und sie haben nach dir gefragt. Warum gehst du deiner Familie aus dem Weg?

NOAH

Du weißt, warum.

JAX

Sag es ihnen einfach. Was könnte schlimmstenfalls passieren?

NOAH

Ich weiß es nicht. Ich könnte von meiner Familie verstoßen werden und nach der Scheidung von Lior allein dastehen?

JAX

Gibt es schon Ärger im Paradies?

NOAH

Ha.

JAX

Kumpel, wenn es etwas gibt, worüber du dir
keine Sorgen machen musst, dann ist es, dass
Lior sich von dir scheiden lässt.

Ich wollte nicht darüber nachdenken, warum Jax das glaubte. Die Bedingungen für unsere Ehe waren klar. Heiraten. Den Kindern helfen. Ihm helfen, die Firma zu erhalten. Verheiratet bleiben. Scheidung.

NOAH

Wenn du nichts weißt, was ich nicht weiß, hat
sich der Plan nicht geändert.

JAX

Ich will damit nur sagen, wenn du mit Lior
verheiratet bleiben willst, musst du ihm zeigen,
wie gut es sein kann, verheiratet zu bleiben.
Ich beginne jetzt eine Schicht. Over and out.

Ich starrte auf mein Handy, unfähig, mich zu bewegen. Und das nicht nur, weil Lior darauf bestand, dass wir jeden Morgen vor dem Frühstück zusammen trainierten und mein armer Körper dabei draufging.

Je mehr Zeit wir miteinander verbrachten, desto mehr verliebte ich mich in ihn, aber trotz der Art und Weise, wie er mich neckte, hatte er nicht angedeutet, dass er dasselbe empfand. Er kämpfte nur gegen seine Anziehungskraft zu mir an.

Wir flirteten ständig miteinander, und ich verbrauchte Gleitgel, als würde es kein Morgen geben, und riskierte eine Überlastungsverletzung, weil ich mir täglich einen runterholte und an Lior dachte. Aber da war nichts anderes zwischen uns.

Ich hatte sogar aufgehört, nach Sex zu fragen, weil er seit unserem Hochzeitstag kein einziges Mal nachgegeben hatte. Mein Selbstvertrauen hatte einen Schlag erlitten.

Ich trank meinen Kaffee aus.

Könnte Jax recht haben? Würde ich so leicht aufgeben oder könnte ich seinem Vorschlag folgen und Lior zeigen, wie toll wir wirklich zusammen sein könnten?

Ich ging zum Büro meines Bruders. Er ging in dem kleinen Raum auf und ab und sprach in sein Telefon, wie er es immer tat, wenn er Ideen für Kampagnen ausarbeitete.

Als ich klopfte, stoppte er die Aufnahme.

„Kann ich eine Begleitperson mitbringen?", fragte ich.

„Was?"

„Dieses Wochenende. Kann ich jemanden mitbringen?"

Er lehnte sich gegen seinen Schreibtisch. „Warst du deshalb nicht da? Triffst du dich mit jemandem?"

„Vielleicht."

Er zog eine Augenbraue hoch.

„Okay, gut. Ja."

„Ist es etwas Ernstes? Das muss es sein, wenn du uns abserviert hast. Ist es Tanner? Warst du deshalb freitags nicht mehr mit uns unterwegs? Weil es schwer ist, zu verbergen, was ihr füreinander empfindet? Ihr müsst es nicht geheim halten. Wir mögen Tanner."

Ich lachte. „Ich mag Tanner auch. Nur nicht auf diese Art."

„Okay. Ich schätze, wir werden ihn kennenlernen ... Warte, entschuldige, ich stelle hier Vermutungen an. Ist es eine Frau?"

Ich schmunzelte. „Nein, du hast richtig vermutet." Ich steckte meine Hände in meine Taschen. „Das ist nicht leicht für mich, Adam. Ich will niemanden verletzen."

Er atmete tief durch. „Das ist eine gute Sache, Noah. Ich bin froh, dass du jemanden gefunden hast, der an dem Käfig rüttelt, in dem du dich eingesperrt hast."

Ich kehrte in mein Büro zurück und winkte Lex zu, der zu

den Klängen seines Radios vor sich hin dudelte, während er arbeitete.

Er war endlich richtig glücklich. Die *Wöchentlichen Spencer News*, auf der ich gewesen war, hatte stattgefunden, nachdem Lex und sein Freund für immer zusammengekommen waren.

Genau wie bei Lior und mir war auch Lex' zweite Chance mit Emery auf einer Lüge aufgebaut gewesen. Aber jetzt waren sie glücklich. Ich konnte es in den Augen meines Bruders sehen und an der Art, wie er wieder lächelte. Ich glaubte, das machte auch Adam glücklicher.

Vier Tage später, als ich Lior vor seinem Büro traf, fragte ich mich, ob wir die Lügen auch überwinden könnten.

Ich hatte einen Anzug angezogen, um zu verbergen, wie nervös ich war. Ich fühlte mich, als stünde ich vor der wichtigsten Prüfung meines Lebens und müsste annehmen, dass ich sie nicht bestehen würde.

„Hey", sagte er mit einem warmen Lächeln.

Ich schlang meine Arme in seine Anzugjacke und um seinen Rücken. „Sag mir, dass das funktioniert", hauchte ich gegen seine Brust.

Er küsste mein Haar. „Es wird klappen. Überlass es mir, okay?"

Weil wir uns so offen miteinander wohlfühlten, hoffte ich, dass der Verkauf unserer Ehe nicht unmöglich sein würde.

Wir hatten auch Liors Mutter auf unserer Seite. Sie hatte schon ein paar Mal mit uns gegessen, und wie er versprochen hatte, war sie ein echter Softie. Allerdings war sie auch sehr hartnäckig, denn sie war fest entschlossen, dass wir eine *richtige* Hochzeit brauchten.

Gott sei Dank gab es Eltern, die sich auf den ersten Blick verliebten und erwarteten, dass es allen anderen auch so ging. Ich hoffte nur, dass meine Eltern genauso reagieren würden, wenn sie die Wahrheit herausfanden.

„Komm hoch." Er nahm meine Hand und führte mich

durch die Rezeption, damit ich mich registrieren lassen konnte, ohne überprüft zu werden.

„Dir gehört das ganze Gebäude?", fragte ich erstaunt, als ich Liors Namen an der Wand neben den Aufzügen sah.

„Ja und nein. Technisch gesehen ist es der Name meines Dads, aber das spart uns in Zukunft Geld, wenn die Firma offiziell mir gehört. Aber das Gebäude gehört der Firma."

„Du könntest meinen Nachnamen nehmen und ihn an der Wand in Lior Van Spencer ändern. Oh, das hört sich gut an. So klingt mein Name sehr exotisch."

Er lachte. „Du bist albern."

Albern, weil ich in dich verliebt bin, dachte ich. Wenigstens war das etwas, das ich den Partnern nicht verkaufen musste.

Ich wollte über den Gedanken lachen, dass ich in ein Meeting gehen würde, in dem ich Liors Geschäftspartner von meinen wahren Gefühlen für ihn überzeugen musste, während ich ihm die Tatsache verkaufen musste, dass ich nicht mehr als Freundschaft wollte.

Wie bescheuert war das denn?

Liors Mutter begrüßte uns vor dem großen Konferenzraum.

„Mein Gott, in den Raum passt ja mein ganzes Büro."

Mathilda lachte. „Er muss groß genug für ihre Egos sein, mein Lieber."

„Mama", schimpfte Lior.

„Ich habe deinen Dad nie belogen. Und dich lüge ich schon gar nicht an. Die Hälfte dieser Männer hält sich für Gottes Geschenk an die Menschheit, aber wenn sie die Chance bekämen, das zu tun, womit sie sich brüsten, würden sie sich in die Hose scheißen und heulend zu ihren Frauen gehen, die einen Großteil der Geschäftsverhandlungen für ihre Männer hinter ihrem Rücken führen, während sie in einem heißen Yogakurs den Abwärtshund ausführen."

„Ich schlage vor, dass du diese Gedanken für dich behältst, Mom. Ihre zerbrechlichen Egos können so viel Wahrheit nicht verkraften."

„Ich sitze auf jeden Fall neben dir, Mathilda", erklärte ich. Sie würde mir den Rücken freihalten.

Wir gingen gemeinsam hinein, während zwölf Männer in Anzügen uns anstarrten, als wir uns setzten.

Ich erkannte Anderson Getty vom Ball des Bürgermeisters. Ich hatte kein lächelndes Gesicht von ihm erwartet, aber dass er geradezu angriffslustig wirkte, war eine Überraschung.

„Guten Tag, alle zusammen", begann Lior und stand auf. Mit seinem maßgeschneiderten Anzug und seiner gepflegten Erscheinung hatte er eine große Ausstrahlung. Mir wurde dabei ein wenig heiß ums Herz. Wessen Idee war es gewesen, eine Krawatte zu tragen? Ich hatte nicht einmal zu meiner eigenen Hochzeit eine Krawatte getragen.

„Danke, dass Sie sich die Zeit genommen haben, um heute hier zu sein. Ich weiß, dass meine kürzliche Hochzeit für Sie alle eine Überraschung war, und wie erwartet, gibt es einige Fragen. Bevor ich Herrn Hoffman die Leitung des Treffens überlasse, möchte ich Ihnen meinen Mann, Noah Spencer, vorstellen."

Ich stand neben Lior auf. „Vielen Dank. Es ist mir ein Vergnügen, Sie alle kennenzulernen." Ich stellte mich kurz vor, so wie ich es in Atlanta getan hatte. Das hatte Lior vorgeschlagen. Er dachte, sie würden es zu schätzen wissen, dass ich ein angesehener Profi war. Danach hatte er gesagt, dass das alles Blödsinn sei, aber leider müssten wir ihre Sprache sprechen.

Als ich mich setzte, nahm Lior meine Hand. Mir fielen ein paar Blicke in unsere Richtung auf, aber dieser Teil war einfach. Seine Hand in meiner zu haben, zu spüren, wie sie mich erdete, und ihn anzuschauen, als wäre ich verliebt? Ganz einfach.

Mr. Hoffman stand auf und wandte sich an alle.

„Ich danke Ihnen allen für die Fragen, die Sie seit der Bekanntgabe von Mr. Van Sterns Hochzeit gestellt haben."

Lior drückte meine Hand ein wenig. Das war der Teil, vor dem er wirklich nervös war.

„Ein paar Partner haben den Wunsch geäußert, die Anteile von Mr. Van Stern zu kaufen. Mein Team hat mir die entsprechenden Bestimmungen per E-Mail zugeschickt, ich gehe also davon aus, dass sie klar sind. Das Entscheidende ist, dass es keine Verhandlungen über die Anteile geben wird, bis ich das Testament gemäß Mr. Van Sterns Wünschen abgeschlossen habe."

Jetzt war ich an der Reihe und drückte Lior die Hand. Er entspannte sich ein wenig, aber wir waren noch nicht über den Berg.

„Alle Partner haben mir einen Antrag zur Prüfung vorgelegt." Mr. Hoffman wandte sich an uns. „Sie haben die Sorge geäußert, dass Ihre Ehe eine Scheinehe sein könnte. Es steht mir zwar nicht zu, darüber zu urteilen, aber ich stimme zu, dass der Antrag der Partner angemessen ist."

„Was ist das für ein Antrag?", fragte Lior.

„Sie müssen für den Zeitraum von einem Jahr verheiratet bleiben. In dieser Zeit wird von Ihnen erwartet, dass Sie gemeinsam an Veranstaltungen teilnehmen und in einschlägigen Publikationen erscheinen, genau wie Mr. und Mrs. Van Stern es in der Vergangenheit getan haben."

Ich spürte, wie Lior sich in seinem Sitz bewegte, aber Mathilda stand zuerst auf.

„Ich möchte gern etwas sagen."

Alle starrten sie an, als hätten sie gerade erst gemerkt, dass sie eine Stimme hatte.

„Mein Mann und diese Firma haben Ihnen gut gedient. Sie haben Ihre Kinder auf Privatschulen geschickt, und Ihre Frauen können ihre Zeit mit Wohltätigkeitsarbeit verbringen, anstatt einen bezahlten Job anzunehmen. Ihr Wohlstand ist untrennbar mit dem Erfolg von Van Stern Enterprises verbunden. So sehr Sie auch alle für den Erfolg der Bereiche verantwortlich sind, kann man nicht leugnen, dass das Unternehmen mit meinem Mann an der Spitze zusammengehalten hat und floriert ist. Ich bin mir bewusst, dass es vor dem Tod meines Mannes Zweifel an Liors Eignung für die Nachfolge gab, weil er sich nicht so stark in das Unternehmen eingebracht hat, wie Sie glauben, dass er es hätte machen sollen. Ich will Ihnen etwas sagen. Sie denken, dass jemand anderes als mein Sohn dieses Unternehmen leiten sollte? Nur zu, aber denken Sie daran, dass er miterlebt hat, wie zwei Generationen von Van Sterns dieses Unternehmen aus dem Nichts aufgebaut haben. Niemandem sonst liegt der Erfolg und die Lebensfähigkeit des Unternehmens so sehr am Herzen wie ihm. Ich habe meinen Sohn und meinen Schwiegersohn zusammen gesehen, und glauben Sie mir, wenn ich Ihnen sage, dass ich weiß, wie es aussieht, wenn zwei Menschen verliebt sind. Lior hat die Bedingung seines Dads erfüllt. Er hat geheiratet, und zwar innerhalb der vorgeschriebenen Frist. Alle weiteren Anträge können vernünftig sein, aber sie sollten nicht die Grundlage für die endgültige Entscheidung sein. Letztendlich müssen Sie sich für die Person entscheiden, von der Sie glauben, dass sie dieses Unternehmen in die Zukunft führen wird."

Ich wollte bei ihrer Rede jubeln, schaffte es aber, mich zusammenzureißen. Lior rührte sich nicht, bis alle aus dem Raum waren, dann stand er auf und umarmte seine Mutter.

Meine Kehle schnürte sich ein wenig zu, als ich sie so sah. Im Kampf um die Firma konnte man leicht vergessen, dass sie gerade jemanden verloren hatten, der ihnen sehr wichtig gewesen war.

Als sie sich voneinander lösten, waren Liors Augen rot. Ich konnte meine Gefühle nicht länger unterdrücken. Daher verringerte ich den Abstand zwischen uns, stellte mich auf die Zehenspitzen und küsste ihn.

Er schlang seine Arme fest um mich.

„Danke", flüsterte er gegen meine Lippen.

„Deine Mom ist ein Rockstar."

„Da hast du recht", sagte sie und erinnerte uns daran, dass sie noch im Raum war.

Ups. Vielleicht hätte ich ihren Sohn nicht so küssen sollen.

„Und jetzt kommen wir vom Regen in die Traufe." Er stieß ein angespanntes Lachen aus.

„Eigentlich dachte ich, wir sollten heute Nacht in einem Hotel in der Nähe des Fährhafens übernachten und morgen früh in das Weinberghotel einchecken. Es war ein harter Tag und ich möchte meine Familie jetzt noch nicht sehen."

„Klingt perfekt."

LIOR

AUF DEM WEG in die kleine Küstenstadt Cape Mary herrschte im Auto Stille. Ich wollte das Meeting und die neuen Anforderungen der Partner hinter mir lassen.

Noahs Schweigen deutete darauf hin, dass er auch nicht über das bevorstehende Familienwochenende sprechen wollte.

Ich hatte versucht, ihm auszureden, mich an diesem Wochenende seiner Familie vorzustellen, aber er war fest entschlossen.

Seine Brüder hatten beide mit mir zusammengearbeitet, und jetzt, da ich viel an Charlie delegiert hatte, weil ich immer mehr Zeit im Büro verbrachte, hatte ich keine Arbeitsbeziehung mehr zu Adam und Lex.

Wie würden sie es finden, dass ihr Bruder eine Beziehung mit einem Mann hatte, der siebzehn Jahre älter war?

„Glaubst du, dass unser Altersunterschied zu groß ist?", fragte ich.

Aus dem Augenwinkel sah ich, wie Noah seinen Kopf vom Fenster wegdrehte.

„Warum fragst du?"

„Ich frage mich nur ..."

„Wenn ich mit dir zusammen bin, denke ich nicht über unseren Altersunterschied nach. Das habe ich noch nie.“

„Auch nicht, als wir uns das erste Mal getroffen haben?“

Er lachte. „Vor allem nicht, als wir uns das erste Mal getroffen haben. Du willst gar nicht wissen, was ich damals für Gedanken über dich hatte.“

Ich riskierte einen kurzen Blick und sah, dass er mich anstarrte. Ein leichtes Lächeln umspielte seine Lippen.

„Was?“

„Wie kommst du darauf? Hast du Angst, dass meine Familie dich nicht mögen wird, weil du älter bist als ich?“

Ja ... vielleicht ... „Nein?“

„Das bedeutet Ja.“ Er lachte. „Mach dir keine Sorgen. Wenn sie sich über jemanden aufregen werden, dann über mich.“

Da war ich mir nicht so sicher. Ein Mann mit grauem Haar und fast fünfzig war wahrscheinlich nicht der Partner, den sich seine Eltern für ihren ältesten Sohn vorgestellt hatten.

„Warum denkst du das?“

„Wir sind eine enge Familie. Wöchentliche Mittagessen, regelmäßige Anrufe. Verdammt, wir arbeiten alle zusammen. Adam hat mich diese Woche damit konfrontiert, dass ich in letzter Zeit nicht für die Familie da war. Er war beruhigt, als ich ihm sagte, dass ich dieses Wochenende jemanden mitbringen würde.“ Er seufzte. „Aber ich weiß, dass sie sauer sein werden, dass du es bist – nicht, weil du es bist, sondern weil du ein Kunde bist.“

„Ich *war* ein Kunde“, stellte ich klar.

„Wenn sie herausfinden, dass wir tatsächlich verheiratet sind, werden meine Eltern sehr verärgert sein. Ich wollte ihnen und meinen Brüdern nie wehtun. Ich wollte nur ...“

„Ich weiß ...“ Ich nahm seine Hand, führte sie zu meinen Lippen und küsste seine weiche Haut. Er war nicht der Einzige, der Schuldgefühle seiner Familie gegenüber hatte. Die Handlungen meiner Mutter an diesem Nachmittag belasteten mein Gewissen. Sie glaubte wirklich, dass Noah und ich glücklich und verliebt waren. Sie würde untröstlich sein, wenn sie die Wahrheit herausfände.

Das Hotelzimmer hatte nur ein Bett, statt der zwei, die ich angefordert hatte, weil offenbar eine Familie in letzter Minute eine Unterkunft benötigt und der Rezeptionist den Tausch ohne Nachfrage vorgenommen hatte.

„Das ist kein Problem. Oder?", fragte Noah, als wir unsere Taschen auf den Boden des kleinen Zimmers stellten.

„Es ist nur eine Nacht."

Er verzog das Gesicht. „Auf dem Weingut haben wir auch nur ein Zimmer mit einem Bett. Adam hatte es schon reserviert, und ich wollte nicht nach einem anderen Zimmer fragen, falls jemand Fragen stellt."

Ich führte ihn zum Bett und ließ ihn sich setzen. Ich kniete mich vor ihn zwischen seine Beine.

„Hmm, du siehst gut aus, wenn du da stehst."

„Konzentriere dich, Noah Spencer."

Er rollte mit den Augen. „Wie soll ich das, wenn du nur Zentimeter von meinem ... Stab ... entfernt bist?"

„Du wirst es überleben." Ich hielt seine Hände und holte tief Luft. „Du sollst wissen, dass du die Möglichkeit hast, deiner Familie nichts von uns zu erzählen."

„Wie kann ich mich das nächste Jahr vor ihnen verstecken? Ich will sie nicht anlügen, aber so zu tun, als wäre das alles nicht passiert, macht mich verrückt."

„Das ist okay. Ich wollte dich nur daran erinnern, dass du Optionen hast. Ich hasse es, dass du in diesem Schlamassel steckst."

Noah ließ meine Hände los, um mir mit den Fingern durchs Haar zu fahren. Ich schloss die Augen und genoss den Geruch seines Rasierwassers und das Gefühl seiner Finger auf meiner Kopfhaut.

„Ich bin die ganze Zeit so verdammt geil auf dich, Lior. Wie kann ich das stoppen?"

„Ich wünschte, ich wüsste es."

Ich öffnete die Augen und sah, dass er mich mit glühender Hitze anstarrte. Wie einfach wäre es, nachzugeben? Aber wie würden wir dann aufhören? Ich wusste, dass ich es nicht konnte. Ich hatte einen kleinen Vorgeschmack auf Noah bekommen, und das hatte mich in eine Scheinehe geführt. Wenn ich mehr bekäme, würde ich mein Herz an ihn verlieren und es wieder gebrochen bekommen.

Oder nicht? Welchen wirklichen Grund hatte ich? Wir hatten ein ganzes Jahr Zeit. Könnten wir etwas daraus machen? War ich bereit, alles für etwas Echtes mit Noah zu riskieren?

Er warf sich stöhnend aufs Bett. „Lass uns was essen gehen."

„Ja. Gute Idee."

Wir sprachen erst wieder über unsere Ehe, mein Geschäft oder seine Familie, als wir wieder im Zimmer waren und uns die Zähne putzten.

„Wir sollten wahrscheinlich unsere Eheringe abnehmen", meinte er und hielt seine Hand hoch. Der Ring war nichts Besonderes. Er war aus Gold und schlicht, aber er glitzerte immer noch im Licht des Raumes. Er nahm ihn ab und steckte ihn in ein kleines Reißverschlussetui in seinem Kulturbeutel.

„Ja, du hast recht."

Meine Hand fühlte sich sofort nackt an, als ich den Ring abnahm, und es gab sogar einen Bräunungsstreifen. Er nahm meinen Ring, um sie gemeinsam aufzubewahren.

Mir wurde klar, dass ich meinen Ehering zum ersten Mal seit unserem Hochzeitstag abgenommen hatte.

Noah schnappte nach Luft. „Wann ist das passiert?" Er fuhr mit dem Finger über den weißen Fleck an meinem Finger.

„Keine Ahnung. Vielleicht habe ich mich verbrannt?"

Seine Augen trafen meine. „Ist es seltsam, dass es mir gefällt?"

Ich wollte Nein sagen, aber der Strudel der Gefühle in mir hielt mich davon ab, zu antworten.

„Es ist seltsam", erklärte er mit einem Kichern und ging zurück ins Zimmer, wo er sich unter die Bettdecke kuschelte.

„Wehe, du bist nackt", sagte ich und machte das Licht aus.

„Warum kommst du nicht rüber und siehst nach?" Er wackelte mit den Augenbrauen.

Ich wusste nicht, ob ich enttäuscht oder erleichtert war, ihn in T-Shirt und Unterwäsche vorzufinden.

Er drehte sich zur Wand. „Ich bin gern der kleine Löffel. Nur damit du es weißt."

Ich zog die Bettdecke bis zum Hals hoch. Mein Schwanz war steinhart und mehr als bereit, alle Regeln zu brechen.

Die süße Erleichterung kam, als ich kurz darauf ein leises Schnarchen von dem Mann neben mir hörte. Ich war kurz vor dem Zusammenbruch, und wenn Noah nur ein bisschen mehr Druck ausgeübt hätte, hätte ich ihm alles gegeben.

Im selben Bett schlafen und keinen Sex haben? Wir hatten die echteste Ehe überhaupt. Es war schon komisch, dass wir das trotzdem beweisen mussten.

Als ich am nächsten Morgen aufwachte, war Noah bereits aufgestanden und zog sich an.

„Morgen", sagte ich und warf einen anerkennenden Blick auf seinen Hintern in der Jeans. Er hatte noch kein Hemd an, sodass ich auch die Rundungen seines Rückens erkunden konnte.

„Hör auf, geil auf mich zu sein, oder ich rufe meine Familie an und sage, ich hätte die Grippe, und buche dann dieses Zimmer für das Wochenende", meinte er und warf sich sein Hemd über.

Ich stand auf, und zehn Minuten später waren wir abfahrbereit. Der Plan war, nach dem Einchecken mit seiner Familie im Hotel auf der Insel zu frühstücken, also nahmen wir uns nur einen Kaffee mit auf die Fähre.

Die Hotelanlage war atemberaubend. Es war ein Widerspruch, dass es sich an einem Tag ohne eine Wolke am Himmel trotzdem so anfühlte, als würde sich ein Sturm zusammenbrauen.

Wir tauschten einen Blick aus und gingen in die Hotellobby.

An der Rezeption gab es keine Warteschlange, sodass die Empfangsdame uns mit einem Lächeln begrüßte, sobald sie uns sah.

„Willkommen in Mabel's Vineyard. Wollen Sie einchecken?"

„Ja", antwortete Noah. „Die Reservierung läuft auf Spencer. Noah Spencer."

„Oh, Sie gehören zur Hochzeitsgesellschaft. Die meisten Gäste sind gestern Abend angereist, aber wir haben dafür gesorgt, dass alle Zimmer fertig sind. Sobald Sie eingecheckt haben, können wir Ihr Gepäck nach oben bringen und Sie können unser luxuriöses Frühstück mit den anderen Gästen genießen."

Sie nahm unsere Ausweise entgegen und begann, auf ihrem Laptop herumzutippen.

„Nervös?", fragte ich Noah.

„Jetzt ist es zu spät, um einen Rückzieher zu machen. Besser, man stellt sich der Sache direkt." Er nahm all seinen Mut zusammen und grinste.

Während wir warteten, betrachtete ich unsere Umgebung. Das Hotel war atemberaubend. Es hatte eine altmodische Atmosphäre, aber die vielen Fenster und Oberlichter sorgten für Helligkeit und Luftigkeit.

Für einen Moment musste ich an meinen Großvater denken. Er hätte gesagt, dass das Hotel mehrere Buntglasfenster braucht, um die Helligkeit farbenfroh zu gestalten. *Man kann nie zu viel Farbe im Leben haben,* pflegte er immer zu sagen.

Bis jetzt hatte ich diese Worte noch nie so gut verstanden. Noah in meinem Leben zu haben, hatte sicherlich eine neue Palette hinzugefügt.

„Sind Sie das wirklich? Mr. Van Stern?"

Ich drehte mich zu der jungen Stimme um, die meinen Namen rief.

„Das bin ich, und du bist?"

Das Mädchen musste im Teenageralter sein. Sie hatte hellgrüne Augen und leuchtend rotes Haar.

„Ich heiße Emily. Meine Mom hat mich letzte Woche mit in Ihr Museum genommen. Es ist so schön. Ich fand all die Farben toll und ... alles ist so hell. Am besten haben mir die Gärten gefallen. Meine Mom hat mir versprochen, dass wir noch einmal hingehen, bevor die Schule anfängt. Ich möchte einen ganzen Tag im Garten verbringen. Dürfen wir ein Picknick mitbringen?"

Ich musste lachen. „Natürlich darfst du ein Picknick in die Gärten mitnehmen. Weißt du, wo mein Lieblingsplatz ist?"

Ihre Augen wurden groß und sie lächelte, als würde sie versuchen, all die Energie in sich zu kontrollieren.

„Such die riesige Raupe. Wenn du daneben stehst und nach links schaust, siehst du eine Reihe Bäume. Geh zu den Bäumen und schau genau hin. Du wirst ein kleines Tor sehen. Du darfst es öffnen. Das ist erlaubt. Dahinter findest du einen geheimen Garten. Nur unsere ganz besonderen Gäste wissen, dass es ihn gibt."

Sie schnappt nach Luft. „Mom, hast du das gehört?"

Eine Frau, die dem Mädchen wie aus dem Gesicht geschnitten war, kam näher. „Ich hoffe, sie belästigt Sie nicht, Mr. Van Stern. Sie ist ganz besessen von Ihrem Museum. Sie hat Sie wahrscheinlich auf der Website erkannt. Sie ... Letztes Jahr wurde sie in der Schule gemobbt, weil sie rotes Haar hat. Ich wollte ihr zeigen, dass helle und andersartige Dinge schön und magisch sein können."

„Da stimme ich vollkommen zu", erwiderte ich.

„Wer ist das?", fragte das Mädchen, als Noah mit den Schlüsselkarten für die Zimmer neben mir stand.

„Ich bin sein Ehemann, Noah. Schön, dich ..."

„Wie bitte?"

Mein Blick wanderte von dem Mädchen zu der unterbrechenden Stimme. Noah war wie erstarrt und blickte einen sehr verwirrten Adam und eine Frau an, von der ich annahm, dass es Victoria war.

Ich wandte mich wieder Emily zu. „Es war sehr schön, Sie beide kennenzulernen. Wenn Sie wieder ins Museum gehen, fragen Sie nach Charlie und sagen Sie ihm, dass ich Ihnen ein VIP-Ticket besorgt habe.“

„Echt jetzt?“

Ich lachte leise. „Echt jetzt.“

Ich zog eine Visitenkarte aus meiner Brieftasche und gab sie Emilys Mutter. Sie bedankten sich und gingen.

„Was ist hier los, Noah?“, fragte Adam. „Was macht Lior hier?“

Noah starrte ihn mit einem trotzigen Blick an. „Du hast gesagt, ich könnte eine Begleitung mitbringen. *Er* ist meine Begleitung.“

Adams Blick wanderte von Noah zu mir.

„Warum hast du gesagt, dass er dein Ehemann ist?“, fragte Victoria mit einer Stimme, die definitiv zu laut für eine Hotel-lobby war.

„Weil ich es bin. Lior und ich haben vor einem Monat in Vegas geheiratet.“

„Noah James Spencer.“

Noah stöhnte und flüsterte zwischen den Zähnen: „Zeit, die Eltern kennenzulernen.“ Er nahm die sprichwörtliche Granate in die Hand und sagte: „Lior, das sind meine Mom Carla, mein Dad Jack und meine Granny Jacinta. Mom, Dad, Gran: Ich möchte euch Lior Van Stern vorstellen ... meinen Ehemann.“

Ich hielt den Atem an, als plötzlich eine Flut von Worten ausbrach, bei der alle durcheinander auf Portugiesisch und mit ein paar englischen Wörtern sprachen.

Lügen, Ehemann, Skandal, Witz und *verrückt* waren nur einige der Wörter, die ich heraushörte.

Sie redeten durcheinander, als wäre Luft ein Gut und keine Notwendigkeit. Ich wollte sie unterbrechen und sie bitten, das unter vier Augen zu besprechen. Einige Leute verlangsamten ihr Tempo, als sie an uns vorbeigingen, um zu sehen, was vor sich ging.

„Ich kann nicht glauben, dass du das getan hast, Noah!", schrie Victoria. „Ich weiß, dass du mich nicht magst, aber das deiner Familie und mir anzutun, ist respektlos. Darüber wird jeder reden." Tränen liefen ihr über das Gesicht, als sie mit Adam im Schlepptau davonrannte.

„Wir sollten uns alle beruhigen", meinte Jack.

„Beruhigen? Sag mir nicht, ich solle mich beruhigen", entgegnete Carla. „Dein Sohn hat geheiratet, ohne es seiner eigenen Familie zu sagen. Wer sind wir? Die Menschen, die ihn großgezogen haben und die ihn lieben, oder sind wir Niemande?

Seine Großmutter starrte mich an, als wünschte sie, sie könnte eine Machete unter ihrem Rock hervorholen und mich in Stücke schneiden.

„Noah, ich schlage vor, du sprichst mit deinen Brüdern und bringst diesen Schlamassel in Ordnung. Dann komm in unsere Suite und bring eine vernünftige Erklärung für dein Handeln mit", sagte Jack, bevor er seine Frau und Schwiegermutter praktisch zu den Aufzügen zerrte.

Noahs Augen waren rot umrandet. Er stand kurz vor dem Zusammenbruch, und das war alles meine Schuld. Warum hatte ich seinen lächerlichen Vorschlag angenommen?

Ich konnte mir nicht vorstellen, was noch schlimmer hätte laufen können.

„Hey." Ich legte meine Hand unter Noahs Kinn, damit er mich ansah. „Was brauchst du? Wir können gehen. Wir können bleiben. Verdammt, ich will dich nicht allein lassen, aber wenn es das ist, was du brauchst, gehe ich."

„Wir bleiben", erwiderte er und riss sich zusammen.

„Bist du sicher?"

Er öffnete seine Tasche, holte seinen Kulturbeutel heraus

und öffnete den kleinen Beutel, in dem er unsere Ringe aufbewahrte. Er streifte seinen Ring über und griff nach meiner
Hand, um meinen Ring an seinen Platz zu schieben.

„Ich verstecke meinen Mann nicht.“

23

NOAH

„Ich verstecke meinen Mann nicht", wiederholte ich. Meine Fäuste ballten sich vor Liors Brust. „Ich kann verstehen, dass sie verletzt sind, weil sie belogen wurden, aber das entschuldigt nicht einige der Dinge, die sie gesagt haben oder die sie dachten, aber nicht sagten."

„Sag mir, was ich tun soll, Noah. Ich hasse es, dich so zu sehen."

Liors Blick war verzweifelt, als würde er nach einem Hinweis suchen, dass ich jeden Moment in einem Haufen Scherben zusammenbrechen könnte.

„Kannst du unsere Sachen ins Zimmer bringen und dort auf mich warten? Ich werde mit meiner Familie sprechen." Und möglicherweise unsere Beziehung zerstören, aber ich hatte es satt, wegen ihres verzerrten Verständnisses davon, wie das Leben sein sollte, wie ein Mensch zweiter Klasse behandelt zu werden.

Er legte seine Hand auf meinen Nacken und zog mich zu sich heran, um mich zu küssen. „Komm heil zu mir zurück, okay?", flüsterte er mir ins Ohr.

Ich nickte und schluckte den Kloß in meinem Hals hinunter.

Dank der Empfangsdame, die froh war, dass sich die Szene

aufgelöst hatte, war ich mit den Zimmernummern aller ausgestattet und machte mich auf den Weg zu dem einzigen Ort, von dem ich wusste, dass es dort eine Chance gab, jemanden zu finden, der mir den Rücken freihielt.

Lex' Zimmer.

Auf dem Weg aus dem Aufzug stieß ich auf Victorias Schwester Ellie.

„Alter. Glückwunsch", sagte sie und hielt ihre Hand für einen Faußtstoß hoch. „Wenn du mich fragst, würde ich es genauso machen, wenn ich jemals jemanden finden würde, der verrückt genug wäre, sich legal an mich zu binden."

„Ähm, danke?" Die Nachricht verbreitete sich schnell.

Sie schaute in beide Richtungen des Flurs, bevor sie sprach: „Die böse Königin hat einen Wutanfall. Gott bewahre, dass das Leben auch anderen Menschen passiert. Es könnte das erste Mal in ihrer Existenz sein, dass sich nicht alles nur um sie dreht. Lass dir von niemandem ein schlechtes Gewissen einreden, weil du dein Leben lebst und nach deinem Glück suchst. Ihr Problem ist nicht dein Problem." Sie seufzte. „Ich wünschte, dein Bruder würde das sehen, aber ich schätze, Liebe macht blind und so."

„Danke, Ellie. Das ist auf seltsame Weise beruhigend."

Sie grinste. „Ich bin nur enttäuscht, dass ich dich nicht verkuppeln konnte, wie ich es bei Lex und Emery getan habe – zumindest beim zweiten Mal. Ich dachte nicht, dass du auf der Suche nach Liebe bist."

Ich lachte leise. „Ich auch nicht."

Sie entschuldigte sich, um ein heißes Date mit dem Frühstücksbuffet zu genießen, und verschwand im Aufzug, während ich im Flur zurückblieb.

Ich folgte den Zimmernummern, bis ich Lex' Zimmer fand. Die Tür war nicht ganz geschlossen, sodass ich die Stimmen im Inneren hören konnte.

„Er hat kein Date dabei. Er hat seinen verdammten Ehemann mitgebracht!", rief Adam mit erhobener Stimme.

„Wie bitte?" Lex klang, als hätte er sich verschluckt.

„Du hast mich gehört. Mom weint in ihrem Zimmer, weil sie verletzt ist. Victoria weint in unserem Zimmer, weil sie verärgert ist. Avó ist vielleicht in die Hotelküche gegangen, um sich ein Fleischermesser zu leihen, und Dad ... nun, Dad versucht, alle bei Laune zu halten, und scheitert kläglich. Es ist noch nicht einmal neun Uhr morgens. Und das alles nur, weil unser großer Bruder anscheinend geheiratet hat."

Lex lachte. „Das soll wohl ein Scherz sein. Das würde er nicht tun."

„Nein? Lex, er ist doch immer der Scherzkeks. Auf ihn ist Verlass, wenn es darum geht, die Stimmung aufzulockern. Er nimmt nie etwas ernst. Es würde mich nicht überraschen, wenn er es nur getan hat, um es Victoria heimzuzahlen."

„Das ist nicht fair, Adam. Okay, vielleicht nicht ganz falsch, aber dir würde er so etwas nicht antun", erwiderte Lex. „Wen hat er geheiratet? Tanner? Er hat so sehr dagegen protestiert, was mit ihm zu haben, dass er die einzige Person ist, die mir in den Sinn kommt."

„Schlimmer. Lior Van Stern."

Mir stieg die Galle hoch. Ich rutschte die Wand hinunter und setzte mich auf meine Fersen, den Kopf zwischen den Knien.

Endlich war mir klar, was meine Familie von mir hielt. Es spielte keine Rolle, dass ich für sie da war, wann immer sie mich brauchten. All die Male, die ich alles stehen und liegen gelassen hatte, um meinen Brüdern zu helfen. Die zwei Jahre, in denen ich fast ohne Pause gearbeitet und Geld gespart hatte, damit wir die Agentur eröffnen konnten, sobald sie ihren Abschluss gemacht hatten. Für Lex da zu sein, als er in der Zwickmühle gewesen war, Emery wegen ihrer Beziehung anzulügen, nachdem er sein Gedächtnis verloren hatte.

Das alles war nichts wert.

Ich war für meine Brüder nichts weiter als ein sexgeiler Idiot.

„Hey, Noah, was machst du hier draußen?"

Ich schaute auf und sah River dort stehen.

„Ich bin überrascht, dass du es noch nicht weißt", höhnte ich.

„Was weiß ich nicht?"

„Dass ich ein Versager bin."

River kniete sich hin. „Alter, du bist kein Versager. Du bist einer der fähigsten Menschen, die ich kenne. Was ist passiert?"

„Ich habe geheiratet."

Er stieß einen überraschten Laut aus, als sich gleichzeitig die Tür zum Zimmer meines Bruders öffnete.

Emery streckte den Kopf heraus. „Ich dachte, ich hätte etwas gehört. Möchtest du reinkommen? Adam ist hier."

Wir standen auf und folgten ihm hinein.

River ging direkt auf Adam zu, der aussah, als wolle er mir eine reinhauen, sobald wir hereinkamen.

„Was machst du hier?", spuckte Adam aus. „Hast du nicht schon genug angerichtet? Victoria hat das nicht verdient. Ich habe das nicht verdient. Warum gehst du nicht einfach und lässt uns in Ruhe?"

„Adam", sagte Lex. „Lass ihn ausreden."

„Warum? Ich habe genug gehört."

Ich blieb standhaft und versuchte, eine Ruhe auszustrahlen, die ich nicht empfand. „Du hast nichts gehört, Adam, aber du hast viele Vermutungen angestellt, oder? Gott bewahre, dass dein Hurensohn von Bruder sich tatsächlich verliebt, hm? Wer wäre dann das Ziel deiner Witze?" Ich ging in dem kleinen Raum neben der Tür auf und ab. Mein Instinkt sagte mir, dass ich jetzt gehen sollte, aber ich war zu wütend und zu angespannt. „Das ist ein verdammter Zirkus, Adam. Seit dem Tag, an dem du Victoria kennengelernt hast, läufst du auf rohen Eiern. Ich bin bereits das schwarze Schaf der Familie, also ist es mir egal, ob du mich noch mehr hasst, als du es ohnehin schon tust, aber du musst dir das jetzt trotzdem mal anhören."

Er machte einen Schritt nach vorn, aber River hielt ihn zurück.

„Stell dich nicht den Rest deines Lebens hinten an", fuhr ich fort. „Bei meiner Hochzeit haben wir nicht versucht, jemanden zu beeindrucken. Es gab keine Chöre oder Streichquartette. Es gab nur uns. Unser Empfang bestand aus Kuchen und Champagner in unserem Hotelzimmer. Weißt du, was bisher das Beste war? Zu wissen, dass ich ihn ganz für mich allein hatte. Dass keine wertenden Blicke oder Kommentare von anderen zwischen uns standen."

Mir liefen die Tränen über die Wangen. Jedes Wort aus meinem Mund war eine Erkenntnis, dass das einzig unechte an meiner Ehe die Vereinbarung war, dass sie unecht sein musste, zumindest für mich.

„Weißt du, was das Schlimmste war? Mein Glück nicht mit den wichtigsten Menschen in meinem Leben zu teilen. Aber schau, was passiert ist, als ihr es herausgefunden habt? Niemand glaubt, dass ich so in der Liebe gefangen sein könnte, dass ich es kaum erwarten konnte, zu heiraten. Niemand. Alle denken, ich hätte es total vermasselt, und jetzt ruiniere ich auch noch die Feier von jemand anderem. Ich denke, das sagt mehr über euch aus als über mich."

Adam war sprachlos. Lex und Emery sahen sich an.

Ich drehte mich um und wollte gehen.

„Hast du die gesehen?" Adam zog sein Handy heraus und drehte es zu mir. „Du warst auf dem Ball des Bürgermeisters. Du hast mit verdammten Adeligen rumgehangen. Es ist, als würden wir dich nicht mehr kennen. Du führst ein Doppelleben. Warum? Waren wir so gemein zu dir, dass du uns nicht sagen konntest, dass du glücklich bist?"

Ich ließ mich wie ein Luftballon, dem die Luft ausging, auf einen Stuhl in der Nähe fallen.

„Als ich dir erzählte, dass ich Lior in Atlanta gesehen habe, hast du mich direkt gefragt, ob ich mit ihm geschlafen habe. Das ist deine Meinung über mich. Dass ich das tun würde, sogar mit einem Kunden. Wie hätte ich dir sagen sollen, dass wir, obwohl wir nichts miteinander hatten, das ganze Wochenende als Freunde miteinander verbracht haben? Wir haben über das Geschäft und über uns selbst gesprochen, und zum zweiten Mal in meinem Leben habe ich eine echte Verbindung zu einer anderen Person aufgebaut. Das ist etwas so Wertvolles, dass ich nicht wollte, dass es durch meinen Ruf in Mitleidenschaft gezogen wird."

Lex hockte sich neben mich. „Kannst du uns deine Geschichte mit Lior erzählen? Ich mag ihn. Er hat Emery geholfen, als er am Straßenrand die Flashbacks hatte. Emery hätte ernsthaft verletzt werden können, ganz zu schweigen davon, dass er verwirrt war, weil er einige seiner Erinnerungen wiedererlangt hatte, zu denen auch wir gehörten. Lior hat ihn gefunden und dafür gesorgt, dass er sicher nach Hause kam. Das hat mir viel bedeutet."

Das hatte ich vergessen. Es war vor Atlanta und der Hochzeit passiert. Ich hatte mein Leben in den letzten Monaten so abgeschottet, dass ich die zarten Bande zwischen uns vergessen hatte.

„Ich habe Lior zufällig im Tanner's getroffen. Wir hatten Sex." Ich sah Adam an. „Das werde ich nicht leugnen." Und dann wandte ich mich Lex zu. „Es war eine einmalige Sache. Wir haben nicht einmal unsere Namen ausgetauscht. Wochen später habe ich seine Kontaktinformationen über das Museum bekommen. Da habe ich herausgefunden, wer er war. Ich wollte die Gelegenheit nicht verpassen, mit Van Stern Enterprises zusammenzuarbeiten, deshalb habe ich dich zu ihm geschickt. Ich habe ihn erst in Atlanta wiedergesehen. Wir haben etwas unternommen. Ich habe dich bei unserem Treffen nicht angelogen. Wir hatten eine Verbindung, aber er arbeitete mit uns zusammen, also haben wir beschlossen, nichts weiter zu unternehmen."

„Aber das müsst ihr doch irgendwann", meinte Lex.

„Ich bin ihm im Tanner's über den Weg gelaufen, als ich mich mit Jax getroffen habe. Er hatte ein Date." Ich lächelte, als ich mich daran erinnerte, wie besitzergreifend ich mich ihm gegenüber gefühlt hatte. „Ich habe das Date irgendwie unterbrochen und ihn dazu gebracht, mit mir nach Hause zu kommen.“

„Ohhh.“

Wir sahen alle Emery an. Er errötete und strich sich die Locken hinters Ohr. „Entschuldigung.“

Ich lachte leise.

„Und was dann?“, fragte Adam. „Du bist gestolpert und mit dem ersten kommerziellen Flug nach Vegas geflogen? Du hast geniest und bist mit dem Gesicht voran in die *Little Chapel of Love* gefallen? Beleidige nicht unsere Intelligenz, Noah.“

Ich seufzte. „Es tut mir leid. Wir ... Lior hat uns für ein Wochenende ausgeführt. Jax und Tanner sind mitgekommen. Wir haben uns mitreißen lassen und es schien eine gute Idee zu sein. Ich weiß, es ging schnell, aber ...“ Ich schaute Lex und dann Emery an. Wenn jemand meine Verbindung zu Lior verstehen würde, dann sie. Obwohl ich nur meine Seite der Geschichte erzählte.

„Was war dein Plan, als du ihn dieses Wochenende hergebracht hast?“, fragte Adam.

„Ich wollte ihn als meinen Freund vorstellen. Ich wollte dir und Victoria wirklich nicht die Schau stehlen.“

„Warum hast du dann diesem Mädchen erzählt, dass er dein Ehemann ist?“

Meine Wangen wurden rot. „Weil er es ist, und ... obwohl ich nicht bereit war, es allen zu sagen, wollte ich in dem Moment nicht lügen.“

„Nicht, wenn du es verhindern kannst, oder?“

Ich stand auf. „Wir können uns im Kreis drehen. Das ändert nichts an der Tatsache, dass ich verheiratet bin. Oder dass mein Mann sich wahrscheinlich in unserem Zimmer krank vor Sorge fragt, ob es mir gut geht, oder ob wir uns gegenseitig zu Brei geschlagen haben. Es ändert nichts an der Tatsache, dass ich gelogen habe. Du kannst mir glauben, wenn ich sage, dass ich alles bereue, außer ihn geheiratet zu haben.

Oder du kannst dich dafür entscheiden, mir nicht zu glauben."

Adam verringerte den Abstand zwischen uns in nur wenigen Schritten, wobei River direkt hinter ihm hing, als würde er ihn davon abhalten, mich zu schlagen, wenn er es versuchen würde.

„Ich weiß nicht, was ich davon halten soll", erklärte er. „Ich bin verletzt, und ich weiß nicht, was schlimmer ist: Dass mein eigener Bruder mir etwas so Großes verheimlicht hat oder dass ausgerechnet dieses Wochenende die Wahrheit ans Licht gekommen ist."

Er ging um mich herum. „Wenn du mich jetzt entschuldigst, ich muss nach meiner Verlobten sehen." Die Tür fiel hinter ihm zu, bevor ich reagieren konnte.

Ich atmete tief aus. Mein Körper zitterte und ich brauchte ... Lior.

Lex schlang seine Arme um mich. „Das ist ein Riesendurcheinander, aber ich freue mich für dich, Noah. Adam wird sich schon wieder einkriegen."

Ich nickte.

„Ich sollte zu Lior zurückgehen. Wenn du Mom und Dad siehst, sag ihnen, dass ich später mit ihnen sprechen werde. Im Moment kann ich das nicht."

24

LIOR

Ich versuchte alles, um mich davon abzuhalten, zur Rezeption zu gehen und nach den Zimmernummern von Noahs Brüdern zu fragen.

Jedes kleine Geräusch aus dem Flur erregte meine Aufmerksamkeit, von vorbeigehenden Menschen bis hin zum Klingeln des Aufzugs.

Ich hätte unsere Koffer ausgepackt, aber aufgrund der Anspannung zuvor konnte ich mir nicht ganz sicher sein, dass Noah nicht nach dem Gespräch mit seiner Familie wieder abreisen wollte.

Ein Teil von mir verstand genau, warum sie verärgert waren. Ich würde Noahs Gefühle nie herunterspielen, aber seine Familie war wütend, weil sie sich sorgten. Sie liebten ihn und waren zu Recht schockiert, dass er heimlich jemanden heiraten würde, den sie nie kennengelernt hatten.

Aber ich hatte Noah in den letzten Monaten auch wirklich gut kennengelernt. Die Familie bedeutete ihm alles, und er hatte Mühe, seiner Familie nicht die Wahrheit zu sagen, aus Angst, wie sie reagieren könnten.

Nach einer Viertelstunde, die mir wie eine Stunde vorkam, bestellte ich eine Auswahl an Frühstücksspeisen aufs Zimmer.

Selbst wenn Noah aufgrund der starken Emotionen keinen Hunger hatte, würde er irgendwann hungrig werden. Das Hotel war so freundlich, den Kaffee in einer Thermoskanne zu bringen, damit er warm war, wenn Noah wiederkam.

Beim Frühstück war Noah nicht zu sehen.

Schließlich ertönte das Klicken der Schlüsselkarte an der Tür.

Ich sprang auf, als Noah ins Zimmer stürmte und in meine Arme sprang, wobei er seine Beine um meine Taille schlang.

Die Tür schloss sich mit einem Knall hinter ihm, als sein Mund den meinen suchte und unsere Lippen in einem brutalen Kuss verschmolzen. Es gab kein Erkunden, kein Probieren. Es war roh und verzweifelt.

Seine Zähne streiften meine Lippen, bis er sie zwischen seinen einklemmte und fest daran saugte, sodass mein Mund wie Feuer brannte.

Als er sich zurückzog, keuchten wir beide.

„Ich will nicht reden. Noch nicht. Ich brauche dich, Lior. Ich brauche dich so sehr. Bitte.“

Ich half ihm auf die Beine und hielt sein Gesicht zwischen meinen Händen. Seine Augen waren wild, Feuer brannte in seinem Blick.

So hatte ich ihn noch nie gesehen.

„Bist du sicher, dass du das tun willst?“ Ich war mir nicht sicher, ob es zu seinem oder meinem Vorteil war, ihm eine Flucht zu ermöglichen.

„Ja. Ich brauche dich, damit ich mich wieder gut fühle. Damit ich einfach … fühle.“

Oh, mein lieber, freundlicher Mann. Was würde ich nicht alles für ihn tun?

Ich nickte. „Wir können jederzeit aufhören, okay? Du bist verzweifelt. Ich kann dir helfen, dich zu beruhigen, aber ich muss sicher sein, dass du nicht zulässt, dass ich dir wehtue, okay?“

„Ich verspreche es“, sagte er entschlossen.

„Ein Wort, und ich höre auf."

„Ich verstehe." Er nickte.

„Auf die Knie."

Es war ein so einfacher Befehl, aber in dem Moment, als ich die Worte aussprach, ergab sich Noah. Die Zurückhaltung, an der er sich festgehalten hatte, verflüchtigte sich.

Er fiel auf die Knie und schaute zu mir auf. Seine blauen Augen waren tiefe Teiche der Begierde, die darauf vertrauten, dass ich tat, was er brauchte.

„So siehst du umwerfend schön aus."

Ein stolzes Lächeln umspielte seine Lippen.

Ich durchsuchte meine Tasche nach dem kleinen Fläschchen Gleitgel in Reisegröße, das ich in letzter Minute eingepackt hatte. Obwohl es eine klare Sache war, dass wir irgendwann in dieser Lage enden würden, hatte ich nicht erwartet, dass es jetzt oder so passieren würde. Ich hatte es nur eingepackt, weil Gleitgel und meine linke Hand beste Freunde geworden waren, seit ich so viel Zeit mit Noah verbrachte.

Zwischen uns stimmte die Chemie einfach viel zu gut.

Als ich mich umdrehte, hatte Noah sein Hemd halb aufgeknöpft.

Ich legte meine Hand unter sein Kinn und hob es an. „Wer hat hier das Sagen?"

„Du."

„Habe ich gesagt, dass du dein Hemd ausziehen darfst?"

Er schnaubte und ließ die Hände an die Seiten fallen. „Du bist zu langsam."

„Möchtest du eine Erinnerung daran, worum du mich gebeten hast?"

Er schüttelte den Kopf.

„Gut. Jetzt nimm mich heraus."

Seit der Nacht im Hotel hatte ich mir eine mentale Liste mit Möglichkeiten erstellt, wie ich Noah ficken wollte, wenn ich die Chance dazu bekäme. Jetzt war sie gekommen, und ich wollte alle auskosten. Ich konnte mich nicht entscheiden.

Bekleidet zu bleiben war heiß, aber unbequem. Außerdem wollte ich danach mit ihm duschen. Ich wusste nicht, woher ich diese Ahnung hatte, aber mein Bauchgefühl sagte mir, dass es zu einem Zusammenstoß kommen würde.

Noah fühlte viel zu viel und hatte Mühe, das alles zu verarbeiten.

„Dein Schwanz ist so groß." Er umfasste ihn über meiner Unterwäsche und küsste mich mit offenem Mund überall, bis er die Eichel erreichte und über dem Stoff saugte.

„Verdammt, Noah."

Seine Augen ließen meine nicht los, während er mich erforschte. Ich stöhnte, als er nur die Eichel freilegte und sie dann mit seinen Lippen umschloss, den Schlitz leckte und dann daran saugte.

All meine empfindlichen Nerven standen unter Strom. Mein Körper war von Lust durchströmt. Er hakte seine Hände in den Gummizug meine Boxershorts und zog sie zusammen mit meiner Jeans herunter.

„Heb deine Füße an", bat er.

Ich beobachtete ihn, wie er mich mit so viel Sorgfalt auszog. Ich zog mein Hemd aus und war jetzt derjenige, der völlig nackt war.

Noah verschlang meinen Schwanz bis zum hinteren Teil seiner Kehle. Seine Hände umklammerten die Rückseite meiner Beine und drückten mich in ihn hinein.

„So gut, Noah", keuchte ich. „Du liebst es, meinen Schwanz zu lutschen, oder?"

Als er stöhnte, reisten die Vibrationen aus seiner Kehle bis zu meinem Rückgrat. Verdammt, ich sollte nicht so nah dran sein. Hier ging es nicht um mich.

Ich wusste bereits, dass dies nicht das letzte Mal sein würde, dass wir zusammen waren, also konnte ich mir Zeit lassen und alles auf ihn abstimmen.

Ich zog meinen Schwanz aus seinem Mund und rieb meine tropfende Eichel über seine Lippen. Seine Zunge folgte der

Spur und leckte jedes bisschen meines salzigen Lusttropfens auf.

„Auf die Füße", befahl ich.

Er stöhnte und zog die Augenbrauen zusammen.

„So gern ich auch in deinen Hals oder über dein ganzes Gesicht kommen würde, ich bin keine dreißig mehr, Noah. Du wirst genau das tun, was ich sage, damit ich dir geben kann, was du brauchst. Verstanden?"

„Ja." Er sprang auf die Füße.

„Zieh dich aus und geh zum Fenster. Stell dich vor den Schreibtisch, Hände nach oben. Beine weit gespreizt."

Ich war noch nicht fertig, da flog sein Hemd durch den Raum. Seine Jeans und Socken folgten. Er musste seine Schuhe ausgezogen haben, als er mich angesprungen hatte.

Er nahm die Position ein. Ich holte tief Luft bei dem Anblick vor mir.

„Sieh dich an, Noah." Ich überbrückte die Lücke zwischen uns und fuhr mit meiner Hand über seine Rückenmitte. „Du kannst es kaum erwarten, mich wieder in dir zu spüren, oder?"

„Nein."

Ich lehnte mich an ihn und schob meinen Schwanz zwischen seine Schenkel. „Spürst du, wie sehr ich auf dich stehe?"

Sein Atem stockte. „Ja."

Ich küsste ihn überall auf seine Schultern, seinen Nacken und hinter seine Ohren und genoss die Geräusche, die er machte, während ich saugte, bis überall auf seiner Haut kleine Spuren zu sehen waren.

Selbst bei bloßer Berührung begab er sich bereits in diesen Zustand, in dem nur das Vergnügen zählte. Ich trug schnell etwas Gleitmittel auf meinen Schwanz auf und schob ihn erneut zwischen seine Schenkel. Diesmal glitt er leichter hinein.

„Schau aus dem Fenster. Was siehst du?", fragte ich und bemühte mich verzweifelt, die Kontrolle zu behalten.

„Da ist ... ein Schwarm Enten am Teich."

Ich zog mich zurück und stieß erneut zu, wohl wissend, dass ich die Stelle zwischen seinem Loch und seinen Eiern treffen würde.

Er keuchte.

„Was noch, Noah?"

Er drückte sich gegen mich, sein Kopf fiel nach vorn. Ich packte ihn an den Haaren und zog seinen Kopf wieder nach oben, sodass seine Kehle frei lag.

Ich legte meine Hand darum und drückte gerade so fest, dass ich jedes Keuchen spürte, während ich mich gegen ihn stemmte.

„Noah."

„Ein Paar", sagte er schnell. „Sie gehen spazieren und halten Händchen."

„Glaubst du, sie sind im Urlaub? Vielleicht in den Flitterwochen?"

„Ich weiß es nicht. Bitte, Lior ..."

„Glaubst du, er fickt sie so, wie ich dich gleich ficken werde?"

Er schloss die Augen und holte tief Luft. Mit meiner freien Hand schaffte ich es, noch etwas Gleitmittel aus der Flasche zu holen, um sein Loch zu bedecken. Ich drückte einen einzelnen Finger in ihn hinein.

„Ja", keuchte er. „Nein ... nein, du wirst es besser machen. Verdammt ..."

Ich schob einen zweiten Finger in ihn hinein.

„Sag mir, Noah, glaubst du, sie hat um seinen Schwanz gebettelt, bis er sie ausgefüllt hat? Ganz ... und gar." Mit jedem dieser Worte drückte ich auf seine Prostata.

„Lior!"

„Du bist noch nicht so weit, Noah."

„Verdammt, bin ich doch!"

Ich lachte in sein Ohr und bereitete den dritten Finger vor. „Wer hat hier das Sagen?"

„O Gott. Du. Du hast das Sagen."

„Dann sag es mir. Was siehst du?"

„Sie kann ihre Augen nicht von ihm lassen. Sie will mehr. Sie kann nicht genug bekommen. Er starrt sie an, als könnte er durch ihre Kleidung hindurchsehen. Dieser Spaziergang ist Zeitverschwendung, wo sie doch jetzt ficken könnten."

Ich lachte. „Ist es das, was du denkst? Das sei Zeitverschwendung?"

Meine drei Finger machten einen guten Job, ihn für mich zu öffnen. Wenn ich in ihm war, würde ich weder sanft sein noch mir Zeit lassen. Er würde durch die Decke gehen.

„Nein. Lior, bitte, ich brauche dich."

„Entspann dich, Noah. Wir haben Zeit."

„Zeit? Du machst mich seit Monaten verrückt. Es ist verdammt noch mal Zeit."

Ich leckte seinen Hals hinauf und schmeckte den Schweiß und die Duschseife auf seiner Haut. „Ich mache dich verrückt? Ich bin nicht derjenige, der in Unterwäsche und mit halb erigiertem Penis durch mein Haus oder deine Wohnung läuft."

„Was denkst du, passiert, wenn du in diesen kriminellen grauen Jogginghosen vom Laufen zurückkommst und als Erstes dein verschwitztes T-Shirt ausziehst?"

„Ich gehe duschen?"

„Nein, Lior. *Wir* duschen, weil ich alles stehen und liegen lassen muss, um mir Erleichterung zu verschaffen, wenn ich nicht den ganzen Tag eine schmerzhafte Erektion haben will. Und weißt du, was danach passiert?", fragte er zwischen zusammengebissenen Zähnen, während ich ihn weiter mit meinen Fingern fickte.

„Sag es mir."

„Es geht nicht weg. Es muss eine Verbindung von meinem Gehirn direkt zu meinem Schwanz geben. Ich denke an *Lior*, und schon bekomme ich einen Ständer."

„Klingt unangenehm."

„Neulich war ich in einer Besprechung und Lex erwähnte

etwas, das du vor ein paar Wochen gesagt hattest. Bumm. Ständer."

Ich lachte leise, aber der Witz ging auf meine Kosten, als er sein Loch zusammenpresste und seinen Arsch auf meine Finger drückte. Ich musste die Kontrolle über die Situation zurückgewinnen, bevor er seine eigene Erleichterung fand.

„Behalte sie im Auge, Noah. Glaubst du, sie werden aufschauen und uns so sehen? Deine halb geschlossenen Augen? Die Lust in deinem Gesicht?"

„Ja." Sein Atem wurde flacher, als er sich dem Orgasmus näherte. Ich zog meine Finger heraus und massierte seinen Damm.

Ich drehte ihn herum und drückte seinen Arsch auf den Schreibtisch, hob seine Beine um meine Taille und richtete meinen Schwanz auf sein Loch aus.

Mit einem einzigen Stoß füllte ich ihn so tief aus, wie es mein Schwanz zuließ.

25

———

NOAH

Ich stiess einen erschütterten Atemzug aus, als Lior in mich eindrang und mich ausfüllte. Es sollte sich nicht so gut anfühlen, aber ich konnte an nichts anderes denken, das mir so den Atem raubte.

Er stöhnte: „Noah", als er sich herauszog und wieder in mich hineinstieß.

Mein Schwanz tropfte auf meinen Bauch und hinterließ eine Spur von Lusttropfen.

„Das ist so gut. Bitte hör nicht auf."

„Das habe ich nicht vor. Genau so." Seine Stimme war rau und voller Verlangen. Er brauchte mich genauso sehr wie ich ihn.

„Tu es."

Mein Blick war auf den Punkt gerichtet, an dem sein Schwanz in meinem Arsch verschwand. Es war ein wunderschöner Anblick, und in Kombination mit dem Gefühl der Fülle und dem unerbittlichen Tempo verursachte er Schauer am ganzen Körper.

„Was hast du mit mir gemacht, Noah? Ich kann nicht genug von dir bekommen, von deinem Körper, deinem Geist ..."

Mir ging es genauso, aber ich hatte zu viel Angst, es auszusprechen, also umschlang ich seinen Nacken und zog ihn zu einem Kuss heran.

Manche Dinge sollte man lieber zeigen, nicht erklären.

Er nahm meinen Mund hungrig in Besitz, seine Zunge liebkoste meine in einem sinnlichen, aber fordernden Tanz.

Mein Hintern brannte von seiner Dicke. Der Schreibtisch knallte gegen die Wand unter dem Fensterbrett. Es war unmöglich, dass die Leute, die draußen unter unserem Fenster auf dem Weg vorbeigingen, nicht genau wussten, was hier drinnen vor sich ging.

„Argh ... ich brauche ...“

„Was brauchst du, Baby?“, fragte er, und seine tiefe Stimme drang direkt in mein Herz und hüllte mich in eine warme Decke. „Ich werde alles tun, Noah. Alles.“

„Ich will, dass du mich fickst, damit jeder weiß, dass ich dir gehöre. Bring mich zum Kommen, Lior. Lass mich fliegen.“

Unsere Blicke trafen sich. Seine tiefen, dunklen Augen waren voller Leidenschaft.

Er antwortete nicht auf meine Bitte, aber er gab es mir trotzdem.

Härter. Schneller. Tiefer.

Alles, was ich fühlen konnte, war er. Mein Ehemann. Also rief ich immer wieder seinen Namen, bis er mir den Orgasmus herausgefickt hatte. Mein Körper zitterte unkontrolliert, bis ich nicht mehr ich selbst war.

Meine Augen fielen auf einen Spiegel im Raum, den ich vorher nicht bemerkt hatte. Obwohl ich sie schließen wollte, um vor Lust in Ohnmacht zu fallen, konnte ich es nicht.

Der Spiegel bot einen Blick auf Lior, der meinen Arsch durchnahm und sich an der Kontrolle festhielt, die ich ihm übertragen hatte.

„Ich will sehen, wie du loslässt“, flüsterte ich.

Mit meiner Erlaubnis stieß er noch ein paar Mal in mich hinein, bevor ich sah, wie sich die Muskeln auf seinem Rücken zusammenzogen, als er kam und mich mit seinem Sperma füllte.

Ich dachte nicht, dass es möglich sei, mehr Vergnügen zu empfinden als das Hochgefühl eines Orgasmus, aber zuzusehen, wie sich Liors Körper entlud, wie er sich auf die Unterlippe biss, als er kam, wie er die Augen schloss, als er mich füllte? Das war himmlisch.

Er legte seine Stirn auf meine und atmete schwer.

Als er seine Augen wieder öffnete, hatte ich Angst davor, was ich dort sehen würde, also schloss ich meine. Ich hob meinen Kopf für einen Kuss, diesmal viel sanfter und weniger stürmisch.

„Verdammt, Lior. Wenn Sex in der Ehe so ist, will ich mit dem Manager sprechen. Warum haben wir das nicht schon die ganze Zeit gemacht?"

Er stieß ein gestelztes Lachen aus, antwortete aber nicht. Stattdessen legte er seine Hände unter meinen Hintern und ging mit seinem Schwanz noch in mir ins Badezimmer.

Ich spürte den Verlust, als seine schlaffer werdende Erektion aus mir herausglitt.

War es seltsam, dass ich meinen Hintern zuhalten wollte, damit ich seine Erlösung für den Rest des Tages in mir behalten konnte?

Ja, es war seltsam und eklig.

Er drehte den Wasserhahn für das heiße Wasser in der Dusche auf und wir gingen hinein.

„Oh, ich bekomme auch Nachsorge. Schön."

Ich wollte mich selbst dazu bringen, den Mund zu halten, aber ich wusste nicht, was ich jetzt tun sollte, da alles vorbei war. Ein Schauer lief mir über den Rücken, und das war kein angenehmes Gefühl.

War das eine einmalige Sache? Da wir beide die aufgestaute sexuelle Energie, die zwischen uns brodelte, abgebaut hatten, würde er jetzt vorschlagen, dass wir wieder keinen Sex mehr haben sollten?

„Du denkst viel zu viel über etwas nach, Noah. Tu das nicht."

Er mischte kaltes Wasser ins Heiße und drückte uns unter die Dusche.

„Noah Spencer denkt nicht. Er handelt", scherzte ich.

„Tu dir das nicht an." Er griff nach der kleinen Flasche mit dem Hotelshampoo, tröpfelte etwas davon in seine Hand, schäumte es auf und trug es dann auf mein Haar auf.

Ich schloss die Augen, als er meine Kopfhaut massierte. Hätte ich nicht gerade den intensivsten Orgasmus meines Lebens erlebt, hätte mein Schwanz sich für mehr aufgerafft.

„Kannst du mir einen Gefallen tun?", fragte Lior.

„Was?"

„Kannst du mich benutzen?"

Ich schaute zu ihm auf. Seine Augen waren auf meinen Kopf gerichtet, wo seine Hände ihre Magie wirkten. Er massierte meine Kopfhaut, meinen Nacken und meine Schultern.

Etwas brodelte in mir und blieb mir im Hals stecken.

„Ich weiß nicht, was du meinst."

„Ich bin für dich da, Noah. All die Dinge, die du in dir spürst? Du kannst sie rauslassen. Ich fange sie für dich auf."

Verdammt, dieser Mann. Jetzt, da die Erlaubnis erteilt worden war, öffnete sich ein Brunnen und meine Augen füllten sich mit Tränen. Ich hielt mich an ihm fest, während ich mich an seiner Brust ausweinen durfte.

Ich konnte nicht einmal einen Witz über sein sexy, grau meliertes Brusthaar, seine straffen Bauchmuskeln oder das *V* machen, das zu dem schönsten Schwanz führte, den ich je gesehen hatte, sogar wenn er schlaff war.

Als mein Weinen nachließ, wickelte er mich in ein flauschiges Handtuch. Plötzlich fühlte ich mich erschöpft.

Er brachte mich zum Bett und hob die Decke an.

„Setz dich. Ich hole dir etwas zu essen, und dann können wir ein Nickerchen machen."

Ich nickte.

Lior öffnete eine Thermoskanne und goss frischen Kaffee in zwei Tassen. Eine stellte er auf meinen Nachttisch und eine auf seine Seite. Dann füllte er ein Tablett mit ein paar Backwaren und etwas Obst.

Als er zum Bett zurückkam, setzte er sich mit dem Rücken zum Kopfteil und positionierte mich zwischen seinen Beinen mit dem Rücken zu seiner Brust.

„Ich weiß gerade nicht, was ich sagen soll."

„Du brauchst nichts zu sagen. Lass mich einfach für dich sorgen."

Ich wollte ihn das so gern tun lassen, aber ich hatte auch Angst, dass ich mich darauf verlassen würde, und hatte Angst vor dem, was ich ihn fragen würde.

„Ich muss dir etwas sagen, das ich noch nie jemandem erzählt habe", begann ich.

Er nahm eine Erdbeere und führte sie an meinen Mund. Ich biss in die Hälfte davon und er aß den Rest.

Sie war süß, saftig und perfekt für eine Kuscheleinheit und Fütterung nach dem Sex. Schade, dass ich alles ruinieren würde.

„Du kannst mir alles sagen. Das weißt du doch."

„Ich war nicht immer die Person, für die mich meine Familie hält." Ich machte eine Pause und wartete darauf, dass Lior mich fragte, was für eine Person das war, aber er nahm einfach ein Stück Mango und führte es an meine Lippen.

Ich aß die Mango und nahm dann einen Schluck Kaffee, um das Koffein durch mein Gehirn strömen zu lassen.

„Ich habe mich im College verliebt. Sie war schön, klug, lustig und hatte zwei Schwestern. Ich dachte immer, sie sei der andere Teil von mir, bis hin zu ihrer Familiensituation. Ich habe mich so schnell verliebt, dass ich keine Zeit hatte, es zu hinterfragen. Es fühlte sich einfach gut an."

Lior schwieg, fütterte mich aber weiter mit Obststücken, bevor er eine Zimtschnecke in Stücke brach und mir auch diese gab.

Ich wartete darauf, dass er mich unterbrach und mir sagte,

dass er diese Geschichte nicht wissen müsse, aber er öffnete den Mund nur, um zu essen oder an seinem Kaffee zu nippen.

Ich seufzte. „Ich beschloss, ihr kurz vor einem für den Sommer geplanten Roadtrip einen Antrag zu machen. Sie sagte Ja. Ich freute mich auf den Rest unseres gemeinsamen Lebens. Ich konnte es so deutlich vor mir sehen. Meine Mom und mein Dad, die ihr erstes Enkelkind im Arm halten, meine Grandma, die uns bei der Namenswahl hilft, meine Brüder, die, nun ja, Onkel-Brüder sind." Ich musste lachen. „Es wäre perfekt gewesen."

Ich schloss die Augen, als Lior meinen Nacken und meine Schultern mit kleinen Küssen bedeckte.

„Es stellte sich heraus, dass sie sich mit einem anderen Mann getroffen hatte, während sie mit mir zusammen gewesen war. Sie entschied, dass sie noch nicht bereit für die Ehe war und fuhr mit ihm auf *unseren* Roadtrip. Zumindest hatte sie den Anstand, nur ihre Hälfte des gesparten Geldes mitzunehmen, aber sie hätte genauso gut alles mitnehmen können, zusammen mit meinem Herzen."

Lior stellte das Frühstückstablett auf den Nachttisch, kuschelte sich an mich und schlang seine Arme um meine Taille.

Ich drehte mich zu ihm um, aber alles, was er tat, war, mich sanft zu küssen, bevor er sich wieder an das Kopfteil lehnte.

„Ich legte das Geld für das Startkapital der Agentur beiseite und arbeitete den Sommer über. Jeden Tag arbeitete ich zwölf oder vierzehn Stunden und am Abend ging ich aus. Ich wollte kein Geld ausgeben, also ging ich in eine Bar und suchte mir jemanden, mit dem ich etwas anfangen konnte, bevor ich die Chance hatte, etwas zu trinken zu bekommen. Das wurde meine neue Normalität. Ich hatte kein Herz zu verlieren, also hatte ich stattdessen Spaß."

„Glaubst du, dass das alles ist, was die Leute in dir sehen?"

„Das ist alles, was es gibt."

Er legte seine Hand auf meine Wange und drehte mich zu

sich. „Das ist alles, was du sie sehen lässt, Noah. Aber das ist nicht alles, denn wenn das der Fall ist, wie erklärst du dann, was ich sehe?"

Ich schluckte trocken. „Was siehst du?"

„Ich sehe jemanden, der unglaublich großzügig mit seiner Zeit umgeht. Jemanden, der seine Familie und Freunde liebt, jemanden, der sich nicht scheut, sich zu zeigen. Du bist klug, witzig und verdammt attraktiv, Noah. Das sehe ich."

Der Kloß in meinem Hals drohte wieder aufzutauchen, aber ich schluckte ihn hinunter. „Darf ich dich etwas fragen?"

„Klar."

„Würdest du ... würdest du vorgeben, als wärst du in mich verliebt, damit meine Familie glaubt, dass wir ... du weißt schon ... echt sind?"

26

LIOR

NOCH nie zuvor hatte *vorgeben* so schmutzig geklungen wie aus Noahs Mund.

Wie viele Schichten konnte ein einzelnes Wort haben?

Konnte ich *vorgeben*, vorzugeben, in meinen Mann verliebt zu sein? Ich schätzte, dass es sich dabei um ein zweischichtiges Wort handelte, weil ich nicht vorgeben musste, etwas zu fühlen, was ich bereits fühlte. Ich war in Noah verliebt. Da brauchte ich nichts vorzugeben.

„Ist schon okay, du musst es nicht tun", warf er ein, bevor ich etwas sagen konnte.

Ich küsste ihn sanft auf die Lippen. „Noah, ich würde alles für dich tun, hörst du mich? Alles." Mehr konnte ich nicht gestehen.

Seine Augen suchten die meinen, aber ich hatte zu viel Angst, dass sie die Wahrheit sagen würden, also schob ich uns auf dem Bett nach unten. „Lass uns ein Nickerchen machen. Du musst erschöpft sein."

„Bin ich", gähnte er.

„Ich lasse dich sogar den kleinen Löffel sein."

Er drehte mir den Rücken zu und schob sich zurück, bis sein Arsch an meiner Brust lag.

Bekomm jetzt bloß keine Erektion, Lior, dachte ich bei mir. Nicht, dass es wahrscheinlich war, dass mein armer Schwanz so schnell wieder hochkam, aber ich war nackt und Noah auch. Wir hatten zweimal Sex gehabt, aber dies war das erste Mal, dass wir beide nackt im Bett lagen.

Er hatte bereits so viel Macht über mich, dass ich mir nicht sicher sein konnte, ob er nicht auch meinen Schwanz auf Kommando hart werden lassen würde.

„Hey, Lior?"

„Hmm?"

„Ist Sex jetzt für uns drin? Es ist nur ... mein Arsch mag deinen Schwanz wirklich."

Verdammt noch mal, scheiße.

Er lachte, als er gegen meine Erektion stieß. „Ich fasse das als ein Ja auf."

Ich seufzte. „Okay, ich stimme zu, dass wir diese neue Klausel in unsere Vereinbarung aufnehmen können. Ich bin nicht immun gegen dich, Noah. Die Dinge, die ich mit dir anstellen will, sollten wahrscheinlich illegal sein."

„Ich werde dich rausboxen."

„Immer der Romantiker, was?"

„Ganz genau." Er gähnte erneut.

Nach einem Moment der Stille hörte ich sein süßes Schnarchen. Ich konzentrierte mich auf seinen Atem, bis mich der Schlaf übermannte.

Ich wurde durch ein lautes Klopfen an der Tür wach.

„Was zum Teufel?"

Noah hatte sich im Schlaf umgedreht und sah mich an. Seine Erektion drückte gegen meine, als er aufwachte und sich bewegte. Unsere Schwänze rieben aneinander und ich zischte.

„Was ist das für ein Geräusch?"

„Noah Spencer, mach die Tür auf, sonst ..."

Ich erkannte die Stimme als die von Lex.

Noah stöhnte.

„Was ist los?"

Er setzte sich auf. „Ich vermute, sie kommen, um uns zu verprügeln, oder sie haben beschlossen, dich einzuweihen."

Ich hustete. „Wie bitte, was?"

Er stand vom Bett auf und ging zur Tür.

„Was machst du da?"

„Du solltest dich besser zudecken, lieber Ehemann", erwiderte er.

Ich setzte mich auf und zog die Bettdecke über mein Gemächt. Während mein Schwanz angesichts der Aussicht, dass Noahs Geschwister mich nackt sehen würden, erschlafft war, war seiner immer noch völlig erigiert.

Er öffnete die Tür, drehte sich um und kam zurück ins Bett, aber nicht, ohne seinen beiden Brüdern Emery und River einen ausgiebigen Blick auf sein Gehänge zu gewähren.

„Igitt, Alter", beschwerte sich River und hielt sich die Hand vor die Augen.

Noah deckte sich zu und lehnte sich unter der Bettdecke an mich. „Was hast du denn gedacht, was du hier finden würdest? Dass wir einander die Haare flechten? Fußnägel lackieren?"

„Warum riecht es hier drin nach Sex?", brummte Adam.

Lex, Emery und River starrten ihn an.

„Oh ... oh! Igitt. Ich gehe."

River packte Adam am Arm, um ihn aufzuhalten.

Lex hob die Hand. „Ich sage es einfach frei heraus. Lior. Ich bin froh, dass meine Zusammenarbeit mit dem Museum über Charlie läuft. Danke für die bildliche Darstellung deiner Brust, aber ..."

„Es ist eine schöne Brust, oder?", fragte Emery.

Lex starrte seinen Verlobten an, sein Mund stand offen, bevor er sich wieder fangen konnte. „Wie auch immer. Ich arbeite gern mit Charlie zusammen, und das wird unsere Beziehung zu VSE nicht ändern. Das ist alles."

„Und ihr zieht euch besser an, denn in einer halben Stunde spielen wir draußen Fußball", sagte River.

„Fußball?", fragte ich.

Adam grinste. „Ja, es ist ein Freundschaftsspiel, aber es steht viel auf dem Spiel. Wir mussten alle etwas Geld investieren. Es wird Wetten geben und das Gewinnerteam darf die Wohltätigkeitsorganisation auswählen, an die das Geld geht. Keine Sorge. Wir können dir schnell die Spielregeln erklären, damit du nicht den Anschluss verlierst."

„Klar, danke."

Sie wollten gerade gehen, doch dann drehte sich Adam noch einmal um. „Ich bin immer noch stinksauer auf dich, aber ..." Er deutete auf unsere verdeckten Schwänze. „Ich schätze, ich kann versuchen, das zu verstehen. Entschuldige dich einfach bei Victoria und meine es auch so."

„Natürlich", sagte Noah sofort. „Ich werde mit ihr reden. Adam, ich wollte wirklich nicht, dass das alles so herauskommt."

Adam starrte Noah an, aber ich konnte ihn nicht lesen.

„Zieht euch einfach an. Ich kann es kaum erwarten, euch beim Fußball in den Arsch zu treten."

Als sie die Tür hinter sich schlossen, setzte sich Noah auf mich und schaute auf unsere Schwänze zwischen uns. Er leckte sich anzüglich die Lippen.

„Nein", protestierte ich und legte einen Finger unter sein Kinn, damit er mir ins Gesicht sah. „Wir haben Ärger mit deiner Familie. Wir ziehen uns an und dann werden wir deinen Brüdern auf dem Fußballfeld in den Hintern treten."

Er hob die Augenbrauen. „Du bist selbstbewusst."

Ich küsste seine Nasenspitze. „Baby, du bist nicht der Einzige mit europäischem Blut in den Adern. Ich bin tatsächlich in Europa zur Schule gegangen und habe während der gesamten Highschool acht Jahre lang Fußball gespielt."

Er lachte und sprang von meinem Schoß. „Worauf warten wir dann noch? Wir müssen ein Spiel gewinnen und Geld für das Star Finders Youth Network sammeln."

Die Familien der Braut und des Bräutigams saßen alle unter

einem Pavillon, der mit Tischen, Stühlen und Getränken ausgestattet war. Es waren mehr Leute da, als ich erwartet hatte.

Alle Augen waren auf uns gerichtet, als wir uns näherten.

Noahs Mutter kam direkt auf uns zu. „Wir müssen noch reden, Noah James Spencer, aber ich möchte deinem Bruder nicht das Wochenende verderben. Victoria hat viel Arbeit in die Organisation gesteckt, und sie hat es verdient, sich zu amüsieren."

Noah gab seiner Mutter einen Kuss auf die Wange. „Es tut mir so leid, Mãe. Ich weiß, dass ich Mist gebaut habe, aber bitte sei nicht sauer auf mich. Ich kann das wieder in Ordnung bringen."

„Ich bin nicht sauer, Noah, ich bin enttäuscht."

„Es sagt einiges aus, wenn man seine Mom in zwei Sprachen verärgern kann", sagte Noah, und ich stöhnte auf. Er wusste wirklich, wie man einen Bären reizt.

„Mrs. Spencer", begann ich und streckte ihr meine Hand entgegen. Sie nahm sie zögerlich. „Mir tut die aktuelle Situation auch sehr leid. Wir haben uns hinreißen lassen und nicht an die Konsequenzen gedacht. Ich verspreche, dass ich die besten Absichten mit Ihrem Sohn habe. Ich möchte ihn nur glücklich machen." Ich wandte meinen Blick Noah zu und lächelte. Ich log nicht. „Ich hoffe, dass wir uns noch besser kennenlernen, und ich würde Sie irgendwann gern meiner Mom vorstellen."

„Das würde mich sehr freuen. Lior, richtig?"

Ich nickte.

„Und was ist mit deinem Dad?", fragte sie, und Noah drückte meine Hand, als mir bei dieser unerwarteten Frage die Kehle zuging.

„Mom, Liors Dad ist vor Kurzem gestorben."

„Oje. Das tut mir leid", sagte sie. Ihr Ausdruck war ehrlich und voller Mitgefühl.

„Danke. Das bedeutet mir viel."

„Hey, kommt ihr nun, oder was?", rief Lex und warf den

Fußball in unsere Richtung. Ich nahm ihn mit der Brust an und ließ ihn zu meinen Füßen fallen, wo ich ihn ein paar Mal hin und her spielte und dann zu Lex kickte.

„Ich bin in seinem Team!", rief River.

„Komm schon, Ehemann. Lass uns Spencer in den Arsch treten", sagte Noah und rannte auf die Wiese zu.

Ich könnte schwören, dass ich seine Mutter vor Freude jauchzen hörte.

„Heißt das, dass ich *dir* in den Arsch treten darf?", neckte ich ihn, als ich ihn einholte.

„In guten wie in schlechten Zeiten, bei Familienfehden und Freundschaftsspielen mit Arschloch-Brüdern."

Ich lachte. „Komisch, ich kann mich nicht daran erinnern, dass das im Eheversprechen stand."

„Das habe ich gerade hinzugefügt."

Er quiekte, als ich ihn an der Taille packte und herumwirbelte. Sein Lachen machte alles besser.

„Was willst du noch hinzufügen?"

Er hielt sich an mir fest und schlang seine Arme um meine Schultern. „Im Badezimmer oder im Flur, im Wohnzimmer oder auf dem Küchentisch, bis dass der Tod uns scheidet."

Ich prustete.

„Kommt schon, ihr Turteltauben. Wir haben noch einiges zu erledigen." River und Adam warfen eine Münze, um ihre Seite des Spielfelds auszuwählen.

Unser Team bestand aus mir, Noah, River, Victorias Schwester Ellie und ihrem Cousin Thatcher, den sie Meatball nannten.

Das gegnerische Team bestand aus Lex, Emery, Adam, ihrem Cousin Harrison und seinem Ehemann Fletcher.

„Du hast ihn gehört." Ich versetzte ihm einen Klaps auf den Hintern. Er rannte auf die andere Seite des Spielfelds und warf mir über die Schulter hinweg ein Lächeln zu.

Ich warf einen Blick zur Seitenlinie, insbesondere auf Noahs Familie und Victoria.

Während seine Mutter lächelte und sich mit ihrem Mann unterhielt, verzog Victoria das Gesicht. Selbst als Adam ihr zuwinkte.

27

NOAH

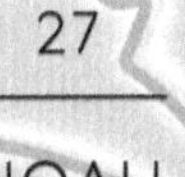

WENN MAN BERÜCKSICHTIGTE, dass sie diejenige war, die den Veranstaltungsplan zusammengestellt hatte, hätte Victoria nicht desinteressierter am Fußballturnier aussehen können.

Sie schien nicht der Typ zu sein, der sich auf Gruppensport einließ, es sei denn, es handelte sich um eine Massage in einer Mädchengruppe, bei der man an Champagner nippte.

Okay, ich war ihr gegenüber wahrscheinlich ein wenig unfair, aber warum sollte man sich die Mühe machen, etwas zu tun, wenn man es nicht genießen würde?

Cada um por si, wie meine Großmutter sagen würde. Jeder nach seiner Fasson.

Meine achtjährige Cousine Megan und ihr Stiefbruder George pfiffen die Spieler aufs Spielfeld.

„Spieler aufs Feld!", rief George und Megan fügte hinzu: „Bitte."

George brummte. „Bitte."

„Nur weil wir das Sagen haben, heißt das nicht, dass wir nicht höflich sein können", erwiderte sie.

Ich warf meinem Cousin Harrison und seinem Ehemann Fletcher einen Blick zu. Beide versuchten, ihr Lächeln zu unterdrücken.

Meatball und Adam warfen eine Münze, um zu sehen, wer das Spiel eröffnen würde.

„Hey, Spencer, werden wir es ihnen zeigen oder werden wir es ihnen zeigen? Ich bin immer noch sauer, weil Victoria mich nicht mit Begleitung kommen lassen wollte", sagte Ellie, als sie an mir vorbei joggte. „Ich hätte es wie Noah machen und Libby und Ten trotzdem mitbringen sollen."

Ich lachte. „Das hätte mir etwas Druck vom Buckel genommen."

„Das bezweifle ich. Es sei denn, Bridezilla hätte uns beim Knutschen in der Hotellobby erwischt."

Ich grinste. „Ich wette, das wäre heiß gewesen.

Sie rollte mit den Augen. „Du hast ja keine Ahnung. Libby und Ten sind ..." Sie biss sich auf die Lippe.

Ein Schlag auf meinen Hintern ließ mich zusammenzucken. „Hey, komm nicht auf dumme Gedanken. Ich teile dich nicht mit anderen."

Ich fing Lior ab, bevor er vor mir weglaufen konnte. „Ich schwöre bei Gott, Ehemann. Wenn du mich dazu bringst, in diesen Shorts einen Ständer zu bekommen, lasse ich dich nie wieder in die Nähe meines Hinterns."

Er lachte, als er zu seinem Platz joggte. „Lügner."

Nachdem wir alle in Position waren, verteilten George und Megan Armbinden. Wir waren das blaue Team und Adams Team war rot.

Die Sonne stand am frühen Nachmittag hoch am Himmel. Mir lief eine Schweißperle über die Stirn, obwohl wir noch nicht einmal angefangen hatten zu spielen.

„Seid ihr bereit?", riefen die Kinder aufgeregt.

„Ja!", riefen wir alle zurück.

Sie pfiffen und das Spiel begann.

Adam spielte den Ball zu Fletcher, der ihn präzise manövrierte und ihn Emery zuspielte, der versuchte, eine Lücke in unserer Verteidigung zu finden.

„Du gehst zu Boden, Spencer", flüsterte Fletcher mit zusammengebissenen Zähnen. „Ich habe ein Auge auf diesen Preis geworfen."

Ich versuchte, so gut ich konnte zu verteidigen, aber Fußball war nicht mein Sport, also wehrte ich mich auf die Art und Weise, die ich am besten beherrschte.

„Hast du dir diese Shorts von deinem Kind ausgeliehen?"

„Ja, mein Mann starrt mir gern auf den Hintern. Verklag mich doch", antwortete er, ohne mit der Wimper zu zucken.

Ich warf einen Blick auf Harrison, der auf Fletchers Hintern starrte.

„Trottel." Der Mistkerl sah, dass ich abgelenkt war, und schoss an mir vorbei.

Zum Glück konterte das dynamische Duo River und Lior mit ihrer perfekten Koordination, fing den Ball ab und bewahrte Ellie davor, einen Schuss abwehren zu müssen.

Wenn ich es nicht besser gewusst hätte, hätte ich gedacht, dass River und Lior schon seit Stunden zusammen Fußball spielten.

Im Laufe des Spiels zeigten beide Teams einen großen Mangel an Geschicklichkeit, aber die Bereitschaft, hinzufallen, was sich vor allem an meinen beiden linken Füßen bemerkbar machte. Hand-Sportarten waren eher mein Ding.

„Baby, ich werde dich ins Zimmer tragen müssen, wenn du nicht aufrecht stehen kannst", sagte Lior.

„Der verdammte Ball ist rund", beschwerte ich mich. „Und ich bin besser mit meinen Händen."

George und Megan pfiffen zur Halbzeit.

„Ist noch jemand verwirrt von der Situation mit den zwei Trillerpfeifen?", fragte Emery. „Ich bin mir nie sicher, ob ich etwas falsch gemacht habe oder ob ich meine Cheerleader-Routine vorführen soll."

„Baby, du wirst mir deine Cheerleader-Routine später zeigen", erwiderte Lex und legte seine Arme um Emerys Schultern.

„Lass die Hosen an", meinte Adam.

Spürte ich da etwa eine gewisse Spannung bei Adam? Was war sein Problem?

Unsere treuen Zuschauer säumten die provisorischen Seitenlinien und trugen mit ihrem Jubel und ihrer Ermutigung zum Spaß bei. Sogar meine Oma schrie für uns und entschied sich abwechselnd für ein Team, das sie anfeuern wollte.

Die einzige Person, die sich dem Spaß nicht anschloss, war Victoria, die sich auf eine Liege gesetzt hatte, ihr Handy in der einen und einen Cocktail in der anderen Hand. Adam ging am Getränketisch vorbei und setzte sich zu ihr.

„Gut gemacht, Jungs und Mädchen", meinte meine Mutter fröhlich. „Ich wusste gar nicht, dass meine Babys so talentiert sind."

Ich schnaubte. „Ich war schon immer gut darin, in kürzester Zeit von der Vertikalen in die Horizontale zu wechseln, wie ich meinem Mann fünf Minuten nach unserer ersten Begegnung demonstriert habe." Es war ein Scherz, doch meine Mutter, die meine derben Scherze gewohnt war, sie aber selten akzeptierte, schlug mir auf den Kopf.

Lior packte mich von hinten an der Taille und flüsterte mir ins Ohr: „Wenn ich mich richtig erinnere, sind wir die ganze Zeit über in der Vertikalen geblieben."

Ich drehte mich in seinem Griff um. „Wir setzen uns besser für diese Pause hin, wenn wir die Kinder in der zweiten Hälfte dieses Spiels nicht erschrecken wollen."

Er nahm zwei Gläser Soda und wir setzten uns auf eine der freien Liegen. Ich saß an seinen Körper gelehnt, die Knie an die Brust gezogen.

„Das macht Spaß", meinte er.

„Vielleicht für dich, Ronaldo. Einige von uns versuchen einfach, es durchzustehen, ohne Zähne zu verlieren." Ich drehte mich zur Seite, sodass ich ihm gegenübersaß. „Würdest du mit mir verheiratet bleiben, wenn ich bei dieser Tragödie, die dieses Spiel ist, all meine Vorderzähne verlieren würde?"

Er führte seine Hand zu seinem Bart und strich darüber.

„Hmm, ich weiß nicht. Du würdest wahrscheinlich komisch reden, was unterhaltsam sein könnte. Ich bin nicht an einem öffentlichen Leben interessiert, also wäre das geklärt. Oh, Blowjobs könnten fantastisch sein. Ja, ich würde dich behalten."

„Ich will die Scheidung. Ich fühle mich in dieser Beziehung nicht respektiert", brummte ich, als ob ich es ernst meinte.

Er umarmte mich fester und sagte mit leiser Stimme: „Würdest du es vorziehen, wenn ich sagen würde, dass es keine Rolle spielt, wie du aussiehst, weil ich dich trotzdem wollen würde?"

Ich legte meinen Kopf in seine Nackenbeuge. Wollte ich, dass er das sagte? Ja, das wollte ich, aber eigentlich auch nicht.

Jedes Mal, wenn er nett zu mir war, war es das Größte überhaupt, aber es erinnerte mich auch daran, dass es nur vorübergehend war. Höchstens ein Jahr, und ich wusste nicht, ob es lang genug sein würde, damit er sich wirklich in mich verlieben würde.

Zumindest musste ich dankbar sein, dass der Sex zwischen uns jetzt lief.

Nicht, dass ich im Moment in irgendeiner Weise geneigt gewesen wäre, mit jemand anderem Sex zu haben, aber überhaupt keinen zu haben, wäre ein totaler Stimmungskiller gewesen.

Unsere beiden kleinen Pfeifenmeister riefen uns zur zweiten Hälfte des Spiels.

Das Ergebnis war bisher unentschieden, also hatten wir noch alles zu gewinnen.

Wir versammelten uns. Meatball sah uns alle an. „Ich habe gehört, dass das andere Team die Siegprämie an ein Tierheim in Chester Falls spenden will."

„Ohhh", gurrte Ellie.

„Konzentrier dich, Eleanor", forderte ich sie auf und schnippte mit den Fingern. „Es gibt eine lokale Wohltätigkeitsorganisation, die das Geld meiner Meinung nach bekommen sollte."

„Welche denn?", fragte River.

„Das Star Finders Youth Network. Sie helfen Kindern im System und geben ihnen eine Gemeinschaft ...“

„Ja“, unterbrach River. „Ich möchte ihnen helfen.“

Lior hielt meine Hand und drückte sie sanft. „Wenn wir gewinnen, verdopple ich den Wert dessen, was eingenommen wurde.“

„Ich auch“, erklärte River. „Ich suche schon lange nach einer Wohltätigkeitsorganisation, die ich unterstützen kann, aber durch die Arbeit im Restaurant hatte ich bisher keine Zeit. Ich würde gern mehr über diese erfahren.“

„Holen wir uns den Sieg“, sagte ich.

Wir gaben uns ein High Five und kehrten mit neuer Energie und einem Ziel zum Spiel zurück.

Der Beginn der zweiten Halbzeit verlief ähnlich wie die erste. Ich verlor zweimal den Halt und landete mit einem aufge-schürften Knie und einem schnell wachsenden Bluterguss auf dem Rasen.

Ellie schrie von ihrer Position als unsere Torhüterin, und Meatball gab sein Bestes, aber da ich ihn in der Verteidigung unterstützte, lief es eher mittelprächtig.

In einem entscheidenden Moment fing Lior, der inoffizielle Mannschaftskapitän, einen Pass ab, der für Emery bestimmt war. Mit einem kurzen Blick sah er, dass River auf der linken Seite frei stand. Der Pass war perfekt und Lior setzte sich mit einem schnellen Sprint von seinem Gegenspieler ab.

Ich hielt den Atem an. Er würde ein Tor schießen. Ich wusste es einfach. Lior setzte zum Schuss an und schoss den Ball kraftvoll aufs Tor.

Harrison, der Torwart des roten Teams, sprang mit ausge-streckter Hand, aber der Ball war knapp außerhalb seiner Reich-weite. Er traf das Netz mit einem zufriedenstellenden Knall.

Alle jubelten. Unser Team schloss sich zu einer Gruppenu-marmung zusammen.

Unsere jungen Schiedsrichter gingen zu ihren Eltern.

Aufgrund ihrer Gestik war ich mir nicht sicher, ob sie Harrison und Fletcher sagen wollten, dass sie ihr Bestes geben sollten, oder ob sie versuchten, sie zu trösten.

Diese Kinder waren bezaubernd. Das letzte Mal, als ich Harrison gesehen hatte, war Megan erst drei Jahre alt gewesen, und sie hatten noch in Boston gelebt. Seitdem hatte sich so viel verändert.

Das Spiel wurde fortgesetzt, aber das Ergebnis blieb gleich. Als unsere Schiedsrichter das Ende meiner Qualen einläuteten, versammelten wir uns alle, um den Sieg für unsere ausgewählte Wohltätigkeitsorganisation zu feiern. Am Ende beschlossen wir, das Geld zwischen dem Star Finders Youth Network und dem Chester Falls Animal Sanctuary aufzuteilen.

Adam klopfte mir auf die Schulter: „Das war ein Wahnsinnsspiel. Nächstes Mal gewinnen wir", sagte er mit einem Lächeln, das bis zu seinen Augen reichte.

Ich erwiderte die Geste. „Ich freue mich darauf, kleiner Bruder. Ihr habt uns ganz schön ins Schwitzen gebracht."

„Na ja, wir haben Lior unterschätzt. Bist du sicher, dass er in den Vierzigern ist?"

Der Noah, den meine Brüder kannten, hätte einen derben Witz gemacht, aber nach allem, was heute Morgen passiert war, war ich einfach nur dankbar, dass mein Bruder den Schock überwunden zu haben schien. Schade, dass man das nicht von seiner Braut sagen konnte.

„Hey, ist alles in Ordnung mit Victoria? Ich werde mich bei ihr entschuldigen, sobald ich einen Moment Zeit für sie habe."

„Das weiß ich zu schätzen. Sport ist nicht ihr Ding, aber sie wusste, dass wir uns bei so vielen Männern in der Nähe etwas austoben mussten. Ich könnte jetzt wirklich ein Nickerchen gebrauchen."

„Ich auch, Alter. Ich auch."

Ich war erleichtert, dass Adam die Dinge etwas gelassener zu sehen schien. Ich begegnete Liors Blick und nickte ihm unmerklich zu. Würde es ihn enttäuschen zu erfahren, wie schnell ich die Dinge, die mein Bruder zu mir gesagt hatte, hinter mir gelassen hatte?

Machte mich das schwach? Ich hasste es, mit meinen Brüdern zu streiten, und trotz der verletzten Gefühle konnte ich Adam keinen Vorwurf machen. Ich war derjenige, der gelogen hatte. Über alles.

Während wir die zweite Halbzeit abgerissen hatten, hatte das Hotelpersonal einen Tisch mit leichten Snacks gedeckt.

Wir stärkten uns und tranken etwas, bevor sich alle nacheinander auf ihre Zimmer zurückzogen.

Als wir in unserem Zimmer ankamen, zerrte Lior mich praktisch ins Badezimmer und riss mir meine verschwitzten Klamotten vom Leib.

„Ich liebe es, wenn mein Mann zum Höhlenmenschen wird.“

Er drückte mich gegen die Duschwand. Die kalten Fliesen ließen mich aufstöhnen.

„Ich liebe es, wenn du mich *Ehemann* nennst.“ Seine tiefe, kiesige Stimme wirkte direkt auf meinen Schwanz.

„Ist das so, *Ehemann*?“ Ich fuhr mit meinen Händen seine Brust hinauf und spürte die Haare unter meinen Fingern. Lior war der verdammt heißeste Typ, den ich je gesehen hatte.

Seine Brustwarzen richteten sich unter meiner Berührung auf. Sein Atem stockte und seine Augen verdunkelten sich. Er leckte sich die Lippen und sank auf die Knie.

Als er meinen Schwanz in seinen Mund nahm und seine Wangen aushöhlte, während er mich bis zum hinteren Teil seiner Kehle saugte, schwanden meine Gedanken.

Ich konnte nur dastehen und es genießen. Einen Augenblick später ergoss ich mich in Liors Kehle.

Er stand auf und küsste mich. Ich stöhnte, als ich mich in seinem Kuss schmeckte.

„Jetzt bin ich dran.“

Er hielt mich davon ab, weiterzumachen. „Heb dir das für später auf.“

„Hmm, schaffen wir es dieses Mal bis zum Bett?“

Er lachte und saugte an einer Stelle an meinem Hals. „Wir werden sehen.“

28

———

LIOR

Noah war während des Abendessens mit seiner Familie entspannt. Die Anspannung von heute Morgen schien verflogen zu sein, was eine Erleichterung war.

Es gab immer noch einige Blicke von Victorias Familie in unsere Richtung, aber es war mir wichtiger, dass Noahs Familie mich als seinen Ehemann akzeptierte. Und noch wichtiger, dass sie ihm verziehen, dass er es geheim gehalten hatte.

Ellie saß neben uns, mit Emery und Lex.

Victoria und sie waren völlig unterschiedlich. Mit ihrem gefärbten Haar und den bunten Kleidern – Emery erwähnte, dass sie sie selbst genäht hatte – war sie ein echter Sonnenschein.

Auch die Kinder mochten sie und stellten ihr eine Menge Fragen zu allen möglichen Themen, sodass an unserem Tisch immer wieder Leute vorbeikamen, um sich zu unterhalten. Sogar Adam kam kurz vorbei, während er seine Runden machte und sich um Victorias Familie kümmerte.

„Ich werde deinem Cousin eine Rechnung schicken", sagte Ellie, als Megan und George uns zum dritten Mal verließen, nachdem sie Bilder von Ellies Kleid gemalt und sie gebeten hatten, das beste auszuwählen.

229

Emery rollte mit den Augen über seine beste Freundin.

„Wofür?", fragte Noah.

„Dafür, dass ich mich außerhalb der Dienstzeit mit kleinen Terroristen abgeben muss."

„Sie ist Grundschullehrerin", erklärte Emery mir. „Ich weiß nicht, warum sie so stöhnt, obwohl ich sie vorhin in der Bar beim Planen des Unterrichts erwischt habe."

„Petze."

„Wer hat Lust, in die örtliche Bar zu gehen?", fragte Adam, als er zurückkam. „Bei allem Respekt, Ellie, deine Familie ist harte Arbeit. Ich brauche einen Drink."

„Warum glaubst du, sitze ich bei *deiner* Familie? Niemand hat dir gesagt, dass du dir die falsche Schwester aussuchen sollst, Mister."

Adam lachte. „Beim dritten Date würdest du mich zerbrechen."

Sie nickte selbstgefällig. „So lange würdest du nicht durchhalten."

„Hey, tut mir leid, dass Victoria etwas Schwierigkeiten damit hatte, dass du jemanden mitbringen wolltest. Ich verstehe, warum du dich nicht entscheiden wolltest. Du weißt ja, wie es in solchen Situationen ist. Der Bräutigam hat kein Mitspracherecht."

Ihr Lächeln hatte einen Unterton von Resignation. Es erinnerte mich an Noah, der immer dachte, er sei nicht die Person, die sich seine Familie wünschte.

Ich begann zu verstehen, dass er völlig falschlag. Nicht, dass er mir geglaubt hätte, wenn ich es ihm gesagt hätte.

„Ich habe ein Taxi gerufen", sagte River und gesellte sich zu uns. „Ich möchte nicht daran denken, dass das Restaurant deiner Eltern in Flammen aufgeht, während ich nicht da bin, also bitte, lasst uns ein paar Drinks reinschütten."

„Ich trinke nichts, daher kann gern jemand bei uns mitfahren", entgegnete ich, da Meatball sich uns angeschlossen hatte. Harrison und Fletcher waren bereits mit den Kindern in ihre

Suite gegangen, sehr zu ihrem Missfallen, da sie dachten, es sei eine Party und sie deshalb später ins Bett gehen dürften.

Seit ich Noah vorhin unter der Dusche einen geblasen hatte, zählte ich die Minuten, bis ich wieder in ihm sein konnte. Aber ich gab gern zu, dass es mich auf Ideen brachte, mit Noah und seinen Brüdern auszugehen und die Freiheit zu haben, ihn anzufassen.

Vor vierundzwanzig Stunden waren wir uns noch aus dem Weg gegangen, weil wir wussten, dass wir etwas wollten, das wir nicht haben konnten.

Jetzt? Jetzt war ich süchtig.

„Ich muss nur schnell auf mein Zimmer gehen, dann bin ich bereit", meinte Noah.

Als wir in der Bar ankamen, waren River und Adam bereits dabei, ihr erstes Getränk zu leeren. Ich gab eine Runde aus, bestellte mir aber nur eine Limonade, damit ich nachher noch fahren konnte.

„River, schau mal. Der Barkeeper, den du gestern so angeguckt hast, ist hier", sagte Adam und stieß seinen Freund mit dem Ellbogen an.

„Ich habe ihn nicht angeguckt."

„Ach, komm schon. Wann warst du das letzte Mal mit jemandem aus?"

River runzelte die Stirn. „Können wir dieses Gespräch bitte nicht hier führen?"

„Entschuldige, ich wollte dich nicht in Verlegenheit bringen", antwortete Adam.

„Oh, Ärger im Paradies", scherzte Noah.

River ging zur Bar und setzte sich auf einen Hocker. Der Barkeeper, auf den Adam gezeigt hatte, nahm River sofort ins Visier. Der Typ war definitiv interessiert.

„Ich werde mit ihm reden", sagte Adam.

„Setz dich. Du wirst ihm nicht den Spaß verderben, solange ich hier bin", erwiderte Noah, hielt Adam am Arm fest und drückte ihn auf seinen Sitz.

Adam schmollte. Er trank sein Bier aus und wandte sich dann Victoria zu. „Babe, leg dein Handy weg", sagte er frustriert.

„Ich arbeite, Adam. Jemand muss dafür sorgen, dass die Dinge erledigt werden."

„Was machst du?"

„Ich schreibe mein Eheversprechen."

„In einer vollen Bar?" Er runzelte die Stirn.

„Die Hochzeit ist in drei Monaten. Hast du deins schon geschrieben?"

„Nein!", schrie er. „Ich bin in einer Bar."

Er schien sich wieder daran zu erinnern, dass sie nicht allein waren, da er sein Bier nahm und an die Lippen setzte. Als er merkte, dass er es bereits ausgetrunken hatte, ging er zur Bar. Ich stellte fest, dass er sich von River fernhielt, ihn aber nicht aus den Augen ließ.

Er kam mit einer Runde Drinks für alle zurück.

„Ich weiß!", rief er. „Wir haben Noahs und Liors Gelübde nie gehört, weil wir nicht da waren." Er zeigte auf Noah. „Du, großer Bruder, hast mich um die Gelegenheit gebracht, zu sehen, wie du dich jemandem völlig hingibst, also möchte ich, dass du es jetzt tust."

Ich hatte mich nicht so sehr mit Adam beschäftigt wie mit Lex, daher war es schwer zu sagen, ob er uns herausforderte oder es ernst meinte.

„Entschuldige bitte, was jetzt?" Noah hätte fast sein Bier ausgespuckt.

„Ja. Leg dein Gelübde ab ... Dingsda."

Noah sah mich mit panischen Augen an.

„Adam, das ist nicht der richtige Ort dafür", erwiderte ich.

„Es ist perfekt", antwortete er. „Die meisten von uns werden sich morgen früh ohnehin nicht mehr daran erinnern, aber ich möchte das Gelübde hören."

Ich versuchte, mir etwas einfallen zu lassen, um das Thema zu wechseln, aber alle anderen sahen uns erwartungsvoll an. Ich hielt Noahs Hand und führte sie zu meinen Lippen.

Ich zuckte mit den Schultern, starrte in seine großen blauen Augen und begann: „Noah, du bist mit unübertroffenem Selbstvertrauen in mein Leben getreten und hast dich geweigert, ein Nein als Antwort zu akzeptieren. Ich habe einmal nachgegeben, aber selbst da wusste ich, dass ich immer wieder nachgeben würde. Als du mich fragtest, ob ich dich heiraten will, dachte ich, du machst Witze, aber das stellte sich als einer dieser Momente heraus, in denen du furchtlos und mit loderndem Feuer durchs Leben jagst. Du bist der selbstloseste, fürsorglichste und großzügigste Mann, den ich je getroffen habe. Als ich dachte, ich würde den Rest meines Lebens allein verbringen, verbittert und mich fragend, warum ich niemanden auf meiner Ebene finden konnte, kamst du und bist geblieben. Ich bin so stolz, dich meinen Ehemann nennen zu dürfen, jetzt und für immer.“

Mein Herz pochte. Noahs Augen färbten sich rot von den nicht vergossenen Tränen. Das war nicht der Plan gewesen. Unsere Gelübde waren persönlich gewesen, aber sie hatten nicht die ganze Geschichte erzählt, denn unsere Geschichte hatte gerade erst begonnen. Jetzt konnte ich ihm nicht in die Augen schauen und sie wiederholen. Nicht, wenn es so viel mehr zwischen uns gab.

Er holte tief Luft und streichelte meinen Bart.

„Lior, mein sexy Silberfuchs.“

„Das hast du nicht gesagt“, unterbrach Adam seinen Bruder.

Noah lächelte, ließ aber meinen Blick nicht los. „In dem Moment, als ich dich in dieser Bar sah, wusste ich, dass du anders bist. Noch bevor du ein Wort mit mir gesprochen hast, wusste ich, dass du mich verändern würdest. Dich kennenzulernen war eines der besten Abenteuer meines Lebens. Mit dir kann ich ich selbst sein, weil du meinen Schwachsinn durchschaust. Und obwohl ich weiß, dass du das bezaubernd findest, weiß ich auch, dass du da bist, um mich zu mir selbst zurückzuführen, wenn ich es übertreibe. Hätte ich mir meinen idealen Partner bestellt, hätte ich dich nicht bekommen, denn bevor ich dich traf, wusste ich nicht, dass jemand wie du in meiner Welt existieren könnte. Ganz sicher nicht für mich. Ich hoffe, du genießt es, denn ich gebe dich nicht auf. Niemals."

Unsere Münder trafen sich in einem Kuss, der jedes einzelne Wort, das wir gerade gesagt hatten, widerspiegelte.

Um uns herum ertönte ein lauter Jubel. Wir lächelten uns an.

Mein Herz war so groß, dass ich nicht sicher war, wie es noch in meinem Brustkorb Platz hatte, denn Noah hatte mir nicht nur gesagt, was in seinem Herzen lag. Er hatte es laut vor den Menschen gesagt, die ihm am meisten bedeuteten.

Ich stand auf. „Wenn ihr mich entschuldigt, ich muss kurz mit meinem Mann nach draußen gehen."

Noah folgte mir und hielt meine Hand, während wir uns durch die Menge in der Bar kämpften. Ich entdeckte das Schild für die Toiletten. Jemand ging auf die Herrentoilette, also führte ich uns in die Einzelkabine für alle Geschlechter.

„Was machen wir hier?", fragte er mit erhitztem Gesichtsausdruck.

„Ich denke, das weißt du." Ich drehte das Schloss zu und stellte ihn so, dass sein Gesicht zur Tür zeigte. Ich zog seine Jeans herunter und entblößte seinen Arsch. „Du machst mich die ganze Zeit so verdammt geil, Noah. Aber wenn du den Mund aufmachst, hebst du das auf ein neues Level. Ich muss so verdammt dringend in dir sein. Bitte sag mir, dass ich das darf." Ich fuhr mit meinen Händen unter sein Hemd, ertastete seine Brustwarzen und kniff sie.

„Ich dachte, du wärst zu alt für Nummern auf der Toilette", keuchte er.

„Verzweifelte Zeiten erfordern verzweifelte Maßnahmen."

„Und du bist verzweifelt?"

Ich knurrte ihm ins Ohr: „Du hast ja keine Ahnung, lieber Ehemann."

Er drückte seinen Arsch gegen meinen Schritt. Ich holte meinen Schwanz heraus und streichelte ihn, rieb die Eichel an seiner Haut und hinterließ eine Spur von Lusttropfen.

„So siehst du echt gut aus." Ich nahm ein kleines Päckchen Gleitmittel aus meiner Brieftasche und bedeckte meinen Schwanz damit. Als ich mit dem Finger über seine Ritze fuhr, fand ich eine unerwartete ...

„Überraschung ...", sang er.

„Werde ich jemals nicht mehr von dir begeistert sein, Noah Spencer?"

Er kicherte, aber es wurde zu einem Stöhnen, als ich den Buttplug in ihm bewegte und gegen seine Prostata drückte.

„Woher hast du den?"

„Ich trage ihn gelegentlich, weil du mich vor Verlangen verrückt machst. Meine Lieblingsfantasie ist es, mir vorzustellen, dass du es bist, der in mir ist, wenn ich komme."

Er keuchte, als ich den Plug bewegte. „Das ist der Grund, warum du aufs Zimmer gegangen bist, bevor wir hierherkamen?"

Er nickte, seine Augen waren bereits glasig vor lauter Verlangen, zu kommen.

„Das wird schnell und schmutzig, Baby", flüsterte ich in sein Ohr.

„Wie schmutzig?"

„Ich werde dich ficken, bis ich komme, und dann werde ich den Plug wieder in dich stecken. Komm nicht, hörst du mich?"

Ich entfernte den Plug und füllte ihn sofort wieder mit meinem Schwanz.

„Lior."

„Ich meine es ernst, Noah. Komm jetzt nicht."

„Verdammt."

Er zischte, als ich ihn direkt gegen die Tür fickte. Die aufgestaute sexuelle Energie vom Blowjob vorhin, die Worte, die er mir gerade in seinem Scheingelübde gesagt hatte, und das Wissen, dass er einen Plug getragen hatte, um sich auf mich vorzubereiten, reichten aus, um meinen Schwanz hart genug zu machen, um Nägel einzuschlagen.

Die Hitze und Enge seines Kanals, sein Stöhnen und der Geruch seines Rasierwassers machten mich bereit zum Abspritzen.

„Ich bin so nah dran, Baby."

„Tu es, Lior. Füll mich mit deinem Sperma. Ich will dich für den Rest der Nacht in mir tragen."

Ich pumpte noch dreimal in ihn hinein, und dann kam ich, als hätte ich seit einer Woche keinen Orgasmus mehr gehabt. Ich ersetzte meinen Schwanz durch den Buttplug, bevor ich seinen Körper verließ.

„Das war das schmutzigste, beste Fick-Ding, das ich je in meinem Leben gemacht habe." Er drehte sich um und küsste mich, verschlang meinen Mund, schmeckte mich und saugte so fest, dass meine Lippen mit Sicherheit geschwollen sein würden.

Wir lachten, als wir uns wieder zusammenreißen konnten. Unsere Augen trafen sich in einem verschwörerischen Blick.

Ich konnte nicht anders, als einen letzten Kuss zu stehlen, bevor ich die Toilettentür langsam öffnete. Die Luft war rein, also gingen wir hinaus.

Wir waren kaum außer Sichtweite, als Victoria in den Flur einbog. Ihr Gesicht war rot, aber es war schwer zu sagen, ob sie verärgert, errötet oder wütend war.

„Hallo Victoria. Geht es dir gut?", fragte Noah.

Sie sah sich um. Es war niemand anderes im Flur, der zu den Toiletten führte. „Ich bin froh, dass ich euch beide erwischt habe."

„Eigentlich", meinte Noah, „hatte ich gehofft, dich allein zu treffen, um mich zu entschuldigen."

„Spar dir das."

Mir gefiel ihr Ton nicht, vor allem, weil sie offensichtlich kein Interesse daran hatte, Noah zuzuhören.

„Wie können wir helfen? Wenn du dir Sorgen machst, dass die Dinge da draußen außer Kontrolle geraten, können wir dafür sorgen, dass alle in einem Stück zum Weingut zurückkehren", sagte ich in der Hoffnung, dass meine Hilfsbereitschaft ihr permanentes Stirnrunzeln etwas mildern würde.

„Danke. Ich bin mehr als fähig, meinen zukünftigen Ehemann unter Kontrolle zu halten."

Noah spannte sich neben mir an, also legte ich meine Hand auf seinen Rücken, um ihn zu beruhigen.

„Was können wir dann für dich tun?", fragte Noah.

„Ihr könntet damit anfangen, das hier zu reduzieren" – sie deutete in unsere Richtung – „weil ich weiß, dass das nur gespielt ist, obwohl ich beim besten Willen nicht verstehe, warum. Vielleicht machst du, Noah, gerade eine rebellische Phase durch oder so. Ich weiß es nicht und es ist mir auch egal. Ihr habt das Wochenende ruiniert, für dessen Organisation ich so hart gearbeitet habe. Wenn ihr meine Hochzeit ruiniert, dann schwöre ich bei allem, was mir heilig ist, dass ich euch vernichten werde."

Sie setzte das falscheste Lächeln auf, das ich je bei ihr gesehen hatte, und drehte sich um.

Noah zitterte neben mir.

„Hey. Alles in Ordnung?" Ich hielt sein Gesicht und streichelte seine Wange.

Sein Gesichtsausdruck wechselte von glühend heiß und mörderisch zu amüsiert.

„Schon komisch, dass sie uns als Schwindler bezeichnet, wo ich doch einen Eimer voll von deinem Sperma in meinem Arsch habe."

Ich stöhnte. „Noah."

„Was? Lüge ich etwa?"

Ich seufzte.

„Wie wäre es, wenn wir zurück zum Weingut fahren?", schlug ich vor.

„Ja. Ich muss mit dir über meinen Ständer reden."

29

NOAH

Sex mit meinem Ehemann ist das Beste auf der Welt, dachte ich, als ich mich in unserem superbequemen Bett ausstreckte, bevor ich mich umdrehte und mich an Lior kuschelte.

„Ich weiß, dass du wach bist", sagte er und fuhr mir mit den Fingern durchs Haar.

„Bin ich nicht. Ich schlafe tief und fest." Ich tat so, als würde ich schnarchen.

„So schnarchst du aber nicht."

Ich öffnete die Augen und hob den Kopf, um ihn anzustarren. „Ich schnarche nicht."

„O doch, das tust du."

Ich schnappte mir ein Kissen und warf es nach ihm. So eine Frechheit! Ich schnarchte überhaupt nicht.

Mein Handy leuchtete auf, also griff ich danach und stand auf, um auf die Toilette zu gehen.

„Verdammt, ist es wirklich schon so spät?" Wir hatten das Frühstück des Hotels verpasst. Zum Glück gab es einen Brunch, bevor alle nach Hause fuhren.

„Na ja, jemand hat gestern Nacht meine ganze Energie aufgebraucht, und ich bin ein alter Mann. Das hier" – er zeigte auf seine nackte und geile Brust – „fällt mir nicht leicht."

Ich lehnte mich an die Badezimmertür und starrte anerkennend hin. „Du bist ein verdammt sexy Silberfuchs, Lior", stöhnte ich und ging ins Badezimmer.

Nachdem ich mir die Hände gewaschen hatte, überprüfte ich die Benachrichtigung auf meinem Handy und kreischte, als ich die Nachricht las.

Als ich ins Zimmer zurückkam, hatte Lior bereits seine Unterwäsche an. Schade, ich hätte gern einen Quickie gehabt. Andererseits wurde ich langsam hungrig.

„Gute Neuigkeiten?", fragte er.

„Die besten. West sagt, die McMartins haben es geschafft, und der Bürgermeister hat zugestimmt, das alte Krankenhaus an die Stiftung zu verpachten. Sie kümmern sich diese Woche um den Papierkram und die Schlüssel gibts vor dem nächsten Wochenende."

Lior durchquerte den Raum und hob mich vom Boden hoch. Ich schlang meine Beine um seine Taille. Der Mann war stark.

„Gut gemacht, Noah. Ich wusste, dass du es schaffst."

„Das habe ich nur dir und deiner Mom zu verdanken. Ihr Tipp mit den McMartins war unbezahlbar. Wäre ich nicht auf dem Ball gewesen, wäre das alles nicht passiert."

Er schüttelte den Kopf. „Man kann zur richtigen Zeit am richtigen Ort sein, aber um erfolgreich zu sein, braucht man mehr. Man braucht Charme, Ausdauer und Leidenschaft. Du hast all das und noch mehr, wenn es darum geht, diesen Kindern zu helfen."

„Danke", erwiderte ich lächelnd, während ich seinen Bart streichelte. „Das bedeutet mir viel."

Er schlug mir auf den nackten Hintern. „Jetzt zieh dich an, damit wir nicht auch noch den Brunch verpassen." Er blickte auf meinen harten Schwanz, der gegen seinen Bauch drückte.

„Können wir uns ein klitzekleines Bisschen verspäten?" Ich warf ihm meinen besten Hundeblick zu.

Er ging ein paar Schritte zurück zur Couch und setzte sich.

Ich landete auf seinem Schoß. Seine starke Hand umschloss meinen Schwanz.

„Verdammt, ja", zischte ich.

Ein Orgasmus und eine schnelle Dusche später machten wir uns auf den Weg zum Rasen, auf dem wir gestern Fußball gespielt hatten.

Der Großteil der Familie war dort und füllte ihre Teller mit frischem Obst und Gebäck.

„Bom dia, Mãe, Avó. Olá, Pai." Ich begrüßte meine Eltern und Großmutter.

„Bom dia, Schatz. Habt ihr euch gestern Abend gut amüsiert?"

Ich zog eine Augenbraue hoch. Wollte sie das wirklich wissen?

„Ja. Wo ist der Kaffee?"

Lior folgte mir zum Essenstisch. Ich schnappte mir zwei Teller, während er sich um den Kaffee kümmerte.

Wir setzten uns zu Lex und Emery, die sich angeregt mit Ellie und Meatball unterhielten. Adam gesellte sich kurz darauf zu uns.

„Ich weiß nicht, wie es euch geht, aber ich werde zu alt für diesen Scheiß", meinte Adam und ließ sich mit einer einzelnen Tasse Kaffee auf einen leeren Stuhl fallen.

„Niemand hat dir gesagt, dass du dich gestern Abend besaufen sollst", sagte Lex. „Wo ist River?"

Adam zuckte mit den Schultern. „Ich vermute, er ist im Bett. Vielleicht im Bett des Barkeepers. Er ist nicht mit uns zurückgekommen."

„Go River", skandierte ich.

„Wo ist Victoria?", fragte Emery. „Sie hat gestern Abend nichts getrunken."

„Sie hat ein Treffen mit dem Catering-Chef. Er sollte dieses Wochenende eigentlich nicht hier sein, aber er kam vorbei, und sie wollte die Gelegenheit nicht verpassen, mit ihm über Menüs oder so etwas zu sprechen. Um ehrlich zu sein, habe ich nur die

Hälfte von dem gehört, was sie gesagt hat, und noch weniger verstanden."

Lex starrte seinen Zwilling an, als wären sie nicht einmal verwandt, geschweige denn hätten einen Mutterleib geteilt. „Alter, kein Wunder, dass sie immer genervt ist. Du tust nichts für diese Hochzeit, und sie springt für dich ein."

„Zu meiner Verteidigung: Ich biete immer wieder an, etwas zu tun, aber sie will nicht, dass ich es übernehme. Es ist ja nicht so, dass ich vergesslich oder unzuverlässig bin. Sie weiß, dass ich alles erledige, wenn sie mir einen Job gibt. Es ist ihre Entscheidung, alles zu kontrollieren."

„Du solltest etwas für sie tun, zum Beispiel mit ihr ein Wochenende verreisen, nur ihr beide", schlug ich vor. „Ich habe nicht die geringste Ahnung, wie man eine Hochzeit plant – denkt dran, wir haben in Vegas geheiratet –, aber für eine Frau ist dies das wichtigste und stressigste Ereignis ihres Lebens. Sie wollen, dass es perfekt ist und jedes Detail stimmt. Entführ sie. Unternehmt etwas Romantisches."

Adam nippte an seinem Kaffee, und ein wenig Farbe kehrte in sein Gesicht zurück.

„Du hast recht. Ich kümmere mich darum, sobald dieser Kater abgezogen ist." Er tat so, als würde er eine Zughupe betätigen.

„Themenwechsel", meinte Lex und schob sich ein Stück Obst in den Mund. „Das Spiel gestern hat mich zum Nachdenken darüber gebracht, wie wir uns stärker in der Wohltätigkeitsarbeit engagieren können. Bisher haben wir hauptsächlich Menschen in der Branche und anderen Start-ups geholfen, aber mir ist klar, dass das eine privilegierte Situation ist. Was ist mit denen, die wirklich nichts haben?"

Lior beugte sich zu mir vor und legte seinen Arm auf die Rückenlehne meines Stuhls. Ich warf ihm einen Blick zu und er zeigte auf mein Handy.

Es dauerte einen Moment, bis mir klar wurde, was er sagen wollte.

West und Drew würden jede Hilfe brauchen, um den Hauptsitz der Stiftung zum Laufen zu bringen.

„Ich habe eine Idee." Ich hob meine Hand. „Ich engagiere mich schon seit einiger Zeit ehrenamtlich für das Star Finders Youth Network."

„Das, für das wir gestern Spenden gesammelt haben?", fragte Adam.

„Ja. Ich mache nicht viel, spiele nur samstagmorgens mit den Kindern Basketball und dann trainieren wir ein bisschen. Es macht Spaß und ich trainiere dabei auch."

„Warte mal", meinte Lex. „Warst du deshalb so verschwitzt, als Adam einmal die *Wöchentlichen Spencer News* auf Samstag verlegt hat?"

Ich nickte.

„Warum hast du uns glauben lassen, dass du einfach aus dem Bett eines Fremden gefallen bist?"

Ich schaute Lior an. „An dem Tag haben wir uns kennengelernt."

„Also bist du doch ins Bett eines Fremden gestiegen." Seine Lippen verzogen sich zu einem neckischen Lächeln.

„Wir sind nie ins Bett gekommen, wenn du dich erinnerst."

„Ähm ...", hustete Adam.

„Die Wahrheit ist, dass Star Finders mein Ding ist. Ich weiß, dass es dumm ist, aber ihr beide habt diese Verbindung zueinander, und ich habe sie nie verstanden. Dieses kleine Geheimnis war meine Art, auch etwas Besonderes zu haben." Mein Gesicht wurde rot, als ich das Geständnis ablegte. Jetzt, da es raus war, wusste ich, wie dumm es gewesen war, nichts zu sagen.

Adam und Lex sahen sich an. Sie standen von ihren Stühlen auf und kamen zu mir herüber. Ich versuchte, mich an Lior festzuhalten, als sie mich packten und hochhoben, aber er ließ mich los.

Er war der schlimmste Ehemann aller Zeiten.

Meine Brüder ließen mich auf dem Rasen fallen und rangen

mit mir, um mich dort zu kitzeln, wo ich bekanntermaßen sehr empfindlich war.

„Willst du unser Drilling sein?", fragte Lex und kitzelte mich an den Kniekehlen.

„Nein, das ist Rivers Aufgabe", antwortete ich und wehrte mich, indem ich Adam festhielt.

„Du kannst unser Vierling sein. Ich spüre schon die Verbindung", sagte Adam. „Du willst Vegetarier werden und Gras essen."

Er versuchte, mein Gesicht ins Gras zu drücken, aber ich war stärker und schaffte es, mich aus seinem Griff zu winden.

„Jungs!", rief meine Mutter. „Ich dachte, das hättet ihr schon vor einiger Zeit hinter euch gelassen. Zwingt mich nicht, meinen Pantoffel zu holen."

Wir lösten uns alle voneinander. „Nicht den Chinelo, Mãezinha. Wir werden brav sein."

Wir konnten uns vor Lachen kaum halten. Ich konnte mich nicht daran erinnern, wann meine Brüder und ich das letzte Mal so herumgealbert hatten.

Ich hatte vergessen, dass wir uns nicht nur nahestanden. Wir waren eng miteinander verbunden. Vielleicht hatte ich selbst diese Distanz geschaffen. Ich hatte Lex dafür verantwortlich gemacht, weil er damals traurig gewesen war, als Emery gegangen war, und ich hatte Adam dafür verantwortlich gemacht, weil er Zeit mit Victoria verbracht hatte, was ihn von uns entfernt hatte. Aber ich war genauso schuld.

Und jetzt hatte ich ein noch größeres Geheimnis.

Ich sah Lior an, der uns anlächelte. Dieser Mann gab mir so viel. Es war einfach nicht fair.

„Was ist passiert?"

Wir wandten uns Victoria zu, die aussah, als hätte sie ein Stück verdorbenes Fleisch verschluckt.

„Das ist typisch für Jungs, meine Liebe", erwiderte meine Mutter. „Du wirst dich daran gewöhnen müssen, wenn du mal

Jungs bekommst. Das liegt in unserer Familie. Und Zwillinge auch.“

Victorias Augen traten hervor und sie sah plötzlich krank aus.

„Adam, kann ich dich kurz sprechen?“

Wir saßen immer noch zu dritt im Gras, also sagte ich leise: „Da steckt jemand in Schwierigkeiten.“

30

LIOR

NOAH

Was auch immer du dieses Wochenende vorhast, sag ab. West und Drew haben die Schlüssel bekommen, wir räumen das Krankenhaus aus.

LIOR

Ich hatte vor, dich ranzunehmen, aber da ich das absagen soll, habe ich wohl beide Hände frei.

NOAH

Warte! So weit müssen wir nicht gehen. Ich bin sicher, dass sie klarkommen. West hat die Muskeln und Drew hat West.

LIOR

Nein, jetzt bin ich voll dabei. Wir müssen den Kids helfen.

NOAH

Mist. Wohltätigkeit zahlt sich doch nicht aus.

ICH LACHTE VOR MICH HIN, weil ich genau wusste, wie sehr er sich darauf freute, sich die Hände schmutzig zu machen und seinen Freunden zu helfen.

Er würde für sein großes Herz reichlich belohnt werden. Dafür würde ich sorgen.

Ich drehte mich in meinem Stuhl zur Straße um. Von meinem Büro aus konnte ich nicht weiter sehen als bis zum Gebäude auf der anderen Straßenseite, aber zu wissen, dass Noah in seinem Büro war, das weniger als eine Meile entfernt lag, machte mir Lust, die Regeln zu brechen und leichtsinnig zu sein.

Mein Handy vibrierte. Eine Nachricht war eingegangen. Ich entsperrte den Bildschirm und fand ein Selfie von ihm, auf dem er sein Hemd hochhielt, um seinen Bauch zu zeigen. Seine Jeans war teilweise geöffnet und zeigte eine Strähne blonder Haare, die im Hosenbund seiner Boxershorts verschwanden.

Ich speicherte das Foto und legte das Handy weg. Wenn ich antwortete, würde dieser schlüpfrige Hang zu einer schlüpfrigen Rutschpartie werden, und ehe ich mich versah, würde ich in sein Büro stürmen, um ihn auf seinem Schreibtisch zu ficken.

Ich wusste nicht einmal, wie sein Schreibtisch aussah, und stellte mir bereits vor, wie ich ihn darüber beugte und tief in ihn eindrang.

Die Arbeit an der Expansion in einen neuen Markt mit einem Online-Geschenkeladen, der sich ausschließlich mit Buntglas beschäftigt, beschäftigte mich den ganzen Morgen, und dann machte ich einen kurzen Besuch in unserer nächstgelegenen Fabrik.

Mein Großvater würde sich im Grab umdrehen, wenn er wüsste, dass es irgendeine Art von Massenproduktion unserer Produkte gab, aber als Unternehmen mussten wir tun, was nötig war, um zu überleben.

Unsere Fabriken förderten die lokale Beschäftigung und wir verwendeten immer noch seine Techniken, um unsere Glasprodukte herzustellen. Wir konnten es uns einfach nicht leisten, alles manuell zu machen, sonst hätten wir die Nachfrage der Einzelhändler nie befriedigen können.

Am Ende des Tages war ich begierig darauf, nach Hause zu kommen und mit Noah zu entspannen.

Tina, die Sekretärin meines Vaters und seine Lebensretterin, war gerade mit dem Tippen an ihrem Computer beschäftigt, als ich das Büro verließ.

„Tina, ich bin dann weg. Gibt es etwas von heute, das ich mir vor den morgigen Besprechungen ansehen muss?"

„Heute nichts, Mr. Van Stern. Vielleicht interessiert es Sie, dass Mr. Dellcourt bei Mr. Getty ist. Seine Sekretärin hat mich vorhin informiert."

Was macht Pierce hier?

„Danke, Tina. Ich hoffe, Sie machen bald Feierabend und gehen nach Hause."

„Das werde ich, Sir."

„Gut. Bis morgen dann."

„Gute Nacht, Sir."

Ich würde mich nie an die Formalität dieses Ortes gewöhnen, aber es war zu früh nach dem Tod meines Vaters. Hoffentlich würden wir irgendwann damit aufhören und alle würden mich einfach beim Namen nennen.

Pierce zu sehen, stand nicht auf meiner Liste der Dinge, die ich heute oder in nächster Zeit tun wollte, aber wie man so schön sagte: Halte deine Feinde nah bei dir.

Nicht, dass er ein Feind war. Zumindest hoffte ich das. Dass er mit Getty abhing, hinterließ bei mir allerdings kein gutes Gefühl.

Die Aufzugtür öffnete sich auf Gettys Etage und Pierce kam herein, als ich gerade aussteigen wollte.

„Lior."

„Genau die Person, nach der ich gesucht habe. Kann ich dir einen Kaffee ausgeben?"

Sein Gesichtsausdruck wechselte von lauwarm zu glücklich. Er schaute auf seine Uhr. „Möchtest du stattdessen etwas essen gehen?"

„Nein. Ich kann nicht lange bleiben."

„Oh. Okay, dann eben Kaffee.“

Das Café im Erdgeschoss des Gebäudes schloss gerade, also gingen wir in ein anderes auf der anderen Straßenseite.

Pierce suchte einen Tisch aus, während ich uns beiden einen Kaffee holte.

„Keine Muffins?“

„Wie gesagt, ich kann nicht lange bleiben. Ich wollte nur wissen, wie es dir geht.“

Er starrte mich fragend an. „Mir geht es ... ganz gut. Warum bist du plötzlich so besorgt? Als wir das letzte Mal miteinander sprachen, konntest du es kaum erwarten, mich loszuwerden, während du deinen neuen jungen Ehemann zur Schau gestellt hast.“

Dachten die Leute das, wenn sie mich mit Noah sahen? Dass er mein Vorzeige-Ehemann war?

„Du scheinst ein Problem mit meinen Lebensentscheidungen zu haben, was allerdings dein Problem ist, nicht meins. Was mich beunruhigt, ist die Gesellschaft, in der du dich in letzter Zeit bewegst.“

Er runzelte die Stirn. „Was meinst du?“

„Getty ist nicht vertrauenswürdig. Ich nehme an, er war derjenige, der dir die sehr vertraulichen Bedingungen des Testaments meines Dads mitgeteilt hat. Wenn er die Art von Person ist, die das dem CEO des Unternehmens antut, an dem er einen großen Anteil hat, stell dir vor, was er jemandem antun würde, der entbehrlich ist. Ich möchte nur nicht, dass du in etwas verwickelt wirst, das du bereuen wirst.“

„Mach dir keine Sorgen um mich. Ich weiß, was ich tue.“

Und das war der springende Punkt. „Was genau hast du vor?“

Pierces Geschäft hatte nichts mit meinem zu tun. Als wir uns verabredet hatten, war mein Vater ihm zugetan gewesen, und sie hatten sich oft getroffen, wenn Pierce zum Mittagessen zu mir gekommen war, wenn ich im Büro in der Stadt gewesen war. Aber jetzt? Ich hatte Angst, dass Getty Pierce benutzen würde, um an mich heranzukommen, und Pierce wütend genug auf mich war, um sich benutzen zu lassen.

„Getty hat Geschäftskontakte, die mich interessieren."

„Sei einfach vorsichtig mit ihm, okay?"

Er stand auf. „Wie gesagt, ich kann auf mich selbst aufpassen. War das alles?"

„Ja."

Er stand auf, aber bevor er ging, sah er mir direkt in die Augen. „Vielleicht solltest du irgendwann mal auf dich selbst hören."

„Was soll das denn heißen?"

„Du vertraust verdammt vielen Menschen, die du nicht kennst."

Und mit diesen Worten zum Abschied ging er.

Ich dachte einen Moment über seine Worte nach. Meinte er damit Noah?

Ja, ich konnte ihm nicht vollends widersprechen. Ich vertraute einem Mann, den ich bei einem One-Night-Stand kennengelernt hatte.

Noah war aber mehr als das. Er war ein Geschäftsmann, ein Familienmensch, ein fürsorglicher und großzügiger Kerl.

Pierce meinte, ich sollte wegen meines Geschäfts vorsichtig sein, wenn es um Noah ging, aber ich machte mir mehr Sorgen um mein Herz.

Auf meinem Handy klingelte es, und ich bekam eine Reihe von Nachrichten von Noah.

Noah

Mein Tag war superstressig. Adam. Mein sehr bald verheirateter Bruder ...

Das sage ich, weil ich mich daran erinnern muss, dass ich ihn liebe ...

Hat mich gezwungen, mir fünf Versionen seines Ehegelübdes anzuhören.

FÜNF!!!?!!!?!!!?!!!

Das war eine beängstigende Menge an Satzzeichen für eine Nachricht, die nur aus einem Wort bestand.

NOAH

> Darf ich dich daran erinnern, dass Adam in dieser Firma das Bild eines Mannes ist. Wenn er nicht in der Lage ist, seine Gefühle für Victoria in Worte zu fassen, dann kann es niemand anderes.

> Ich jedenfalls kann es nicht *grins emoji*

> Wie auch immer, ich bin vorübergehend emotional geschädigt und brauche Hilfe.

Was folgte, war ein Foto seines traurigen Gesichts.

NOAH

> Komm, küss mich zum Ausgleich

Und dann ein Foto seines harten Schwanzes mit einem Penisring. Ich legte das Handy beiseite, schaute mich um und hoffte, dass niemand über meine Schulter hinweg mitgelesen hatte.

Ich schaute noch einmal nach und es gab eine neue Nachricht.

NOAH

> Junior vermisst dich auch und ist traurig. Den ganzen Tag hat sich niemand um ihn gekümmert.

LIOR

> Erstens, bitte gib ihm keinen Namen. Das ist seltsam.

> Zweitens, ich hoffe wirklich, dass NIEMAND auch nur an ihn gedacht hat, geschweige denn, ihm Aufmerksamkeit geschenkt hat.

NOAH

> Oh, du lebst also noch. Warum bist du nicht auf dem Weg nach Hause?

Warte, du bist auf dem Weg nach Hause, oder?

Denn ich könnte in einer kleinen … Zwickmühle stecken.

LIOR

O Gott. Ich habe Angst, herauszufinden, wovon zum Teufel du sprichst.

Und bin auch neugierig.

Bin unterwegs.

Ich entsorgte die Kaffeebecher und machte mich auf den Weg zu seiner Wohnung.

Der Vorteil, in der Innenstadt zu leben, war, dass ich zu Fuß ins Büro gehen konnte. Die Umwelt zu schonen, Benzin zu sparen und mich ein wenig zu bewegen, nachdem ich den größten Teil des Tages im Sitzen verbrachte, waren große Pluspunkte.

Zu Fuß gehen zu müssen, obwohl ich jetzt sofort bei Noah sein wollte, war jedoch ein schwerer Nachteil.

Als ich aus dem Aufzug stieg und die Haustür aufschloss, hatte ich in Gedanken bereits eine Million verschiedene sexy Situationen durchgespielt, bis hin zu der Vorstellung, dass Noah sich versehentlich nackt umbringen würde.

Das Ausbleiben jeglicher Nachrichten machte mir ebenfalls Sorgen.

Da seine Wohnung offen gestaltet war, ging ich direkt in den Wohnbereich mit Küche, wo Noah auf einem Dildo aufgespießt an der Kühlschranktür hing.

„Ich brauchte einen Snack", sagte er und schnappte nach Luft. Seine Augen rollten nach hinten, während er sich langsam selbst fickte.

Mein Schwanz verwandelte sich sofort von inaktiv zu einem NASA-Raketenraumschiff. Eine Flasche Gleitmittel stand praktischerweise auf dem Küchentisch.

„Manchmal weiß ich nicht, was ich mit dir anfangen soll, Noah Spencer." Ich machte mir nicht die Mühe, mich auszuziehen. Ich öffnete den Knopf und den Reißverschluss meiner Hose und holte meinen Schwanz heraus.

„Auf dem Tisch liegt eine Liste. Ich habe auch eine Tabelle, falls dir die Ideen ausgehen. Ich weiß, dass ihr alten Kerle Dinge vergessen könnt."

„Du spielst mit dem Feuer." Ich schäumte meinen Schwanz mit Gleitmittel ein.

„Verbrenn mich, Lior."

Ich zog ihn vom Dildo und der traumatisierten Kühlschranktür weg und beugte ihn über den Küchentisch. Dann richtete ich meinen Schwanz auf sein Loch aus und stieß ihn ganz hinein.

„War es das, was du wolltest?", keuchte ich und genoss die warme Hitze seines Hinterns.

„Verdammt, ja!"

Während ich ihn in die Besinnungslosigkeit fickte, fragte ich mich, wer hier wirklich das Sagen hatte. Ich brauchte keine besonderen intuitiven Kräfte, um zu wissen, dass ich es nicht war.

31

NOAH

Was ich nie bedacht hatte, als ich nur einmal in der Woche Sex gehabt hatte, waren die Konsequenzen, die es hatte, wenn man Sex auf Abruf genoss.

Ich hatte mich nie als exklusiven Bottom betrachtet. Vor allem, weil ich sowohl bei Frauen als auch bei Männern auf der gebenden und empfangenden Seite gewesen war.

Das Problem jetzt? Mein gieriger Arsch.

Das hat nichts mit mir zu tun. Ich schwöre, Euer Ehren. Es ist mein Arsch. Er ist das Problem.

Oh, und dass Lior so verdammt sexy war, dass mein Arsch nicht genug bekommen konnte.

„Alles in Ordnung da drüben?", fragte West, als ich in die Hocke ging, um eine Kiste hochzuheben und wie ein alter Mann stöhnte.

„Prima."

Ich schaffte es, die Kiste anzuheben und sie aus dem Zimmer in den Industriemüllcontainer draußen zu tragen.

„Du siehst ganz schön steif aus. Schmerzt dein Rücken noch vom Spiel letzte Woche?"

Ja, klar, lassen wir das mal so stehen. Das hatte nichts mit den kreativen Positionen zu tun, in die ich mich in dieser Woche jeden Tag begeben hatte, während ich darauf gewartet hatte, dass Lior nach Hause kam.

Ich wusste nicht, wie ich um Sex bitten sollte, jetzt, wo wir uns darauf geeinigt hatten, dass wir ihn haben konnten, was für niemanden außer mir einen Sinn ergab.

Lior machte süchtig, und ich wollte mehr. Ich wollte mit ihm kuscheln, ihn küssen und jeden Tag in seinen Armen aufwachen, aber wir hatten eine Abmachung, und Zuneigung zu wollen, gehörte nicht dazu.

„Ja, ich glaube, ich habe es übertrieben."

„Du solltest dir eine Massage gönnen, um deine Muskeln zu entspannen. Ich hatte Schmerzen auf der linken Seite und Drew hat mich immer wieder aufgefordert, etwas dagegen zu tun. Ich bin zu diesem Laden am Rande der Stadt gegangen, da hat man mir schnell helfen können. Zwei Sitzungen und etwas Physiotherapie waren alles, was ich brauchte."

Ich half ihm mit seiner Kiste. „Ja, ich denke, das werde ich auch tun. Ich weiß, von welchem du sprichst. Tatsächlich war ich schon mal dort. Ich hatte nur in letzter Zeit keine Zeit, weißt du?"

Er klopfte mir auf die Schulter. „Was, weil du den geilsten Mann der Stadt hast und so? Kann ich dir nicht verdenken."

„Ich würde gern sagen, dass es nicht so toll ist, aber das wäre eine Lüge."

„Okay, Mr. Selbstgefällig. Einige von uns kriegen es nicht regelmäßig."

Drew ging an uns vorbei und trug ein paar Stühle. Er runzelte die Stirn, als er Wests Worte mitbekam.

Als er außer Sichtweite war, wandte ich mich an West.

„Wirst du jemals etwas wegen dir und Drew unternehmen?"

„Nein, Kumpel. Er ist mein Bruder."

„Er ist nicht dein Bruder."

Er seufzte. „Er ist so nah an einem Bruder dran, wie es nur geht. Das kann ich nicht aufs Spiel setzen. Wenn ich ihn verlieren würde, wüsste ich nicht, wie ich damit umgehen sollte. Also, nein. Das werde ich nie tun."

„Ich meine ja nur ..."

„Lass es, Noah. Ich weiß, du hast gute Absichten, aber es wird nicht passieren."

Ich hob meine Hände als Zeichen der Niederlage. „Komm schon, hilf mir mit den Matratzen."

Bis jetzt war mir nie aufgefallen, wie groß das Krankenhausgebäude war. Das neue Krankenhaus hatte mehr Stockwerke, neue Geräte und einen größeren Parkplatz, aber das alte war nicht gerade klein.

Nachdem ich mit meinen Brüdern über die Unterstützung der Stiftung gesprochen hatte, starteten sie eine Social-Media-Kampagne, um Menschen zu gewinnen, die dabei halfen, die alten Sachen aus dem Gebäude zu räumen.

Einiges davon konnte nicht bleiben, aber die vielen Stühle und Bettgestelle würden für die Zukunftspläne von Star Finders sehr nützlich sein.

„Hey, Lex, wie läufts an der Westfront?", rief ich meinem Bruder zu, der gerade den Großputz in der Cafeteria koordinierte.

„Es läuft großartig. Mom und Dad sollten in ein paar Stunden mit dem Essen hier sein."

„O Mann. Ich hoffe, sie bringen Pastéis de Nata mit. Ich brauche einen Zuckerschub."

„Hör auf. Ich habe das Mittagessen ausgelassen."

Mein Bauch grummelte. „Verdammt."

Ich ging wieder hinein und konzentrierte mich auf meine Arbeit. Das Gebäude war inspiziert worden, um sicherzustellen, dass es für die Pläne von West und Drew geeignet war. Es brauchte einiges an Arbeit und einen neuen Anstrich, aber die Cafeteria war bei weitem der Bereich, in dem am wenigsten renoviert werden musste, weil sie nicht umfunktioniert werden musste.

Nach einer gründlichen Reinigung und dem Auffüllen der

Vorräte würden wir den Truppen einfache Erfrischungen anbieten können.

„Tut mir leid, dass ich zu spät bin. Lex hat mich hierhergeschickt."

Ich hob meinen Kopf über die Matratze, die ich anzuheben versuchte, und sah Adam in einer alten Jeans und einem College-T-Shirt dastehen.

„Hilf mir mal."

Er ging zur anderen Seite und gemeinsam brachten wir die Matratze in den Müll.

„Dieser Ort ist riesig. Ich kann mich nicht erinnern, dass es so groß war, als wir als Kinder mit Mom zum Arzt gegangen sind", sagte er und sah sich um.

„Nicht wahr? Das wird perfekt. Stell dir die Gemeinschaft vor, die die Jungs hier aufbauen können. Alle Kinder aus der Nachbarschaft, die in Pflegefamilien leben oder aus einkommensschwachen Familien kommen, können hier abhängen. Das wird großartig."

„Du bist wirklich mit Leidenschaft dabei."

Ich lächelte. „Ja, das bin ich."

„Ich muss mich bei dir entschuldigen."

Wir waren auf dem Weg nach unten, um eine weitere Matratze zu schleppen. Bei seinen Worten hielt ich inne.

„Wofür?"

„Dafür, dass ich dein Verhalten als Maßstab genommen habe, um dich zu beurteilen. Eigentlich nicht dein Verhalten, sondern dein Mundwerk. Du redest ganz schön viel, Bruder. Aber ich hätte darauf achten sollen, wie du lebst."

Ich ging um das Bett herum und zog ihn in eine Umarmung.

„Wenn du diese Art von Poesie in dein Ehegelübde einfließen lässt, wirst du in deiner Hochzeitsnacht bestimmt Glück haben. Victorias Höschen wird schneller wegfliegen als eine Dose Red Bull."

„Du musstest ja den Moment ruinieren." Er schlug mir spielerisch in den Bauch.

„Was soll ich sagen, die meisten Probleme, die ich bekomme, sind wegen meines Mundes. Du bist nichts Besonderes."

Er lachte.

„Wo ist Victoria? Ist sie auch gekommen?"

Adam schaute weg. „Nein, sie ist verreist."

„Wohin denn? Ich dachte, sie verreist erst nach der Hochzeit, weil die bald stattfindet."

„Ja, ich auch. Ich wollte nächstes Wochenende mit ihr wegfahren. Du weißt schon, das tun, was du gesagt hast, romantisch sein und so. Ich habe den ganzen Vormittag damit verbracht, Sachen zu stornieren und zu versuchen, mein Geld zurückzubekommen."

Er sah so niedergeschlagen aus, was gar nicht zu Adam passte.

„Vielleicht können wir nächstes Wochenende alle zusammen bei Lior abhängen. Er hat eine Terrasse mit einem Grill."

„Er? Du meinst euch, also ihr beide."

Ich lachte. „Ja, das tue ich. Es ist nicht leicht, seine Sachen auch als meine zu betrachten. Es ist noch zu früh." Ich nickte in Richtung der Matratze. „Wir müssen wieder an die Arbeit."

Mein Mund brauchte einen Filter. Mehr als sonst. Er brauchte einen Filter für den Filter.

Am Ende des Nachmittags hatten wir alle Container gefüllt, die im Laufe der Woche abgeholt werden sollten.

Meine Eltern sorgten für das Gebäck und die Erfrischungen.

„Die könnte ich essen, bis ich umfalle", sagte West und stopfte sich ein zweites Pastél de Nata in den Mund. „Es muss toll gewesen sein, sie ständig zu essen."

„Könnte man meinen, aber der Lohn dafür war, dass ich jedes Wochenende im Restaurant aushelfen musste. Weißt du, wie viele Kilometer man in einer Schicht läuft?", fragte ich.

Er schüttelte den Kopf.

„Sagen wir es mal so: Keiner von uns hat das als Beruf gewählt."

„Abgesehen von River", meinte Lex, „weil er ein Trottel ist."

West rollte mit den Augen, stöhnte und schaute zum Eingang der Cafeteria.

„Verdammt, Noah, dein Mann ist mehr als nur heiß."

Ich drehte mich um und beobachtete, wie Lior auf uns zuging, sein Lächeln auf mich gerichtet.

„Hey." Er begrüßte mich mit einem Kuss.

„Hey."

„Ich werde ohnmächtig", sagte West.

Drew schlug ihm auf die Brust.

„Was?"

Lior lachte. „Wie ist es dir ergangen? Es tut mir so leid, dass ich in letzter Minute absagen musste, um zu helfen. Ich musste mich um etwas wirklich Wichtiges im Museum kümmern."

„Ist schon okay. Du kannst meine müden Muskeln später massieren, denn sie haben eine Doppelschicht geschoben, um deine Abwesenheit auszugleichen."

Der Blick, den er mir zuwarf, war mehr als ein Versprechen.

Verdammt noch mal. Und deshalb war mein Hintern ständig wund und ich brauchte eine Massage, um meinen Rücken in Ordnung zu bringen.

„Bist du bereit, nach Hause zu fahren?", fragte er.

„Klar."

Ich wurde wegen guter Führung früher entlassen und stieg in Liors Auto.

Auf dem Weg aus der Stadt döste ich ein, weil ich so müde war. Er weckte mich, als wir am Haus ankamen.

„Komm mit, ich will dir etwas zeigen", meinte er, als wir aus dem Auto stiegen.

Manchmal gingen wir in den Gärten des Museums spazieren, besonders wenn das Wetter schön war. Wir saßen gern im

Gras und chillten. Das Haus war von vielen Bäumen umgeben, sodass dort kaum Platz für ein Picknick war.

„Können wir erst mal duschen gehen? Ich stinke."

Er zog mich näher zu sich, vergrub sein Gesicht in meiner Halsbeuge und atmete ein.

„Du riechst göttlich. Ich würde dich von Kopf bis Fuß ablecken, wenn du nicht mit Krankenhausstaub bedeckt wärst."

„Igitt, jetzt fühle ich mich noch ekliger. Komm schon, zeig mir dein Ding, damit ich sauber werden kann. Dann kannst du mich wieder schmutzig machen."

Er nahm meine Hand und wir gingen zum Gartentor.

Ich sah es schon, bevor wir es erreichten, denn es war majestätisch.

„Was ist das?"

„Das ist der Gartenpavillon meines Grandpas. Er wurde zur Restaurierung weggebracht, weil wir hier keine ausreichend große Werkstatt haben. Letztes Jahr ging bei einem Sturm ein Teil des Glases zu Bruch."

Ich ging darunter hindurch und die Farben spiegelten sich auf meiner Haut. Mein staubiges weißes T-Shirt wurde in einen Regenbogen getaucht.

„Das ist atemberaubend. All diese Farben. Hat dein Grandpa das selbst gemacht?"

Lior legte seinen Arm um meine Taille und drückte mich fest an sich. „Das hat er. Es war ein Geschenk für meine Granny, weil sie gern draußen las, aber im Sonnenlicht hatte sie Schwierigkeiten, richtig zu sehen. Das Glas half ihr, aber es machte es auch zu einem magischen Ort. Früher stand eine Couch darunter, aber bei den vielen Besuchern, die wir haben, ist das unpraktisch."

„Vielleicht sollten wir den Pavillon zu dir bringen, dann könnten wir immer darunter sitzen."

Er lächelte. „Vielleicht. Er hat immer in den Gärten gestanden, aber ich denke, das könnte eine gute Idee sein. Wir lassen ihn bis zum Ende des Sommers stehen, damit die Besucher ihn bewundern können, und dann finden wir einen Platz für ihn Zuhause."

Zuhause.

Ich seufzte.

Als ob seine Wohnung auch irgendwie meine wäre.

„Oh, ich habe vorhin auch mit meiner Mom gesprochen. Sie ist total panisch wegen des Treffens mit deinen Eltern morgen."

„Warum?"

Er lachte. „Du weißt nicht, wie überwältigend deine Familie ist, oder?"

Ich hob eine Augenbraue. „Ich lebe in ihr. Ich weiß, wie überwältigend alle sind, aber sie wird schon klarkommen. Sie muss nur einen großen Appetit mitbringen, denn meine Mom füttert gern jeden."

„Komm schon. Machen wir dich sauber. Du wirst dich heute Abend ausruhen. Dein Mann wird für dich kochen und dann schauen wir uns einen Film an."

„Oh ... die Vorteile einer Ehe."

32

LIOR

Ich legte meiner Mutter einen Arm um die Schulter und küsste sie auf den Scheitel.

Es war überwältigend, neue Leute kennenzulernen, wenn man erst seit Kurzem verwitwet war.

Wir hatten darüber gesprochen, als ich ihr von der Einladung erzählt hatte, sich Noahs Familie beim wöchentlichen Sonntagsessen anzuschließen.

Allein eine neue Umgebung zu betreten, war etwas anderes, als es mit seinem Lebenspartner zu tun.

Meine Eltern hatten immer alles zusammen gemacht. Von Veranstaltungen bis hin zu meinen Schulevents oder Geburtstagsfeiern waren sie immer zusammen gewesen.

„Gib mir ein Zeichen, wenn du gehen willst, okay?", flüsterte ich ihr ins Ohr, als Noah klingelte.

Die Tür öffnete sich und Noahs Mutter strahlte. „Willkommen. Sie müssen Liors Mom sein. Kommen Sie herein. Ich bin Carla." Sie küsste meine Mutter auf beide Wangen.

„Schön, Sie kennenzulernen. Ich bin Mathilda."

Meine Mutter warf mir einen Blick zu.

„Entschuldige, ich hatte vergessen, dass das bei Portugiesen so üblich ist", sagte ich.

Jack kam heraus und schüttelte ihr die Hand. Carla führte uns in die Küche, wo ein großer alter Tisch gedeckt war.

„Noah, hilf unseren Gästen, sich einen Platz auszusuchen, und hol dann deine Brüder."

Ich musste über Noahs Reaktion lachen.

„Es ist, als wäre ich wieder in der Highschool", murmelte er.

Sein Vater klopfte ihm leicht auf den Hinterkopf. „Respektiere deine Mom."

„Jack, hol deine Mom. Die Messe sollte jetzt vorbei sein."

Er rollte mit den Augen, als seine Frau ihm Anweisungen gab. Ich musste ein Lächeln unterdrücken, weil er Noah so ähnlich sah.

„Carla, ich bin nicht gut in der Küche, aber meine verstorbene Schwiegermutter hat mir beigebracht, wie man diese Kekse macht, und bis heute sind das meine Favoriten." Mom reichte Carla eine Schachtel.

„Das ist so lieb von dir, Mathilda. Die können wir später zum Kaffee essen. Ich kann es kaum erwarten, sie zu probieren."

Noah ging zur Küchentür und rief seine Brüder zusammen.

„Mathilda, ich bin sicher, dass Sie das als Mom eines Jungen verstehen werden. Egal, wie sehr man sich bemüht, ihnen Manieren beizubringen, sie lernen es nie. Es ist, als hätte ich drei wilde Tiere großgezogen", sagte Carla.

„Oh, das kann ich mir vorstellen. Lior ist ein Einzelkind, aber das hat er in seinen Teenagerjahren wettgemacht."

„Was schon sehr, sehr lange her ist", meinte Noah, kam zurück und setzte sich neben mich. Ich stieß ihn in die Seite, sodass er kichern musste.

Nachdem sich der Rest der Familie vorgestellt hatte und Noahs Großmutter, seine Brüder Lex und River in die Küche gekommen waren, begann Carla, das Essen zu servieren.

„Mathilda, ich hoffe, Ihnen schmeckt unser Essen. Ich vergesse immer, dass nicht jeder portugiesisches Essen mag. Das ist ein Rindereintopf mit Erbsen und Kartoffeln. Dazu gibt es etwas Reis und Gemüse."

„In Portugal isst man gern doppelt Kohlenhydrate, Mathilda", sagte Noah. „Du musst das nicht essen, aber wenn du es nicht tust, wird Mom sehr traurig sein."

„Noah."

„Siehst du? Und du isst besser deinen Teller auf, sonst darfst du nach dem Essen nicht spielen – oh, warte, das gilt nur für uns."

„Ich nehme etwas Gemüse, Mamã", meinte Adam. „Ich versuche, mich für die Hochzeit gesund zu ernähren."

„Arschkriecher", hustete Lex.

„Jungs ...", drohte Jack, obwohl ich mir nicht sicher war, was die Drohung bedeutete, denn nachdem ich Zeit mit ihm auf dem Weingut verbracht hatte, wusste ich, dass er keiner Fliege etwas zuleide tun würde.

„Das Essen ist wunderbar", erklärte Mama.

„Nehmen Sie sich noch etwas, meine Liebe", erwiderte Carla.

„O nein, ich kann nicht ..."

„O doch, können Sie. In diesem Haus gibt es keine Formalitäten. Wir sind hier alle eine Familie."

„Oh, dann schon."

Noah und ich tauschten ein Lächeln aus, als er sein Knie gegen meins stieß.

Mom und Noahs Eltern fanden eine gemeinsame Basis in dem Mangel an Töchtern in der Familie. Für einen Moment dachte ich, Adam würde sich zu Wort melden und Victoria erwähnen. Schließlich würde sie bald offiziell zur Familie gehören, aber er schwieg.

Noahs Großmutter, die sich nur in kurzen Abständen am Gespräch beteiligte, wandte sich an meine Mutter. „Mathilda, was halten Sie davon, dass die beiden geheiratet haben? Wir wussten nicht einmal, dass sie ein Paar sind. Ich bin vielleicht zu alt für die moderne Welt, aber das ist nicht normal."

Meine Mutter versteifte sich ein wenig. Sie wusste es schon

etwas länger als Noahs Eltern, daher fiel es ihr leichter, unsere Ehe zu akzeptieren und uns zu verstehen.

„Mãe, das ist nicht der richtige Tag, um solche Fragen zu stellen", sagte Carla.

Meine Mutter winkte ab und lächelte: „Ich glaube, Sie haben nicht Unrecht, Jacinta. Ich war ziemlich bestürzt, als ich es herausfand. Jetzt bin ich noch bestürzter, weil ich Noah inzwischen ziemlich gut kenne und ihn wie meinen eigenen Sohn liebe. Ich wünschte, ich hätte die Chance gehabt, an ihrem besonderen Tag dabei zu sein."

Noah nahm meine Hand unter dem Tisch. Ich drückte sie, um ihm zu versichern, dass alles in Ordnung war.

„Können wir bitte nicht weiter darüber reden? Es ist passiert und wir können nichts daran ändern", meinte Noah.

„Ihr könntet noch einmal heiraten", sagte Lex. „Oder euer Eheversprechen erneuern oder was auch immer Leute tun, wenn sie bereits verheiratet sind."

„Oder du könntest die Klappe halten", meinte Noah und warf seinem Bruder ein Stück Brot zu.

„Noah. Benimm dich", forderte Carla. „Wer möchte Schokoladenmousse zum Nachtisch?"

„Ich!", riefen Noah, Lex, Adam und River gleichzeitig.

Als wir mit dem Nachtisch fertig waren, war nichts mehr übrig.

Carla hätte nicht zufriedener über den Erfolg ihres Essens aussehen können.

Ich wusste, dass Mom irgendwann aus sich herausgehen würde, und das passierte beim Kaffee, als Carla ihre selbstgebackenen Kekse auftischte. Das Zeichen der Akzeptanz brachte sie dazu, sich zu öffnen, und ehe ich mich versah, erzählten sich die Frauen Geschichten.

„Hey, warum zeigst du mir nicht dein Zimmer?", flüsterte ich Noah ins Ohr.

„Weil meine Eltern sagen, dass ich dort keine Jungs reinlassen darf", flüsterte er.

„Noah, warum zeigst du Lior nicht deine Schultrophäen?“, fragte Carla. „Wusstest du, dass er sportlich sehr begabt war? Na ja, vielleicht nicht unbedingt im Fußball. Er hat nie gern Sportarten gemacht, bei denen er seine Füße einsetzen musste. Wir haben uns immer gefragt, ob er sich jemals für eine entscheiden und Profi werden würde, aber er konnte einfach keine ernsthaft betreiben.“

Ich nahm seine Hand. „Das klingt, als hätten wir gerade die Erlaubnis bekommen.“

Noah nahm mich mit nach oben, und sobald sich die Tür hinter uns geschlossen hatte, drückte er mich gegen die Wand und presste seinen Mund auf meinen.

„Hmm, du schmeckst nach Schokoladenmousse und Kaffee“, sagte er.

„Ich dachte, ich wäre hier, um deine Trophäen zu sehen.“

„Meine größte Trophäe hast du schon gesehen. Die anderen sind kein Vergleich.“

Ich nahm ihn mit zum Bett und er setzte sich rittlings auf mich. Ich konnte mich nicht daran erinnern, wann ich das letzte Mal mit einem anderen Jungen in ihrem Kinderzimmer rumgemacht hatte. Damals musste ich siebzehn gewesen sein. Als ich aufs College ging, hatte ich eine Mischung aus One-Night-Stands und ernsteren Beziehungen gehabt.

„Wenn wir noch länger hierbleiben, musst du mir dein Trikot geben, damit jeder weiß, dass ich dir gehöre“, neckte ich ihn.

Er nahm meine Hand und ließ meinen Ehering über meinen Finger kreisen. „Das ist es, was den Leuten zeigt, dass du mir gehörst.“

Wir knutschten noch ein bisschen länger. Es wurde immer schwieriger zu sagen, wann wir unsere Beziehung nur spielten. Noch schwieriger war es zu sagen, ob Noah genauso fühlte wie ich, oder ob er einfach ein sehr guter Schauspieler war.

Als Lex den Vorschlag machte, wir sollten noch einmal heiraten, um eine Party mit der Familie zu feiern, schreckte ich nicht zurück und fühlte mich auch nicht, als würde man mich unter Druck setzen. Ganz im Gegenteil.

Ich schob die Gedanken beiseite, als wir uns unten der Familie anschlossen.

Wir mussten niemandem erzählen, was wir vorhatten, denn es stand uns allen ins Gesicht geschrieben: Adam, Lex, Emery und River.

Zum Glück merkten die Eltern nichts.

Als es zu spät wurde und Carla damit drohte, uns Abendessen zu servieren, gingen wir und nahmen meine Mutter mit zu sich nach Hause. Auf der Fahrt war sie still.

„Sollen wir über Nacht bleiben?", fragte ich, als sie die Haustür aufschloss.

„Möchtet ihr das? Ich weiß, dass es für euch wahrscheinlich seltsam klingt, aber nachdem wir den Tag mit so vielen Menschen verbracht haben, ist die Stille hier ohrenbetäubend."

„Wir verstehen das, Mom."

Noah legte seinen Arm um den meiner Mutter. „Mathilda, hast du zufällig Fotos von Lior als Baby? Ich würde gern sehen, wie süß er aussah."

„Oh, natürlich. Ich habe jede Menge Fotos. Er war ein wunderschöner Junge. Mit seiner gebräunten Haut und den dunklen Augen hat er definitiv das europäische Gen geerbt. Wir glauben, dass auf der Seite seines Dads möglicherweise mediterranes Blut fließt. Natürlich sind wir uns nicht sicher, da alle schon lange tot sind."

Ich konnte nicht anders, als über die beiden wichtigsten Menschen in meinem Leben zu lächeln, obwohl sie sich heimlich über mich unterhielten.

Ich hatte mich mit meiner Außenseiterrolle abgefunden und ging in die Küche, um meiner Mutter eine Kanne Tee und uns beiden Kaffee zu machen.

Wir blieben länger auf, als ich erwartet hatte, nachdem Noah sich ein Album nach dem anderen mit meinen Kindheitsfotos angesehen hatte.

„Ich hätte definitiv mit dir in der Highschool ausgehen wollen", sagte er.

„In meiner oder deiner?"

Er dachte eine Weile darüber nach. „Oh. Ja, vielleicht nicht. Außerdem finde ich, dass dein Silberfuchs-Look bei weitem der beste von allen ist."

„Ich will ja nur gefallen."

Mom unterdrückte ein Gähnen. „O Gott, ich glaube, ich ziehe mich besser zurück. Sehe ich euch Jungs morgen früh?"

„Wir holen uns ein schnelles Frühstück, bevor wir zur Arbeit fahren", sagte ich.

„Gute Nacht, Jungs."

Sie gab mir und Noah einen Kuss und ging in ihr Zimmer.

„Jungs." Ich schüttelte den Kopf.

„Das ist irgendwie süß, oder?"

„Ich bin siebenund–"

„Siebenundvierzig Jahre alt, ich weiß." Er rollte mit den Augen.

„Wenn wir nicht im Haus meiner Eltern wären, würdest du jetzt eine ordentliche Tracht Prügel bekommen."

Seine Lippen verzogen sich zu einem Lächeln. „Was, wenn ich wirklich, *wirklich* leise bin?"

„Nein."

„Aber ich war so böse, so böse."

„Nein."

Er schmollte. „Du bist der schlimmste Ehemann. Was ist mit all meinen Wünschen?"

„Das stand nicht im Eheversprechen."

„In guten wie in schlechten Tagen. Regelmäßiger Sex ist gesund."

Ich warf ihm einen flüchtigen Blick zu. „Wenn unser Sexleben noch regelmäßiger wird, müssen wir eine Therapie machen."

„Was kann ich tun? Hör auf, so verdammt süchtig zu

machen, dann mache ich vielleicht eine Pause. Du könntest versuchen, im Sex schlecht zu sein, weißt du?"

Ich legte meinen Kopf an seinen Hals und zog ihn zu einem Kuss heran.

„Das liegt nicht in meiner Natur, Mr. Spencer, aber ich werde nicht im Haus meiner Eltern mit dir schlafen. Das ist ein altes Haus, in dem alles knarrt."

„Na gut", seufzte er. „Dann bring mich ins Bett und kuschel mich in den Schlaf."

„Das kann ich machen."

33

NOAH

„Los, Hannah!", rief Remi von der Bank aus, als sie den Basketball ein paar Mal dribbelte und einen Wurf direkt in den Korb landete.

Er sprang auf und pfiff.

„Gut gemacht", sagte ich zu ihr. „Du kannst jederzeit in meinem Team spielen."

Sie lächelte und schob ihren langen Zopf hinter den Rücken.

„Danke, Noah."

Es blieb keine Zeit zum Feiern, denn Joel war direkt wieder im Spiel. Er stahl Alma den Ball und spielte ihn dann zu West, der uns allen weit voraus war.

Bevor unsere Verteidigung ihn erreichen konnte, spielte er den Ball zu Avi, der einen weiteren Punkt für das andere Team erzielte.

Remi pfiff zur Pause.

„Das macht so viel Spaß", meinte Hannah, als wir zu den Bänken gingen.

„Ich bin froh, dass du mitmachen willst. Die Jungs brauchten einen kleinen Freundschaftswettbewerb."

Sie lachte. „Du willst damit sagen, dass sie jemanden brauchen, der sie in ihre Schranken weist?“

„Das auch.“

Sie ging zum Erfrischungstisch und gesellte sich zu Remi.

„Die beiden werden ja richtig handzahm“, meinte Alma.

„Die sind echt süß.“

„Jetzt, wo du einen neuen Mann hast, siehst du nur noch Herzchen. Zumindest sind ihre Pflegeeltern hier, sodass wir uns abwechseln können. Ich kann Kinder trainieren, aber ich bin nicht gut darin, hormongesteuerte Teenager bei Trennungen zu unterstützen.“

Ich tippte ihr auf die Schulter. „Erinnerst du dich nicht daran, wie es war? Hast du nie in deine Schulbücher *Alma und Brad Pitt* geschrieben?“

Sie schnaubte. „Das ist ein großer Unterschied. Brad hat nie mit mir Schluss gemacht.“

Jemand auf der anderen Seite des Zauns erregte meine Aufmerksamkeit.

„Hey, sind Sie Noah Spencer?“, fragte der Mann.

Ich näherte mich dem Zaun. „Ja, und Sie sind?“

„Richard, Daily Cliff. Wären Sie bereit, eine Erklärung für unsere Leser abzugeben?“ Er richtete ein kleines Aufnahmegerät auf mich.

„Ich habe keine Ahnung, wovon Sie reden, aber Sie dürfen nicht hier sein.“

„Das ist ein öffentlicher Ort und ich mache nur meinen Job, Mann. Kommen Sie schon, geben Sie mir ein Statement und wir können beide unser Wochenende genießen.“

„Ich spreche nicht mit der Presse und ich weiß nicht, wovon Sie reden. Wenn Sie ein paar Teenagern beim Basketballspielen und Spaß haben zusehen wollen, nur zu. Wenn Sie schon dabei sind, erwähnen Sie unbedingt das Star Finders Youth Network, damit Ihre Leser für wohltätige Zwecke spenden können.“

Ich drehte mich um und ging zurück zur Gruppe. Lior hatte gesagt, dass irgendwann die Nachricht von unserer Hochzeit bekannt werden und ich vielleicht ein wenig von Reportern belästigt werden würde.

Er hatte gesagt, ich solle mir keine Sorgen machen, weil sein Leben nie interessant genug für die Presse sei, um zu einem Problem zu werden. Wenn ich sie ignorierte, würden sie verschwinden.

„Es ist also nicht wahr, dass Ihre Ehe eine Farce ist?"

Ich blieb stehen. „Was haben Sie gesagt?"

„Haben Sie Lior Van Stern wegen des Geldes geheiratet? Betrügen Sie ihn deshalb?"

Ich ging zwei Schritte auf den Mann zu, um ihn zur Rede zu stellen, als West meinen Arm ergriff, um mich aufzuhalten. „Lass es gut sein. Komm, gehen wir zurück."

„Hast du gehört, was er gesagt hat?"

„Ja, habe ich. Das ist Schwachsinn. Du weißt das, und sie wissen das. Sie versuchen nur, dich dazu zu bringen, etwas Dummes zu tun, damit sie echte Schlagzeilen bekommen."

Hannahs Pflegemutter hatte eine Flasche Wasser für mich bereit, als ich die Gruppe erreichte.

„Danke."

„Worum ging es da? Kann ich bei irgendetwas helfen? Ich habe wegen meines Jobs Kontakte zu den meisten Zeitungen", sagte sie.

„Ich weiß das zu schätzen, aber es ist okay. Ich wusste, dass das irgendwann passieren könnte."

Drew kam keuchend herüber. „Schau mal." Er hielt mir sein Handy vors Gesicht.

Das Erste, was ich sah, war das Foto, das von mir, Lior und den Prinzen von Lydovia auf dem Ball des Bürgermeisters gemacht worden war.

Dann fiel mein Blick auf die Überschrift.

**Krise in der Cliffborough High Society aufgedeckt:
van Stern Ehe vorgetäuscht!**

Ich konnte es nicht ertragen, den Artikel richtig zu lesen. Ein paar Sätze fielen mir ins Auge, in denen ich als *Goldgräber*, als *Betrüger* und als *Schwindler* bezeichnet wurde. Als ich den Artikel weiter nach unten scrollte, wurde es nur noch schlimmer. Ich hätte Wests Handy fast fallen lassen, als ich Fotos von mir und Jax in Tanners Bar sah.

Jax lehnte seinen Kopf an meine Schulter, während ich ihm etwas ins Ohr flüsterte. Er lächelte mit halb geschlossenen Augen.

Ohne Kontext oder Zeitstempel sah dieses Foto belastend aus. Es *war* belastend.

„Ich muss hier raus", meinte ich.

„Wir bringen dich nach Hause", bot Drew an.

„Nein. Schon okay. Ich wohne nicht weit weg und ihr habt noch ein halbes Spiel vor euch. Ich lasse nicht zu, dass die verdammte Presse unsere Arbeit für die Kinder in den Schatten stellt."

Er nickte. „Bitte pass auf dem Heimweg auf dich auf. Schreib mir eine Nachricht, wenn du angekommen bist."

„Danke, Mann."

Ich schnappte mir meinen Rucksack und verließ den Platz.

Zum Glück folgte mir der Reporter nicht nach draußen, aber es war klar, warum mich ein paar Meter später Dutzende Reporter umringten, die Fotos machten und mir Fragen zuriefen.

„Ist es wahr?"

„Führen Sie eine offene Ehe?"

„Weiß Herr Van Stern von Ihrem Liebhaber?"

„Haben Sie es für Geld getan?"

Ich beschleunigte meinen Schritt und versuchte, sie zu ignorieren, aber sie hielten mit. Wie sollte ich nach Hause kommen, wenn mir ein Haufen Leute auf den Fersen war? Das Letzte, was ich brauchte, war, dass sie vor meinem Wohnblock campierten.

Mein Kiefer schmerzte vom Zähneknirschen, aber ich wollte auf keine ihrer dummen Fragen antworten.

Als ich die Straße überquerte, kam ein Auto direkt vor mir zum Stehen. Ich wollte den Fahrer gerade wüst beschimpfen, als das Fenster herabgelassen wurde und ich Pierce sah.

„Steig ein. Sofort."

In der Not fraß der Teufel Fliegen, daher war Pierce, obwohl ich ihn verachtete, im Moment meine Fahrkarte aus diesem Schlamassel.

Als ich die Tür schloss, trat er aufs Gas und fuhr los.

Er sagte nichts, bis wir außer Reichweite der Reporter waren. Er fuhr eine Weile durch die Stadt und hielt dann auf dem Parkplatz des Stadtparks an.

„Danke, dass du ... du weißt schon, mich da rausgeholt hast."

„Manchmal muss man Dinge an ihren richtigen Platz rücken."

Ich starrte ihn an. Sprach er über mich? Im übertragenen Sinne?

„Nochmals vielen Dank. Ich kann von hier aus nach Hause laufen." Ich zog an der Türklinke, um auszusteigen. Pierce packte meinen Arm und hielt ihn fest.

„Nicht so schnell."

Der Typ machte mich nervös. Ich konnte es kaum erwarten, aus seinem Auto auszusteigen, und ich musste nach Hause, mein Handy checken und Lior anrufen. Seine dunklen Augen und sein übermäßig gepflegtes Haar jagten mir einen Schauer über den Rücken.

„Ich weiß alles über deinen Deal mit Lior."

„Ich weiß nicht, wovon du sprichst."

„Spiel nicht den Dummen. Das ist unter deiner Würde. Du bist ein kluger Mann. Wenn du es nicht wärst, hättest du nicht den begehrtesten schwulen Junggesellen der Stadt abgeschleppt, also weißt du, worauf ich hinaus will."

Ich kniff die Augen zusammen. „Nein, aber erzähl ruhig weiter."

„Ich bin sicher, dass du gut im Bett bist, aber es gibt wichtigere Dinge als Sex. Van Stern Enterprises ist das Wichtigste in Liors Leben. Er würde alles tun, um das Unternehmen, das sein Grandpa gegründet und sein Dad zu einem internationalen Multi-Millionen-Dollar-Unternehmen ausgebaut hat, nicht zu verlieren.“

„Ich weiß genau, wie wichtig VSE für Lior ist. Worauf willst du hinaus?“

„Ich will darauf hinaus, dass Liors süßer junger neuer Ehemann mit dem sauberen Vorstrafenregister jetzt eine Belastung ist. Was denkst du, werden die Partner tun, jetzt, wo diese Fotos im Umlauf sind? Glaubst du, sie werden Lior das Unternehmen leiten lassen? Sie werden ihn schneller rauswerfen, als du Scheinehe buchstabieren kannst.“

„Was kümmert es dich?“

Er grinste mich hämisch an. „Es kümmert mich, weil der Ehering an deinem Finger an meinem sein sollte. Unsere Trennung war ein Fehler, aber ich wollte ihn nicht zwingen, bei mir zu bleiben, nachdem er mich betrogen hat.“

„Was zum Teufel? Du bist derjenige, der *ihn* betrogen hat.“

Pierce sackte ein wenig in seinem Sitz zusammen. Er ließ den Blick auf die Wiese vor uns gerichtet. Er *war* derjenige, der fremdgegangen war, oder?

„Ich habe herausgefunden, dass Lior mich betrogen hat. Ich habe den Typen, mit dem er zusammen war, zur Rede gestellt, und jemand hat Fotos von uns gemacht. Lior hat mich des Betrugs beschuldigt, weil er uns beide wohl auf diese Weise loswerden wollte. Was er nicht erwartet hatte, war, dass sein Dad diese Klausel in sein Testament aufnahm. Er war zu stolz, um zu mir zurückzukommen, also hat er ein Auge auf dich geworfen.“

Ich lachte. „Ich war derjenige, der den Antrag gemacht hat, also stimmt deine Theorie nicht.“

Er spottete. „Ja, das war ich auch. Denk mal darüber nach.“

Dieses Gespräch bereitete mir Kopfschmerzen.

„Was soll ich tun? Wir sind verheiratet.“

„Mach Schluss mit ihm. Lass mich Lior helfen, seine Firma zu retten. Es tut mir wirklich leid, dass du in all das hineingezogen wurdest, aber Lior und ich haben eine jahrzehntelange gemeinsame Vergangenheit. Ich kann ihm seine Verfehlungen verzeihen. Du musst das nicht, Noah. Du hast dein ganzes Leben noch vor dir."

Mir schnürte sich die Kehle zu. Pierce bat mich, die einzige Person aufzugeben, die ich in meinem ganzen Leben wirklich aufrichtig geliebt hatte.

„Ich kann nicht."

Ich stieg aus dem Auto und rannte in den Park, ohne anzuhalten, bis ich zu Hause war.

Mein Handy war ausgeschaltet. Zweifellos hatte es durch all die Benachrichtigungen und Anrufe an Akku verloren. Ich steckte es ans Ladegerät und duschte.

Als ich aus der Dusche kam und das Handy einschaltete, war ich auf alles gefasst.

JAX

> Was zur Hölle, Alter. Wir stehen in der Zeitung.
> Wie haben die das herausgefunden? Ruf
> mich an.

TANNER

> Jax kann seine Schicht im Krankenhaus nicht
> antreten, weil die Presse dort campiert. Was
> zum Teufel ist los? Er ist übrigens bei mir zu
> Hause. Ruf uns an.

Es gab auch eine Nachricht von Lior, aber die war von heute früh.

LIOR

> Hey. Ich hoffe, du hast dir von deinem Spiel
> nicht zu sehr den Rücken verrenkt. Ich habe
> Pläne für dich. Viel Spaß mit den Kindern. Bis
> heute Abend.

Ich ließ mich auf meine Couch fallen. Was sollte ich tun?

Pierces Worte hatten mich getroffen. Egal, wie sehr ich versuchte, sie abzuschütteln, ich konnte einige der Dinge, die er gesagt hatte, nicht vergessen.

Es war schwer, die Wahrheit von Pierces Schilderungen dessen, was zwischen ihm und Lior passiert sein könnte, zu trennen. Wenn ich auf jemanden wetten würde, wäre es sicherlich nicht Pierce.

Schließlich hatte ich die belastenden Fotos von mir und Jax gesehen, für die es eine völlig harmlose Erklärung gab, also konnte ich Pierces Aussage nur mit großer Vorsicht genießen.

Was mich am meisten beunruhigte, war das, was ich nicht leugnen konnte.

Ich war eine Belastung. Ich war nicht gut genug für ihn. Wenn Lior meinetwegen seine Firma verlieren würde, würde ich mir das nie verzeihen.

Mein Herz hämmerte, während meine Glieder sich schwer und taub anfühlten.

Ich sah keinen Ausweg.

34

LIOR

Ich schaute zum hundertsten Mal auf mein Handy. Noah würde noch nicht zurück sein, und er ließ sein Handy immer Zuhause, also warum konnte ich es nicht einfach gut sein lassen?

Unterjocht. Das war ich. Total, unwiderruflich, wahnsinnig unterjocht von meinem Ehemann.

Ich brauchte dringend eine Ablenkung.

Als ich mein Büro verließ, bog ich links zur Tür mit direktem Zugang zu den Museumsgärten ab.

Es war ein warmer Sommertag. Das Museum war voller Besucher. Viele von ihnen waren draußen.

Die von Lex vorgeschlagene pädagogische Schnitzeljagd war ein voller Erfolg gewesen. So viele Eltern hatten den Geschenkeladen besucht und ein kleines Andenken an den Ausflug gekauft.

Die Verkäufe waren gestiegen, was natürlich großartig war, aber auch die Anfragen für unsere Workshops hatten zugenommen. Ich hatte schon immer gewusst, dass es eine gute Idee war, die Leidenschaft meines Großvaters mit anderen zu teilen, aber mit der Hilfe der Spencer Brothers Agency war das Ganze auch profitabel.

Als ich herumlief, bemerkte ich, dass einige Leute heimlich Fotos von mir machten. Das kam manchmal vor. Die Leute waren immer neugierig auf die Familie, die einst in dem Haus mit den magischen Glasfenstern gelebt hatte.

Ich setzte meinen Spaziergang fort, verließ den Kiesweg und trat aufs Gras. Dieser Ort war für mich wirklich magisch. Als Kind hatte ich hier mit meinem Vater Verstecken gespielt und Fahrradfahren gelernt.

Wie viele Generationen von Kindern hatten vor mir oder meinem Vater hier getobt? Mein Großvater hatte das bestehende Gebäude auf den Grundmauern des Hauses errichtet, das viele Jahre zuvor an dieser Stelle gestanden hatte.

Mit siebenundvierzig Jahren fragte ich mich vielleicht zum ersten Mal in meinem Leben, ob ich den Zug verpasst hatte, Kinder zu bekommen, jemanden, der das Vermächtnis der Van Sterns weiterführen könnte.

Wieder einmal tauchte Noah in meinen Gedanken auf. Wollte er Kinder?

Warum dachte ich überhaupt darüber nach? In weniger als einem Jahr würden wir uns dem sehr realen Gespräch über eine Scheidung und allem, was damit verbunden war, stellen müssen. Wir hatten unser Leben getrennt gehalten, um es am Ende einfacher zu machen, aber je länger wir zusammen waren, desto mehr verflochten wir uns.

Ja, praktisch gesehen hatte er seinen Platz und ich meinen. Wir teilten unsere Zeit auf, aber wir waren immer zusammen. Es hatte im letzten Monat keine Nacht gegeben, in der wir nicht im selben Bett geschlafen hatten, mit verschlungenen Gliedern, dicht aneinandergepresst, was die Frage aufwarf, ob wir uns nach Ablauf des Jahres überhaupt noch scheiden lassen wollten? Weder unser Verhalten noch meine Gefühle fühlten sich noch unecht an.

„Mr. Van Stern."

Charlies Stimme holte mich aus meinem Tagtraum. Er rannte praktisch auf mich zu.

„Sir, wir haben eine Krise.“

„Was ist passiert? Wurde jemand im Geschenkeladen verletzt?“ Es war nicht ungewöhnlich, da der Ort voller zerbrechlicher Glasartikel war. Normalerweise reichte es aus, unser Erste-Hilfe-Team zu rufen oder die Sanitäter zu verständigen.

Charlie hielt mir mein Handy, das ich auf meinem Schreibtisch liegen gelassen hatte, und eine Zeitung hin.

Ich faltete die Zeitung auseinander und hätte sie fast auf den Rasen fallen lassen. Charlie hielt meinen Ellbogen fest und führte mich von neugierigen Blicken weg, während ich den Artikel überflog.

„Verdammt. Wie zum Teufel ist das passiert?“

Was sie über uns sagten, über Noah ... Meine Hände zitterten, als ich versuchte, die Anschuldigungen aus dem Artikel zu verarbeiten.

„Wir werden damit fertig, Sir. Diese Lügen sind absurd. Wie können sie so einen Unsinn drucken? Ich dachte, die Cliffborough Press wäre keine Boulevardzeitung.“

Ich sah Charlie an. Seine Besorgnis stand ihm ins Gesicht geschrieben. Ich konnte ihm nicht sagen, dass der Artikel nicht völlig falsch war, aber wie hatten sie das herausgefunden?

„Ich muss zu Noah“, erwiderte ich.

„Sir.“ Charlie hielt mich auf. Er blätterte eine Seite in der Zeitung um, und auf der Innenseite war es glasklar für jeden zu sehen. Noah und Jax zusammen im Tanner's.

Mein Mann und ein Mann in seinem Alter lagen praktisch an einem öffentlichen Ort übereinander. Zumindest sah es auf dem Foto und im Artikel so aus.

Ich faltete die Zeitung zusammen und überquerte den Garten zu meinem Haus.

„Was sollen wir hier tun? Ich habe gehört, wie die Leute darüber reden“, sagte Charlie und versuchte, mit meinem Tempo Schritt zu halten.

„Wir geben keine Stellungnahmen ab, wenn jemand offen

nach dem Artikel fragt, aber wenn sie ein Geschenk im Laden kaufen oder eine Spende an eine Wohltätigkeitsorganisation unserer Wahl machen wollen, dann natürlich gern. Wir können genauso gut von diesem Schlamassel profitieren."

„Jawohl, Sir."

Ich überquerte das Tor zu meinem Grundstück. Irgendetwas brodelte in mir, aber es war schwer zu sagen, was es war. Enttäuschung darüber, dass Noah sich in dieser Situation fotografieren gelassen hatte? Verrat, weil die Geschichte über unsere Ehe irgendwie herausgekommen war?

Ich konnte nicht verstehen, wie das publik geworden war, obwohl doch keiner von unserer Abmachung wusste.

Nicht einmal meine Mutter oder Charlie, obwohl das die Menschen waren, die mir am nächsten standen. Ich erzählte ihnen normalerweise alles.

Tanner und Jax würden nie etwas sagen, da war ich mir sicher.

Ich atmete tief durch, als ich meine Haustür öffnete.

Nein, das musste eine reine Vermutung sein. Von jemandem, der unsere Hochzeitsgeschichte nicht glaubte.

Ich hatte schon vorhin für meinen Aufenthalt bei Noah gepackt, also schnappte ich mir meine Tasche. Ich war mir nicht einmal sicher, ob ich heute Nacht bei Noah bleiben würde, aber zumindest war ich vorbereitet.

Wir mussten uns auf jeden Fall unterhalten.

Ein kleiner brauner Umschlag auf dem Boden neben der Tür fiel mir auf. Ich hätte schwören können, dass er nicht da gewesen war, als ich gekommen war.

Langsam hob ich ihn auf. Er hatte weder eine Briefmarke noch eine Adresse, nur mein Name stand darauf. Ich steckte ihn in meine Tasche.

Als ich die Tür öffnete, stand ich Pierce gegenüber.

„Was machst du hier?"

„Können wir reden?"

„Wie du siehst, bin ich gerade dabei, zu verschwinden."

„Es ist wichtig", meinte er mit dieser weinerlichen Stimme, die mich schon damals auf die Palme gebracht hatte, als wir noch zusammen gewesen waren.

„Das ist kein guter Zeitpunkt, Pierce."

Ich schloss die Tür und ging an ihm vorbei zu meinem Auto.

„Verdammt noch mal, Lior Van Stern, hör mir doch nur einmal zu."

„Was willst du?", schrie ich.

Er überbrückte die Distanz zwischen uns und lehnte sich an mein Auto. Seines stand hinter meinem, sodass ich nicht wegfahren konnte, bevor er es nicht tat.

„Ich habe den Artikel gesehen", meinte er.

Ich hasste das Mitleid in seinem Gesichtsausdruck.

„Und?"

„Ich wollte nur sehen, wie es dir geht. Ist das wahr? Bitte sag mir nicht, dass du einen Fremden geheiratet hast, nur um die Firma zu bekommen. Ich weiß, dass die testamentarische Verfügung deines Dads unfair war, aber Gott, Lior, ich war die ganze Zeit hier. Hättest du nicht zu mir kommen können?"

Ich runzelte die Stirn. „Nein, denn zwischen uns ist nichts. Es ist vorbei."

„Muss es das denn sein?", fragte er mit einem Hauch von Hoffnung.

„Was meinst du?"

Er beugte sich vor, um mein Gesicht zu berühren, aber ich trat zurück.

„Schau, ich weiß, was auf dem Spiel steht. Letztendlich musst du mit jemandem zusammenkommen, der in dein Leben passt. Dein Dad kannte mich. Die Partner kennen mich. Warum lässt du deine alberne Ehe nicht annullieren und heiratest stattdessen mich? Gemeinsam können wir das schaffen. Die Firma wird florieren, wenn wir beide zusammenarbeiten." Er trat einen Schritt auf mich zu. „Erinnerst du dich daran, dass das unser Traum war? Ich würde die Firma leiten, während du dich auf das Museum konzentrierst? Wir könnten unseren Traum zurückhaben."

Wie konnte ich solche Träume hegen, wenn es mir jetzt absolut nichts mehr bedeutete, in seine Augen zu schauen? „Träume ändern sich."

„Nicht so. Sag mir, dass du dir keine Sorgen machst, die Firma wegen dieses Skandals zu verlieren."

Ich konnte es nicht, weil es eine Lüge gewesen wäre. Tatsächlich war ich nicht nur besorgt, ich hatte Angst.

„Was wird deine Mom von all dem halten? Weiß sie, dass du geheiratet hast, um die Firma zu retten?"

„Pierce ..."

„Zuerst verliert sie ihren geliebten Ehemann. Die Liebe ihres Lebens. Und jetzt verliert sie auch noch alles andere? Komm schon, Lior, du musst das Richtige tun."

Ich ballte meine Fäuste. „Du bist nur noch drei Sekunden davon entfernt, eine Ohrfeige zu kassieren. Bitte verlasse sofort mein Haus."

„Lior. Sei vernünftig. Ich bin den ganzen Weg gekommen, um dir zu helfen."

„Was willst du? Eine Medaille?"

Er schüttelte den Kopf. „Ich bin so enttäuscht. Ich dachte, die Firma und das Vermächtnis deiner Familie wären dir das Wichtigste. Früher hast du mich allein gelassen und ich musste Nacht für Nacht warten, wenn du länger arbeiten musstest, und jetzt bist du bereit, alles hinzuschmeißen."

„Du irrst dich, Pierce. Van Stern Enterprises ist nicht das Wichtigste für mich. Noah ist es."

Er schnaubte. „Du kannst mir nicht erzählen, dass du in ihn verliebt bist."

„Was, wenn ich es bin?"

„Machst du Witze?"

Ich starrte ihn an.

„Du könntest was Besseres kriegen, weißt du?"

„Und wer wäre das? Du? Da liegst du falsch. Mit dir würde

es mir noch schlechter gehen. Aber darum geht es nicht. Ich brauche keine Option. Wenn es mit Noah nicht klappt, schaffe ich es auch allein."

„Was ist mit den Fotos?" Er zeigte auf den Umschlag, den ich noch in der Hand hielt.

„Das geht dich nichts an."

„Na gut." Er ging zurück zu seinem Auto. „Komm zu mir, wenn du keinen anderen Ausweg mehr hast. Ich werde warten, denn das ist einfach meine Art. Aber ich werde nicht ewig warten."

„Pierce!", rief ich, als er die Tür öffnete. „Bitte nicht. Finde jemanden, mit dem du glücklich sein kannst, und lebe dein Leben."

„Ich dachte, das hätte ich bereits. Offensichtlich habe ich mich geirrt."

Ich lehnte mich an mein Auto, um einen klaren Kopf zu bekommen. Pierce verließ meine Einfahrt ohne ein weiteres Wort.

War das ein Fehler? Mein Bauchgefühl sagte mir, ich solle Noah vertrauen. Ich kannte ihn. Die Geräusche, die er machte, die Art, wie er lächelte, wie albern er sein konnte. Er war mein Noah. Ich musste darauf vertrauen, dass es eine Erklärung für die Fotos gab. Sobald ich die hatte, konnten wir herausfinden, wie wir dagegen ankämpfen konnten.

Ich stieg ins Auto und legte den Gang ein. Der braune Umschlag ragte aus der Tasche, also nahm ich ihn heraus.

Darin befand sich nichts als ein Haufen Fotos.

Mir stockte der Atem, als ich sie durchblätterte, eins nach dem anderen.

Ich fuhr aus meiner Einfahrt und fragte mich, wie Noah die erklären würde.

35

NOAH

Je mehr ich auf dem Holzboden meiner Wohnung auf und ab ging, desto weniger Antworten hatte ich.

Eins wusste ich: Ich war in Lior verliebt.

Was ich nicht wusste: Ob er meine Gefühle erwiderte.

Das bedeutete, dass ich über die aktuellen Fakten nachdenken musste, und die besagten, dass Pierce recht hatte. Ich war eine Belastung.

Der Teil des Artikels über unsere Ehe würde bei Liors Geschäftspartnern sicherlich Verdacht erregen, aber wer konnte das beweisen? Wir hatten eine Heiratsurkunde, die vom Staat Nevada ausgestellt worden war. Wir hatten zwei Zeugen, die uns unterstützen würden. Wir lebten zusammen.

Wenn überhaupt, dann bezeugte die Anpassung, die wir an unser Leben vorgenommen hatten, und die Tatsache, dass wir zwar zwei Wohnungen hatten, aber immer zusammen waren, unsere gegenseitige Verpflichtung.

Wo auch immer wir waren, wir kamen jede Nacht zueinander nach Hause. Wir schliefen zusammen. Wir hatten auf oder gegen jedes Möbelstück, das wir besaßen, Sex gehabt. Was wollten sie? Einen fotografischen Beweis?

Der einzige Ort, an dem wir noch keinen Sex gehabt hatten,

war das Bett, was ein Running Gag zwischen uns war, doch wie bei allem anderen war es nur eine Frage der Zeit, bis es dazu kommen würde.

Warum machte ich mir also solche Sorgen wegen der Fotos mit Jax? Sie sahen belastend aus, aber sie ließen sich leicht erklären.

Ich würde für uns kämpfen, aber ich konnte nicht für etwas Einseitiges kämpfen. Das hatte ich schon einmal getan und es hätte mich fast zerbrochen, aber ich liebte Lior mit weitaus größerer Intensität, als ich meine Ex je geliebt hatte.

Deshalb würde ich mir nie verzeihen, wenn Lior meinetwegen das Unternehmen seiner Familie verlieren würde, obwohl es nicht direkt meine Schuld war.

Eine Person, die so weit ging, jemanden zu heiraten, den er kaum kannte, um sein Vermächtnis zu retten, wäre nicht glücklich, wenn ihm dieses Vermächtnis genommen würde.

Die große Frage war, vertraute Lior mir bedingungslos? Oder glaubte er den Fotos?

Würden wir das gemeinsam durchstehen?

Ich hörte auf, herumzuwandern, als ich hörte, wie die Tür aufgeschlossen wurde.

Lior war da. Ich wollte zu ihm gehen. Ihn umarmen und küssen und mir von ihm sagen lassen, dass alles gut werden würde. Ich wollte, dass er mir alle Ängste nahm und mich dann gegen die Wand fickte, um allen Reportern und Zweiflern zu zeigen, dass das, was wir hatten, auf jeden Fall echt war.

Das Erste, was mir auffiel, als er hereinkam, war, dass er nicht seine übliche Tasche mit den Anzügen dabeihatte, die er für die Woche im Büro tragen würde.

Sein Gesichtsausdruck war angespannt, und er hielt eine Zeitung in der Hand, in der, wie ich vermutete, der Artikel enthalten war.

Er bleibt nicht.

Mein Herz raste, als er auf mich zukam, aber es sank, als er die Zeitung auf den Couchtisch fallen ließ und sich dann setzte.

Ich musste eine Entscheidung treffen. Lior die Wahrheit sagen und hoffen, dass wir das gemeinsam bekämpfen konnten, oder ihn gehen lassen, in der Hoffnung, dass es ihm helfen würde, seine Firma zu behalten, wenn er nicht mehr mit mir zusammen war.

Ich hoffte nur, dass meine Entscheidung auf lange Sicht die richtige war.

Lior schlug die Zeitung auf der Seite mit dem Foto von Jax und mir auf.

„Kann man das erklären?" Seine Stimme klang emotionslos. Er sah mich nicht einmal an. Es war, als würde er das, was in dem Artikel stand, sowohl glauben als auch nicht glauben wollen.

Ich setzte mich auf den Stuhl neben der Couch, weil ich mir nicht zutraute, nicht zusammenzubrechen, wenn ich Lior zu nahe war.

„Ja."

„Auf eine gute Art?" Er sah mich zum ersten Mal an, seit er meine Wohnung betreten hatte. Ein Hoffnungsschimmer lag in seinen Augen, aber seine Lippen blieben fest verschlossen.

„Es sieht so aus, als wären wir auf den Fotos von Leuten einer anderen Gruppe im Tanner's zu sehen. Es war laut in der Bar und er wollte nicht unbedingt, dass jeder seine Geschichte hört. Schließlich soll das, *was in Vegas passiert, auch in Vegas bleiben.*"

„Was meinst du damit?"

„Es ist nicht meine Geschichte, daher werde ich nichts weiter sagen. Auf dem Foto sieht man zwei Freunde, die zusammen einen trinken. Es war laut, also waren wir einander nah."

Er stützte die Ellbogen auf die Knie und fuhr sich mit den Fingern durchs Haar.

Selbst in einem Moment wie diesem, in dem ich unsere ganze kurzlebige Beziehung vor meinen Augen vorbeiziehen sah, war er immer noch der schönste Mann, den ich je gesehen hatte.

„Ich weiß nicht, ob ich das bekämpfen kann, Noah."

„Ich verstehe. Es sieht nicht gut für dich aus, und niemand wird jemals die Unschuld der Fotos glauben."

Er blätterte die Zeitung durch und nahm einen Umschlag heraus, der darin steckte. Er öffnete ihn und ließ den Inhalt auf die Zeitung fallen.

Das Blut schwand aus meinem Gesicht und mir wurde kalt, als ich auf den Stapel Fotos auf dem Tisch starrte. Fotos von mir, wie ich jemanden auf der Straße umarmte, wie ich auswärts aß, als wäre ich bei einem Date, und das Schlimmste: Fotos von mir in sehr kompromittierenden Positionen mit anderen Männern.

„Woher hast du die?", fragte ich mit zitternder Stimme.

„Sie wurden bei mir Zuhause abgegeben, als ich nicht da war. Kannst du das erklären?"

„Nein." Nichts davon war passiert, aber wie konnte ich gegen die visuellen Beweise argumentieren, dass ich Sex mit anderen Männern hatte, während ich mit Lior verheiratet war? Auf all diesen Fotos trug ich sogar meinen Ehering. Wer auch immer sie inszeniert hatte, ließ sie so aussehen, als wären sie erst kürzlich entstanden.

Lior stand auf und ging zum Fenster. In der Ferne konnte ich unser Hotel sehen. Der Ort, an dem wir uns in dieser ersten unvergesslichen Nacht getroffen hatten.

„Lior, lass uns darüber reden."

„Ja, lass uns darüber reden, dass es so aussieht, als hättest du mit einer Reihe anderer Männer geschlafen, während du mit mir verheiratet warst. Ich bin so ein leichtgläubiger Idiot." Er drehte sich um. „Ich dachte, ich würde dich kennen. Ich dachte, ich wäre der Einzige, der dich fickt."

Ich wollte sagen, dass dem so war, aber ich glaubte nicht, dass ihm überhaupt in den Sinn gekommen war, dass diese Fotos gefälscht sein könnten.

Mir blieben die Worte im Hals stecken. Ich konnte mich nicht gegen diese Anschuldigungen verteidigen. Als ich auf die Fotos starrte, war alles, was ich sah, eine Person, die genau wie ich aussah, in den Armen eines anderen Mannes. Jemand, der aussah wie ich, am Ende eines verdammt guten Ficks.

Ich schlang meine Arme um meine Taille, um das Zittern meines ganzen Körpers zu stoppen, aber es funktionierte nicht. Ich musste dafür sorgen, dass er ging, damit ich begreifen konnte, was gerade geschah.

„Sag mir, dass du das erklären kannst", sagte er mit brüchiger Stimme.

„Ich kann es nicht." Und das stimmte. Wie konnte ich etwas erklären, das ich selbst nicht verstand? „Du hättest Pierce heiraten sollen. Vielleicht kannst du das noch." Ich nahm meinen Ring ab und legte ihn auf den Couchtisch.

Er ging zur Tür, ignorierte den Ring auf dem Tisch und die Fotos.

„Weißt du noch, als du sagtest, du würdest alles für mich tun?", fragte ich.

Er drehte sich um, und mit ein paar Schritten überbrückte ich die Distanz zwischen uns. Ich öffnete ihm die Tür. „Ich würde dasselbe für dich tun."

Seine Augen weiteten sich und er sah aus, als wolle er etwas sagen, aber stattdessen ging er. Ich schloss die Tür und ließ endlich alle Tränen, die ich zurückgehalten hatte, über meine Wangen laufen.

Am Ende musste ich mich gar nicht zwischen Lior und einem Ausweg entscheiden. Er hatte diese Entscheidung für mich getroffen, weil er glaubte, dass ich die Art von Mann war, der so offen fremdgehen würde.

Was ich jetzt erkannt hatte, war: Ich war austauschbar. Ich war immer noch in Lior verliebt. Aber Lior teilte diese Gefühle nicht.

Es gab aber auch etwas, was ich nicht wusste: Woher

stammten die Fotos? Warum glaubte Lior ihnen so leicht? War wirklich alles vorbei?

Da ich nichts mehr zu verlieren hatte, tat ich das Einzige, was ich tun konnte. Ich holte mein Handy heraus und schrieb meinen Brüdern eine Nachricht.

NOAH

ROTER ALARM

36

———

LIOR

Ich schlug mit der Faust auf das Lenkrad meines Autos.

Er hatte es nicht abgestritten. Er hatte es verdammt noch mal nicht abgestritten.

„Warum, Noah? Warum tust du mir das an? Uns? War ich dir nicht genug?"

Ich presste meine Handfläche gegen meine Brust, aber das half nicht, den Schmerz und den Verrat zu lindern, den ich empfand.

Ich fuhr in einem Nebel aus Wut und Schmerz nach Hause. Meine Aktentasche lag noch auf dem Beifahrersitz und ich überlegte, ob ich einfach woanders hinfahren und eine Weile wegbleiben sollte.

Vielleicht würde mir ein Ortswechsel Klarheit verschaffen, um mit den Folgen des Artikels, der Gefahr, dass die anderen Fotos geteilt wurden, und dem Ende meiner Scheinehe fertig zu werden.

Trotz allem wollte ich nicht, dass diese Fotos von Noah an die Öffentlichkeit gelangten, was bedeutete, dass ich herausfinden musste, wer sie gemacht hatte.

Sobald ich die private Auffahrt zu meinem Haus hinauffuhr,

sah ich das Auto meiner Mutter, die auf einer Bank saß, die ich vor meiner Tür aufgestellt hatte.

Sie war die letzte Person, die ich jetzt sehen wollte, aber sie musste den Artikel gesehen haben und war sofort hergeeilt.

Ich atmete tief durch, parkte neben ihrem Auto und stieg aus.

„Lior, ich habe den ganzen Nachmittag versucht, dich zu erreichen."

„Entschuldige, Mom, ich hatte viel zu tun."

Sie warf mir einen mitleidigen Blick zu. „Das kann ich mir vorstellen. Lass uns reingehen, Kaffee kochen und darüber reden. Wo ist Noah?"

Bei der Erwähnung seines Namens zuckte ich zusammen. „In seiner Wohnung."

Ich nahm meine Anzugtasche mit in mein Zimmer, während sie direkt zur Kaffeemaschine ging.

Es war an der Zeit, ihr die Wahrheit zu sagen. Sie würde nicht glücklich über die Wahrheit sein, vor allem, da ich wusste, dass sie Noah mochte, aber sie musste sie erfahren.

Als ich in die Küche zurückkehrte, lehnte sie an der Spüle und wartete darauf, dass der Kaffee fertig war.

„Was hat es mit dieser Scheinehe auf sich? Wie kommen die nur auf die Idee, dass eure Ehe eine Scheinehe ist? Ihr habt in Vegas geheiratet und ihr habt eine Heiratsurkunde, oder nicht?"

Ich atmete erleichtert auf. „Ja, unsere Ehe ist rechtsgültig." Ich machte eine Pause. „Aber das macht sie nicht weniger unecht."

Sie legte die Hände auf die Brust. „Lior Van Stern. Was hast du getan?"

„Etwas wirklich, wirklich Dummes. Episch dumm. Kein Wunder, dass Dad mir nicht zutraute, die Firma einfach so zu erben. Er wusste, dass ich es vermasseln würde." Ich lachte. „Er hat mir eine Aufgabe gegeben, um mich zu beweisen, und ich habe ihm gerade bewiesen, dass er recht hatte."

Sie kam zu mir und hielt meine Hände. „Ich kann es nicht

glauben. Du bist ein verantwortungsbewusster und intelligenter Mann. Was auch immer du getan hast, du hast es mit den besten Absichten und mit dem Herzen auf der Zunge getan. So machst du alles, Lior. Ich bin deine Mom, und ich weiß das."

Sie schlang ihre schmalen Arme um mich, als ich sie in eine Umarmung zog. Ihr Parfüm war der Trost, den ich brauchte. Sie hatte es seit meiner Geburt nicht mehr gewechselt und es gab mir immer das Gefühl, Zuhause zu sein.

„Lass mich ein paar Tassen holen, dann reden wir."

Sie setzte sich an den Tisch, während ich den Kaffee einschenkte.

„Okay, erzähl mir alles."

Das tat ich.

Ich erzählte ihr von dem Treffen mit Noah in der Bar am Tag von Dads Beerdigung, ohne ihr die schlüpfrigen Details zu verraten. Ich erzählte ihr, wie wir uns zufällig in Atlanta getroffen hatten, wo ich von unserer beruflichen Verbindung erfahren hatte. Wie ich Noah versehentlich von dem Testament erzählt hatte, als ich ein paar Drinks zu viel genossen hatte.

„Und er hat dir einfach so einen Antrag gemacht?", fragte sie.

„Ja. Noah kann sehr überzeugend sein ... und er hatte einen guten Grund. Ich konnte ihm Zugang zum Ball des Bürgermeisters verschaffen, damit er sich mit den Leuten vernetzen konnte, die die Wohltätigkeitsorganisation seiner Freunde unterstützen würden. Mit ein wenig Presse und meinen Verbindungen konnte er sicherstellen, dass seine Freunde die besten Chancen hatten, den Zuschlag für das alte Krankenhausgebäude zu erhalten."

„Und im Gegenzug hat er dich geheiratet, damit du die testamentarischen Forderungen deines Dads erfüllen konntest."

„Ja."

Sie nippte an ihrem Kaffee und zeigte dabei diesen nachdenklichen Gesichtsausdruck, der mir manchmal Angst machte.

„Du willst also sagen, dass Noah nichts davon hatte, dich zu heiraten."

Das stimmte. Noah hatte darauf bestanden, um mir zu helfen, aber er wusste, dass ich ihm auch so geholfen hätte.

Ich nickte.

„Aber ihr habt trotzdem geheiratet, und verzeih mir, dass ich das frage, aber ihr zwei wart mehr als Freunde, die wegen eines Deals geheiratet haben, oder?"

Ich kniff mir in die Nase. Das war nicht das Thema, das ich mit meiner Mutter besprechen wollte.

„Ja. Wir ... waren vor der Hochzeit intim. Wir haben beschlossen, damit aufzuhören, weil wir nicht wollten, dass diese Art von Intimität in diese ... geschäftliche Beziehung einfließt."

Meine Mutter lachte.

„Was ist daran so lustig?"

„Du denkst, dass es weniger emotional wäre, wenn man keinen Sex hat."

„Wir haben es versucht, aber ... es war unmöglich. Noah ist so unwiderstehlich und er ist alles, was ich mir gewünscht habe. Ach, ich will nicht mit dir darüber reden, Mom."

„Meinst du, ich wüsste nicht, was guter Sex ist?"

„Mom! In meinem Kopf weißt du nicht mal, was Sex ist, Punkt."

Sie lachte. „Ja, okay. Jedenfalls hat es bei dir nicht funktioniert, und du hast eine sexuelle Beziehung mit deinem Ehemann angefangen. Ich sehe ein, dass das natürlich eine völlig falsche Entscheidung war."

Bei dem Sarkasmus in ihren Worten warf ich ihr einen Seitenblick zu, obwohl sie natürlich den Nagel auf den Kopf getroffen hatte.

„Ich höre heraus, dass du geheiratet hast und – o Wunder – mit deinem Ehemann intim warst. Ihr habt auch zusammengewohnt. Kannst du mir erklären, wie jemand auf die Idee kommen könnte, dass eure Ehe nicht echt ist?"

Ich schüttelte den Kopf. „Das versuche ich ja herauszufinden. Niemand wusste davon, nicht einmal unsere Familien."

„Das Foto von Noah in der Zeitung ..."

„Das ist sein Freund und Trauzeuge Jax. Das war ein unschuldiges Treffen."

Meine Mutter stellte ihre Tasse auf den Tisch. „Die Presse druckt so eine Geschichte nicht einfach, ohne von jemandem darauf aufmerksam gemacht worden zu sein."

„Ich weiß, aber ich weiß nicht, wer das sein könnte."

Sie legte ihre Hand auf meinen Arm. „Warum ist Noah nicht hier?"

„Weil der Artikel nicht alles ist, was es gibt."

Sie seufzte und holte einen braunen Umschlag aus ihrer Handtasche.

„Du meinst die hier?"

Mir stieg Galle in die Kehle. „Wie bist du da rangekommen?"

„Er wurde in den Briefkasten geworfen."

Ich öffnete den Umschlag, der genauso war wie meiner. Keine Nachrichten, nur der Vorname meiner Mutter auf der Vorderseite des Umschlags.

„Falls du dich fragst, ich habe die Türkamera überprüft. Es war ein Kind, wahrscheinlich nicht älter als fünfzehn, das den Umschlag abgegeben hat. Ich vermute, er wurde dafür bezahlt."

„Es tut mir leid, dass du sie sehen musstest. Warte mal – du wusstest von den Fotos? Warum all die Fragen?"

„Ich wollte, dass du mir sagst, was los ist, Lior. Ich bin vielleicht nicht mehr jung, aber ich weiß es, wenn mein eigener Sohn etwas vor mir verbirgt. Als du mir von ihm erzählt hast, dachte ich, du hättest ihn angeheuert, um vorzugeben, dein Ehemann zu sein, aber dann habe ich ihn getroffen, und mir wurde alles klar."

„Was wurde dir klar?"

„Wie verliebt er in dich ist."

Ich unterdrückte ein Lachen. „Du bildest dir das nur ein."

„Ach ja? Der Mann geht einen rechtsgültigen Vertrag mit dir ein, obwohl er dir mehr nützt als ihm. Er nimmt es in Kauf, seine Familie anzulügen. Er erscheint zu einem Treffen mit dem Vorstand eines millionenschweren Unternehmens, um an deiner Seite zu stehen und allen zu erzählen, wie verliebt ihr beide seid."

Ich starrte sie geschockt an.

„Lior, dieser Mann liebt dich. Vielleicht war das nicht seine Absicht. Aber als ich ihm das erste Mal begegnete, wusste ich es."

Ich schlug mit der Hand auf die Fotos. „Er hat die nicht geleugnet. Der Beweis liegt direkt vor deinen Augen. Auch wenn es mir leidtut, dass du die Fotos sehen musstest."

„Ich gebe zu, als ich die Fotos zum ersten Mal sah, musste ich mich hinsetzen. Niemand möchte seinen Schwiegersohn in diesen ... Stellungen sehen. Ich bin nur froh, dass sie nicht alles zeigen. Aber irgendetwas stimmt mit den Fotos nicht. Ich kann nicht sagen, was es ist, aber ich glaube nicht, dass sie echt sind."

„Was meinst du?"

Sie runzelte die Stirn. „Meine erste Frage wäre: Glaubst du, dass er dich betrügen würde?"

„Ich glaube nicht, dass er das tun würde, aber ..." Ich zeigte auf die Fotos.

„Meine zweite Frage betrifft den Zeitpunkt der Fotos und des Artikels. Jemand hat das sehr sorgfältig geplant. Was mich zu der Vermutung bringt, dass die Fotos gefälscht sein könnten."

Daran hatte ich gar nicht gedacht.

„O mein Gott, Mom. Das ist mir nie in den Sinn gekommen, und ich glaube nicht, dass er darauf gekommen ist. Wenn mir diese Fotos von mir vorgelegt worden wären, hätte sogar ich meine Schuld eingestanden."

„Lass mich raten, genau das hat er getan."

Noah hatte gelogen. Er hatte mich an die erste Stelle gesetzt, weil er befürchtete, dass ich durch den Artikel und die Fotos die

Firma verlieren würde. Seine Worte am Ende sagten so viel aus: *„Ich würde dasselbe für dich tun.“*

Ich stöhnte. „Ich bin ein Idiot.“

„Komisch, genau mit diesen Worten hast du das Gespräch begonnen, und jetzt bin ich geneigt, dir zuzustimmen.“

„Wow, danke für die mütterliche Unterstützung.“

Sie zuckte mit den Schultern. „Ich bin seit siebenundvierzig Jahren deine Mom, woran du mich immer wieder gern erinnerst. Du solltest mich inzwischen kennen. Meine nächste Frage lautet: Was nun? Ich gehe davon aus, dass du diesen Jungen auch liebst.“

Ich lächelte. „Unendlich, Mom. Ich habe noch nie jemanden so geliebt wie ihn. Er hat meine Aufmerksamkeit erregt, als ich ihn zum ersten Mal traf, und das hat sich bis heute nicht geändert.“

„Kennst du jemanden, der sich diese Fotos ansehen und feststellen könnte, ob sie in irgendeiner Weise verändert wurden?“

Ich dachte eine Weile darüber nach, bis mir die offensichtliche Antwort einfiel. „Ja. Noahs Bruder Lex. Er ist der Grafikdesigner, mit dem das Museum für die Workshop-Kampagnen zusammenarbeitet. Ich kann ihn anrufen.“

„Klingt nach einer guten Idee.“

Ich beugte mich in meinem Stuhl vor und hielt die leere Kaffeetasse in der Hand. „Was mache ich mit der Firma? Die Partner werden mir auf keinen Fall glauben, wenn ich sage, dass der Artikel ein Haufen Lügen ist. Und was ist, wenn diese Fotos an die Öffentlichkeit gelangen? Selbst wenn wir bestätigen, dass sie gefälscht sind, sieht die Öffentlichkeit das vielleicht anders.“

„Du musst ein Treffen mit den Partnern einberufen. Wenn möglich, schon morgen. Angesichts des Artikels bin ich sicher, dass sie sich die Zeit nehmen werden. Wir werden das gemeinsam bekämpfen. Wenn sie glauben, dass sie dich loswerden können, müssen sie erst an mir vorbei.“

„Danke, Mom. Ich bin mir allerdings nicht sicher, ob es

funktionieren wird, wenn du dich wie eine Bärin auf diese Bande konservativer, gieriger Männer stürzt."

Ihre Lippen verzogen sich zu einem selbstbewussten Lächeln. „Dein Dad war nicht der Einzige, der teure Anwälte auf Abruf hatte. Ich habe mit meinem Anwalt gesprochen und er hat sich die Unternehmenssatzung angesehen. Als Ehefrau deines Dads und in Anbetracht der Tatsache, dass ich ihn während seiner gesamten Karriere im Unternehmen unterstützt habe, habe ich ein Vorkaufsrecht auf alle Aktien, die zum Verkauf stehen. Das gilt auch für die Anteile der Partner. Erst wenn ich sie ablehne, können die Partner ein Angebot machen. Rate mal, wer gerade das riesige Vermögen ihres Mannes geerbt hat? Natürlich wünschte ich, ich hätte das alles gewusst, als wir mit dem neuen Testament überrascht wurden. Als ich die Informationen erhielt, warst du bereits verheiratet, und es schien nicht angebracht, das Thema anzusprechen."

„Mom ..." Mir fehlten die Worte, um meine Dankbarkeit zu beschreiben.

Zum ersten Mal, seit ich gehört hatte, dass ich heiraten musste, um die Anteile meines Vaters an der Firma zu erben, blickte ich zuversichtlich in die Zukunft.

„Ich werde auch Noah zurückbekommen."

„Das hoffe ich für dich. Er ist ein guter Mann."

„Er ist mehr als das."

NOAH

Iᴄʜ ᴡᴀʀ bei meinem zweiten Glas Rum mit Cola – gut, ohne Cola –, als meine Brüder River, Emery und Ellie mit dem Schlüssel, den sie für Notfälle hatten, durch meine Haustür stürmten.

„Na toll. Wir schmeißen eine Party", sagte ich. „Wenn ihr wegen des Essens gekommen seid, habt ihr Pech gehabt, denn ich habe vergessen, einkaufen zu gehen, und jetzt bin ich zu betrunken, um zum Laden zu fahren."

Ich zeigte auf sie. „Wusstet ihr, dass es in Laufweite von hier keine anständigen Lebensmittelgeschäfte gibt? Jemand sollte in der Innenstadt ein Lebensmittelgeschäft eröffnen. Wir sind nämlich auch Menschen, wisst ihr?" Ich goss noch zwei … vielleicht vier Finger Rum in das Glas. Wurde Rum in Fingern gemessen? „Wie misst man Rum? Ist es immer noch eine Rum-Cola, wenn man eine Cola dazu möchte, aber keine da ist?"

Sie warfen sich alle einen amüsierten Blick zu.

„Was ist los?", fragte ich.

„Du hast Roten Alarm ausgelöst?", meinte Adam.

„Wo ist Lior?", fragte Lex.

Ich lachte verächtlich. „Wahrscheinlich heiratet er Pish."

„Wen?"

„Seinen Ex. Wusstest du, dass sie fast geheiratet hätten?" Ich zeigte auf meinen Ehering, merkte dann aber, dass ich ihn abgenommen hatte. Ich starrte auf meine Hand und wackelte mit den Fingern. „Ich vermisse ihn. Ich mag es nicht, wenn er nackt ist."

Adam kam um die Kücheninsel herum und führte mich zurück zur Couch.

„Ich bestelle uns etwas zu essen", meinte Ellie. „Ich glaube, das werden wir brauchen."

„Vielleicht auch noch mehr Alkohol", fügte Adam hinzu. „Noah kann mit emotionalen Krisen nicht umgehen. Das ist sehr beunruhigend."

„Noah kann nicht mit emotionalen Krisen umgehen", ahmte ich ihn mit falscher Stimme nach. „Noah hat keine Emotionen. Er ist nie emotional."

„Klar, klar", sagte River.

Sie holten sich alle Stühle und Kissen und setzten sich um mich herum, als würden wir gleich eine Séance abhalten.

„Was ist passiert, Noah?", fragte Lex.

„Ich habe mich in meinen Mann verliebt. Das ist passiert."

„Du sagst das, als wäre es etwas Schlechtes", schmunzelte Adam.

„Das ist es, wenn man keine Gefühle haben sollte. Es ist nicht meine Schuld, okay? Er ist einfach so, so ... sexy und *groß*." Ich beugte mich vor und wackelte mit den Augenbrauen. „So richtig groß. Und er riecht immer so gut, dass ich mich am liebsten auf seinen Schoß setzen und ein Nickerchen machen möchte."

„Noch einmal: Es ist nichts Schlechtes, wenn man so für seinen Ehemann fühlt."

„Es ist schlecht. Schrecklich. Katastrotisch. Kataspro... Verdammt, ich habe zu viel getrunken."

„Katastrophal?", bot Ellie an.

„Ja, das trifft es."

„Das wird schon wieder. Eine Tonne Pizza ist unterwegs,

aber ich will nicht, dass sich jemand über die Beläge beschwert."
Sie kniete sich neben meinen Stuhl. „Was ist los, Schatz?"

Emery schnaubte.

„Sei still, ich gebe hier mein Bestes", schimpfte sie.

Ich schaute ihr in die Augen. Sie hatte dieses einladende Gesicht wie meine Grundschullehrerin, der wir alles gestanden hatten, was wir getan hatten, noch bevor sie überhaupt danach gefragt hatte.

„Ich liebe ihn."

„Das hast du schon gesagt. Wir brauchen ein bisschen mehr Kontext."

Ich griff nach der Schublade im Couchtisch, in die ich die blöde Zeitung gestopft hatte, und holte sie heraus.

Ein kollektives Keuchen erfüllte meinen Wohnbereich.

„Ist das wahr?", fragte Emery.

„Es ist die Zeitung, Baby. Die wissen nicht, was wahr ist", sagte Lex.

„Es ist ... wahr", erklärte ich.

Sie starrten mich alle erwartungsvoll an.

Ich seufzte und griff nach meinem Drink, überrascht, dass sie mich nicht aufhielten.

„Lior und ich hatten eine Abmachung. Er musste heiraten, um die Firma seines Dads zu behalten, und ich brauchte jemanden mit Verbindungen, der mir half, meinen Freunden bei Star Finders Youth zu helfen. Wir kamen zusammen, aber wir beschlossen, dass dies eine geschäftliche Transaktion war. Es ist doch nicht schlimm, Zeit mit jemandem zu verbringen, den man mag, wenn wir beide etwas von dem Geschäft haben, oder?"

„Was hält Lior davon?", fragte Emery und zeigte auf die Zeitung.

Ich blieb regungslos. „Er ist nicht hier, oder?" Der sexy Mistkerl hatte den Lügen geglaubt, die ein Fremder in diesem braunen Umschlag überbracht hatte. Und trotzdem konnte ich ihn irgendwie nicht hassen.

„Also war alles, was du über euch beide gesagt hast, eine Lüge?“, fragte Adam und runzelte die Stirn.

Ich schüttelte den Kopf. „Ich habe ihn schon geliebt, als wir es der Familie erzählt haben. Ich glaube, schon seit langer Zeit. Der Grund, warum ich so viel Angst hatte, es euch allen zu sagen, war, dass es dadurch zu real werden würde. Es war unendlich schwer, *so zu tun*, als wäre ich verliebt, weil ich es längst nicht mehr vortäuschen musste.“

Ellie legte den Kopf schief. „Hmm, das kaufe ich dir nicht ab.“

„Was kaufst du mir nicht ab?“

„Ich habe euch beide gesehen. Ihr konntet an diesem Wochenende die Finger nicht voneinander lassen. Ach bitte, so wie er dich angesehen hat? Auf keinen Fall ist da nicht mehr zwischen euch.“

„Wir haben eine wahnsinnige Chemie, aber das wars auch schon. Er erwidert meine Gefühle nicht auf diese Weise. Ich bin einfach dumm.“

„Woher weißt du das?“

Ich öffnete die andere Schublade und knallte die Fotos auf den Tisch.

Adam griff nach ihnen, um sie sich genauer anzusehen. „Du hast ihn betrogen?“

„Ich bin gerade so durcheinander“, antwortete River.

„Er hat geglaubt, dass die echt sind.“

„Sind sie nicht?“, fragte Adam.

„Nein! Glaubst du, ich würde hier sitzen, Schnaps trinken und versuchen, mich zusammenzureißen, während meine Ehe mit dem Mann, den ich liebe, dem Ende entgegengeht, wenn ich ihn betrogen hätte?“

„Gutes Argument. Wow, das ist wie in dem Buch, das ich mir von River ausgeliehen habe, nur dass Lior kein Prinz ist und du nicht sein treuer Sekretär. Ich glaube, es war von A. Lawton.“

Wir starrten ihn alle an, während River versuchte, ein Schnauben zu unterdrücken, und dabei scheiterte.

„Was?“

Eines Tages würde Adam herausfinden, dass er auf Schwänze stand, und ich würde auf jeden Fall für ihn da sein. Schade, dass er nicht danach handeln würde, weil Victoria dann schon Teil der Familie war. Aber im Moment hatte ich meine eigene Krise zu bewältigen.

Lex stand auf und ging hinter die Couch. „Wir müssen ein wenig zurückspulen. In diesem Artikel wird behauptet, dass eure Ehe nur vorgetäuscht ist, aber ihr habt doch geheiratet.“

„Ja. Und das Foto mit Jax ist ein Missverständnis. In der Bar war es laut. Wir standen uns so nahe, damit wir nicht von Leuten belauscht werden.“

„Woher wissen sie dann, dass sie vorgetäuscht ist?“, fragte River.

Ich zuckte mit den Schultern. „Keine Ahnung. Wir haben so viel Zeit miteinander verbracht und gefickt, als gäbe es kein Morgen mehr ...“

„Zu viele Details“, sagte Adam.

„Unsere Familien haben sich sogar kennengelernt. Es gibt keinen Grund für jemanden Verdacht zu schöpfen. Die einzigen Leute, die davon wussten, waren Jax und Tanner, und ihr wisst, dass keiner von beiden etwas sagen würde.“

„Wo ist Jax?“, fragte Lex.

„Er ist bei Tanner. Die Presse weiß, wer er ist, und hat vor seinem Krankenhaus campiert. Ich glaube, er hat Angst, dass die Journalisten hierherkommen. Wir wohnen im selben Gebäude. Könnt ihr euch die Schlagzeilen vorstellen?“

„Geht es ihm gut?“

„Ich habe noch nicht mit ihm gesprochen. Nachdem Lior hierherkam, bin ich irgendwie durchgedreht.“

Lex ging auf und ab, als würde er angestrengt über etwas nachdenken. Dann nahm er die Fotos aus Adams Hand.

Er starrte sie eine Weile an.

„Die sind gefälscht.“

„Na klar. Weiß ich“, erwiderte ich.

„Nein. Ich kann beweisen, dass sie gefälscht sind. Schau mal." Er zeigte auf eine verfärbte Stelle auf einem der schlechtesten Fotos. „Warst du in letzter Zeit bei einer Massage?"

„Ja, ich habe mir beim Basketballspielen einen Muskel gezerrt und hatte deshalb in einer meiner Mittagspausen eine Massage. Ich gehe immer zu demselben Ort. Die sind super."

„Könnte es sein, dass jemand ein Foto von dir im Massageraum gemacht hat?"

Ich musste lange darüber nachdenken. Normalerweise achtete ich nicht besonders darauf. Das Personal war super nett und professionell, aber das Gebäude war alt und renovierungsbedürftig. Das war alles, was ich ... „Moment, ja. Die Fenster im Raum sind mit einer matten Folie verklebt, um das Licht hereinzulassen, aber die Privatsphäre zu wahren. Eine davon löst sich ab, was kein Problem ist, da das Fenster hoch oben ist. Man müsste auf etwas stehen, um hineinsehen zu können."

„Ich glaube, jemand ist dir gefolgt", sagte Lex. „Siehst du dieses Foto? Das ist meine Hand auf deinem Rücken, als wir uns letzte Woche einen Kaffee geholt haben. Siehst du meinen Verlobungsring? Sie haben eindeutig ein Standardmodell genommen und es ausgetauscht."

Ich beugte mich vor und stützte die Ellbogen auf die Knie. „Jemand ist mir gefolgt. Warum?"

„Hast du eben nicht gesagt, dass du Lior geheiratet hast, damit er seine Firma nicht verliert?"

„Ja. Sein Dad hat eine Bedingung in sein Testament aufgenommen."

„Das ist verrückt", meinte Adam.

Lex hielt inne. „Könnte es sein, dass jemand aus der Firma das getan hat, um Lior loszuwerden? Sie könnten die Geschichte von der Scheinehe erfunden und dann mit den gefälschten Fotos untermauert haben."

Natürlich. „Sie wissen nichts von dem Scheinehe-Coup. Das ist ein Zufall." Ich stand auf. „Ich muss mit Lior sprechen."

„Da ist noch etwas anderes", meinte Lex. „Noah, ist es

möglich, dass Lior wegen der Fotos verletzt war und nicht wegen der Firma?"

„Was meinst du?"

„Was ist, wenn er in dich verliebt ist? Hast du ihm gesagt, dass die Fotos gefälscht sind?"

Ich verzog das Gesicht. „Nicht ganz. Er schien sich ihrer so sicher zu sein. Ich meine, wenn er denkt, dass ich ihn nach allem, was zwischen uns passiert ist, betrügen könnte, welche Hoffnung gibt es dann noch?"

„Du bist ein Idiot", entgegnete er.

„Wie bitte?"

„Du bist ein Idiot. Wenn du bei den Fotos auf deinem Standpunkt geblieben wärst, was wäre dann passiert?"

„Ich weiß es nicht."

„Angesichts der Beweislage besteht immer die Möglichkeit, dass er die Firma verliert, aber er muss dich nicht verlieren."

Ich wanderte umher und fühlte mich plötzlich etwas weniger betrunken.

Wenn sie recht hatten, musste ich Lior sagen, was ich für ihn empfand. Ich war zwar nur der Trostpreis, aber immerhin ein Preis. Verdammt, ich würde jederzeit der Zweitbeste sein wollen, wenn ich dafür mit Lior zusammen sein könnte.

Lex' Handy klingelte, daher verließ er den Raum, um den Anruf anzunehmen.

„Die Pizza ist da", sagte Ellie.

Fünf Minuten später diente die Zeitung als Schutz für den Couchtisch, der mit Pizzakartons bedeckt war. Später würde sie im Müll landen, wo sie hingehörte.

Lex kam zurück, als wir gerade beim Essen waren.

„Ich muss mich um etwas kümmern." Er hielt die Fotos in der Hand. „Kann ich die mitnehmen? Ich möchte sie mir genauer ansehen."

„Klar."

Emery stand auf, aber Lex ging zu ihm hinüber und gab

ihm einen Kuss. „Bleib hier und genieß' die Pizza. Wir sehen uns später daheim."

Ich zwang mich, etwas Pizza zu essen und wechselte zu Wasser, um wieder nüchtern zu werden.

In meinem Kopf herrschte ein einziges Chaos.

Was ich jetzt wusste: Es bestand die Möglichkeit, dass Lior meine Gefühle erwiderte.

Was ich nicht wusste: Warum Ellie sieben Pizzen für sechs Personen bestellt hatte.

Als sie alle gingen und die übrig gebliebene Pizza mitnahmen, rief ich Jax und Tanner an. Ich informierte sie über den aktuellen Stand der Dinge und sie beschlossen, dass es am besten wäre, wenn Jax vorerst bei Tanner bleiben würde.

Ich war erleichtert, als ich erfuhr, dass er nicht sauer auf mich war. Er war nur ein wenig verärgert über die Arbeitssituation, aber da er bereits ein paar Tage Urlaub angesammelt hatte, hoffte er, dass sich alles beruhigen würde. Hoffentlich würde seine Abwesenheit aus dem Krankenhaus die Reporter verjagen.

Nachdem ich mit Jax gesprochen hatte, riss ich mich zusammen und schrieb Lior eine Nachricht.

Noah
Ich weiß, was ich gesagt habe, aber können wir reden?
Bitte?

Lior
Natürlich können wir das. Ich komme morgen Abend zu dir.

Als Lior am nächsten Tag absagte, rief ich meine Brüder an. Wieder einmal stürmten sie in meine Wohnung und hielten mich bei Laune. Lior versicherte mir, dass er versuchen würde, die Dinge in Ordnung zu bringen und sich melden würde, aber Geduld war noch nie meine Stärke. Ich verlor den Verstand.

Meine Angst wurde mit jedem Tag größer. Selbst nachdem Lex mir erzählt hatte, dass er Lior mit den Fotos geholfen hatte, konnte ich immer noch nicht verstehen, warum er mich nicht sehen wollte.

Ich durchsuchte die Online-Nachrichten, um zu sehen, ob noch etwas über uns herausgekommen war. Dann begann ich, die Zeitung zu kaufen. Im Vergleich zu dem Aufruhr, den die Reporter bei der Veröffentlichung der Nachricht um mich gemacht hatten, war es jetzt totenstill.

Sogar Jax war in seine Wohnung zurückgekehrt. Wir hatten etwas unternommen, was eine Möglichkeit war, mich davon abzuhalten, aus der Stadt zu Lior zu fahren.

War es das, was Lior tat? Die Presse managen?

Ich musste ihn sehen, also verließ ich nach einem Treffen mit Adam wegen eines neuen Kunden mein Büro und stürmte in sein Gebäude. Die Empfangsdame hielt mich nicht auf, als ich an ihr vorbeiging, was sich wie ein Sieg anfühlte.

Der Wind wurde mir aus den Segeln genommen und ins Wasser geblasen, als ich zum Aufzug kam und dort niemand anderes als Pierce auf mich wartete.

„Das wird eine schmerzvolle Fahrt nach oben", meinte er.

„Hast du Angst, dass ich dir eine reinhaue?"

Er lachte. „Ich glaube, ich mag dich tatsächlich, Noah."

Hä? Stand er unter Drogen? „Das beruht nicht auf Gegenseitigkeit."

38

LIOR

Ich starrte auf mein Handy und legte es wieder weg.

Noah hatte sich seit dem Wochenende nicht mehr gemeldet. Ich hatte ihn auch nicht angerufen.

Nicht mit ihm zu sprechen, brachte mich um, aber ich wollte die Dinge in Ordnung bringen und ihm beweisen, dass ich alles tun würde, um uns zu beschützen. Das bedeutete, zuerst das Treffen mit den Partnern hinter mich zu bringen. Dann würde ich zu ihm gehen, ihn anflehen, meinen dummen Arsch zurückzunehmen, und ihn dann küssen, bis der gesamte Sauerstoff auf dem Planeten verbraucht war.

Ich hatte mich zuvor mit Lex getroffen und mich bei ihm für die Fotos bedankt. Er hatte mir alle Punkte auf jedem Foto gezeigt, die eindeutig bewiesen, dass sie manipuliert worden waren. Er hatte sogar die ursprüngliche Quelle einiger Fotos gefunden. Es waren Modelle verwendet worden, um den Eindruck zu erwecken, Noah würde mit anderen Männern intim werden oder sich mit ihnen verabreden.

Ich fühlte mich schon mies, weil ich Noah so behandelt hatte, aber nach dem Gespräch mit Lex fühlte ich mich noch hundertmal schlechter.

Ich stellte mir gern vor, dass die Fotos nur für mich

bestimmt waren und niemals veröffentlicht worden wären, denn wer auch immer sich die Mühe gemacht hatte, wusste, dass sie niemals an den Adleraugen der Presse unbemerkt vorbeikommen würden.

„Mr. Van Stern!", rief Tina von der Tür aus.

Ich schaute auf. Sie wirkte angespannt.

„Was gibt es? Sind die Partner schon da?"

„Einige von ihnen, ja. Sie werden im Konferenzraum mit Erfrischungen bewirtet. Es ist ähm ... Sie haben Besucher, die gerade hochkommen."

„Besucher?"

Sie biss sich auf die Lippe. „Mr. Dellcourt und Mr. Spencer."

„Lex?"

„Ihr Ehemann, Sir."

Ich stand auf und mein Puls beschleunigte sich bei dem Gedanken, Noah zu sehen. Bevor ich meinen Schreibtisch umrundete, um ihn am Aufzug zu treffen, drangen Tinas Worte zu mir durch. Hatte sie gesagt, dass Pierce auch hier war?

Während ich darüber nachdachte, öffnete sich der Aufzug am anderen Ende des Büros. Noah und Pierce kamen nebeneinander heraus.

„O verdammt."

Noah sah nicht glücklich aus. Was hatte Pierce ihm gesagt? Ich würde ihm ernsthaft eine reinhauen, wenn er Noah auch nur andeuten würde, dass zwischen uns etwas laufen würde.

Sie blieben beide vor mir stehen, aber ich schaute Noah an.

„Hey", sagte ich.

„Hey." Seine Mundwinkel verzogen sich ein wenig, aber dann warf er Pierce einen Blick zu und er verzog wieder das Gesicht.

„Was machst du hier, Pierce?", fragte ich, drehte mich wieder um und lehnte mich an meinen Schreibtisch.

„Du hast meine Anrufe nicht beantwortet, also blieb mir keine andere Wahl."

„Du hast mir gesagt, ich solle mich von meinem Mann scheiden lassen und dich heiraten. Du kannst dir vorstellen, dass es nicht nur ganz unten auf meiner Prioritätenliste stand, sondern auch ganz unten auf der Liste, die ich mir *nie wieder* ansehen werde."

Er wurde etwas kleinlaut. „Das ist fair. Dafür habe ich Verständnis. Hör mal, ich verstehe diese Sache zwischen euch beiden nicht. Ich schätze, ich war eifersüchtig. Als ich dich in Atlanta sah, sah es so aus, als ob zwischen euch schon so viel Funken sprühten, obwohl ihr euch kaum kanntet. In zwanzig Jahren, in denen wir uns kannten, und fünf Jahren, in denen wir eine Beziehung führten, hast du mich nie so angesehen wie ihn."

„Es tut mir leid." Und es *tat* mir leid. Vielleicht hatte ich ihn vertrieben, weil ich nicht präsent gewesen war, als wir zusammen gewesen waren, aber er hatte alle Chancen ruiniert, als er mich betrogen hatte. Das musste er wissen.

„Das muss es nicht. Ich kann dich nicht zwingen, mich zu lieben, und ich denke ... vielleicht verdiene ich jemanden, der mich genauso ansieht."

„Das tust du. Worüber wolltest du mit mir sprechen?"

Er warf Noah einen Blick zu und sah dann wieder mich an. „Ich weiß von den Fotos und ich weiß, wer sie manipuliert hat."

„Wer?", fragte Noah.

„Anderson Getty."

„Woher weißt du das?"

Er schaute kurz weg, bevor er seinen Blick wieder auf mich richtete. „Dein Dad hat auf dich aufgepasst, als er mich um etwas gebeten hat."

„Um was gebeten?"

„Dass ich mich Getty annähern soll. Dein Dad dachte, Getty würde versuchen, genügend Anteile in die Finger zu bekommen, um die Mehrheit zu erlangen und das Unternehmen zu übernehmen. Er bat mich, ein Auge auf ihn zu haben. Da ich nicht für das Unternehmen arbeite, dachte er,

Getty würde seinen Plan eher preisgeben, wenn er denkt, dass ich auf seiner Seite bin. Eine lange Zeit hat er nichts Bemerkenswertes getan. Er schmiss ein paar langweilige Dinnerpartys. Aber vor ein paar Wochen hat er nach ein paar Drinks ausgeplaudert, dass er einen Privatdetektiv angeheuert hat, um Noah zu beschatten. Er wollte herausfinden, ob eure Ehe echt ist."

„Er hat was? Der verdammte ..."

Pierce hob die Hand, um fortzufahren. „Ich werde nicht lügen. Zu der Zeit war ich auch an dieser Information interessiert, also habe ich nichts gesagt. Als der Artikel in der Zeitung erschien, dachte ich, das wäre meine Gelegenheit, dir näherzukommen." Er wandte sich an Noah. „Es tut mir so leid, was ich zu dir gesagt habe."

Was meinte er damit?

„Pierce, du musst deine Erklärung etwas beschleunigen, denn ich komme zu einigen Schlussfolgerungen, die für dich nicht sehr vorteilhaft sind."

„Ja, ja. Nachdem ich deine Wohnung verlassen hatte, war ich wütend, also ging ich zu Gettys Wohnung. Er feierte deinen Abschied aus der Firma. Ich fragte, warum er so sicher sei, dass der Artikel den Zweck erfüllen würde, und er sagte, der Artikel sei nur der Anfang. Er hätte fotografische Beweise dafür, dass Noah dich betrogen habe. Er zeigte mir die Fotos. Ich gebe zu, dass ich es für einen Moment geglaubt habe, aber dann sagte er in seiner anmaßenden Arroganz, dass diese Dinge nie passiert seien. Der Privatdetektiv hatte Fotos von Noah gemacht und jemanden dafür bezahlt, die Fotos so zu verändern, dass sie Noah in diesen ... Situationen zeigten."

Warum war ich nicht überrascht, dass Getty dahintersteckte? Jetzt ergab es auch Sinn, dass die Fotos nie an die Öffentlichkeit gelangt waren. Er wollte den Ruf des Unternehmens nicht noch mehr schädigen, als der Artikel meinen und Noahs Ruf bereits geschädigt hatte.

„Du warst so gegen uns. Warum rückst du jetzt damit raus?", fragte ich.

„Weil du mir trotz allem wichtig bist. Ich mochte auch deinen Dad.“

Ich lehnte mich zurück an den Schreibtisch. „Ich weiß. Er hat immer von dir gesprochen, und wie sehr du eine Bereicherung für die Firma wärst.“

Pierce zuckte mit den Schultern. „Es sollte nicht sein.“ Er zeigte auf die Tür. „Ich werde einfach ...“

„Hey, Pierce, kannst du zu den Partnern in den Konferenzraum kommen? Ich möchte, dass du bei dem Meeting dabei bist. Mom ist schon da. Leiste ihr Gesellschaft, okay?“

„Klar.“ Er lächelte und ging.

Noah trat einen Schritt zurück. „Ich schätze, du weißt, weshalb ich hier bin. Ich will dir etwas sagen.“

„Nicht so schnell.“ Ich legte meine Arme um seine Taille, schloss die Bürotür mit meinem Fuß und zog ihn an mich. „Wir müssen reden.“

Er schluckte und nickte.

„Noah, keine Worte können ausdrücken, wie leid mir alles tut. Ich kenne dich, und ich hätte wissen müssen, dass ich für dich an erster Stelle stehe. Das ist schließlich einer der Gründe, warum ich mich so schnell und so heftig in dich verliebt habe. Ich habe dich enttäuscht, weil ich dich nicht beschützt habe, wie ich es hätte tun sollen. Ich bin dagestanden und akzeptiert, was eindeutig eine Lüge war. Es tut mir so, so leid. Bitte vergib mir.“

„Die Fotos sahen so echt aus. Ich hatte Angst, dass du, wenn sie herauskommen, meinetwegen alles verlieren würdest.“

Ich schüttelte den Kopf.

„Das war das letzte Mal, dass du die Schuld für etwas auf dich nimmst, das du nicht getan hast. Verstanden?“

Er nickte.

„Du bist nicht für meinen Ruf oder den Status meines Unternehmens verantwortlich. Kapiert?“

Er nickte.

„Mein Unternehmen ist nicht wichtiger als du. Alles klar?“

Er nickte erneut.

„Hast du noch etwas zu sagen, bevor ich dir sage, dass ich mich dummerweise in dich verliebt habe und hoffe, dass du dasselbe empfindest, weil ich dich nicht aufgeben will?"

Er biss sich auf die Lippe, um das Lächeln zu unterdrücken, das sich dort langsam bildete.

„Ich liebe dich auch, Lior. Ich liebe dich seit dem Moment, als dein fetter Schwanz in mir versank. Du hast in dieser Nacht etwas zurückgelassen, und es war nicht nur dein Sperma. Deine ganze Energie ist wohltuend. Ich brauche sie. Ich brauche dich. Du musst mir helfen, die Welt zu verstehen. Ich möchte mich an deiner Brust zusammenrollen und jeden Zentimeter deines sexy Körpers ablecken."

„Halt die Klappe, du kleiner Scheißer." Ich brachte ihn mit einem besitzergreifenden Kuss zum Schweigen, der meine Gefühle mit jedem Zungenschlag vermittelte.

Er schlang seine Arme um meine Schultern, um mich festzuhalten. Meine Hände fanden seinen Arsch. Er stöhnte in meine Lippen und sein Schwanz wurde gegen meinen immer dicker.

Das Klingeln meines Festnetztelefons sorgte dafür, dass wir uns trennten.

Ich drückte die Annahmetaste.

„Ja?" Meine Hände strichen über Noahs Wange, während ich in seine blauen Augen sah.

„Noch fünf Minuten bis zum Meeting. Alle sind da, Sir."

„Danke, Tina. Wir kommen gleich."

Ich drückte die Auflegen-Taste.

„Ich wusste nicht, dass es solche Telefone noch gibt", scherzte Noah.

„Wenn du damit meinst, was ich denke, dass du damit meinst, dann denk daran, dass wir in meinem Büro sind. Die Tür ist abschließbar und fünf Minuten reichen aus, um deinen sexy kleinen Arsch zu versohlen."

Er presste seine Erektion gegen mein Bein. „Bitte."

„Heb dir den Gedanken für später auf. Wir müssen an einem Meeting teilnehmen und ein paar andere Ärsche versohlen."

Er stellte sich auf die Zehenspitzen, um mich zu küssen. „Wirst du mich eines Tages auf diesem Schreibtisch ficken?"

„Ja."

„Dann lass uns gehen."

Ich zwang meinen Schwanz, sich zu benehmen, während ich meine Sachen wegräumte und alles herunterfuhr. Ich würde auf keinen Fall nach dem Meeting ins Büro zurückkehren.

„Lior", sagte er und hielt mich auf.

„Ja?"

„Passiert das wirklich? Sind wir wirklich *zusammen* zusammen?"

„So sehr du es dir wünschst, Noah. Von diesem Moment an gibt es nur noch dich und mich. Keine externen Stimmen, keine Deals oder Coups mehr. Es tut mir so leid, dass es so lange gedauert hat, bis wir hier angekommen sind. Die letzten Tage waren eine Qual, aber ich wusste, wenn ich dich sehe, würde ich alles hinschmeißen wollen. Ich brauchte nur eine Chance, um alles zu kämpfen."

Er holte tief Luft. „Ich möchte, dass wir verheiratet bleiben."

Ich beugte mich vor und küsste ihn auf die Stirn. „Du kannst deinen sexy kleinen Hintern darauf verwetten, dass wir verheiratet bleiben werden."

Was auch immer danach passieren würde, ich würde mich an meinen ursprünglichen Plan halten, außer dass ich, anstatt in Noahs Büro zu gehen, um mit ihm zu sprechen, direkt zu ihm nach Hause gehen konnte. Mit ihm zusammen.

Als wir gemeinsam den Konferenzraum betraten, herrschte Schweigen.

Ein paar freundliche Gesichter lächelten und nickten. Mom eilte herbei, um Noah zu umarmen, und stellte sich an seine

Seite. Pierce stand auf Moms anderer Seite. Ich hätte fast lachen müssen, weil wir aussahen wie die vier Musketiere.

„Guten Tag allerseits. Wenn bitte alle Platz nehmen würdet, wir haben viel zu besprechen, und da dieses Treffen in letzter Minute stattfindet, bin ich sicher, dass niemand von uns seine Zeit verschwenden will."

Gettys Gesicht war tiefrot vor Wut. Ich behielt meine Fassung. Wenn er jetzt schon wütend war, würde er gleich so richtig in Rage geraten.

„Geht es bei diesem Treffen um den Zeitungsartikel vom Wochenende?", fragte einer der Partner.

„Genau. Als meine Geschäftspartner müssen wir eine offene Diskussion führen, insbesondere angesichts der Umstände, unter denen ich die Anteile meines Dads geerbt habe."

Mehrere Gesichter nickten.

Ich warf einen Blick auf Mom, die mir selbstbewusst zulächelte.

„Heute gibt es ein paar Dinge zu besprechen. Das erste ist der Artikel. Noah und ich haben in Las Vegas geheiratet. Das war unsere Entscheidung. Wir wollten eine private Zeremonie. Zwei Freunde waren mit uns bei der Hochzeit. Einer von ihnen, der auf dem Foto in der Zeitung zu sehen ist, ist Noahs Trauzeuge, Jaxon Brooks."

Ich hatte zwei Fotos ausgedruckt, die wir mit den Jungs während unseres Empfangs in der Hotelsuite gemacht hatten. Auf einem fütterte ich Noah mit Hochzeitstorte. Wir lachten beide. Auf dem anderen Foto waren wir vier mit der Torte zu sehen, bevor wir sie anschnitten. Ich ließ es im Raum herumgehen, damit es jeder sehen konnte.

„Bitte sagen Sie mir, welche weiteren Beweise Sie benötigen, um zu bestätigen, dass meine Ehe mit Noah sehr real ist. Ich könnte ihn jetzt sofort küssen, aber ich möchte die Dinge lieber professionell halten."

Noah schnaubte, und meine Mutter schüttelte den Kopf.

„Als Nächstes möchte ich Folgendes besprechen." Ich hielt den braunen Umschlag mit den Fotos hoch.

39

———

NOAH

Mir stockte der Atem, als Lior den Umschlag herausholte. Ich hatte die Fotos nicht mehr gesehen, seit Lex sie mitgenommen hatte, und ich wollte sie auch nicht noch einmal betrachten.

„In diesem Umschlag befindet sich eine Reihe von Fotos, die Noah in kompromittierenden Situationen mit anderen Männern zeigen", sagte Lior.

Die meisten Partner waren schockiert, aber Getty sah fast selbstgefällig aus.

Lior fuhr fort: „Dieser Inhalt sollte meinen Mann demütigen und Zweifel und Zwietracht zwischen uns säen. Jemand wollte meinen Mann und mich bloßstellen, um unsere Beziehung zu schwächen und mich aus diesem Unternehmen zu entfernen. Es gibt zwei Gründe, warum diese Person damit keinen Erfolg haben wird."

Alle hingen an Liors Lippen. Ich schaute seine Mutter an, die ebenfalls lächelte.

„Meine Ehe ist solide. Noah und ich lieben uns und wollen so lange verheiratet bleiben, wie er meinen sturen Arsch ertragen kann. Falsche Anschuldigungen und manipulierte Fotos werden uns nicht trennen. Ja, diese Fotos haben sich als

Fälschungen erwiesen. Es wird auch nicht einfach sein, mich aus diesem Unternehmen zu verdrängen. Zu Ihrer Information habe ich Kopien des entsprechenden Abschnitts der Unternehmenssatzung verteilen lassen."

Liors Sekretärin verteilte eine dünne Mappe an alle. Ich nahm ihre Reaktionen wahr, als jeder Partner seine Mappe öffnete. Einige wirkten erleichtert, während andere verwirrt waren. Getty würde Rauch aus dem Kopf steigen, wenn er eine Zeichentrickfigur wäre.

„Wie Sie an dem hervorgehobenen Bereich sehen können, ist die einzige Person mit wirklicher Macht in diesem Raum meine Mom."

Ich schaute zu Mathilda, die aufstand. Lior legte seine Hand unter dem Tisch auf mein Bein.

„Wie Sie diesen Informationen entnehmen können, Gentlemen, wäre mein Sohn, selbst wenn er die Bedingung im Testament meines Mannes nicht erfüllt hätte, immer noch der erste Anwärter auf die Leitung dieses Unternehmens. Ich versichere Ihnen, dass ich genug Geld habe, um die Anteile meines Mannes zu kaufen, und ich muss Ihnen nicht sagen, an wen ich sie weitergeben werde. Sparen Sie sich die zusätzliche Arbeit und lassen Sie Lior das tun, was sein Dad die ganze Zeit beabsichtigt hat, zumal er die Bedingung des Testaments erfüllt hat, indem er innerhalb der Frist geheiratet hat, und wie er bestätigt hat, wird er Ihrer Bitte, mindestens ein Jahr lang verheiratet zu bleiben, mehr als nachkommen. Würden Sie bitte gegebenenfalls zustimmend nicken, wenn Sie einverstanden sind?"

Die Mehrheit der Partner stimmte Mathildas Bitte zu. Getty war vorhersehbar steif wie ein Brett.

„Dann wäre das also geklärt", sagte Mathilda und setzte sich wieder hin.

Lior stand auf. „Ich danke Ihnen allen. Ich werde weiterhin mein Bestes tun, um Ihr Vertrauen zu verdienen, und ich hoffe, dass wir Van Stern Enterprises gemeinsam zu neuen Höhen führen können. Nun, die meisten von uns. Mr. Getty, möchten Sie etwas sagen?"

Getty rückte seine Krawatte zurecht. „Nein. Was sollte ich denn sagen?"

„Wie wäre es mit einer Entschuldigung und einem Geständnis?", fragte Lior. „Meine Herren, Mom, ich habe erfahren, dass Mr. Anderson Getty einen Privatdetektiv angeheuert hat, um meinen Mann zu beschatten, weil er nicht glaubte, dass unsere Ehe echt ist. Als er keine Beweise dafür fand, tat er das Nächstbeste: Er fälschte sie. Die Fotos, die wir anonym erhalten haben, wurden von Mr. Getty bezahlt."

Getty stand auf. „Er lügt. Das ist absurd. Ich arbeite seit über zwanzig Jahre mit Lior zusammen So etwas hätte ich nie getan."

Pierce stand auf. „Das ist nicht ganz richtig, oder, Anderson?" Er musste nichts weiter sagen, denn Anderson wusste, dass seine Intrige aufgeflogen war.

„Ich muss mir diese Anschuldigungen nicht gefallen lassen. Sie werden von meinem Anwalt hören." Getty griff nach seiner Mappe und verließ den Raum.

Lior wandte sich an die Anwesenden. „Ich möchte diese Sitzung schließen. Meine Sekretärin wird sich mit einem Termin für ein Treffen mit uns in Verbindung setzen, um die Zukunft des Unternehmens zu besprechen, an der Anderson Getty nicht beteiligt sein wird. Ich möchte, dass Sie Mr. Pierce Dellcourt für die zukünftige vakante Position in Betracht ziehen, die Anderson Getty hinterlassen hat."

Die Partner einigten sich darauf, das Treffen zu einem anderen Zeitpunkt fortzusetzen, und verließen nacheinander den Raum, wobei sie anhielten, um Lior zu gratulieren und mir die Hand zu schütteln. Einige entschuldigten sich sogar dafür, dass wir die Tortur hatten durchmachen müssen, die Getty uns auferlegt hatte.

Pierce saß wie angewurzelt auf seinem Platz.

„Alles in Ordnung?", fragte ich.

Er starrte mich an. „Ich muss dir etwas gestehen. Was ich dir über Lior und das Fremdgehen erzählt habe, war eine Lüge."

„Ich weiß. Lior würde so etwas nie tun. Aber danke, dass du die Wahrheit gesagt hast." Ich ließ ihn stehen und ging zu Lior, weil ich nicht wusste, wie ich damit umgehen sollte, dass viele meiner Schuldgefühle in dieser Situation ein Resultat eines Gesprächs mit Pierce gewesen waren. Aber jetzt hatte er mir einige wirklich wichtige Informationen gegeben.

Pierce blieb auf seinem Platz und sagte kein Wort, bis alle gegangen waren.

„Lior, bist du verrückt? Mich als Partner vorzuschlagen?", fragte Pierce.

Lior sah mich an, bevor er ihm antwortete. „Ich bin nicht verrückt, aber ich bin verliebt, und die weiseste Frau, die ich kenne, hat mir wiederholt gesagt, dass es wichtiger ist als alles andere im Leben, jemanden zu haben, den man lieben kann."

Ich umarmte ihn fest. „Ich liebe dich auch, Lioreo."

„Bist du sicher, dass du mich dabei haben willst?", fragte Pierce.

„Wer sonst wird mich an meine Mom verpetzen, wenn ich die Mittagspause auslasse?"

„Das stimmt." Pierce stand auf und streckte Lior die Hand entgegen. „Ich freue mich darauf, mit dir zusammenzuarbeiten, Boss."

Lior verzog das Gesicht.

„Ich nenne dich nicht Sir."

„Du kannst ihn Lior nennen", warf ich ein.

Pierce lachte. „Du wächst mir ans Herz."

Ich beugte mich näher zu Lior. „Na ja, ich könnte lernen, dich zu tolerieren."

„Gott, ihr zwei werdet beste Freunde, oder?", stöhnte Lior.

Ich war mir da nicht so sicher, aber ich war froh, mit Pierce auf gutem Fuß zu stehen, vor allem, weil er am Ende mit Lior zusammenarbeiten würde.

Pierce ging und nahm Mathilda mit, was bedeutete, dass ich wieder mit meinem Mann allein war.

„Das hat zu lange gedauert", sagte Lior.

„Gettys Gesicht ist fast explodiert."

Wir sahen uns lächelnd in die Augen.

„Was machen wir jetzt?", fragte ich.

Lior nahm mein Gesicht in seine Hände, seine Daumen streichelten meine Wangen. „Ich würde meinen Mann gern mit nach Hause nehmen und ihm zeigen, wie sehr ich ihn vermisst habe. Wäre das okay für dich?"

„Na ja, ich denke schon."

„Ich könnte aber auch meinen Computer wieder einschalten. Da liegen jede Menge Berichte mit meinem Namen drauf. Ich werde Tage brauchen, um sie alle durchzugehen."

Ich nahm seine Hand und zog ihn mit nach draußen. „Komm schon, wir haben Termine, Ärsche zum Ficken, und dieses Mal benutzen wir das verdammte Bett. Ich habe nicht umsonst die beste Matratze im Laden gekauft."

Er lachte, folgte mir aber nach draußen.

Ich machte keine Witze.

In der Innenstadt zu wohnen war schlecht für den Lebensmitteleinkauf, aber es hatte auch seine Vorteile. Meine Wohnung war gleich weit von meinem Büro und von Liors entfernt, was bedeutete, dass wir nach nur drei Blocks im Aufzug rummachten, während wir zu meiner Etage fuhren.

Als wir ausstiegen, drückte Lior mich gegen meine Haustür und küsste mich auf den Nacken. Sein Bart kitzelte meine Haut und ließ mich erschaudern.

„Ich habe dich so sehr vermisst. Ich kann es kaum erwarten, in dir zu sein."

Ich stöhnte. „Warte. Ich muss noch etwas erledigen." Ich holte mein Handy heraus und schrieb meinen Brüdern eine Nachricht, um ihnen zu signalisieren, dass alles geklappt hatte und ich bis Montag nicht im Büro sein würde. Mit etwas Glück würden wir den Rest des Wochenendes im Bett bleiben.

Ich schaltete das Handy aus und holte die Schlüssel heraus, um die Tür zu öffnen.

Sobald wir drinnen waren, hob Lior mich hoch und trug mich in mein Schlafzimmer.

„Du bist ein Höhlenmensch."

„Sag mir, ich soll aufhören, und ich höre auf."

„Auf keinen Fall. Ich will, dass du meine Höhle plünderst und brandschatzt wie ein Neandertaler."

Er lachte. „Du bist verrückt."

Als er mich absetzte, griff ich direkt nach seiner Krawatte, wobei ich darauf achtete, den Knoten nicht vollständig zu lösen. Ich warf sie aufs Bett. „Für später."

Lior hielt meine Hand hoch und küsste meinen Ringfinger. „Du hast ihn wieder angezogen."

„Er blieb nicht lange ab. Sag es niemandem, aber ich liebe es irgendwie, mit dir verheiratet zu sein", erwiderte ich und fuhr mit meinen Händen über sein Brusthaar.

„Das bleibt unser kleines Geheimnis." Seine Augen suchten meine nach etwas ab. „Noah ..."

„Ja?"

Er setzte sich auf mein Bett und zog mich mit sich. Ich setzte mich auf seine Beine und legte meine Arme auf seine Schultern.

Seine Finger streiften sanft meine Seiten.

„Bevor wir uns ausziehen und mein Gehirn aufhört zu funktionieren, musst du wissen, dass ich dich wollte, egal, was die Partner entscheiden würden."

„Echt?" Meine Stimme war kaum hörbar, so groß war der Kloß in meinem Hals. Das bedeutete, dass ich ihm wichtiger war als alles andere. Niemand hatte mich jemals in diese Lage gebracht.

„Bevor du mit deinem Selbstbewusstsein und deiner Angeberei in mein Leben spaziert bist, hatte ich es aufgegeben, jemanden zu finden, mit dem ich mein Leben teilen kann,

Noah. Meine Leidenschaft war das Museum und, Newsflash, das ist nicht der beste Ort, um Leute kennenzulernen.“

„Ich weiß nicht. Charlie ist irgendwie süß.“

Er legte seine Hände auf meinen Hintern und zog mich näher zu sich heran. „Er ist außerdem heterosexuell und verheiratet, hat Kinder, und ein Enkelkind ist unterwegs.“

Ich seufzte dramatisch. „Das sind die Besten immer.“

„Ich hatte meine Anziehung zu dir als etwas akzeptiert, gegen das ich nicht ankämpfen konnte, aber ich hatte nicht erwartet, dass daraus diese Art von Liebe wird.“

„Ich glaube, ich muss noch etwas daran arbeiten, bis ich glaube, dass du mich wirklich liebst. Schließlich kommen aus meinem Mund immer so verrückte Dinge, und aus deinem so ernste“, sagte ich.

„Dein Mund könnte eines der Dinge sein, die ich an dir am meisten liebe.“

Ich fuhr ihm mit den Fingern durch die Haare am Hinterkopf und zog ihn zu einem sanften, feuchten Kuss heran.

„Ich weiß nicht, was ich dir zu bieten habe, Noah, aber ich liebe dich so verdammt sehr.“

„Das kann ich dir sagen. Du hast einen Fremden geheiratet, um dein Familienunternehmen zu erhalten. Ich weiß nicht viel, am wenigsten über Gefühle. Ich habe so viel Zeit damit verbracht, sie zu vermeiden, dass ich erst von der brutalen Kraft meiner Liebe getroffen werden musste, damit ich sie als das verstanden habe, was sie ist. Aber über eines weiß ich Bescheid: Familie.“

„Ich hasse es, dass ich das ansprechen muss. Es war nie ein Problem zwischen uns, aber eines Tages könnte es eines sein. Machst du dir keine Sorgen wegen meines Alters? Was passiert, wenn ich siebzig bin und du noch in der Blüte deines Lebens stehst? Oder wenn ich sterbe?“

„Ich werde dich bis zu deinem letzten Atemzug lieben.“

„Das ist das Problem, Noah. Ich weiß, dass du das wirst,

aber ich bin mir nicht sicher, ob ich das will. Das ist dir gegenüber nicht fair.“

„Können wir nicht über deinen Tod reden? Du bist noch sehr lebendig.“

Ich streichelte seinen Schwanz über seiner Hose und bewies, dass er nicht nur am Leben, sondern auch bereit zum Spielen war.

„Du warst in dieser Besprechung unglaublich. Ich war so geil auf dich. Wenn du mit der Faust auf den Konferenztisch geschlagen hättest, wäre ich sofort gekommen.“

„Hast du einen Fetisch für Sex im Büro?“

„Verdammt ja. Hast du dich schon mal in einem Anzug gesehen?“

40

—

LIOR

„Genug geredet, Noah Spencer."

Ich öffnete die obersten Knöpfe seines Hemdes und zog es ihm ungeduldig über den Kopf. Er versuchte, dasselbe bei mir zu tun, aber ich hielt seine Hände hinter seinem Rücken fest. Ich hatte jetzt das Sagen.

Langsam liebkoste ich seine Brustwarzen mit meiner Zunge, bis sie zu kleinen Gipfeln der Lust wurden.

Noah drängte sich an mich und versuchte, mehr von dem zu bekommen, was ihn erregte. Ich liebte es, wie schamlos hedonistisch er war.

Ich legte einen Arm um seine Taille und drehte uns so, dass er auf dem Bett lag, bevor ich mich auf ihn legte.

Seine Beine schlangen sich sofort um meine Taille, weil er versuchte, etwas Reibung zu bekommen. Ich ignorierte das und genoss seinen Körper so, wie ich es mir seit der Nacht, in der wir uns kennengelernt hatten, gewünscht hatte.

„Du schmeckst köstlich, Noah."

„Ich weiß. Ich bin ein verdammter Erdbeer-Cocktail. Iss doch einfach die Frucht."

Ich leckte über sein Brustbein und küsste all die kleinen

329

Erhebungen seiner Bauchmuskeln, das sexy V, das sich unter seiner Jeans versteckte.

Er spreizte seine Beine, um mir Bewegungsfreiheit zu geben. Ich öffnete seine Jeans und zog sie nur so weit herunter, dass ich mein Gesicht in seinem Schritt vergraben konnte.

„Lior", keuchte er.

„Gott, Noah, du bist so berauschend." Ich küsste die Spitze seines Schwanzes durch seine Unterwäsche hindurch. „Ich will dich so verdammt sehr."

„Du hast mich."

Er schob seine Jeans weiter über seine Hüften. Ich liebte es, ihn zu necken, aber Folter war nicht mein Ding, und Noah hatte recht. Ich brauchte das zu sehr.

Sanft zog ich ihn aus, bis er nackt vor mir lag und ich ihn genießen konnte.

Meine Sachen folgten seinen, die auf einem Haufen auf dem Boden lagen.

„Sieh dich an. Ich weiß gar nicht, wo ich anfangen soll."

Er biss sich auf die Unterlippe und hob seine Beine an, wobei er seine Hände in den Kniekehlen verschränkte.

„Ist es das, was du willst, Baby? Willst du, dass ich dich aufesse?"

„Wie deine letzte Mahlzeit."

Bevor ich mich ihm hingab, griff ich zum Nachttisch, um das Gleitgel zu holen.

Ich legte es griffbereit neben ihn und stürzte mich dann mit dem Gesicht voran auf sein enges, rosafarbenes Loch.

Ich umkreiste es mit meiner Zunge und schmeckte seinen einzigartigen Noah-Geschmack. Es waren zwar keine Erdbeeren, aber noch viel besser. Noah war Moschus, Kiefer und Mann. Mein Lieblingsgeschmack.

„O Gott, Lior. Das fühlt sich so gut an." Er stieß einen zitternden Atemzug aus und stöhnte dann, als ich gleichzeitig mit meinem Finger an seinem Loch saugte.

Noah entspannte sich unter meiner Berührung, begierig darauf, gedehnt zu werden.

Ich schnappte mir das Gleitmittel und trug etwas davon auf meinen Finger auf.

Sobald er in ihm verschwunden war, bewegte ich meinen Mund zu seinen Eiern.

Ich saugte und leckte und sorgte dafür, dass kein Zentimeter seines Körpers unberührt blieb.

Aus seinem Schwanz tropfte ein Wulst von Sperma auf seinen Bauch, also leckte ich auch das ab und küsste dann seinen Schwanz bis zur Wurzel.

Noahs Hände krallten sich in mein Haar. Wahrscheinlich bemerkte er nicht einmal, dass ich ihn mit weiteren Fingern öffnete.

„Du bist so gierig, Noah. Dreh dich um." Ich half ihm, ein Kissen unter seinen Bauch zu legen, um seinen Hintern anzuheben.

Ich bestrich meinen Schwanz mit Gleitmittel und drang langsam in ihn ein.

„O Gott! Verdammt!", schrie er.

„Ich finde es toll, dass du es so sehr liebst, gefickt zu werden, Noah."

„Nur, wenn dein dicker Schwanz mich aufreißt. Ich will jeden Zentimeter von dir spüren, wenn ich aus diesem Bett aufstehe. Mach mich fertig, Lior. Fick mich hart."

Mein Körper sang, wenn er so sprach. Ich liebte es, dass er keinen sanften Sex brauchte. Er wollte beherrscht und ins Paradies geführt werden. Natürlich war ich mehr als bereit, sein Reiseführer zu sein.

Ich stieß zurück und drang in einer einzigen Bewegung wieder in ihn ein. Danach hielt ich ein langsames und gleichmäßiges Tempo, solange ich konnte, und genoss die kleinen, unterbrochenen Stöhnlaute aus seinem süßen Mund.

Als ich schneller wurde, verbarg er sein Gesicht im Kissen,

um die Geräusche zu dämpfen. Meine Beine und Arme brannten von dieser Position, halb auf ihm und halb erhöht.

Ich setzte mich auf meine Fersen und zog ihn mit mir.

„So ist es gut, Noah, fick dich auf meinem Schwanz.“

Seine Haut war rot angelaufen. Er hob den Kopf und schaute nach hinten. Unsere Blicke trafen sich, und seine Lippen verzogen sich zu einem Lächeln.

„Du fühlst dich so gut an, Lior. Ich werde nie genug davon bekommen.“ In einer überraschenden Demonstration von Dominanz drehte er sich auf den Rücken, richtete meinen Schwanz an seinem Loch aus und zog mich mit seinen Fersen wieder hinein.

„Ah!“, schrie ich, als sein enges Loch mich verschluckte.

Ich fiel nach vorn auf ihn. Mein Mund erkundete seinen in einem fordernden Kuss. Ich ertrank in Noah und liebte es.

„Fessle meine Hände“, bat er und hielt meine Krawatte hoch, die er vorhin auf dem Bett abgelegt hatte. Ich hatte sie ganz vergessen.

Die Art und Weise, wie seine großen blauen Augen mich mit so viel Vertrauen und Liebe ansahen, während er seine Hände zusammenhielt, füllte den Rest meines Herzens.

Es gab keinen leeren Raum mehr. Noah war *alles*. Er war ein Teil von allem.

Ich drehte den Krawattenhals, steckte seine Hände durch die Löcher und zog sie fest, dann wickelte ich die Enden um meine Hand, damit sich die Krawatte nicht lösen konnte.

Seine Augen rollten zu seinem Hinterkopf und er seufzte.

„Mein schöner Mann. Du hast keine Angst, mich zu drängen und mir zu sagen, was du willst, selbst wenn du die Kontrolle abgeben willst.“

„Ich werde dir alles geben, Lior. Du bist der Einzige, mit dem ich das tun kann. Ich vertraue dir bedingungslos. Du kannst an den Fesseln ziehen, mir den Hintern versohlen und mich gegen eine Wand ficken. Ich werde immer mehr wollen.“

Er keuchte, als ich mich wieder in ihm bewegte. „Ich werde nie genug von dir haben, Lior. Niemals."

„Ja", zischte ich. Ich steigerte mein Tempo, bis die einzigen Geräusche im Raum ein unterbrochenes Keuchen, Haut, die auf Haut schlug, und sein Kopfteil, das gegen die Wand hämmerte, waren.

Es war eine verdammte Liebessinfonie.

In einem letzten Versuch, dieses Vergnügen zu verlängern, brachte ich Noahs Stöhnen mit meinem Mund zum Schweigen und saugte jede schöne Note in mich auf. Zwischen uns war kein einziges Atom. Ich zog mich nicht einmal noch wirklich aus ihm zurück, weil ich einfach nur in diesem Moment leben wollte, für immer in meinem Mann.

Meinem Ehemann.

Noah schüttelte sich unkontrolliert, ein Zeichen, dass er kommen würde. Ich machte weiter: mit den Stößen, dem Küssen, den Berührungen. Meine Hand umklammerte die Krawatte fester, als sich mein Orgasmus in mir aufbaute, und ich ließ zu, dass ich kam, um ihn auszufüllen. Ihm das zu geben, was er so dringend wollte.

Meine Augen wurden dunkel und Sterne füllten meine Sicht.

„Scheiße verdammt, Noah", röchelte ich und versuchte, wieder zu Atem zu kommen.

Ich ließ die Krawatte los, und er befreite sich. Seine Hände streichelten mein Gesicht, meinen Bart und meinen Rücken.

„Ich will nicht, dass du mich jemals verlässt", sagte er.

„Das werde ich nicht. Das ist ein Versprechen."

Wir blieben noch eine Weile so liegen, bis das Bedürfnis, ins Bad zu gehen und sich zu waschen, zu groß wurde.

„Habe ich dir schon mal gesagt, dass Sex in der Ehe der beste ist?", fragte er, während er pinkelte und dann das Wasser in der Dusche anstellte.

Ich lachte. „Da muss ich dir zustimmen, aber ich glaube, du bist es, der ihn so gut macht."

„Ich war noch nie so, weißt du?"

„Wie denn?"

„Unterwürfig. Ich habe nie die Kontrolle losgelassen. Frauen haben von mir erwartet, dass ich die Kontrolle übernehme. Versteh mich nicht falsch. Ich liebte Sex mit Frauen. Ich hatte Spaß mit Männern, aber bei den seltenen Gelegenheiten, bei denen ich unten lag, konnte ich nie wirklich loslassen."

„Vielleicht hast du ihnen nicht zugetraut, dass sie sich um dich kümmern."

„Vielleicht. Ich trug den Schmerz aus meiner College-Beziehung all die Jahre mit mir herum. Das war nicht gesund, und jetzt weiß ich das. Als wir uns kennenlernten, sprach mich etwas an dir sofort an."

Ich griff nach der Seife und schäumte seine Haut ein, um ihn von Kopf bis Fuß zu reinigen. Er schmolz unter meiner Berührung dahin. Woran lag es nur, dass sich so um ihn zu kümmern fast besser war als Sex?

Wir kehrten zum Bett zurück und diskutierten darüber, ob wir etwas zu essen bestellen oder uns zwingen sollten, auszugehen. Ich wusste, wenn wir jetzt nicht gingen, würden wir uns bis Montag hier verkriechen.

Das Geräusch der sich öffnenden Haustür ließ mich aufhorchen, während Noah nur seufzte, als hätte er das Eindringen erwartet.

„Bedeckt euch, Jungs, denn wenn ich reinkomme, ist mein Handy bereit. Habe ich euch schon gesagt, dass dieses neue Handy eine super hohe Auflösung hat? Es kann selbst die kleinsten Details erkennen."

Ellie stolperte in mein Zimmer, gefolgt von Lex, Emery, Adam, River, Jax, Tanner und Meatball.

Ich zog die Decke bis zu unseren Hüften hoch, aber Noah schien sich keine Sorgen zu machen, dass jemand sein Gehänge sehen könnte.

„Ist das normal oder nur ein Übergangsritus?", fragte ich.

„Übergangsritus", meinte Noah und blickte auf die

Menschenmenge vor uns. „Wie könnt ihr es wagen, in mein Schloss zu kommen und meine Güter zu beleidigen?"

„Schloss?", fragte Ellie und hob eine Augenbraue.

Noah zeigte auf mich. „Er ist mein Drache, ich bin die Prinzessin, und wenn nicht sechs von euch acht die Rettungsarmee sein wollen, schlage ich vor, ihr respektiert meine Männlichkeit und lasst mich das Wochenende damit verbringen, geschändet zu werden."

Er verschränkte die Arme vor der Brust. Ich könnte schwören, dass er im Stehen die Hände in die Hüften gestemmt hätte.

„Niemand schließt sich uns an", sagte ich. „Nur um das klarzustellen."

„Nicht einmal Meatball? Sieh dir seine Oberschenkel an."

Ich legte meine Arme um Noahs Taille und zog ihn fester an mich. Mein härter werdender Schwanz drückte gegen seinen Rücken.

„Nicht einmal er."

„Gott, der schlechteste Ehemann aller Zeiten."

Ich wandte mich an die Gruppe. „Wie können wir euch helfen?"

„Wir veranstalten eine Vor-Junggesellenparty für Adam. Und auch für euch, weil wir nicht dazu gekommen sind, euch eine zu schmeißen", sagte Lex.

Noah sprang vom Bett, wobei er die Bettlaken mit sich riss und mich fast entblößte.

„Noah!" Ich schaffte es gerade noch rechtzeitig, die zusätzlichen Decken am Fußende des Bettes zu ergattern, um mich zuzudecken.

Das Geräusch eines Kameraauslösers hallte im Zimmer wider. Ich schaute Ellie an, als sie ihr Handy wegsteckte.

„Was? Ich mag dieses Bild." Sie deutete auf die Wand neben sich. „Ich möchte so ein Bild für mein Wohnzimmer haben."

„Können wir uns in Ruhe anziehen?", fragte ich, da es niemanden zu stören schien, dass wir nackt in unserem Schlafzimmer waren. „Es sei denn, ihr wollt sehen, was ihr unterbrochen habt, als ihr reingeplatzt seid. Ihr wisst alle, dass Noah nach Aufmerksamkeit lechzt, und ich würde alles für meinen lieben Mann tun ..." Sie rannten aus dem Schlafzimmer und knallten die Tür zu.

Noah sprang zurück ins Bett. „War das dein Ernst?"

„Scheiße nein. Wir ziehen uns jetzt an."

Er lächelte breit und seine Augen wurden lebendig. „Lioreo, obwohl ich dich nicht mehr lieben könnte, begibst du dich auf mein Niveau herunter, um meine Brüder zu ärgern."

Ich legte meine Hand auf seinen Hinterkopf und zog ihn zu einem Kuss heran.

„Ich habe dir gesagt, dass ich alles für dich tun würde, mein Mann."

41

NOAH

ZWEI MONATE SPÄTER

Ich beschleunigte mein Tempo, als ich durch den Park zum Basketballplatz ging.

Heute war einer der Tage, an denen ich mir wünschte, ich würde auf der anderen Seite des Parks wohnen, weil ich zu spät dran war.

Eine Lektion für mich selbst: Ein schneller Orgasmus in der Dusche mit meinem Mann war nie nur ein schneller Orgasmus.

Würde ich es jemals leid werden, mit Lior aufzuwachen? Mich an seine Brust zu kuscheln? Mit seinem Bart zu spielen, während ich einschlief?

Niemals. Er war der Höhepunkt für mich.

Als der Basketballplatz in Sichtweite war, rannte ich den Rest des Weges, aber ich wurde langsamer, weil ich niemanden sah.

Ich versuchte mich zu erinnern, ob West und Drew das Spiel abgesagt hatten. Scheiße, hatte ich eine Benachrichtigung von heute Morgen verpasst? Ich war aus meiner Wohnung gerannt, weil ich zu spät dran gewesen war, und hatte nicht daran gedacht, nachzusehen.

Das Tor war verschlossen.

Herrje, ich hätte mit Lior im Bett bleiben können. Ich wollte die Jungs umbringen.

„Hey, Noah."

Ich drehte mich um und sah West und Drew.

„Hey, Jungs. Wo sind denn alle?"

„Sie sind an einem anderen Ort."

„Oh, ein neuer Platz? Der hat mir irgendwie gefallen", meinte ich und blickte zurück auf den alten Platz. Wir hatten hier viel Spaß gehabt, aber ich wusste, dass wir irgendwann ins Krankenhaus umziehen würden, wenn die Renovierung abgeschlossen war.

„Ähm ... nicht ganz", sagte West. Er setzte sich zu mir an den Zaun. „Du musst dich damit abfinden, okay?"

„Womit?"

Bevor ich etwas tun konnte, wurde mein Kopf mit einem dunklen Stoffbeutel bedeckt.

„Was zum Teufel? Was ist denn hier los?"

„Wir sind nur die Überbringer. Du bist das Paket", erklärte Drew.

„Was?" Ich versuchte, den Beutel von meinem Kopf zu entfernen, aber sie hielten meine Hände fest und fesselten sie dann hinter meinem Rücken.

„Kämpf nicht dagegen an. Wir haben Anweisungen von ... ähm ... jemand Wichtigem."

Ich seufzte. „Wenn meine Brüder etwas damit zu tun haben, werde ich in ihre Wohnungen einbrechen und ihnen Säcke mit Flöhen ins Bett legen."

Alles, was ich hörte, war Gelächter, als sie mich von unserem Standort wegführten.

Ich konnte nichts anderes tun, als mitzumachen. Nach einem kurzen Spaziergang halfen sie mir in ein Auto.

„Wohin fahren wir?"

„Das wirst du schon sehen."

„Mit einem verdammten Beutel über dem Kopf sicher

nicht. Wie soll ich mit meinen Händen so sitzen?“

Es herrschte Schweigen.

„Wenn du versprichst, den Beutel nicht vom Kopf zu nehmen, werden wir dich losbinden.

„Gut. Das Ding ruiniert mein Haar.“ Als sie meine Hände losbanden, lehnte ich mich zurück und tastete mich vor, um den Sicherheitsgurt zu schließen.

Ich hatte keine Ahnung, wohin sie mich brachten, aber es dauerte verdammt lange.

„Wir sind da“, sagte West. „Wir werden dich an jemand anderen übergeben. Sie helfen dir, dich anzuziehen. Bitte verdirb das nicht.“

Das war unwahrscheinlich, denn jetzt war ich neugierig darauf, was vor sich ging, also spielte ich brav mit.

Sie halfen mir aus dem Auto und baten mich dann zu warten. Die Luft roch vertraut, wie in einem Park oder irgendwo, wo es viel Gras gab.

„Meinst du, wenn wir ihn hier aussetzen, können wir seine Hälfte von Moms und Dads Erbe aufteilen?“, fragte Adam.

„Auf jeden Fall.“

Ich hörte ein High-Five.

„Arschlöcher. Was ist denn hier los?“

„Heb deine Hände hoch“, befahl Lex. Er half mir aus meinem T-Shirt und achtete darauf, den Beutel dabei nicht zu entfernen. Dann steckte er meinen Arm durch einen Ärmel und ging um meinen Rücken herum zum anderen Arm, bevor er die Knöpfe bis zu meinem Hals schloss.

„Ich hoffe, das ist gebügelt und es ist eines meiner schönen Hemden“, stöhnte ich.

Es dauerte länger, bis ich das, was ich für einen Anzug hielt, angezogen hatte, als wenn sie mir den Beutel abgenommen hätten und ich mich selbst hätte anziehen können.

Als sie mir die Schuhe angezogen hatten, wurde ich wieder weggeführt.

Der Kies unter meinen Füßen verwandelte sich in weiches Gras.

„Ich hoffe, ich bekomme keine Sackhaare von den Klamotten", beschwerte ich mich.

„Wir sind da", sagte Adam.

„Wo?"

Stille.

„Äh, hallo?"

Noch mehr Stille.

„In fünf Sekunden ziehe ich das aus", drohte ich.

Ich fing an zu zählen, hörte aber auf, als jemand meine Arme berührte, und dann war der Beutel plötzlich weg.

Ich blinzelte, als ich mich wieder an das Licht gewöhnte, aber ich brauchte nicht genau zu sehen, um zu wissen, wer bei mir war. Sein Parfüm verriet ihn immer.

„Lioreo, was zum Teufel ist hier los?"

Er streichelte mein Gesicht und küsste mich auf die Stirn.

„Unsere Familien hatten eine Idee ..."

„Sag nichts mehr. Lass uns in ein anderes Land fliehen. Ich bin mir sicher, dass ich uns über meine Abstammung nach Portugal bringen kann", erklärte ich und schaute auf die Kleidung hinunter, die man mir aufgezwungen hatte. Zum Glück war es kein Clownskostüm.

Meine Vermutung bezüglich des Anzugs war richtig. Es war einer von meinen.

„Wie ich schon sagte, wollten deine Eltern, deine Brüder und meine Mom, dass wir eine Hochzeit mit einem richtigen Empfang haben, da wir in Vegas keinen richtigen hatten."

„Ja, stimmt. Aber die Torte war die beste Torte, die ich je gegessen habe. Das Einzige, was ich zu bemängeln habe, ist, dass ich sie nicht von deinen Bauchmuskeln essen durfte."

Er beugte sich vor und küsste mich sanft. „Heute kannst du es ... später."

Er drehte uns um, bis ich in die andere Richtung blickte, wo meine ganze Familie, Tanner, Jax, Ellie, Meatball, Liors Familie, West, Drew, die Kinder von Star Finders und sogar Pierce in ihren schönsten Kleidern versammelt waren.

Sie teilten sich wie das Rote Meer und gaben den Blick auf einen Gang aus Blumenblättern preis, der zum Glaspavillon führte.

„O mein Gott, ich werde weinen." Ich lehnte mich an seine Brust.

„Du? Noah Keine-Gefühle-Spencer? Weinen?"

„Pssst, ich heiße jetzt Noah-keine-Gefühle Van Stern."

Die Entscheidung, meinen Namen zu ändern, hatte ich mir nicht leicht gemacht, aber es fühlte sich für mich richtig an. Ja, ich war diese Person. Nein, ich hätte nie gedacht, dass ich das je sein würde.

Adam und Lex einigten sich darauf, dass ich bei der Arbeit weiterhin Spencer heißen würde, damit wir nicht all unser Briefpapier, unsere E-Mails, Geschäftsunterlagen und weiß Gott was noch alles mit meinem neuen Namen versehen mussten.

Lior nahm meine Hand und führte mich zum Gang.

„Das ist verrückt, aber ich danke euch allen, dass ihr hier seid", meinte ich, als wir auf den Pavillon zugingen.

Ich kreischte, als wir oben ankamen und die gleiche Standesbeamtin, die uns in Vegas getraut hatte, dort stand und ihre Handzettel hielt.

„O mein Gott, Sie sind da!" Ich rannte zu ihr, um sie zu umarmen.

„Bekommen wir dieses Mal einen Arsch zu sehen?", fragte sie lächelnd.

„Ich habe einen Abschluss in Arsch..."

Lior hielt mir mit seiner Hand den Mund zu.

„Wage es ja nicht."

Alle versammelten sich um uns. Die perfekte Beleuchtung des Pavillons tauchte alles in Farbe.

Ich beugte mich zu der Standesbeamtin hinüber und flüsterte: „Sie haben uns doch beim ersten Mal wirklich verheiratet, oder?"

„Das habe ich. Das hier ist eine Gelübdeerneuerung mit Feier." Sie wandte sich an Lior. „Danke, dass Sie sich gemeldet haben. Ich habe Familie in der Nähe, die ich jetzt besuchen kann, daher ist das Arrangement perfekt."

„Ich könnte dich wirklich nicht noch mehr lieben, Lioreo."

„Das sagst du jedes Mal."

Es stimmte. Jeder Tag, an dem er durch die Tür unserer Wohnung in der Stadt oder unserer Wohnung im Museum kam, war ein besonderer Tag. Er kaufte mir Blumen, aß mit mir zu Abend, führte mich zum Tanzen aus und einmal im Monat verbrachten wir eine Nacht im Hotel in der Stadt, wobei wir die Nacht, in der wir uns kennenlernten, noch einmal erlebten.

Er lief auch barfuß und nur mit einer grauen Jogginghose bekleidet herum und beschwerte sich nie, wenn ich ihn ansprang. Er ließ mich mit ihm kuscheln, wenn wir fernsahen, und vor allem ließ er mich ich selbst sein. Er liebte mich für die Verrücktheit, die ich besaß, und verlangte nie, dass ich mich änderte.

Eine Träne glitt unkontrolliert über meine Wange.

„Hey, du sollst doch nicht vor dem Eheversprechen weinen", meinte er und wischte mir die nasse Wange ab.

„Ich habe immer nur davon geträumt, die gleiche Art von Ehe zu führen, die meine Eltern mir vorlebten. Ich habe nie geglaubt, dass ich gut genug bin, um das zu verdienen. Jeder Tag mit dir ist ein Geschenk, Lior."

Die Standesbeamtin hustete. „Sie sollen das Gelübde nicht aufsagen, bevor wir anfangen."

„Wie wäre es, wenn ich die Ode an den Arsch meines Mannes vortrage, die ich geschrieben habe? Ich wette, jeder würde die gern hören."

Gelächter ertönte um uns herum.

„Lassen wir die Oden doch für die Reden übrig." Sie wandte

sich an alle. „Wir sind heute hier versammelt, um mit Noah Van Stern und Lior Van Stern die Gelübde zu erneuern, die sie sich am Tag ihrer Hochzeit versprochen haben ...“

Mein Blick wanderte von Lior zu unserer Gruppe aus Familie und Freunden. Alle lächelten. Okay, Victoria sah aus, als müsste sie gleich kotzen, aber nichts war heute nicht perfekt, bis auf die vorgetäuschte Entführung.

Als die Zeremonie zu Ende war, gratulierten uns alle, und dann gab es ein Buffet und eine Feier in den Gärten des Museums.

Später erfuhr ich, dass Lior das Museum für den Tag geschlossen hatte, um sicherzustellen, dass unsere Familie die Feier in Ruhe genießen konnte.

Kurz bevor wir die Torte anschneiden sollten, kam Pierce vorbei.

„Die Zeremonie war wunderschön. Ich freue mich wirklich für euch beide.“

„Wir haben einen langen Weg hinter uns, Pish. Ich habe im Moment ein paar schwammige Gefühle für dich. Daher solltest du besser gehen, bevor ich dich noch umarme“, sagte ich.

Er lachte und schüttelte Lior die Hand. „Ich glaube, du hast recht. Ich habe gehört, die Drinks sind umsonst. Wir sehen uns.“

Ich drehte mich zu Lior und schlang meine Arme um seine Taille.

„Lass uns den Kuchen anschneiden und dann alle rausschmeißen. Du hast mir versprochen, dass ich Kuchen von deinen Bauchmuskeln essen kann, und jetzt kann ich an nichts anderes mehr denken.“

Er küsste meine Nase. „Sei nicht so ungeduldig, mein süßer Mann. Wir haben unser ganzes Leben noch vor uns.“

Ich grinste. „O mein Gott, was meinst du, wie viele Orgasmen wir haben können, bis einer von uns stirbt? Meinst du, wir sollten anfangen, Buch zu führen?“

Er schüttelte den Kopf.

„Du bist etwas ganz Besonderes, Noah."

„Ein gutes Etwas, oder?"

Er verschloss meine Lippen mit seinen. „Das perfekteste Etwas, das es je gab."

42

——————

LIOR

Noah schlief fest an meiner Brust, aber so sehr ich mich auch bemühte, ich konnte nicht wieder einschlafen.

Der Jetlag war selbst nach einem Flug in der ersten Klasse ein echtes Ärgernis.

Ich seufzte. *Die Vorzüge des Älterwerdens.*

Nicht, dass ich mein Alter spürte. Einen siebzehn Jahre jüngeren Mann zu heiraten, hielt mich auf Trab.

Ich streichelte sein Haar.

Das Leben mit Noah war ein schönes Abenteuer.

Er holte tief Luft, streckte sich wie eine Katze und lehnte sich mit einem zufriedenen Seufzer an mich zurück.

„Guten Morgen", sagte er.

„Hey, Hübscher."

„Ich bin kaputt. Wessen Idee war es, die Flitterwochen am anderen Ende der Welt zu verbringen?"

Ich lachte. „Ich glaube, das war deine."

„Nun, ich gebe dir die Schuld, weil du meinen Launen nachgegeben hast."

„Ich werde daran denken, wenn du das nächste Mal etwas willst."

Er öffnete seine Augen und sah mich an. „Das waren ziemlich gute Flitterwochen."

„Die Besten."

„Wir sollten jedes Jahr Flitterwochen feiern."

„Aha."

Er stützte sein Kinn auf meine Brust. Seine großen blauen Augen starrten mich mit so viel Liebe an. Keine-Gefühle-Noah war der offenste Mensch, den ich je kennengelernt hatte. Und er hatte wirklich Gefühle. Er fühlte alles.

„Wann ist die Hochzeit?", fragte er.

„Nach dem Mittagessen. Wir können beim Zimmerservice Frühstück bestellen und kurz vor der Zeremonie runtergehen."

„Ich sollte meinen Brüdern eine Nachricht schicken, dass wir hier sind, falls jemand etwas braucht."

„Okay, mach du das. Ich werde duschen gehen. Kommst du danach zu mir?"

„Auf jeden Fall." Er drehte sich um, um sein Handy zu holen.

Ich holte saubere Unterwäsche für uns beide aus dem Koffer und ging ins Bad.

Das warme Wasser war eine Wohltat für meine müden Muskeln. Wir waren gestern Abend so spät auf dem Weingut angekommen, dass wir direkt ins Bett gesprungen waren.

Von unseren späten Flitterwochen direkt zu Adams Hochzeit zu reisen, war wahrscheinlich nicht die beste Idee, die wir je gehabt hatten, aber als Noah von einer Benefizveranstaltung für eine Wohltätigkeitsorganisation erfahren hatte, die Pflegekindern in Melbourne half, hatten wir unsere Flitterwochen spontan verlängert, um daran teilzunehmen.

Jetzt bezahlten wir den Preis für diese Entscheidung. Zum Glück hatte ich unseren Aufenthalt auf dem Weingut für mehrere Tage auch nach der Hochzeit gebucht.

Adam und Victoria würden morgen in ihre Flitterwochen aufbrechen, und dann würden wir mit dem Rest der Jungs abhängen, bis wir in ein paar Tagen wieder zur Arbeit gehen würden.

Die Duschtür öffnete sich und Noah trat ein.

„Die Familie wurde informiert und ich habe die Schlösser an der Zimmertür doppelt überprüft. Diesmal wird uns niemand stören."

Er trat unter den Wasserstrahl und griff dann nach der Seife.

„Ich werde dich jetzt schön sauber waschen", sagte er, als hätte er keine Hintergedanken.

Seine Hände kneteten meine Rückenmuskeln und wanderten dann hinunter zu meinem Hintern und meinen Beinen. Ich stöhnte auf, als ich mich unter seiner Berührung entspannte. Mein Schwanz wurde hart. Ich streichelte ihn ein paar Mal, bevor Noah mich umdrehte.

Er war auf seinen Knien.

Ich dachte, er würde sich direkt auf meinen Schwanz stürzen, aber er wusch einfach weiter meine Beine. Dann stand er auf und schäumte mit seinen Händen noch mehr Seife auf meine Bauchmuskeln und meine Brust.

„Ich bin ganz wild darauf, deinen Schwanz zu lutschen, aber ich brauche dich noch mehr in meinem Arsch, also wie wäre es, wenn du mich fickst, bis ich komme, und dann gibst du mir dein Sperma?"

Ich drehte ihn um, sodass er mit dem Gesicht zu den Fliesen stand.

„Was für ein Ehemann wäre ich, wenn ich dir nicht all deine Wünsche erfüllen würde?", raspelte ich gegen sein Ohr.

Er stieß einen Atemzug aus. „Scheiße, Lior. Ich bin schon so hart."

Ich suchte in der Kulturtasche nach dem Gleitgel und bewegte den Wasserstrahl ein wenig, damit er nicht auf Noahs Rücken traf.

Er stellte sich breiter hin. Sein Gesicht war zur Seite gedreht.

Ich bestrich meinen Schwanz mit Gleitmittel und trug etwas davon auf sein Loch auf.

„Ich werde dir geben, was du brauchst." Ich schob einen Finger in ihn hinein. Seine Augen flatterten zu, sein Mund öffnete sich und er stieß einen kurzen Atemzug aus.

Beim zweiten Finger beugte ich mich vor, um seinen Mund zu nehmen. Der Kuss war in dieser Position unangenehm, aber es half, ihn vom Eindringen abzulenken. Ich wusste, dass er es manchmal gern grob mochte, aber er hatte etwas an sich, an dem ich immer ablesen konnte, wann er das kleine bisschen Schmerz suchte oder wann er auf eine andere Art und Weise umsorgt werden wollte.

Ich fuhr mit meinen Fingern in ihn hinein und wieder heraus, ohne seine Prostata zu berühren, bis ich den dritten Finger hinzufügte.

„Lior", keuchte er.

„Sieh dir deine errötete Haut an, Noah. Ich liebe es, dich so geil zu sehen."

Er schloss seine Augen und biss sich auf die Unterlippe. Mein Zeichen, dass er bereit war.

Ich drehte ihn um und hob ihn vom Boden hoch. Er schlang seine Beine um meine Taille und hielt sich fest, bis ich meinen Schwanz an seinem Loch ausrichtete.

Er ließ seinen Kopf nach hinten fallen, als ich ihn auf meine Länge herabließ.

„Du fühlst dich so verdammt gut an. So eng."

„Ach, fick mich, Lior. Ich muss kommen."

Ich drückte ihn gegen die Wand, um ihn zu stützen, und begann dann, ihn ernsthaft zu ficken. Bei jedem Stoß hörte ich Noahs Keuchen. Ich liebte dieses Geräusch, das meist auf ein Stöhnen folgte.

Je tiefer ich eindrang, desto leiser wurde sein Atem. Ich wusste, dass er jeden Moment kommen konnte, also musste ich nur noch ein bisschen länger durchhalten.

„Willst du deinen Schwanz streicheln, bis du kommst?", fragte ich.

Er schüttelte den Kopf.

Ich hatte beide Hände auf seinem Arsch, um ihn aufrecht zu halten, und schob mit einer Hand einen Finger in seinen Arsch. Das half, meinen Schwanz bei jedem Stoß gegen seine Prostata zu drücken.

In weniger als einer Minute brüllte Noah seinen Orgasmus heraus.

Ich sah ihm zu, als er kam, was mir höchste Kontrolle abverlangte, denn ich war immer noch steinhart und steckte tief in ihm.

Als er fertig war, ließ ich ihn los. Er ging sofort in die Knie.

Mir blieb der Atem weg, als er meinen Schwanz in den Rachen nahm und schluckte.

„Verdammt ..."

Er wirbelte mit seiner Zunge um die Eichel und saugte kräftig, bevor er mich ganz aufnahm. Seine Hände griffen nach meinen Eiern und zerrten zunächst sanft an ihnen. Er stöhnte und seine schönen, wässrigen, blauen Augen starrten mich verloren an. Dann streichelte er meine Eier härter, und ich kam.

Noah schloss die Augen, während er jeden Tropfen schluckte. Sein Adamsapfel wippte.

„O Gott. Das war zu gut", keuchte ich und versuchte, meinen Verstand wiederzuerlangen.

Ich half Noah auf die Beine und nahm seinen Mund in Beschlag. „Ich liebe dich verdammt noch mal so sehr, Noah."

„Ich liebe dich noch mehr, Lioreo."

Wir duschten zu Ende, trockneten uns ab und zogen uns an.

Ich wollte gerade unten anrufen, um Frühstück zu bestellen, als es an der Tür klopfte.

Wir tauschten ein mitleidiges Lächeln aus. Fünf Minuten zuvor hätten sie die Tür einschlagen müssen, wenn sie hätten reinkommen wollen.

Noah öffnete die Tür, und Lex, Emery, Ellie und River kamen herein.

River sah verzweifelt aus. Die anderen wirkten verwirrt, als hätte man sie hierhergeschleppt, ohne zu wissen, warum.

„Was ist denn los?", fragte Noah. „Sagt mir nicht, dass Adam abgehauen ist."

„Schlimmer", meinte River und holte ein kleines Stück Papier aus seiner Tasche. „Das wurde mir unter der Tür durchgeschoben. Victoria ist weg und sie kommt nicht zurück."

Noah schnappte nach Luft. Lex sah aus, als würde ihm gleich schlecht werden.

Ellie sah River an.

„Jemand muss es Adam sagen."

BONUSSZENE
EINE HEIMKEHR-ÜBERRASCHUNG

Lior

VIERZEHN TAGE, zwölf Stunden und siebzehn Minuten. So lange hatte ich Noah nicht mehr gesehen.

Ich war so verzweifelt, ihn zu sehen, ihn zu berühren, seinen angehaltenen Atem zu hören, wenn ich ihn küsste, dass ich kurz davor war, den Taxifahrer zu ermorden.

Das nächste Mal würde ich am Flughafen parken.

Das nächste Mal würde ich nicht so lange weg sein.

Die Reise zum europäischen Hauptsitz von VSE war ein Erfolg gewesen, und meine Mutter mitzunehmen war die richtige Entscheidung gewesen. Sie hatte sich noch nicht daran gewöhnt, allein zu sein, und da sie immer mit meinem Vater gereist war, hatte sie Freunde in ganz Europa.

Während meine Mutter es genoss, ihre Freunde zu sehen und zum ersten Mal seit dem Tod meines Vaters Kontakte zu knüpfen, hasste ich jede Minute, die ich von Noah getrennt war.

Ich hätte nie gedacht, dass ich mal so ein Typ sein würde, aber hier war ich und fuhr aus der Haut, weil ich meinen Mann sehen wollte. Außerdem versuchte ich jedes Mal, den Mund zu halten, wenn der Taxifahrer den Welpen erwähnte, den seine Frau mit nach Hause gebracht hatte und den er zwar nicht gewollt, in den er sich aber verliebt hatte.

„Irgendwelche Pläne für das Wochenende?", fragte er.

Ja, nackt sein, vorzugsweise mit meinem Mann.

„Nicht wirklich", antwortete ich stattdessen.

„Oh, da sind wir. Bevor ich *Golden Retriever* sagen kann, sind Sie schon wieder daheim", sagte er.

Ich lächelte und knirschte mit den Zähnen. Die Einfahrt zu meinem Haus war in Sicht. Noch fünf Minuten, und ich würde durch die Tür rennen und in Noahs Arme fallen.

Er hatte mir vorhin eine halb kryptische Nachricht auf meinem Handy hinterlassen, in der er eine Überraschung ankündigte. Wie ich ihn kannte, hatte er sich wieder ans Bett gefesselt.

Mein Schwanz schwoll bei dem Gedanken daran an. Früher hatte meine rechte Hand ausgereicht, um mich zu erregen, aber jetzt genügte mir nichts außer Noah.

Es waren zwei lange Wochen gewesen.

Ich sah zu, wie das Taxi aus der Einfahrt verschwand, während ich meinen Schlüssel herausholte.

Im Haus war es erstaunlich ruhig, aber das Licht aus dem Schlafzimmer führte mich in die Arme meines Mannes.

Ich stellte meinen Koffer neben der Tür ab, zog meine Schuhe aus, und als ich im Schlafzimmer ankam, war ich oberkörperfrei und griff nach dem Knopf an meiner Hose.

„Noah?"

Keine Antwort.

Ich öffnete die Tür, aber obwohl das Licht an war, war niemand im Schlafzimmer.

Auch der Kleiderschrank war leer, obwohl er aussah, als wäre er von einem Tornado oder einem modebewussten Bären besucht worden.

Das Haus war nicht sehr groß, also gab es nur einen anderen Ort, an dem er sein konnte. Ich trat aus dem Zimmer in das Gästezimmer, das jetzt hauptsächlich Noahs Ankleidezimmer war.

Ich liebte meinen Mann, aber er war wirklich unordentlich.

Meine Hose blieb zurück, als ich das Gästezimmer betrat.

„Willkommen zurück, Ehemann."

Ich keuchte. Noah war mit einer meiner Krawatten um seine Handgelenke an die Kleiderstange im Schrank gebunden. Er trug eines meiner Geschäftshemden und sonst nichts.

„Noah." Ich verringerte den Abstand zwischen uns, schlang meine Arme um ihn und presste meinen Mund auf seinen.

Ich verschlang ihn, wie ein ausgedörrter Mann Wasser trank. Er roch nach meiner Duschseife, und seine Geräusche … verdammt, ich hatte ihn so sehr vermisst.

„Du wirst nie wieder so lange wegbleiben", sagte er, während ich an seinen Lippen knabberte. Meine Hände erkundeten die Kurve seines Hinterns und fanden sein vorgeöltes Loch.

„Einverstanden."

„Oder ich komme mit dir."

„Wahrscheinlich wäre das keine gute Idee. Wir würden nur im Hotelzimmer bleiben, obwohl ich arbeiten müsste."

Er hob ein Bein an, um mir besseren Zugang zu seinem Loch zu verschaffen.

„Ich brauche dich so verdammt sehr, Lior. Bitte dring in mich ein."

„Geduld, Baby."

„Du warst zwei Wochen, zwölf Stunden und fünfunddreißig Minuten weg." Seine Empörung war hinreißend.

Ich ging auf die Knie und saugte seinen Schwanz in meinen Mund.

„Lior!", rief er.

Scheiße, ich hatte seinen Geschmack vermisst. Schade, dass er sich schon für mich zurechtgemacht hatte, denn ich hätte seinen Arsch geleckt, bevor ich ihn gefickt hätte.

Ich ersetzte meinen Mund durch meine Hand. „Lass mich

dir die Spannung nehmen, und dann ficke ich dich langsam in die Matratze."

Er zuckte in seinen Fesseln und stöhnte laut auf, als ich meine orale Attacke fortsetzte.

„O scheiße, verdammt!"

Ich saugte ihn in den hinteren Teil meiner Kehle, während mein Finger seine Prostata suchte. In wenigen Sekunden kam Noah, und ich schluckte jeden einzelnen Tropfen, den er mir gab.

„Hmm … köstlich." Ich stand auf und küsste ihn.

Er war Wachs in meinen Armen. Der vom Orgasmus berauschte Noah war einfach nur süß.

Es war einfach gewesen, meine Erektion zu ignorieren, während ich mich auf Noah konzentriert hatte, aber jetzt verlangte mein Schwanz Aufmerksamkeit. Schon wenn ich mich nur an ihm rieb, würde ich kommen.

Ich löste die Fesseln an seinen Handgelenken und bewunderte, wie er sich aus eigener Kraft in diese Position gebracht hatte.

Sobald seine Hände frei waren, schlang er seine Arme fest um mich.

„Ich habe dich so sehr vermisst", meinte er und küsste mich erneut. „Das klingt alles sehr traurig und verzweifelt, aber das ist mir scheißegal. Ich liebe dich so sehr, Lior. Die letzten zwei Wochen waren die Hölle."

Ich zog ihn zum Bett hinüber und bedeckte seinen Körper mit meinem.

„Erzähl mir, was du so getrieben hast."

Wir hatten täglich telefoniert, ich wusste es also schon, aber ich wollte seine Stimme hören. Ich wollte hören, wie sein Atem stockte, während ich an seinen Brustwarzen saugte oder über seinen Bauch leckte.

Von irgendwo im Haus ertönte ein Wimmern.
„Was war das?"
„Hm?"

„Dieses Geräusch.“

Er drückte meinen Kopf nach unten auf seine Brust. „Leck weiter. Ich mag das.“

Ich schnaubte, tat aber, was mir gesagt wurde. Mein Noah wurde immer herrisch, wenn er mich in sich haben wollte.

Ich schob meine Unterwäsche über meine Oberschenkel nach unten und presste unsere Schwänze aneinander.

Das wimmernde Geräusch war wieder da.

„Da ist etwas.“

„Hör nicht auf“, forderte er.

„Ich kann das nicht tun, während es sich anhört, als würde hier ein Tier gequält werden.“

Er schnaufte. „Das einzige Tier, das hier gequält wird, bin ich. Steck mir sofort deinen fetten Schwanz in den Arsch, oder ich verlange die Scheidung.“

Ich biss in sein Ohrläppchen. „Was ist hier los, Noah Van Stern?“

„Nichts.“

Ich stand auf und zog meine Unterwäsche wieder hoch.

„Es ist nichts. Lass uns Sex haben. Mehr Sex.“ Er folgte mir aus dem Zimmer und schnappte sich auf dem Weg seine Boxershorts.

Das Wimmern war in der Küche lauter. Ich folgte dem Geräusch in die Waschküche.

Als ich die Tür öffnete, rannte ein kleiner schwarzer Hund so schnell heraus, dass er auf dem Kachelboden ausrutschte und fast gegen die Kücheninsel stieß.

„Überraschung …“, sagte Noah, als der Hund zu uns zurücklief und um unsere Beine herumsprang.

Ich kniete mich hin und wurde sofort von einer sehr begeisterten feuchten Zunge angegriffen.

„Das ist nicht die Art von Action, die ich heute Abend erwartet habe“, erklärte ich und sah meinen Mann an, während ich versuchte, die schlabbrigen Küsse zu stoppen. „Und wer bist du?“, fragte ich den Hund. Verdammt, waren das süße schwarze Augen.

Noah setzte sich neben mich auf den Boden. Der Hund verließ mich sofort für ihn.

„Das ist Mango. Lex’ Gecko, Gordon, hat ihn vor fast zwei Wochen mit nach Hause gebracht. Sie haben ihn zum Tierarzt gefahren, und er ist gechipt und hat alle Impfungen.“

„Er gehört also jemandem?“

Noahs Gesicht errötete. In meinem übergroßen Hemd sah er wunderschön aus, und er gehörte mir. Eigentlich sollte ich mich in diesem Moment in ihm verlieren.

Ich seufzte. „Noah?“

„Irgendwie schon.“

„Lass mich raten, er gehört uns.“

Noah strahlte. „Ja.“

Der Hund war süß. Das musste ich ihm lassen.

„Er kann nicht allein hier bleiben, während wir arbeiten, Babe“, meinte ich und zog ihn näher zu mir.

Noah lehnte sich an mich und kraulte die Ohren des Hundes.

„Er wird mit Charlie im Museum sein. Alle lieben ihn dort. Er hat sogar sein eigenes Bett und Spielzeug im Büro. Wenn wir nach Hause kommen, können wir ihn holen, damit er die Nacht mit seinen Daddys verbringt.“

„Du hast an alles gedacht, nicht wahr?“

„Jep.“

Der Hund kläffte, als ob er Noah zustimmen würde.

„Was ist deine Geschichte, kleiner Kerl?“

Der Hund kläffte wieder.

„Er ist aus dem Tierheim geflohen. Lex hat es vom Tierarzt erfahren, als er Mango zur Untersuchung gebracht hat. Er hatte ein schlechtes Gewissen, ihn dort zu lassen, also hat er ihn mit nach Hause genommen, aber ihre Katze hat sich nicht in Mango verliebt, also habe ich ihn hergebracht.“

Ich küsste seinen Nacken. „Dein großes Herz ist eines der

Dinge, die ich am meisten an dir liebe, aber bitte versprich mir, dass wir nicht jedes streunende Tier da draußen adoptieren werden."

Er drehte sich zu mir um. „Bist du wirklich glücklich, ihn zu behalten?"

„Habe ich denn eine Wahl?"

„Natürlich. Das ist eine große Verpflichtung."

Ich lachte. „Wir haben geheiratet, als wir uns kaum kannten. Ich denke, man kann sagen, dass wir keine Angst vor großen Verpflichtungen haben."

„Der beste Deal, den ich je gemacht habe."

Wir blieben auf dem Küchenboden, bis Mango auf Noah einschlief.

Ihn zurück in die Waschküche zu bringen, war wie das Hantieren mit einer Bombe, die kurz vor der Detonation stand, aber wir schafften es.

In diesem Moment sah ich, wie viele Spielsachen, Kissen und Decken Mango zur Verfügung standen. Er war ein glücklicher Welpe.

Ich zerrte meinen Ehemann in unser Zimmer, zog die zusätzlichen Kleidungsstücke aus und ging direkt unter die Dusche.

„Du wirst lernen müssen, leise zu sein", flüsterte ich Noah unter dem warmen Wasserstrahl ins Ohr.

Er sprang auf und schlang seine Beine um mich.

„Fülle all meine Löcher, dann bin ich so leise wie eine Maus."

„Du sagst es als Versprechen, aber es klingt wie eine Herausforderung."

Seine großen blauen Augen leuchteten, als sie in meine blickten. „Fick mich und finde es heraus."

Ich hatte es vor.

Vielleicht würde ich doch nicht das ganze Wochenende nackt und in meinem Mann verbringen, aber es hatte ganze fünf Sekunden gedauert, bis ich mich in Mango verliebt hatte.

Nur vier mehr, als ich gebraucht hatte, um mich in Noah zu verlieben.

Vielleicht war ich so leicht zu haben. Oder vielleicht hatte ich einfach nur Glück.

Als ich meinen Ehemann ausfüllte und das Gefühl hatte, nach Hause zu kommen, wusste ich, dass definitiv beides wahr war.

***

Lieber Leser,

vielen Dank, dass du bei Lior und Noahs Reise dabei warst.

Noahs Persönlichkeit strahlt in seinem Buch über die Seiten hinaus. Kein Wunder, dass Lior sich so schnell und schwer in ihn verliebt hat.

Glaubst du Lior wird Noah immer noch so hinreißend und liebenswert finden, wenn er eines Tages in Erwartung einer sexy Überraschung nach Hause kommt, stattdessen jedoch eine andere Art hinreißender Überraschung auffindet?

Was kommt als Nächstes für die Spencer Brüder?

In den letzten beiden Büchern haben wir Adams Leiden aufgrund seiner Hochzeit und seiner Verlobten gesehen, die an ihrem eigenen Hochzeitstag abgehauen ist. Was glaubst du wird passieren, wenn die einzige Person, die Adam um sich haben möchte, um ihm durch diese Zeit zu helfen, sein Trauzeuge und bester Freund River ist?

DANKSAGUNGEN

Wie jede andere kreative Kunst kann auch das Schreiben so unberechenbar sein wie eine neue Kräuterteemischung.

Während Noah und Lior als Charaktere in meinem Kopf so lebendig wirkten, ist die Wahrheit, dass ihre Geschichte komplex war und ich damit kämpfte, herauszufinden, wie ich sie erzählen sollte.

Als die Worte schließlich kamen, hatte ich aber unendlich viel Spaß beim Schreiben.

Wie immer gibt es ein paar Leute, die ich gern erwähnen möchte, weil sie einen wesentlichen Anteil an der Entstehung dieses Buches hatten.

An erster Stelle steht Abbie Nicole. Abbie ist ein so wichtiger Teil meines Teams. Als meine Lektorin macht sie einen hervorragenden Job. Niemandem sonst liegen meine Geschichten so sehr am Herzen wie Abbie. Meine Bücher sind viel besser, seit sie Teil meines Beta- und Lektoratsprozesses ist, und ich liebe es, mit ihr zusammenzuarbeiten.

Vielen Dank auch an Lee Blair und Saxon James für ihre Beta-Leserkommentare und das Anfeuern der Jungs.

Danke an Alexander Cendese, der die netteste Person ist,

mit der ich je gearbeitet habe. Er erweckt meine Jungs perfekt zum Leben.

Und zu guter Letzt: mein Froglet. Während ich mich zum Schreiben in meinem Büro verkrieche, hält er den Rest meines Lebens in Schach, bringt mir Kaffee und kuschelt mit mir, wenn ich ihn brauche.

ANDERE BÜCHER VON ANA ASHLEY

Spencer Brüder
Lex' verschollener Verlobter
Noahs Scheinehemann
Adams Trauzeuge

Eine Spencer-Brüder Novelle
Fredericks Weihnachtsmitbewohner
Tanners zweckmäßiger Bräutigam
Drews Versprechen

ZWEITE CHANCEN
Joel
Isaac
Tiago
Dorian

ROMANTISCHE MM MÄRCHEN
Liebe vor Mitternacht

ZIMMER FÜR 3
Das Resort
Der Urlaub

CHESTER FALLS
Wie man sich einen Bücherwurm angelt
Wie man sich einen Prinzen angelt
Wie man sich einen Rivalen angelt
Wie man sich einen Bodyguard angelt
Wie man sich einen Junggesellen angelt
Wie man sich den Chef angelt
Wie man sich einen Biker angelt
Wie man sich einen Veteranen angelt
Wie man sich ein glückliches Ende angelt
Wie man sich einen Milliardär angelt

SINGLE-VÄTER VON STILLWATER
Rückkehrer
Widersacher
Neuaufbruch
Herzsaite

Weihnachten mit Bubble

ÜBER ANA

Ana Ashley wurde in Portugal geboren, lebt aber schon so lange im Vereinigten Königreich, dass selbst ihre Freunde manchmal daran zweifeln, ob sie wirklich Portugiesin ist.

Nachdem sie süchtig nach schwulen Liebesromanen geworden war, beschloss Ana, ihrem Lebenstraum zu folgen und Autorin zu werden.

Heute findet man sie vor ihrem Laptop, wo sie ihre Geschichten zum Leben erweckt, oder in der Küche, wo sie ihr Rezept für die berühmten portugiesischen Puddingtörtchen perfektioniert.

Ana Ashley schreibt süße und heiße schwule Liebesromane, die in Amerika spielen, oft in kleinen Städten, wo jeder jeden kennt.

Ihr könnt Ana auf den üblichen Social-Media-Kanälen folgen.

Um Zugang zu exklusiven Teasern, Inhalten und allgemeinen buch- und kulinarikbezogenen Neuigkeiten zu erhalten, könnt ihr jetzt Anas Facebook-Gruppe Café RoMMance - Ana's Reader Group beitreten

Anas VIP-Leser - bit.ly/AnaAshley
Facebook-Seite - @anawritesmm
E-Mail - ana@anaashley.com
Instagram - @anawritesmm
Bookbub - https://www.bookbub.com/authors/ana-ashley
Goodreads - https://www.goodreads.com/ana-ashley

Untitled